D0615101

Während eines extremen Kälteeinbruchs im November geschieht im idyllischen Kinzigtal ein grausamer Mord an einem Meteorologen der Wetterstation. Kommissar Martin Velsmann, dienstältester und erfolgreichster hessischer Polizist aus Fulda, tappt im Dunkeln. Nachdem erste Untersuchungsergebnisse vorliegen, wird die Ermittlung überschattet von einem zweiten Mord mit vergleichbaren Tatumständen. Ein ostdeutscher Badegehilfe ist im Kurort Bad Salmünster offenbar von einem Fanatiker getötet worden. Ein Ritualmord? Möglicherweise gibt es einen Sektenhintergrund. Nach dem dritten Mord ist die gesamte Region in Aufruhr versetzt. Während die Staatsanwaltschaft einen Lehrer als Einzeltäter verdächtigt, gerät ein harmlos wirkender Ritterclub in Gelnhausen ins Visier des Kommissars ...

Berndt Schulz, geboren 1942 in der Mark Brandenburg, veröffentlichte mehrere Biographien und erfolgreiche Titel mit zeitgeschichtlicher Thematik. Im belletristischen Bereich erschienen einige Romane, teilweise unter dem literarischen Pseudonym Mattias Gerwald. Der Autor lebt mit Lebensgefährtin und Katze in Frankfurt a. M. und Nordhessen.

Unsere Adresse im Internet: www.fischerverlage.de

Berndt Schulz

Novembermord

Roman

Fischer Taschenbuch Verlag

Für die Berliner, für Gisela und Bernd

Originalausgabe
Veröffentlicht im Fischer Taschenbuch Verlag,
einem Unternehmen der S. Fischer Verlag GmbH,
Frankfurt am Main, November 2004

© S. Fischer Verlag GmbH, Frankfurt am Main 2004
Satz: Pinkuin Satz und Datentechnik, Berlin
Druck und Bindung: Clausen & Bosse, Leck
Printed in Germany
ISBN 3-596-16450-8

»Der andere ist mein Feind.
Sein Blick löst meine Welt auf.«
Jean-Paul Sartre

Teil Eins

Die Dunkelheit

I

Es sollte lebendig aussehen.

Doch in der Kälte, die jetzt einsetzte, war das nicht einfach. Die Temperaturen lagen bereits unter null. Von Osten her begann es zu schneien. Zu früh im Jahr, dachte er, dadurch wird alles schwerer. Aber er hatte es nicht nur befürchtet, sondern auch lange darauf gewartet. Nun war die Zeit da. Seine weiße, schwere Zeit.

Seine Blicke suchten den Himmel ab. Er sah diese gleichgültige, sprachlose Leere, aber das war es nicht, was ihn im Moment interessierte. Es würde kräftig weiterschneien, die Spuren verwischen. Das war wichtig.

Am See blieb es ganz ruhig, und er selbst wurde es nach und nach auch. Er wusste, er hatte noch fünfundzwanzig schlimme Berufsjahre vor sich, eine unerträgliche Vorstellung, aber im Moment war der Sonnenuntergang sehr schön. Denn eine weißgelbe, sehr ferne, sehr tiefe Sonne brach in diesem Augenblick mit ihren letzten Strahlen durch die Schneewolken und tauchte die Landschaft in ein Licht, das nicht zur Jahreszeit passte. Er schloss für einen Moment die Augen, er wollte es gar nicht sehen. Er brauchte sein eigenes Licht. Als er die Augen wieder öffnete, lag schon die Barriere des Horizonts vor den Sonnenstrahlen.

Dann wurde es endgültig dunkel.

Es war ihm nicht klar, dass er etwas wiederholte, er wusste nur, dass er Spuren auslegen würde, und die konnten, wenn er nicht nachdachte, in seine eigene Richtung weisen. Er musste also aufpassen. Es sollte unverdächtig wirken, und später sollte es lebendig aussehen. Alles andere war unwichtig.

Der Mann im gefütterten dunkelgrünen Trainingsanzug aus Kunststoff, mit einem roten Firmenemblem auf der Brust, dort wo das Herz sitzt, folgte nur seinem Gefühl. Und das sagte ihm, dass die alten Rechnungen noch offen waren, dass sie immer offen bleiben würden. Dieser Schmerz war niemals zu stillen.

Der Mann zog jetzt die Kapuze mit der angenähten Maske über den Kopf. Es schneite plötzlich in Böen heftiger, und seine Plastikbrille beschlug. Die Kälte kribbelte auf seiner Kopfhaut. Er wartete noch einige Zeit, bis die schnell hereinbrechende Novembernacht den letzten Lichtstrahl aufgesogen hatte. Als es zu kalt wurde, legte er die erforderlichen Meter zurück und tauchte dann im Wald vor dem Turm unter.

Der Turm besaß oben ein rundum laufendes Fenster und darüber, auf der Spitze, Antennen, die in die Kälte lauschten. Er kannte den Grundriss, die Pläne knisterten in seiner Brusttasche, außerdem war er schon oft hier gewesen, immer wieder. Mittags. Nachts. Wenn alle schliefen. Wenn sogar diejenigen schliefen, die über die Kälte zu wachen hatten. Manchmal versahen sie ihren Dienst nicht so, wie man es erwarten konnte, dachte er. Denn musste man nicht immer und überall Bescheid wissen über den Stand und den Lauf der Sterne, über die zu erwartende Kälte, über den Grad der Dunkelheit, die unversehens hereinbrechen konnte?

Für ihn war es jedenfalls entscheidend geworden. Ob seine Mitmenschen das ebenso sahen, wusste er nicht. Es interessierte ihn wenig. Er dachte: Sie beschäftigen sich sowieso mit ganz anderen Sachen, die ich nicht verstehe.

Plötzlich stutzte er. Er zog den Plan aus der Brusttasche und studierte ihn hastig. Nein, das war schon in Ordnung. Jetzt wusste er wieder, wohin der Seiteneinstieg, an dessen Verlauf er sich nicht erinnerte, führte, natürlich, direkt durch den Kohlenkeller, einen von Heizungsröhren bedachten Gang entlang bis zum seitlichen Gebäudekomplex, in dem die Wohnung lag. Die der Bestie.

Er war hier, um eine Kreatur auszulöschen, die auf frevelhafte Weise mit dem Leben spielte. Solche Kreaturen machten das Dasein unerträglich. Nur wenn sie nicht mehr waren, konnte man in dieser Zeit, in dieser Kälte und Dunkelheit, weiterleben.

Der Eindringling lauschte in die Schwärze des Ganges. Hinter ihm lag jetzt das zugezogene Kellergitter. Vor ihm der Weg, den er zu gehen hatte und an dessen Ende sich zeigen musste, ob eine ausgleichende Gerechtigkeit möglich war oder nicht. Ob ein Gleichgewicht aus Grauen und Ruhe wiederherstellbar war.

Oder nicht.

Ob die Dämonen endlich schliefen.

Denn wenn nicht, dann war dies sein letzter November, das wusste er. Der letzte in einer Abfolge von unzählbar vielen, in denen die Finsternis drinnen und draußen immer mehr zugenommen hatte.

Der Mann tastete sich vorwärts. Er zählte die Schritte, die er zu gehen hatte. Bei einhundert blieb er stehen. Er ließ die Stablampe ausgeschaltet, weil er wusste, wo er war. Direkt vor ihm, in Augenhöhe, würde die Verriegelung der Stahltür liegen. Seine klammen Finger in den dicken Wollhandschuhen fanden den Metallriegel sofort. Er bemühte sich, keinen Lärm zu machen. Trotzdem erzeugte das Zurückziehen des Riegels ein quietschendes Geräusch, es kam dem Eindringling unerträglich laut vor. Aber danach blieb alles still.

Er zwang sich, bis zehn zu zählen, bis fünfzig, bis dreihundert. Dann zog er die Tür auf und ging hindurch.

Auf der anderen Seite hing ein Geruch nach Metall in der Luft. Ein scharfer Geruch nach Apparaturen, nach den Messgeräten, die jenseits des Vorraums im Turm standen. Er hörte einen entfernten, singenden Ton. Aber dafür interessierte sich der Mann nicht, zumal die Arbeit beendet und die Station menschenleer war. Die nächste Schicht begann um drei Uhr in der kalten, dunklen Frühe, deshalb ging der andere, der hier von Montag bis Freitag wohnte, auch früh schlafen.

Ihn interessierte die Treppe, die hinaufführte. Dorthin, von wo ein schwacher Lichtschimmer herunterdrang.

Ein Gefühl unbändigen Grimms beherrschte den Mann am Fuß der Treppe. Es war ein so übermächtiges, scharfes Gefühl, dass er glaubte, es jetzt herausschreien zu müssen. Er beherrschte sich nur mühsam, spürte aber sofort einen Hustenreiz, es war so, als ob eine Luftblase aus seiner Lunge aufstieg, die Hass, Schadenfreude und Kälte mit sich führte.

Jetzt!, dachte er. Gleich!

Nein, die Dielen knarrten nicht. Das hatte er nicht gewusst, davor hatte er sich gefürchtet. Denn in dieser Stille war alles verräterisch laut, das Knacken des Holzes konnte sofort den Alarm auslösen.

Es war ihm, als seien die Stufen mit ihm im Bunde, er ging auf ihnen empor, als trügen sie ihn auf Händen. Stufe für Stufe kam er dem Lichtschein näher. Jetzt sah er schon, dass dieser aus dem Spalt unter der Tür zur Linken kam, ein schmaler Streifen weißgoldenen Lichts, wie es ihm schien, mit einer Korona. Nein, das täuschte. Natürlich täuschte das. Es war die Einbildung, die ihm seine Vorfreude bereitete. Eine Korona aus Licht – er wusste, es gab ein anderes, passenderes Wort dafür, suchte dieses passende Wort, fand es aber nicht – eine Korona aus Licht hatte diese Kreatur nicht verdient.

Er zog die Waffe aus der Seitentasche des Sportanzugs. Ein langes, feines Stilett. Mit einem Perlmuttgriff und einer Gravur, die ihren Besitzer ermahnte, die Weisung des Übermächtigen als Feuer in die Welt zu tragen. Dorthin, wo die Richtigen, die Dankbaren saßen.

Er kannte sich inzwischen gut aus mit solchen Waffen. Sie waren in den vergangenen zwölf Monaten zu seinen einzigen Gefährten geworden, zu vertrauenswürdigen, kalten Begleitern, in jeder Größe, in jeder Form.

Der Mann besann sich einen Moment und steckte das Stilett wieder ein. Er musste die Hände frei haben. Auf Zehenspitzen trat er an die geschlossene Tür heran. Von drinnen war kein Laut zu hören.

Dann gab es plötzlich ein klackendes Geräusch, das Licht verlöschte.

Der Mann erstarrte.

Er lauschte mit angehaltenem Atem.

War er trotz seiner Gewissheiten in eine Falle getappt? Würden sie sich jetzt auf ihn stürzen?

Er hörte ein rutschendes, schleifendes Geräusch, dann ein Ausatmen, wie ein Seufzer, sich entfernende Schritte, nein, weniger als Schritte, ein flüchtiges Aufeinandertreffen zweier leichtester Dinge, irgendwo hinter der Tür.

Dann ertönte ein deutliches Plätschern.

Im nächsten Augenblick wusste er, was hinter der Tür vor sich ging. Wie in einer Simulation aus Pixeln, Tastendruck und Licht lag die Szenerie der Wohnung und alles, was sich darin befand, vor seinem geistigen Auge.

Der Computer in seinem Kopf lieferte ihm sein Paradigma.

Der Mann straffte sich. Mit jedem Schritt, den er jetzt tat, wurde er zielstrebiger, schien zu wachsen. Sein Gesichtsausdruck veränderte sich. Als er dann in der Wohnung stand, hätte nicht einmal er selbst sich wiedererkannt.

Er war in kürzester Zeit ein ganz anderer geworden.

Die Bestie war im Bad. Der Eindringling hörte Wasser rauschen. Er wusste, hinter dem Bad lag das Schlafzimmer. Die Gefahr, dass der andere zurückkommen würde, um nachzusehen, ob die Tür verschlossen war, war nicht groß. Und wenn, dann würde es die Sache nur abkürzen.

Der Mann im Trainingsanzug bewegte sich jetzt vorwärts, als sei dies seine Wohnung. Ungeniert ging er in Richtung des Bades, des Wasserrauschens, des Mannes, den er jetzt am Waschbecken stehen sah. Die Kreatur pinkelte in das Becken.

Der Eindringling schaute verwundert auf dieses unerträgliche, ordinäre Bild. Er brauchte ein paar Sekunden zu lang, um seinen Plan nicht zu gefährden. Jähe Wut durchpulste ihn für einen Moment.

Er bekam durch diese Welle der Wut selbst das Gefühl, hilflos zu werden, sich nicht helfen zu können.

Dann zog er das Stilett wieder aus der Tasche.

Der andere bemerkte ihn jetzt. Ein Ausdruck von Ratlosigkeit huschte über sein Gesicht. Er sah ihn nur an. Ratlos. Der Eindringling machte vier schnelle Schritte nach vorn und stach zu.

Wie viele Stiche er benötigte, um zum Ziel zu kommen, das wusste er nicht. Er vermied es, das Gesicht oder den ausrasierten Schädel zu treffen.

Seine Wut verebbte dabei.

Er beobachtete während seines Tuns, wie der andere kleiner wurde. Wie er zusammensackte. Ob er am Boden noch zitterte und an welchen Gliedern.

Als Blutblasen auf seine Lippen traten und seine Blicke sich weiß und starr zur Decke richteten, hörte der Mann auf. Er hielt noch eine Weile das Stilett über dem Kopf erhoben, stand halb über das auf den kalten Kacheln liegende Bündel aus Schlafanzug, Blut und Knochen gebeugt und richtete sich dann langsam auf. Er hörte einen scharfen Laut, den er selbst verursachte, stieß die Atemluft zwischen den Lippen hervor, das war sein letzter Laut der Anspannung.

Ja, dachte er, vielleicht hat es doch einen Sinn, sich dem Leben zu stellen. Vielleicht kann man überleben.

Der Mörder begann ruhig zu arbeiten. Er löste mit dem Gürtel einen farblosen Plastiksack, den er am Körper getragen hatte, und legte ihn auf die Erde. Dann packte er die Leiche. Der andere war schwer, vielleicht in seiner gestauchten, toten Haltung schwerer als zu Lebzeiten. Er schob die Leiche mit den nackten Füßen voran in den Sack. Es ging zu langsam. Der Mörder ruckelte an dem Sack, hob die Beine des Toten an, schob sie in den Sack. Stück für Stück verschwand der blutüberströmte Körper. Als nur noch der Kopf freilag, wischte der Mörder mit einem Zipfel des Schlafanzugs Blut ab, das am Hals ausgetreten war und sich als Rinnsal über den Adamsapfel zog.

Es sollte lebendig aussehen.

Er betrachtete sein Werk. So hatte er es sich vorgestellt. Kurz entschlossen fasste er die beiden oberen Kanten des Plastiksacks an, setzte der Leiche einen Fuß gegen den Kopf – erst jetzt fiel ihm auf, dass der Ermordete trotz seiner jungen Jahre oben schon kahl wurde – und trat ihn in die Plastikhülle. Er verschloss sie geschickt mit Knoten eines flachen, glänzenden Seidenbandes, wie man es zur Weihnachtszeit benutzt.

Der Tote lag verkrümmt im Sack, er sah jetzt aus wie ein Fötus, der im weißlichen Fruchtwasser des Plastiksacks schwamm. Seine Gesichtszüge waren ausdruckslos, ohne Panik und Todesangst, sein Körper schwamm im Blut, das sich jedoch nicht ausbreitete, sondern schon trocken schien.

Die weiße, schwere Zeit, dachte der Mörder. Aber die Farbtupfer, die auftauchen, wenn ich es richtig mache, können mich retten.

Er war ganz leidenschaftslos, fühlte nichts. Hass und Glut waren in ihm erfroren. Jetzt verhielt er sich nur noch wie ein Arbeiter, der den Auftrag erfüllt, Abfall zu entsorgen.

Er schleifte den Plastiksack mit dem Fötus des anderen hinaus. Auf den Treppenabsatz. Die Stufen hinunter. Durch den Röhrengang.

Am Kellerfenster hielt er an. Schon hatte er das Gitter aufgestoßen und wollte den Sack hinausdrücken, die Leiche der Kälte aussetzen, damit sie zu dem wurde, was sie zu werden verdiente – ein Stück knackender, gefrorener Abfall, an dem sein schwarzer Gott keine Freude mehr hatte. Dann beschloss er jedoch, seinen Plan zu ändern. Welcher Impuls ihn dazu verleitete, wusste er später nicht zu sagen. Etwas in seinem Kopf nahm einfach eine andere Richtung.

Er zog den Plastiksack wieder in den Gang zurück.

Am Fuß der Treppe drehte er die Leiche, bis sie an der nur angelehnten Tür zum Turm angekommen war. Er zog sie in den Apparateraum hinein, atmete inzwischen infolge der Anstrengung schwerer und setzte den Toten so auf den Drehstuhl am Kartentisch, dass es aussah, als beuge er sich über die Keyboards, als prüfe er die zuckenden Linien von Oszillograph und Hydrograph, die verwischenden Wolken des Radargerätes, die unbestechlich weiterarbeiteten, auch wenn ihre Wächter schliefen.

Der Mann begutachtete den Anblick.

Es wirkte, als sei ein erwachsener Fötus in seiner Fruchtblase, die oben mit einem Band undurchlässig zusammengebunden war, einen nicht vorgesehenen Weg gegangen. Als sei er schon vor seiner Zeit neugierig auf das Leben geworden. Oder als hätte er einen Vorsprung vor den anderen erkämpft. Als sei hier einer auf dem Sprung in die Welt, der begabter war als die anderen. Versuch es noch einmal, dachte der Mörder, schlag eine andere Richtung in deinem verpfuschten Leben ein.

Der Mörder war fasziniert von dem, was er sah. Welch schönes, beruhigendes Bild! Ein flüchtiger Beobachter hätte denken können, die technischen Apparaturen und ein denkender Mensch sprächen miteinander, tauschten ihre Erfahrungen aus. Vielleicht aus Sorge um die Gemeinschaft, auf die alle angewiesen waren, vielleicht auch nur, um bessere Vorhersagen zu erstellen, um zu helfen.

Vielleicht ging es auch um viel mehr.

Einer Eingebung folgend, riss er einen gelben, quadratischen Zettel von dem auf der Arbeitsplatte liegenden Post-it-Block, nahm einen der Stifte und schrieb: »Der wahre Allmächtige kommt aus der Dunkelheit und tilgt sie in der Welt.« Wunderbar, dachte er, einfach wunderbar. Er ließ die Botschaft auf dem Kartentisch liegen und hatte plötzlich das Gefühl, eine ganz neue Verbindung geschaffen zu haben, eine Darstellung, wie sie höchstens früher möglich gewesen war. Als sei wieder alles in Ordnung, auch für ihn selbst, alles an einem Vertrauen erweckenden Platz. Als sei das einfache, das alltägliche Leben, so wie es alle gelernt hatten, möglich und lebenswert. Aber so war es nicht. Das Leben verlöschte. Es versiegte einfach in Dunkelheit und Kälte. Es sei denn, man fand für sich einen Ausweg. Und das musste ein gewalttätiger Ausweg sein. Ein anderer hätte dem Auftrag, den er angenommen hatte, nicht entsprochen. Dem Auftrag, der ihm von innen, dort wo die Angst saß, gegeben wurde.

Der Mann ging hinaus, lehnte die Tür wieder an und verließ die Station durch das Kellerfenster, ohne darauf zu achten, ob ihn jemand sah. Er war daran gewöhnt zu denken, dass ihn niemand sah.

Draußen waren seine Spuren bereits völlig verweht.

Er würde neue erzeugen, ging aber davon, ohne sich umzudrehen.

Es schneite in immer dickeren Flocken. Auf der Dunkelheit lastete die Stille einer erfrorenen Nacht. Hinter dem Mörder wischte die Natur sofort mit einem dichten Schneeschleier seine flachen Fußabdrücke auf.

II

Hauptkommissar Martin Velsmann ließ die linke Hand am Steuer und tastete mit der rechten, ohne den Blick von der Fahrbahn zu lassen, nach dem Handy. Es piepte abgehackt und anklagend. Vielleicht, dachte er, sollte ich doch wieder »Für Elise« einspeichern, es klingt weniger empört, und wenn es nervt, dann nur die anderen.

»Ja?«

Die Stimme am anderen Ende gehörte Freygang. Velsmann fand es alarmierend, dass sein Assistent keine flapsige Bemerkung machte, sondern ernst und schnell sprach. Freygang sagte: »In der Wetterstation am Stausee ist ein Meteorologe tot aufgefunden worden. Offensichtlich ermordet. Kommen Sie am besten gleich her, Chef.«

»Wieso denn, wer soll denn in einer Wetterstation sonst ermordet werden, wenn nicht ein Meteorologe?«

Es rauschte an Velsmanns Ohr, dann sagte sein Assistent: »Wow, Chef. Und ich dachte immer, Witze wären mein Metier. Kommen Sie erst mal her, dann vergeht Ihnen der Humor.«

Velsmann sah auf die Autouhr. »Ich bin unterwegs und habe um acht meinen Arzttermin.«

»Hätten Sie das dem Täter vorher gesagt, vielleicht …«

»Schon gut, schon gut …«

»Alle sind hier. Die ganze Mannschaft. Volles Rohr.«

»Und warum erfahre ich das erst jetzt?«

Velsmann sah es vor sich, wie Freygang die Schultern hochzog und seine typische Geste mit ausgestreckten Armen machte. Das Handy musste er zwischen Schulter und Ohr eingeklemmt haben. »Weil ich Sie nicht eher erreicht habe! Ihr Handy ist irgendwie kaputt, vielleicht ist die Mailbox voll. Sie müssen sie hin und wieder ausschütten wie einen Aschenbecher, Chef.«

»So senil bin ich noch nicht, dass ich das nicht selbst wüsste, Freygang. Warum glaubt ihr Nachwuchsheinis eigentlich, die Welt erfunden zu haben?«

»Wenn Sie mich damit meinen – das glaube ich gar nicht. Aber ich habe es schon mehrfach bei Ihnen versucht. Genauer gesagt seit sieben Uhr im Zehnminutentakt.«

»Also gut, meine Mailbox war voll, das habe ich auf der Fahrt selbst gemerkt.«

»Nehmen Sie den Weg über die Rimbachfarm. Die Station ist dann den Waldweg runter direkt am See.«

»Ich kenne die Station. Wer ist aus Fulda noch da?«

»Wie gesagt alle!«

»Also auch Abteilung B?«

»Der Boss zuallererst. Er hat sich schon die Bemerkung erlaubt, ob Sie vielleicht der Mörder seien, weil Sie nach der Tat spurlos untergetaucht sind, hahaha.«

Velsmann beendete das Gespräch, kurbelte das Seitenfenster herunter, setzte das Blaulicht aufs Dach, wendete und trat auf das Gaspedal. Die Scheibenwischer arbeiteten auf Hochtouren, es schneite nun schon seit achtundvierzig Stunden in dicken Flocken. In Rauch und Schneeschleier gehüllte Räumfahrzeuge versuchten mit Streusalz die Straßen freizuhalten. Es sind nur gewöhnliche Räumfahrzeuge, dachte Velsmann, aber warum sehen sie aus wie Raumfahrzeuge, irgendwo im Nebel des Universums, wo auch ich herumschwebe?

Er seufzte und verschaffte sich Bodenhaftung, indem er noch einmal zum Handy griff.

»Polizeiassistent Freygang!«

»Ist der Staatsanwalt auch informiert?«

»Keine Ahnung, muss ich nachfragen.«

»Überprüfen Sie das mal gleich.«

»Mach ich, Chef. Oder nein, das kann Tosca übernehmen. Hier kommt gerade Dr. Gell. Bis nachher, Chef.«

Velsmann blickte angestrengt durch die Frontscheibe. In seinem Magen brannte es seit zwei Tagen. Sein Magen war sein körperliches Gewissen, es meldete sich sofort, wenn sein Besitzer achtlos lebte, zu schnell und zu fett aß, sich nicht ausruhte. Genau das hatte er in den letzten vier Monaten getan.

Velsmann nahm die Kurven zu schnell und fuhr deshalb langsamer. Er versuchte sich zu erinnern, ob er jemals über einen längeren Zeitraum ohne Magenprobleme gewesen war. Schon als Jugendlicher in Berlin hatte er Schleimhautentzündungen bekommen, unfähige Ärzte muteten ihm zu, aus Pappbechern eine weiße, dicke Flüssigkeit zu trinken, die nach gekalkter Wand schmeckte. Jeden zweiten Tag gekalkte, weiße Wand. Und dann musste er sich hinter klobige Durchleuchtungsgeräte stellen, wahre Monster, die mit strahlensicheren grünen Tüchern abgedeckt waren. Auf dem Röntgenschirm sah er dann, wie sich amöbengleich weiße Wölkchen durch seine Innereien wälzten. Er hatte endlose Wochen in Krankenhäusern und Sanatorien verbracht.

Stahlau kam in Sicht.

Warum bin ich trotzdem Polizist geworden?, dachte Martin Velsmann, das reinste Selbstmordkommando. Diese Frage hatte er sich schon oft gestellt und nie beantwortet. Er musste an der Ampel vor der Einfahrt nach Stahlau scharf bremsen, das Auto schlingerte. Eigentlich ein Wunder, dachte er, dass ich nur ein einziges Mal, als ich den Geiselnehmer durch die Lange Rhön verfolgen musste, ein richtiges Magengeschwür bekam. Aber jetzt ist es sowieso egal, die letzten sechs oder sieben Jahre werde ich noch durchhalten. Vielleicht gehe ich auch in den Vorruhestand, und es sind nur noch zwei. Dann ziehe ich ans Meer.

An der nächsten roten Ampel, direkt vor dem Gasthof »Zum Grünen Baum«, wo er vor einer Woche allein Kalbfleisch mit Thunfischsoße gegessen hatte, fiel ihm ein, dass er sich einen neuen Arzttermin geben lassen musste. Er erledigte das mit einem Anruf, hatte aber gleichzeitig das unbestimmte Gefühl, auch den neuen Termin nicht wahrnehmen zu können.

Hinter Stahlau bog er von der B 66 nach rechts ab. Aus den Augenwinkeln nahm er zur Linken den dünnen Bergfried des Renaissanceschlosses wahr, der die geduckte Stadtsilhouette unproportional überragte. Velsmann fuhr bis zu den letzten Häusern, ein Stück am Stausee entlang, dann wieder nach rechts. Als die lang gestreckte Rimbachfarm mit ihren Blockhäusern und jetzt leeren Pferdekoppeln im Schnee in Sicht kam, musste er sich wieder auf der Karte orientieren. Er steuerte nach links einen Abhang hinunter und fuhr auf rutschigen, schneebedeckten Waldwegen weiter. Leise fluchte er in sich hinein. Es fehlt nicht viel, und ich bleibe hier stecken, dachte er. Ich bleibe im Schnee stecken und muss zu Fuß zum Tatort. Ich hätte die Bundesstraße um den See herum, durch Bad Salmünster nehmen sollen, auch wenn es ein Umweg von zehn Kilometern ist.

Wieder meldete sich sein Handy. Es war der inzwischen informierte Staatsanwalt. »Wir treffen uns am Tatort«, erklärte Dr. Keuper knapp, und Velsmann sah ihn vor sich, wie er seine Umgebung aus den Augenwinkeln beobachtete, ohne den Kopf zu drehen.

Nach zwei weiteren Kilometern hielt Velsmanns flaschengrüner Ford Scorpio, Baujahr 1993, ohne Polizeiaufdruck und Landeswappen, vor dem Turm der Wetterstation.

Schon von weitem hatte er die parkenden Autos gesehen. Waren etwa auch die Journalisten schon da? Velsmann verfluchte sein Handy und seinen schlampigen Umgang mit dem Gerät. Es machte wahrscheinlich keinen guten Eindruck, wenn er als Letzter am Tatort eintraf. Das war ihm, soweit er sich erinnerte, noch nie passiert. Aber er konnte es nun nicht mehr ändern.

Seine beiden engsten Mitarbeiter liefen auf ihn zu. Alfons Freygang hatte rote Backen, seine runde Brille, die ihm das Aussehen eines Studenten gab, war verrutscht und beschlagen. Tosca Poppe war wie immer viel zu dünn angezogen und blickte wie immer feindselig. Ihre Unterlippe, in der ein Ring nicht nur eingeklemmt, sondern durchgebohrt war, war blau angelaufen und bebte. Velsmann befiel bei ihrem Anblick regelmäßig ein väterliches Gefühl, als habe er seine beiden Kinder vor sich.

»Wo stehen wir?«, fragte er beim Aussteigen.

Freygang wies über die Schulter zurück. »Ein Toter. Er heißt Roman Gut, Meteorologe, siebenundzwanzig. Mit mehreren Stichen getötet.«

»Mord?«

»Kann nur Mord sein, denn er steckt in einem Plastiksack, der von außen verschlossen ist. Müssen Sie sich ansehen, Chef. Ein bizarres Bild.«

»Irgendwelche Spuren?«

»Natürlich nicht!«, sagte Tosca Poppe patzig. »Nur eine Art Botschaft auf einem Zettel.«

Der Kommissar war an ihren Ton gewöhnt. »Was steht drauf?«

»Sehen Sie es sich am besten selbst an, Chef.«

Martin Velsmanns Blicke suchten die Umgebung ab, die abgesperrte Wetterstation, den See mit der Staumauer im Hintergrund, die bewaldeten Hänge, die leeren Pferdekoppeln im Tal. Das Geräusch eines Zuges schwoll an, im gleichen Augenblick rauschte hinter schneebedeckten Tannen zur Rechten ein ICE vorbei. Velsmann fragte laut: »Sonstige Hinweise?«

»Bisher nicht. Jemand muss von außen eingedrungen sein, aber der Schnee hat alle Fußspuren verwischt. Ob es Fingerabdrücke gibt, untersuchen die Techniker gerade.«

»Tatzeit?«

»Irgendwann in der Nacht. Vielleicht schon am späten Abend. Zwischen drei Uhr und sieben Uhr hätte der Tote arbeiten müssen, es merkte aber anscheinend niemand, dass er es nicht tat.«

»Die Mordwaffe?«

»Wahrscheinlich ein Dolch oder so was, mit ziemlich langer, dünner Klinge.«

»Ein Stilett«, warf Poppe bissig ein. Velsmann bemerkte jetzt, dass ihre blauen Lippen nicht von der Kälte, sondern von ihrem Lippenstift herrührten. Das minderte seine väterlich besorgten Gefühle im Nu. Die zweiundzwanzigjährige Polizeiaspirantin war vor einem Jahr aus Gotha zu ihnen gekommen und leistete sich eine professionelle Trotzphase, aber Velsmann schätzte ihr Gespür für abseitige Spuren und ihren Sinn für eigenwillige Fahndungsmethoden. Vielleicht, dachte er, muss man sich ein unkonventionelles Aussehen verleihen, um genau so zu denken.

Freygang fuhr in seinem Bericht fort. »Hier wird nachts zwischen achtzehn Uhr dreißig und drei Uhr morgens nicht gearbeitet. Ab drei beginnt eine kurze Schicht bis sieben, dann folgen zwei weitere Tagesschichten bis abends. Außer Roman Gut sind noch drei weitere Meteorologen beschäftigt, zwei davon wurden informiert und werden am Vormittag in Schlüchtern verhört. Der dritte fand den Toten bei Beginn seiner Frühschicht kurz vor sieben und alarmierte die Polizei in Stahlau. Es gibt jedoch keine Verdachtsmomente. Der Ermordete war Junggeselle, nichts Ungewöhnliches bei einem Alter von siebenundzwanzig. Seine Familie lebt in Frankfurt, ist auch schon verständigt, dort verbringt er die arbeitsfreien Wochenenden.«

»Irgendwelche Vorstrafen? Schulden? Auffällig geworden?«

»Vorstrafen nein, das andere wissen wir noch nicht.«

»Dann lasst uns hineingehen.«

Der Tatort war großräumig mit rotweißen Bändern gesichert. Drinnen herrschte das übliche Chaos. Laboranten und Techniker rannten herum, Spurenleser in gelben Ganzkörperanzügen krabbelten über den Boden, einer lag auf dem Rücken und spähte unter einen Tisch. Die Fotografen hatten ihre Aufnahmen bereits gemacht und rauschten gerade ab. Der Polizeiarzt traf ein. Velsmann trat an die Leiche im Plastiksack heran.

Ein Toter, der noch bei der Arbeit ist, war sein erster Gedanke. Was sollte das darstellen? Es sah aus wie eine Inszenierung.

Martin Velsmann schüttelte den unangenehmen ersten Eindruck ab, der ihn nach siebenunddreißig Dienstjahren noch immer überfiel. Ein Gefühl der völligen Mutlosigkeit angesichts von Gewalt. Eigentlich sagt man »angesichts sinnloser Gewalt«, dachte er. Aber war Gewalt wirklich sinnlos?

Der Polizeiarzt kreuzte jetzt seinen Weg, Schonlage war jung, begabt und unfähig, einen Tatort als Ort von Emotionen zu erleben. »Kann ich dann die Leiche untersuchen?«, wollte er wissen.

Velsmann starrte auf den Plastiksack. Er hatte plötzlich das Gefühl, keine Entscheidung treffen zu können. Sein Magen meldete sich wieder. »Warten wir noch ein paar Minuten«, gab er zur Antwort. Schonlage verzog das Gesicht. »Ich habe mir noch kein Bild gemacht.«

Der junge Mediziner sah ihn mit einem sprechenden Blick an, in dem Velsmann las, dass Alter offensichtlich langsam mache. Er ließ sich davon nicht irritieren und wandte sich wieder der Leiche zu.

Etwas störte ihn.

Gleichzeitig war ihm bewusst, dass dieser Tatort, wie jeder andere vorher, wie ein aufgeschlagenes Buch zu lesen war. Wie lautet dieser Text?, dachte er.

Ein Techniker im weißen Kittel rempelte ihn an und entschuldigte sich zerstreut.

Poppe deutete auf einen gelben Zettel. Martin Velsmann hatte ihn schon bemerkt und las jetzt die in ungelenken Großbuchstaben geschriebene Botschaft. »Der wahre Allmächtige kommt aus der Dunkelheit und tilgt sie in der Welt.« Die ersten drei Wörter waren mit Schnörkeln versehen, die wie Runen aussahen, der letzte Buchstabe im Wort »Welt« sah aus wie ein umgedrehtes Kreuz.

Er trat seitlich an die Leiche heran, sah in das wachsweiße Gesicht des Toten. Er suchte nach einem passenden Ausdruck, um das Bild, das er vor sich sah, zu beschreiben.

»Wie ein Fötus im Mutterleib, wie ihn die Digitalaufnahmen zeigen, die man jetzt immer öfter im Fernsehen sieht, finden Sie nicht, Chef?« Freygang flüsterte fast. Velsmann nickte, ja, das war der Eindruck.

»Eine Wetterstation, Messgeräte«, sagte der Kommissar, formte seine rechte Hand zu einer Forke und strich nachdenklich langsam, dabei seine Kopfhaut massierend, seine dichten, noch nicht ergrauten Haare aus der Stirn. Nur sein kurz geschnittener Bart zeigte bereits graue und weiße Stellen. »Ich kenne mich da nicht aus. Aber was ich sehe, ist Folgendes. Die Geräte arbeiten offensichtlich alle, metereologisch-klimatische Informationen, Geodynamik, das ganze Zeug. Hier werden Luftdruck, Temperatur, Feuchtigkeit, Wolkenart und Ähnliches gemessen. – Ist diese Station eigentlich auch für die Wettervorhersage wichtig?«

Freygang zuckte die Schultern. Er winkte eine Frau in mittleren Jahren heran, die mädchenhaft lange, rotbraune Haare trug. »Frau Dr. Kosell aus Offenbach, Expertin des Deutschen Wetterdienstes«, stellte er sie vor. »Sie ist zufällig wegen einer Inspektion in Stahlau.«

Ja, sind denn alle schon hier? dachte Velsmann. Er schüttelte der sympathisch wirkenden, hoch gewachsenen Frau, die kaum kleiner war als er selbst, die Hand. In ihren grünen Augen lag ein seltsamer Ausdruck. Als Velsmann ihn als eine Art stilles Glück deutete, baute sich in ihm ungewollt ein innerer Widerstand auf. Als er seine Frage wiederholt hatte, sagte sie: »Die Daten aller Wetterstationen werden für die Vorhersage herangezogen. Beim Deutschen Wetterdienst, wo ich arbeite, läuft dann alles zusammen. Klimatologie, Agrarmeteorologie, weltweite Kommunikation für den Verkehr. Ich bin allerdings nur für den hessischen Bereich zuständig.«

»Aha«, sagte Velsmann. »Dann können Sie mir sicher sagen, wie sich das Sauwetter hier weiter entwickelt.«

Die Frau lächelte, und ihr Gesicht wurde dabei noch mädchenhafter. »Es bleibt Spätherbst, wie es sich gehört.«

»Schnee, Kälte, alles drum und dran?«

»Ja. Wie gesagt, wir haben Ende November. Um diese Zeit sieht es mit dem Wetter eben schlecht aus.«

»Es ist immerhin noch nicht Winter, und eine solche Kälte würde ich eher als ungewöhnlich bezeichnen.«

»Das sehe ich anders. Im letzten Jahr war es ganz genauso. Und auch in den letzten zwanzig Jahren davor schneite es immer Mitte November.«

»Und dann nicht mehr«, warf Freygang überzeugt ein.

»Haben Sie eine Theorie«, sagte Velsmann, »warum man einen Meteorologen umbringt?«

»Natürlich nicht. Es sei denn, er hatte irgendwelche persönlichen Feinde. Aber glauben Sie wirklich, das Opfer sei umgebracht worden, weil er Meteorologe war?«

Freygang meinte: »Vielleicht ist er einem zum Opfer gefallen, der über seine Schlechtwetterbotschaften empört war.«

»Ermordet man jemanden, weil einem dessen Vorhersage nicht passt? Kann ich mir nicht vorstellen. Ist so was schon mal vorgekommen?«

Velsmann sah die Fragerin, in deren Gesicht sich ein ehrliches Erstaunen gebildet hatte, an. »Weiß ich nicht. Muss man prüfen lassen.

Sie können sich also keinen klassischen Grund für einen Mord an einem Meteorologen vorstellen?« Er hatte Wetterfrosch sagen wollen, verschluckte den flapsigen Ausdruck aber angesichts der Leiche.

»Wie ich schon sagte – nein.«

Velsmann wusste einen Moment lang nicht weiter, das Bild der Leiche irritierte ihn. Das hier war nicht nur ein Mord, es war mehr, aber was wollte der Mörder ihnen mitteilen? Er spürte ein Kratzen im Hals und räusperte sich. »Versuchen wir, die Fakten zu sehen. Der Mord muss irgendwas mit der Tätigkeit zu tun haben, die an diesem Ort ausgeübt wird, sonst hätte er möglicherweise nicht hier stattgefunden und zumindest die Umstände sähen wohl anders aus. Mich würde also interessieren, wie eine Wettervorhersage zustande kommt. Können Sie mir ein paar verständliche Informationen liefern?«

»Nun. Wir machen Aussagen über die zu erwartende Wetterlage durch die Auswertung von Vorhersagewetterkarten, die aufgrund von lokalen Messwerten einerseits und von Satellitenbeobachtungen andererseits gemacht werden. Es gibt rein graphische Verfahren, die wir die synoptische Methode nennen, Hochdruck, Tiefdruck, Fronten – Sie kennen das aus den Zeitungen. Für das numerische Verfahren stellen wir zunächst ein Rechenmodell auf, bei dem die Atmosphäre in Volumina aufgeteilt wird …«

»In …?«

»Volumina. Würfel. Für jeden dieser Luftkörper werden aus den meteorologischen Beobachtungen durch ziemlich aufwendige Interpolationen die charakteristischen Werte ermittelt, ferner das dazugehörige Geopotenzial.«

»Hört sich kompliziert an«, warf Freygang missmutig ein. Er hielt sich zugute, ein ganz fixer Junge mit blitzartigem Verstand zu sein.

»Dabei müssen«, fuhr die Meteorologin ungerührt fort, »durch numerische Glättung Inhomogenitäten in den Feldern der metereologischen Größen verhindert werden. Aus den vorliegenden Ausgangsfeldern lassen sich mit einer der barometrischen Höhenformel entsprechenden Gleichung das Geopotenzial für alle Würfel berechnen sowie die jeweiligen Vertikalwinde mit der Kontinuitätsgleichung für Luft.«

»Und hat das was mit unserer Leiche hier zu tun?«, fragte Freygang.

Velsmann, der ruhig zuhörte, hob abwehrend die Hand. Die Meteorologin sprach weiter.

»Dann liegen alle Werte vor, die zur Berechnung der zeitlichen Änderung des Windes, der Temperatur, der Feuchte und des Geopotenzials benötigt werden. Summiert man diese Änderungen über eine bestimmte Zeit und addiert sie zu den Ausgangsfeldern, so dienen uns die danach vorliegenden Felder im nächsten Schritt für eine Wiederholung der Berechnungen.«

»Ich verstehe vorläufig so viel«, sagte Martin Velsmann, »dass auch diese Station hier für die Erstellung der allgemeinen Wettervorhersage von gewisser Bedeutung ist.«

»Aber unbedingt. Wenn ich auch sagen muss, dass ich keine Expertin bin, was diese Station hier angeht, und also nicht genau sagen kann, welche Hauptdaten hier erhoben werden. Ich bin, wie gesagt, zufällig hier.«

»Aber Sie gaben doch an, wegen einer Inspektion in Stahlau zu sein.«

»Es ging nur um das Personal. Effizienz, Arbeitsplatzbewertung, eine Maßnahme des Personalrates, dem ich vorstehe.«

»Also wirklich nur einer dieser seltsamen Zufälle?«

»Seltsam keineswegs. Aber ein Zufall.«

»Übrigens – seit wann genau sind Sie in der Station?«

Sie sah ihn irritiert an. »Bin ich etwa verdächtig?«

Velsmann machte mit dem Kopf eine Geste. »Dort drüben liegt ein Ermordeter. Da sind alle verdächtig, die in der Nähe des Tatortes angetroffen werden.«

»Ich kam um sieben Uhr dreißig, um genau zu sein. Und ich kam unangemeldet. Das ist nämlich genau der Sinn von Personalinspektionen.«

»Sicher. Kehren wir zurück zu meiner vorherigen Frage.«

»Ich habe mich jedenfalls nicht mit den Messungen, die aus Stahlau kommen, zu beschäftigen. Aber so viel kann ich sagen: Wenn die Daten, die von hier kommen, falsch sind, geht auch unser Großrechner in Offenbach in die Irre. Sie müssen sich vorstellen, dass die Berechnungen für jeden Zeitschritt rund fünfzigtausend Mal durchgeführt werden, die kleinste Ungenauigkeit – und in der Potenzierung ergibt das ein falsches Wetterbild.«

In Velsmanns Verstand bildete sich ein vager Gedanke. »Könnten die Abweichungen dramatisch sein?«

»Unter Umständen, wenn einige unglückliche Verkettungen zustande kommen, ja.«

»Gut. Ich danke Ihnen erst mal. Vielleicht brauche ich Sie später noch, es wäre also nett, wenn Sie sich noch ein Weilchen zur Verfügung hielten.«

Freygang sah den Kommissar neugierig an. Er wusste, sein Vorgesetzter war in der Lage, aus den nebensächlichsten Details Schlüsse zu ziehen. Sein Gespür für Zusammenhänge, die disparat schienen, war berühmt. Nicht wenige der Häftlinge, die ins geplante Gefängnis von Schlüchtern einziehen würden, waren dieser Fähigkeit zum Opfer gefallen.

»Und? Was meinen Sie, Chef?«

Velsmann schüttelte nur den Kopf. »Ich meine noch gar nichts. Ich versuche mir vorzustellen, was uns der Täter mit dieser Inszenierung hier sagen will.«

Tosca Poppe stand plötzlich neben ihm. »Das ist ja Ekel pur! Installation mit Leiche. Echt krass. So was bringen nur Kerle fertig.«

Velsmann sah sie verdutzt an. »Wie meinen Sie das, Tosca? Kennen Sie den Täter?«

»Natürlich nicht. Aber so was fällt nur Männern ein, oder können Sie sich vorstellen, Chef, dass eine Frau zu einem solch ekelhaften Mord in der Lage wäre?«

»Wenn wir den Täter oder die Täterin überführt haben, können Sie mich das noch einmal fragen«, meinte Velsmann nicht unfreundlich.

Wieder tauchte der Mediziner auf und sah den Kommissar ungeduldig an. Velsmann machte eine abwehrende Geste. Er kniete sich hin und blickte dem Toten ins Gesicht.

Der Mann in dem Plastiksack sah aus, als lebe er und denke über die Messergebnisse seiner Geräte nach. Über Geopotenziale und Höhenformeln, wie sich die Meteorologin ausgedrückt hatte.

Ein täuschender, aber faszinierender Eindruck.

Velsmann fiel die Frisur des Toten auf, an den Seiten ausrasiert, von dem schmalen Haarstreifen oben ragten drei Spitzen wie eine Art Dreizack in die Stirn. Im ersten Moment dachte er an besonders ausgeprägte Geheimratsecken, aber dann sah er, dass die Ecken ausrasiert waren. Eine modebewusste Leiche, dachte er.

Warum hatte der Täter – Velsmann fiel auf, dass er automatisch auch »der Täter« sagte und nicht »die Täterin« – den Ermordeten in einem Plastiksack dorthin geschafft? Damit es aussah, als sei er noch bei der Arbeit? Er saß leicht vornübergebeugt auf dem drehbaren Lehnstuhl. Warum dieser Plastiksack? Damit man den Eindruck eines Fötus bekam, wie Freygang assoziiert hatte?

Welchen Sinn sollte das ergeben?

Was für eine Botschaft steckte dahinter?

Das alles ergab für Martin Velsmann keinen verständlichen Zusammenhang. Aber wenn es eine Botschaft gab, lag darin verschlossen natürlich das Motiv.

Velsmann ging um den Drehstuhl herum auf die andere Seite. Auch hier der gleiche Eindruck eines zwar in sich zusammengesunkenen, geschundenen, aber wachen Menschen, der sich auf die Geräte konzentrierte. Velsmann fiel jetzt auf, dass das Gesicht des Toten sauber war, wie gereinigt von Blut und Schmutz, das stand ganz im Gegensatz zum schauerlichen Anblick, den der blutverkrustete Körper in einem zerfetzten Schlafanzug bot. War dieser Eindruck beabsichtigt? Was hatte sein Assistent gesagt? Ob der Täter vielleicht jemand sei, der sich über die Prognosen geärgert hatte? Früher wurden die Boten getötet, die die Nachricht vom verlorenen Krieg überbrachten, dachte Velsmann. Lebt dieser Brauch etwa wieder auf?

Das war Unsinn! Bei der Brutalität der Tat mussten ganz andere Emotionen eine Rolle gespielt haben als Ärger über Wetterprognosen! Diese Tat war ein Ausdruck von äußerstem Hass.

Und ebenso sehr ein Ausdruck von kühler Kalkulation.

Wie passte das zusammen?

»Gut, Doktor«, sagte er und drehte sich um. »Fangen Sie an. Ich bin gespannt, wie viele Einstiche Sie zählen.«

»Wollen Sie den Meteorologen vernehmen, der die Leiche seines Kollegen fand?«, fragte ein Polizist. Velsmann sah zu der fraglichen Person hinüber: ein Mann im legeren Anzug, Mitte dreißig, der mit aschfahlem Gesicht in einer Ecke wartete, flankiert von zwei Uniformierten.

»Später auf jeden Fall«, sagte er.

»Draußen lauert die Presse, Chef«, sagte Tosca Poppe. »Soll ich was sagen?«

»Lokale Zeitungen?«

»*Kinzigtal Nachrichten. Hanauer Anzeiger. Gelnhäuser Neueste Nachrichten. Fuldaer Zeitung. Bild.* Keine Prominenz.«

»Sagen Sie den Journalisten, sie sollen draußen warten. Ich äußere mich in einer halben Stunde.«

»Die sind ziemlich renitent.«

»Das ist ihr Problem. Übrigens, wo ist eigentlich Hauptkommissar Gell?« Im gleichen Augenblick sah er seinen Vorgesetzten eintreten und mit dem Kollegen des Ermordeten sprechen. Er und Hubert Gell waren nicht gerade Freunde, aber der dreiunddreißigjährige Hauptkommissar und Leiter der Fuldaer Polizei verhielt sich korrekt, und Velsmann besaß so viel Selbstbewusstsein, sich als dienstältester und erfolgreichster Kommissar Hessens auch von ehrgeizigen jungen Konkurrenten nicht ins Bockshorn jagen zu lassen.

Der Doktor und seine beiden Assistenten legten die Leiche auf den Boden, schnitten sorgfältig das Plastik auf und glätteten es an den Rändern.

In der Eingangstür tauchte jetzt der zuständige Staatsanwalt auf, und Velsmann konstatierte mit Genugtuung, dass Dr. Alexander Keuper noch später als er an den Tatort kam. Er schien außer Atem zu sein, hatte einen versteinerten Gesichtsausdruck und fixierte Velsmann sofort. Der grüßte kurz und wandte seine Aufmerksamkeit dann den Technikern zu, die Spuren mit Pinseln, Lupen und kleinen Tütchen sicherten, in die sie alles legten, was sich fand, vom Haar auf dem Gerätetisch bis zur Erdkrume auf dem Fußboden. Velsmann fiel auf, dass der geflieste Fußboden blitzsauber war, sicher wurde hier wegen der staubempfindlichen Geräte jeden Tag geputzt. Ob es Fingerabdrücke gab, die etwas taugten, war deshalb fraglich.

Velsmann winkte Freygang heran und wies ihn an herauszufinden, wann der Putzdienst hier tätig war. Bis zu Freygangs Rückkehr stand er einfach da und sah dem Mediziner zu. Mein Gott, dachte er, das müssen mindestens dreißig Einstiche sein. Wer tut so etwas? Und warum? Als Freygang zurückkam, sagte er: »Jeden zweiten Tag zwischen zweiundzwanzig Uhr und Mitternacht. Gestern Nacht nicht, also heute wieder.« Velsmann überlegte, ob der Mörder das gewusst hatte.

Er forderte Freygang, der gerade wieder verschwinden wollte, auf, ihn darüber zu informieren, was sich im Rest des Stationsgebäudes befand.

»Also, unten gibt es nur Diensträume für insgesamt vier Meteorologen, diesen zentralen Geräteraum, Abstellkammern, einen Keller darunter. Oben im ersten Stock befindet sich eine Wohnung, der Ermordete wohnte dort während der Woche.«

»Ach? Warum sagen Sie mir das erst jetzt?«

»Sie haben mich nicht gefragt, Chef.«

»Freygang, Sie sollen mir zuarbeiten, nicht nur Fragen beantworten. Eine Dienstwohnung also.«

»Sieht so aus. Ich hab sie mir zusammen mit den Technikern schon angesehen. Offensichtlich ist der Mord da oben ausgeführt worden. Jetzt warte ich auf den Anruf des Einwohnermeldeamts im Rathaus Stahlau, zu dem die Liegenschaft hier gehört. Aber in diesen kleinen Käffern arbeitet niemand vor neun.«

»Die Station gehört zu Stahlau, nicht zu Bad Salmünster?«

»Sie haben's erfasst, Chef. Muss man so sehen.«

»Hm. Und was sagt uns das?«

»Nichts. Rein gar nichts.«

»Die Wohnung sehe ich mir gleich an, jetzt muss ich erst mal mit Gell und mit Keuper reden. Sie fletschen schon die Zähne.«

»Die tun so, als seien wir für Morde im Kinzigtal persönlich verantwortlich«, meinte Freygang.

»Als würden wir sie in Auftrag geben«, schnaubte Tosca und verschwand wieder.

Obwohl der Arbeitsraum gut temperiert war, fror Velsmann plötzlich. Erneut spürte er den Kratzer im Hals. Ich werde doch wohl keine Erkältung kriegen, dachte er, das fehlte mir noch. Während er auf seinen Vorgesetzten und den Staatsanwalt aus Fulda zuging, fiel ihm sein Urlaub in Portugal ein. Es war der letzte mit Andrea gewesen. Anfang Februar blühten bei Lagos schon die Mandelbäume, sie hatten sich noch einmal gut verstanden, aber dann kam Andreas heftige Reaktion, die er bis heute nicht begriff. Er hatte im letzten Jahr manchmal gelitten wie ein Tier, nachts in Albträumen gestrampelt. Morgens war das Bett zerwühlt wie nach einem Kampf. Wenn man die Zeit zurückdrehen könnte, dachte er, noch einmal eintauchen in die Geborgenheit und Wärme, mit Andrea neben mir. Und er wusste gleichzeitig, dass seine Reaktion die nackte Angst vor dem einsamen Altwerden war. Gingen etwa so trostlos die hochfliegenden Pläne und Träume seines Lebens zu Ende? Er wollte nicht daran denken.

»Ein Ritualmord! Grauenvoll! Der Täter muss ein Fremder sein, im Kinzigtal gibt es solche Bestien nicht!« Die Worte des Hauptkommissars brachten Velsmanns Gedanken in die Gegenwart zurück. Er schüttelte Gell und Keuper die Hände. »Was sagen Sie zu der Sache, Martin?«

»Ich weiß nicht, es ist noch viel zu früh, um etwas zu sagen, Hubert. Vielleicht finden wir ein Mordmotiv, wenn der Arzt fertig ist. Im Moment bin ich ziemlich sprachlos.«

»Das sollte sich schnell ändern, Kommissar, die Medien verlangen eine Stellungnahme.«

Velsmann sah den Staatsanwalt, den er um die vierzig schätzte – mein Gott, dachte er, er ist nicht älter als Andrea –, unwirsch an. »Die Medien, Dr. Keuper, sind mir im Moment scheißegal. Ich muss erst mal meine Eindrücke sortieren, dann schauen wir, was die Tatortspuren hergeben, und dann kommt eine Weile gar nichts. Danach sind die Medienleute dran.«

»Die Öffentlichkeit verlangt, auf den Punkt informiert zu werden. Wir leben in einer Mediendemokratie!«

»Das haben Sie mir schon oft gesagt. Ich weiß das aber durchaus auch selbst.«

»Schon gut, meine Herren«, warf Hauptkommissar Gell ein. »Streiten wir nicht, da drüben liegt ein Toter. Warten wir ab, was die Tatortuntersuchung ergibt.«

»Ich werde mit den Presseleuten in einer halben Stunde sprechen. Vorher sehe ich mir die Wohnung des Toten an.«

»Und für morgen früh beraumen wir eine Pressekonferenz im Präsidium ein. Ist das akzeptabel?«

Keuper sagte: »Natürlich.«

Velsmann brummelte etwas, winkte seine Assistenten heran und deutete nach oben.

»Hält sich für einen scharfen Hund, der Keuper«, sagte Poppe feindselig.

Velsmann erwiderte auf die vorlaute Bemerkung nichts. Als er hinter der jungen Polizeiaspirantin die Treppe hinaufstieg, bemühte er sich, nicht auf ihr heftig wackelndes Hinterteil in den knallengen, von künstlich ausgefransten Löchern übersäten Jeans zu schauen. Wieder bekam er Sehnsucht nach seiner Frau, die aber vielleicht gerade mit einem anderen im Bett lag. Nein, dachte er, eher geht sie mit einem am Meer spazieren und diskutiert über das Licht im Spätwerk von Vermeer. Das war es ja, was sie ihm vorgeworfen hatte, dass er bequem und langweilig geworden war, den Dingen des Lebens nichts mehr abgewann. Vielleicht hast du Recht, Andrea, dachte Velsmann, und es ist eine Altersfrage. Wenn man zwanzig Jahre jünger ist, hat alles noch seinen Zauber. Warum, verdammt noch mal, hilfst du mir nicht, diese Sicht wiederzugewinnen?

Eine junge Kollegin von der Spurensicherung mit einem Aktenkoffer ging schnell an ihnen vorbei. Vor der Eingangstür zur Wohnung des Ermordeten standen zwei Beamte. Sie grüßten mit verlegener Miene, und Velsmann musste sich den Tatort nicht zeigen lassen. Das Badezimmer, in dem der Mord begangen worden sein musste, war übersät mit braunroten, schon getrockneten Flecken. Überall auf den weißen Bodenfliesen, den Wandfliesen und selbst noch auf dem grünen Bordürenband in Augenhöhe befanden sich die Blutspritzer.

Freygang deutete auf die Spuren. »Von hier aus hat der Eindring-ling die Leiche hinuntergeschafft. Das ist eine der vielen Ungereimt-heiten. Jedenfalls deuten die Schleifspuren des Plastiksacks darauf hin, dass die Leiche zuerst ins Freie rausgeschafft werden sollte, Spu-ren am Kellerfenster beweisen das. Dann muss er es sich anders über-legt haben und schleppte den Sack in das Arbeitszimmer.«

»Warum?«

»Warum was? Es gibt zwei Warums, Chef.«

»Ich weiß. Das erste Warum betrifft die Absicht, die Leiche nicht hier oben liegen zu lassen, sondern ins Freie zu schaffen, das zweite die Tatsache, dass die Leiche jetzt im Arbeitsraum mit den Messgerä-ten liegt. Was könnte ihn dazu verleitet haben?«

»Interessante Frage.«

»Jedenfalls bedeutet das zweite Warum, dass er seinen ursprüngli-chen Plan nicht ausführen konnte.«

»Oder wollte.«

»Er änderte ihn jedenfalls kurz entschlossen.«

»Ja. Vielleicht kam ihm draußen etwas in die Quere, und er be-fürchtete, entdeckt zu werden.«

Velsmann überlegte. »Das glaube ich kaum. In diese abgelegene Gegend kommt doch niemand. Jedenfalls nicht bei diesem Wetter und bei Dunkelheit. Hier wohnt ja niemand. Und Spaziergänger oder Läufer dürften kaum unterwegs gewesen sein. Das müssen wir jeden-falls nachprüfen. Auf jeden Fall wäre es wichtig, zu beweisen, dass der Täter seinen Plan, die Leiche ins Freie zu schaffen, änderte und sich zu dieser merkwürdigen Installation, wie Tosca sagt, ganz spon-tan entschloss. Eine Aufgabe für die Spurensicherung. Dann nämlich hätte diese Inszenierung einen anderen Stellenwert, als sie ihn auf den ersten Blick hat. Dann rückt die Botschaft, die sie scheinbar ent-hält, in den Hintergrund, und auch das Mordmotiv könnte ein ganz anderes sein.«

»Vielleicht ist es sowieso nur ein Ablenkungsmanöver, um uns zu falschen Schlüssen zu verleiten.«

»Jedenfalls scheinen wir es mit einem intelligenten Mörder zu tun zu haben.«

»Ich spreche noch mal mit der Spurensicherung«, warf Poppe ein und rannte die Treppe hinunter.

»Sehen Sie mal hier, Chef.«

Velsmann sah sich die Stelle an, auf die Freygang deutete. Ganz hinten unter dem Waschbecken lag ein kleiner, grüner Gegenstand. Er ging in die Hocke. Eine geschnitzte Figur mit großem Kopf, kleinem Körper und vorquellenden Augen; die vorgewölbten Lippen schlossen sich um das Mundstück eines kurzen Instruments, vielleicht eine Flöte. Velsmann zog ein Plastiksäckchen aus der Jackentasche und hob die Figur damit auf, um keine Fingerabdrücke zu hinterlassen.

»Merkwürdig«, brummte er.

»Haben die Fotografin und ich beim ersten Augenschein schon gesehen, aber die Spurensucher sollten es liegen lassen, bis Sie kommen.«

»Wohl wegen meiner Vorliebe für Holzblasinstrumente. Sehr rücksichtsvoll, Freygang.«

»Na ja …«

»Was meinen Sie, wie kommt das hierher?«

»Vielleicht dem Opfer aus dem Schlafanzug gefallen.«

»Oder dem Täter.«

»Sieht aus wie ein – Dämon, finden Sie nicht, Chef?«

»Oder ein Talisman, der Böses abwenden soll, wie die Dämonenabweiser auf den Firsten alter Kirchen, die selbst grässlich anzuschauen sind. – Das Instrument ist interessant …«

Martin Velsmann führte die Figur dicht an seine Augen.

Freygang fragte gespannt: »Was sehen Sie, Chef?«

»Es scheint sich entweder um ein handwerkliches Produkt reiner Phantasie zu handeln. Oder um etwas sehr Altes. Um etwas so Altes … hm. Eine Mischung aus Holzflöte, Oboe und afrikanischer Stegharfe mit Mundstück.«

»Etwas Besonderes?«

»Nicht so besonders, dass es uns schnurstracks auf die Spur des Täters führen wird, denke ich. Aber in musikalischer Hinsicht schon. Eine geblasene Stegharfe wird beispielsweise bei den Haussa zur Anrufung von Geistwesen benutzt. Man nennt das den *bori*-Ritus. Dabei handelt es sich um Wesen, die hauptsächlich von Frauen, gelegentlich auch von Männern Besitz ergreifen. Man will durch die Musik mit ihnen Kontakt aufnehmen. Die rechtgläubigen Haussa bezeichnen diese Musik als ›Teufelsmusik‹.«

Velsmann ließ den Fund in das Plastiksäckchen hineingleiten und verschloss es am selbstklebenden Rand. Dann stand er auf und machte einen Rundgang durch die ausladende Wohnung. Freygangs Handy klingelte, und er sprach mit Poppe. Die Dienstwohnung besaß nur drei Zimmer, davon waren aber zwei mindestens dreißig Quadratmeter groß. Freygang kam seinem Vorgesetzten nach.

»Viel Platz für einen einzigen Bewohner«, wunderte sich Velsmann. »Oder lebte hier noch jemand?«

»Soviel wir wissen, nicht. Gut war ja nicht verheiratet. Er scheint überhaupt keine Angehörigen oder Bekannten in dieser Gegend zu haben, sondern nur in Frankfurt. Jedenfalls haben wir diese Information von seinem Kollegen. Er fuhr nach Dienstschluss am Freitagnachmittag immer sofort nach Frankfurt zurück, als erwarte ihn dort etwas Besonderes.«

»Gut, die Polizei in Frankfurt muss diese Dinge klären. Die Familie ist ja schon informiert. Irgendjemanden wird es geben, der uns über den persönlichen Hintergrund des Ermordeten etwas Brauchbares sagen kann«, meinte Martin Velsmann.

Er sah sich um. »Was ist denn das?« Sein Blick war auf eine dunkelrot tapezierte Wand gegenüber der Fensterfront gefallen, an der alle möglichen Hieb- und Stichwaffen hingen, vor allem Äxte und Schwerter.

»Einer der Techniker meinte, darunter seien ein paar ganz alte Stücke. Die Sammlung von Äxten zum Beispiel soll aus dem Nachlass eines Gelnhäuser Henkers aus dem achtzehnten Jahrhundert stammen.«

»Seltsames Hobby, überhaupt scheint dieser Meteorologe einen eigenartigen Geschmack zu haben …«

»Gehabt zu haben, Chef …«

»An diese Waffen müssen die Experten ran. Veranlassen Sie das, Freygang.«

»Hab ich schon, Chef.«

»Sieht irgendwie düster aus für eine Wohnung, in der man sich wohl fühlen will. Über Geschmack lässt sich wirklich nicht streiten.«

Freygang grinste. »Mir gefällt's, sieht irgendwie wie bei der Addams Family aus, vielleicht ist Frankenstein der Vermieter …«

»Ja, wenn man es im Fernsehen sieht, mit einem Kasten Bier neben der Couch, aber wenn man drin wohnen muss – ich weiß nicht. Das muss doch aufs Gemüt schlagen.«

»Ich hab mal gehört, dass Meteorologen solche abgedrehten Hobbys haben, einer sammelte Schrumpfköpfe. Scheint mit dem Metier zusammenzuhängen, man starrt dauernd in den Himmel und sieht keine Menschen, oder so ähnlich.«

Velsmann sah seinen Assistenten skeptisch an.

Tosca Poppe kam zurückgespurtet. »Die Schleifspuren besagen ganz eindeutig, dass der Sack zuerst zum Kellerfenster geschafft worden ist und dann wieder zurück. Erst ins Treppenhaus, als wolle man ihn wieder an den Tatort im ersten Stock zurückschaffen, dann schwupps mit einer Kehrtwendung in den Arbeitsraum.«

»Gut. Dann würde ich sagen, die Techniker können raufkommen und sich hier umsehen.«

Poppe spurtete wieder runter. Dabei machte sie bei jeder zweiten Stufe, auf die sie sprang: »BomBomBom!« Unten angekommen, quietschte sie wie ein bremsendes Auto.

Martin Velsmann blieb noch einen Moment in der Wohnung stehen und ließ sie auf sich wirken. Ein unbehagliches Gefühl sagte ihm, dass dieser Fall mehr Schwierigkeiten machen würde, als Morde ohnehin mit sich brachten. Irgendetwas passte hier ganz und gar nicht zusammen.

Am Fuß der Treppe erschien Hauptkommissar Gell und rief zu ihm hinauf. Offensichtlich wurden die Presseleute ungeduldig.

Martin Velsmann ging hinunter. Natürlich hätte er es seinem Assistenten überlassen können, die Journalisten zu informieren, aber in all seinen Dienstjahren hatte er das nur ein einziges Mal getan und hinterher sofort bereut. Damals war es um einen Geldbetrüger gegangen, und ein einziger unbedachter Satz seines damaligen Mitarbeiters hatte den Verdacht auf russlanddeutsche Mitbürger gelenkt. Eine Welle von Fremdenfeindlichkeit war daraufhin losgebrochen, für die er die Verantwortung übernehmen musste. Es war unerfreulich gewesen.

Die fünf Pressevertreter blickten ihn erwartungsvoll an. Er kannte sie alle mit Ausnahme einer stämmigen jungen Fotografin, die eine Kopfbedeckung trug, die Velsmann an ein altes Foto von Che Guevara erinnerte. Sie starrte ihn an und schoss eine Aufnahme in dem Moment, als er unvorteilhaft aussah. Die zweite Frau war aus Hanau und trug einen Doppelnamen, der ihm aber nicht einfiel, sie war klein, blond und gut aufgelegt und sah ihn herausfordernd an. Die drei männlichen Zeitungsschreiber sahen wie immer unscheinbar und mürrisch aus, sie hielten Notizblöcke in der Hand und erwarteten seine Erklärungen.

Velsmann lieferte die Version, die er im Moment für richtig hielt. Nur nicht zu viel preisgeben, keinen falschen Verdacht äußern, nicht spekulieren. Ein Toter. Die Untersuchung war angelaufen. »Morgen früh um zehn Uhr wird es im Fuldaer Präsidium eine allgemeine Pressekonferenz geben. Vielleicht wissen wir dann schon mehr. Bitte gedulden Sie sich bis dahin.«

»Werden Sie den Mörder schnappen?«

Was für eine blöde Frage, dachte Velsmann. Er sagte: »Natürlich kriegen wir den Mörder, da können Sie ganz beruhigt sein.«

»Das hören wir immer von der Polizei. Aber ich habe in den Archiven gestöbert und gesehen, dass in den letzten Jahren zwanzig Prozent aller Todesfälle unaufgeklärt blieben.«

»Und erinnern Sie sich an den Geiselnehmer? Er entzog sich in der Hochrhön, ich glaube, es war im Wald hinter dem Holzberghof, durch Selbstmord. Hätten Sie den gekriegt?«

Velsmann beherrschte sich. »Morgen früh, zehn Uhr«, sagte er und wendete sich ab. In seinem Magen rumorte es.

Unten lief ihm einer der verantwortlichen Techniker über den Weg. Velsmann packte ihn am Arm. »Gibt es schon Erkenntnisse zu den Fingerabdrücken, Euler?«

»Fingerabdrücke gibt es jede Menge. Erkenntnisse nicht.«

Die Meteorologin aus Offenbach stand am Treppenaufgang und schaute mit einem Gesichtsausdruck, den Velsmann nicht recht deuten konnte, zur Wohnung des Ermordeten hinauf. Velsmann beobachtete sie einen Moment lang. Sie strich sich ihr schönes, rötlich schimmerndes Haar, das fast bis zur Hüfte hinabfiel, hinter die Ohren und leckte sich die Lippen. Dann wandte sie sich mit einer jähen Geste ab, als hätte sie einen Schlag erhalten. Da Velsmann daran gewohnt war, jedes Detail zu registrieren, löste dieser Anblick in ihm ein irritierendes Gefühl aus. Als die Frau ihn wahrnahm, nickte sie ihm mit ernstem Gesicht zu, und er nickte zurück.

Dann ging er hinaus.

Das wird richtig harte Arbeit, dachte Martin Velsmann. Ein Mord im Dienstzimmer einer öffentlichen Wetterstation. Mehr nichts sagende, allgemeine Spuren konnte es kaum geben. Ob dies für den Mörder der Grund gewesen war, seine Tat ausgerechnet hier zu begehen? Nein, entschied er nach kurzer Überlegung, das war kaum wahrscheinlich. Dazu war der Fingerabdruck der Tat selbst zu genau.

Polizeianwärterin Poppe stieß Rauch aus und nahm den Anruf entgegen. Nachdem sie einige Notizen aufgekritzelt hatte, legte sie den Hörer auf, schob Martin Velsmann den Zettel über den Schreibtisch, wo schon eine Menge anderer Telefonzettel lagen, und sah ihn gespannt an.

»Dreiunddreißig Einstiche«, sagte Velsmann nachdenklich. »Genau dreiunddreißig. Aber kein einziger in Hals oder Gesicht, das ist mir aufgefallen.«

»Dreiunddreißig? Hört sich irgendwie – wie ein Ritual an. Die dreiunddreißig Stufen, dreiunddreißig Pforten zur Hölle. So ähnlich.«

»Neununddreißig Stufen«, maulte Tosca.

»Was?«

»Der Film heißt ›Die neununddreißig Stufen‹. Von Hitchcock. Und dreiunddreißig Stufen zur Hölle gibt es nicht, es gibt nur neun.«

»Ach«, sagte Freygang, »und woher weißt du das? Schon mal runtergekrabbelt?«

Tosca Poppe verzog das Gesicht zu einer verächtlichen Grimasse, antwortete aber nichts. Die Anwesenden kannten die Kabbeleien der beiden eigentlich befreundeten jungen Polizisten zur Genüge.

Martin Velsmann wiegte den Kopf. »Die Zahl der Einstiche kann Zufall sein. Aber wenn es Zufall und nicht Absicht ist, dann muss der Mord mit einer irrsinnigen Wut ausgeführt worden sein. Mit einem Hass, der erst dann erlosch, als das Opfer sich nicht mehr rührte.«

»Darüber wissen wir nichts«, warf der Staatsanwalt ein. »Das ist bisher alles nur Spekulation.«

»Sicher«, sagte Velsmann, »im Moment können wir nichts anderes tun, als zu spekulieren. – Wie sehen Ihre Spekulationen aus?«

»Ich halte mich nur an Tatsachen«, brummte Keuper.

»Darf ich Sie daran erinnern, dass wir einen Mord aufzuklären haben? Wir machen nicht nur Fakten aktenkundig.«

Nach und nach gingen in dem hellen, aber jetzt verräucherten Büro im Fuldaer Polizeipräsidium – Polizeianwärterin Poppe hatte als Einzige die Erlaubnis erhalten zu rauchen – alle möglichen Ermittlungsergebnisse ein. Hauptkommissar Gell, Staatsanwalt Keuper, Kommissar Velsmann, seine Assistenten und der zuständige Experte von der Spurensicherung Euler saßen sich am Konferenztisch gegenüber und tranken Kaffee aus braunen Pappbechern. Velsmann hielt wie immer seine gestopfte Pfeife in der Linken und zog manchmal daran, und obwohl sie nie angezündet war, roch es nach süßlichem Tabak. In einer Stunde würde die Pressekonferenz beginnen.

Martin Velsmann erhob sich und zog den Kopf ein, als befürchte er, gegen die niedrige Zimmerdecke des vor einem Jahr gebauten Polizeisilos zu stoßen, dabei war er nur unwesentlich größer als ein Meter achtzig. Er trat ans Fenster und füllte mit seiner kräftigen, aber nicht dicken Figur fast den ganzen Rahmen aus. Unten fuhren zwei blaue Übertragungswagen des Fernsehens in den Hof.

»Fassen Sie zusammen, Martin«, sagte Dr. Gell. »Was haben wir bis jetzt?«

Martin Velsmann sah die Anwesenden der Reihe nach an. Der ganze zurückliegende Tag war ein endloses Warten auf Ergebnisse gewesen. Von dem oder den Tätern gab es nicht die geringste Spur. Man hatte einen Aufruf an die Bevölkerung gedruckt und verteilt und die Radiostationen der Region informiert. Wer hatte zur vermuteten Tatzeit etwas bemerkt oder sich in der Nähe befunden? Velsmann erläuterte den mutmaßlichen Tathergang und die vorliegenden Untersuchungsergebnisse in knappen Worten, es war nicht viel. Als er fertig war, griff er wieder nach seiner Pfeife. Er rauchte seit zwei Jahren nicht mehr.

»Wenig«, sagte Dr. Gell. »Sehr wenig. Die Medienmeute wird uns zusetzen.«

Der Staatsanwalt sah missmutig aus. »Wir müssen mit Hochdruck ermitteln. So was darf hier im Kinzigtal einfach nicht passieren.«

Velsmann drehte sich um und sah wieder nach draußen. Im Hof wurden Kabel ausgerollt. Die Brutalität des Mordes kam ihm noch einmal zu Bewusstsein. Der Arzt am Tatort hatte die genaue Todesursache nicht feststellen können. Auch die gerichtsmedizinische Obduktion am Abend ergab kein anderes Resultat. Obwohl die Messerstiche tief eingedrungen sein mussten, waren sie nur in der Summe tödlich gewesen, kein lebenswichtiges Organ war verletzt, der Körper war ausgeblutet, und irgendwann hatte das Herz des Meteorologen ausgesetzt. Es schien beinahe so, als seien die Stiche mit Absicht so gesetzt worden, dass der Ermordete langsam verblutete. Wie bei einem geschächteten Tier, dachte Velsmann. Ist das vielleicht der Hintergrund? Geht es hier irgendwie um die Praktiken der Juden und Mohammedaner, ein Tier durch Ausbluten langsam zu töten, damit das Fleisch koscher bleibt?

Nein, zu abwegig, dachte der Kommissar. Sein Magen meldete sich wieder. »Wissen wir eigentlich, welcher Religion der Ermordete angehörte?«

Seine Kollegen blickten ihn verständnislos an. »Religionszugehörigkeit? Sie meinen, ob er regelmäßig in die Kirche ging?«, fragte Freygang unsicher.

»Nein, ich meine, welcher Religion er angehörte, ob dem Islam, dem Hinduismus, dem Buddhismus; war er orthodoxer Jude, Byzantiner, Nestorianer? Die anderen Möglichkeiten will ich gar nicht aufzählen. – Gibt es Informationen darüber?«

»Moment, Chef!«

Während Freygang telefonierte, fragte Dr. Gell: »Was meinen Sie damit, Martin, warum ist das wichtig?«

Velsmann kratzte sich an der Stirn. »Ich weiß es nicht. Nur so ein Gedanke. Wegen der dreiunddreißig Stiche.«

Freygang knallte den Hörer wieder hin. »Seine Personalakte trägt den Vermerk ›evangelisch‹.«

»Na ja, das steht heutzutage bei jedem, der nichts anderes angibt«, bemerkte der Staatsanwalt und sah Freygang aus den Augenwinkeln heraus an, ohne den Kopf zu wenden. »Wenn das wichtig ist, sollten wir es genau nachprüfen.«

»Tun Sie das, Freygang«, sagte Velsmann. »Fragen Sie vor allem in der Familie nach, die müssen das am besten wissen. Und jetzt erzählen Sie uns, was die erste Vernehmung der Guts in Frankfurt ergeben hat.«

»Nichts außer Platituden. Die Frankfurter Kollegen haben den Eindruck, die Angehörigen hätten den Ermordeten gar nicht richtig gekannt.«

»So. Und was ist das für eine besondere Familie?«

Freygang kramte in Blättern. »Die Familie Gut. Vater lebt nicht mehr, kam bei einem Bahnunfall vor acht Jahren um, das war übrigens einer der seltenen Fälle aus der Frühzeit des ICE, bei denen es Tote gab. War 'ne seltsame Sache damals …«

»Wieso seltsam?«, fragte Gell.

»Erregte Aufsehen. Der Zug blieb drei Stunden in einem langen Tunnel kurz vor Stuttgart stehen, ein Schwelbrand brach aus, dann Panik unter den Reisenden. Als alle heraussprangen, überfuhr ein Rettungszug zwei Leute, darunter Alfred Gut.«

»Ach ja, ich kann mich an den Presserummel und die bemitleidenswerten Erklärungen der Frankfurter Bahnzentrale danach erinnern«, sagte Gell.

»Offenbar eine vom Schicksal geplagte Familie«, meinte Velsmann.

Freygang sortierte weiter aus. »Die Mutter. Evelyn Gut, geborene Schüssler. Lebt in Frankfurt als Besitzerin einer Expressreinigung.

Dann gibt es noch zwei Geschwister. Der jüngere Bruder Timon betreibt ein Sportstudio in Bischofsheim bei Hanau, der ältere, Ferdinand, lebt in Alsberg.«

Martin Velsmann sah seinen Assistenten forschend an. »Alsberg? Schau an, ist das nicht ganz in der Nähe von Stahlau?«

»Alsberg, Spessart, ja.«

»Sie sagten doch, der Tote hat hier keine Verwandten.«

»Muss ich übersehen haben, Chef. Sein Kollege wusste jedenfalls nichts von diesem Bruder.«

Jemand riss die Tür auf. »Die Presseleute sind angetanzt.«

Gell sagte: »Wir kommen in zehn Minuten.«

»Was macht der Bruder beruflich in Alsberg? Das ist ja, soweit ich mich erinnere, ein winziger Ort auf der Anhöhe.«

»Es gibt dort einen Golfclub….«

»Ja, richtig …«

»Er ist Pächter. Außerdem hat er eine Jagd im Spessart.«

»Gib mir seine Adresse, um den Mann kümmere ich mich selbst. Den Rest der Familie müssen andere übernehmen – falls von der Seite noch irgendeine wichtige Information zu erwarten ist.«

»Klar.«

»Pächter des Golfclubs, Jäger …«, brummte Martin Velsmann.

»Martin«, drängte Keuper, »was sagen wir der Presse?«

»Ich werde ihnen verdammt nochmal sagen, dass wir im Dunkeln tappen. Kein Motiv, keine Spuren. Ein sinnloser Mord. Die Wahrheit also.«

»Wenn Sie das tun, haben wir morgen eine ganz heiße Untersuchungskommission aus Wiesbaden am Hals, das wissen Sie. Wir müssen ihnen einen Brocken hinwerfen.«

Velsmann kannte die Ansicht des Staatsanwalts. Er vertrat sie in jedem Fall, egal, ob es sich um Mord oder Falschparken handelte. Aber diesmal hatte er Recht, und eine Sonderkommission von Oberschlauen konnte niemand gebrauchen. Warum ein solcher Mord, dachte er, was hat das für einen Sinn? Immer wieder Gewalt, Gewalt! Können wir die Phase des gegenseitigen Zerfleischens nicht einfach überspringen? Frag nicht, antwortete eine andere Stimme in ihm.

Doch, dachte er, man muss fragen, das ist der einzige Widerstand, der einem bleibt gegen die Dunkelheit.

Dr. Gell erklärte: »Ich werde ihnen Futter geben. Ich sage, wir verfolgen eine Spur, die – auf ein Rachemotiv hinweist. Das kommt immer gut an. Um die Ermittlungen nicht zu gefährden, könnten wir nicht sagen, um was für einen Racheakt genau es sich handelt.«

»Nicht besonders überzeugend, Hubert!« Martin Velsmann schüttelte den Kopf. »Sie wissen so gut wie ich, dass sich heutzutage niemand mit einer so schlappen Erklärung zufrieden gibt. Wir könnten immerhin andeuten, dass es keine größeren Zusammenhänge gibt und die Arbeit in der Station nicht gefährdet ist. Das ist ja nicht gelogen.«

»Wissen wir das denn wirklich genau, Chef?«, maulte Tosca. »Vielleicht stecken doch Alfons' berüchtigte dreiunddreißig Stufen zur Hölle dahinter.«

»Neununddreißig«, korrigierte Freygang grimassierend.

»Ach, besorg es dir doch selbst«, antwortete Tosca, unter Dr. Gells strengem Blick mit jedem Wort kleinlauter werdend.

»Hört auf, Kinder!«, unterbrach Martin Velsmann entschieden. »Lasst uns gehen. Irgendwas fällt uns schon ein. Zur Not verlesen wir einfach das Gedruckte. Hubert, Sie machen die Einführung, und dann präsentiere ich die Fakten.«

Eigentlich wäre es an Hauptkommissar Dr. Hubert Gell gewesen, die Reihenfolge festzulegen. Aber er hatte keine Einwände gegen das Vorgehen seines besten Kommissars.

Beim Hinausgehen fiel Velsmann noch etwas ein. »Ach, finden Sie doch mal heraus, Freygang, ob sich ein ähnlicher Tathergang, Sie wissen schon, dreiunddreißig Stiche, oder etwas Vergleichbares, in den Akten finden lässt.«

»Bundesweit?«

»Hessisch und bundesweit. Im Kinzigtal gab es so was, soweit ich mich erinnere, noch nicht, jedenfalls nicht, seit ich Dienst mache.«

»Wie lange machen Sie schon Dienst?«, wollte Poppe mit Unschuldsmiene wissen.

»Mensch, Poppe! Halt doch den Schnabel!« Freygang wackelte so heftig mit dem Kopf, dass sein ganzer Körper mitbebte.

»Du kannst mich, Typ! Ich habe aus ehrlichem Interesse gefragt!«
»Von wegen!«

Die Männer verließen das Büro. Kinder!, dachte Velsmann, plötzlich erneut erfüllt von einem sentimentalen Gefühl.

Der Raum, in dem gewöhnlich die Pressekonferenzen abgehalten wurden, war voll. Martin Velsmann konnte sich nicht erinnern, einen solchen Andrang je erlebt zu haben. Selbst bei der Geiselnahme vor zwei Jahren waren zumindest nicht so viele Kameras auf das kleine Podium gerichtet und Mikrophone installiert gewesen. Er kannte längst nicht alle Journalisten. Nur die stattliche Fotografin fiel ihm wieder auf. Ihre Montur mit der Che-Guevara-Mütze war reichlich eigenwillig, unter ihrer knapp sitzenden Bekleidung – Lederhose, T-Shirt, Baumwolljacke, alles in Schwarz – bildeten sich ihre Fettpölsterchen ebenso ab wie die natürlichen Rundungen. Ihr flächiges Gesicht war unbewegt, die dunklen Augen schwammen in Traurigkeit – oder was war es sonst? Jetzt verzog sie einen Mundwinkel zu einem Begrüßungslächeln. Martin Velsmann blickte irritiert über die Köpfe der Übrigen hinweg.

Die dürre Pressemitteilung war vorher verteilt worden. Velsmann sah, dass einige das halb bedruckte, gelbe DIN-A-4-Blatt in der Hand hielten und lasen, andere schützten sich damit gegen die Scheinwerfer des Hessischen Fernsehens.

Hubert Gell begrüßte die Anwesenden, gab seine Erklärung ab und eröffnete dann die Fragerunde.

»Tschepanski, *Bild*. Ich wundere mich, dass die Polizei der Öffentlichkeit, einen ganzen Tag nach dem Mord, nicht mehr mitzuteilen hat als in dieser Pressemitteilung. Beispielsweise über das mögliche Tatmotiv.«

Velsmann erwiderte: »Von dem oder den Tätern fehlt bisher jede Spur. Deshalb können wir eben nicht mehr sagen.«

»Was heißt das – ein Rachemotiv? Wer rächte sich an wem?«

»Können wir noch nicht genau sagen.«

»Wie bewerten Sie die Tatsache, Hauptkommissar Velsmann, dass wir es mit einem so bestialischen Tathergang zu tun haben?«

»Das bewerte ich vorerst überhaupt nicht. Im Übrigen ist die gerichtsmedizinische Untersuchung noch im Gange. In zwei Tagen können wir vielleicht mehr sagen.«

Der Reporter wurde sichtlich ungehalten. Bevor er jedoch weitere Fragen stellen konnte, unterbrach ihn ein anderer.

»Warum ist der Ermordete ein Meteorologe?«

»Er hat in Offenbach eine Ausbildung zum Wetterkundler durchlaufen. Dann machte er ein Praktikum in Stahlau und wurde dort übernommen.«

»Nein, nein! Sie wissen, was ich meine! Wurde ein Meteorologe ermordet, oder war das nur Zufall?«

»Wir wissen es noch nicht.«

Eine Frau rief: »War es ein Einbruch? Und wenn ja, was wurde gestohlen?«

»Wir können noch nicht sagen, ob etwas entwendet wurde. Die Präsentation der Leiche am Tatort weist allerdings darauf hin, dass ein Einbruch nicht das vorrangige Tatmotiv war.«

»Sie meinen die vielen Einstiche? Also doch eher Rache?«

Velsmann nickte.

»Wie lange wird die Fahndung nach dem Mörder dauern, glauben Sie, ihn bis Weihnachten präsentieren zu können?«

»Woher soll ich das wissen?«, antwortete Velsmann wahrheitsgemäß. »Die Ermittlungen sind gerade angelaufen, und wir haben noch keine Spur – ich sagte es schon.«

»Was ist mit den anderen Angestellten der Station?« – »Warum konnte der Täter in die Station so mir nichts, dir nichts eindringen? Ist sie nicht gesichert?« – »Warum schlug kein Hund an?«

Velsmann sah Hilfe suchend zu Hubert Gell hinüber. In seinen Augen stand: ›Halte mir diese Frager vom Hals!‹ Gell schüttelte nur den Kopf. Sadist, dachte Velsmann.

Erneut wurden mehrere Fragen zugleich gestellt, der Kommissar verstand nichts. Er deutete auf die Fotografin, die schon eine Reihe von Schnappschüssen gemacht hatte und sich nun wie in der Schule, mit schnipsenden Fingern, meldete.

»Sie können mir sicher verraten, ob es sich bei diesem Mord um ein irgendwie bedeutsames Verbrechen handelt, um einen Mord also, der überregional große Schlagzeilen machen wird.«

»Wie kommen Sie darauf?«, fragte Velsmann zurück.

»Ich habe zuerst gefragt«, erwiderte die Fotografin ungerührt. In ihrem glatten Gesicht zuckte keine Faser.

»Jeder Mord ist bedeutsam«, sagte Velsmann und merkte, dass er ärgerlich wurde. »Ein Mensch ist gegen seinen Willen getötet worden.«

»Ja ja«, sagte die Fotografin. »Ich weiß. Aber was ich wissen will, ist das Folgende: Werden Sie Verstärkung anfordern müssen? Aus Frankfurt oder von sonst wo her? Oder schaltet sich sogar das LKA ein?«

»Nein. Wir klären den Fall allein mit den Ressourcen, die wir in Fulda haben. Und wenn wir rund um die Uhr arbeiten müssen.«

»Tut die Polizei das nicht sowieso?«

Martin Velsmann stand auf. »Wenn wir mehr Erkenntnisse haben, benachrichtigen wir Sie. In jedem Fall findet morgen zur gleichen Zeit eine weitere Pressekonferenz statt. Bis dahin gedulden Sie sich bitte.«

»Erzählen Sie uns was über Ritualmorde!«

»Sie wollen doch nicht behaupten, Sie wüssten …!«

»Die Polizei interessiert sich doch sowieso nicht für die Belange des Kinzigtals, wir sind eine Ferienregion!«

Velsmann flüchtete. Die zudringlichen Fragen bohrten sich in seinen Rücken. Er hörte beim Verlassen des Raums, wie Gell die Journalisten beruhigte. Soll er doch Erklärungen abgeben, dachte Velsmann, dazu ist er da. Oder Keuper soll sich ins Rampenlicht stellen, das mag er doch so gern.

Martin Velsmann spürte plötzlich einen Stich im Magen. Der Arzttermin fiel ihm ein. Nein, er würde in den nächsten Tagen nicht in die Nähe irgendeines Arztes kommen. Wut und Ohnmacht stiegen in ihm auf. Er fühlte sich unglücklich. Bin ich wirklich auf der Welt, dachte er, um Journalisten ausweichende Antworten zu geben, mir Leichen anzusehen und Mördern hinterherzujagen? Bin ich nicht da, um glücklich zu sein wie jeder andere auch? Ein ganz normaler Mann? Du musst mit deinem Leben anders umgehen, dachte er.

Er ging in sein Büro, nahm seine Pfeife, sagte den Arzttermin ab und suchte die Telefonnummer seiner Frau heraus. Er tippte die Nummer ins Handy ein.

Besetzt.

Wieder spürte er den Stich im Magen. Wahnsinn, dachte er. Dass es so weit kommen konnte! War er nicht gerade noch der hoffnungsvolle Anwärter gewesen, jüngster Kommissar Hessens, ein engagierter Gewerkschafter, der frischen Wind in die verkrustete Behörde bringen wollte, der neue Fahndungsmethoden ausprobieren wollte, die den Täter als gesellschaftliches Opfer wahrnahmen und durch das soziale Profil einkreisten? Martin Velsmann, dachte er, achtundfünfzig, bin ich nun noch interessiert an allem, oder nicht mehr?

Freygang riss die Tür auf und steckte den Kopf, tiefer gebeugt als nötig, herein. »Chef, halten Sie sich fest, es gibt tatsächlich drei Morde in den letzten acht Jahren, bei denen das Opfer durch eine bestimmte Anzahl von Messerstichen getötet wurde. Aber nicht durch dreiunddreißig, sondern durch sechsundsechzig!«

»Sechsundsechzig ist ein Kartenspiel«, brummte Velsmann, noch in seine trübseligen Gedanken verstrickt.

»Sechsundsechzig Stiche! Und wissen Sie, was das bedeutet? Es ist das Teufelszeichen! Zusammen mit Pentagrammen, umgedrehten Kreuzen und dem Scheiß! Wir haben so was doch am Tatort gefunden!«

»Unsere Leiche ist nicht mit sechsundsechzig Stichen getötet worden, sondern mit …«

»Mit dreiunddreißig! Na und? Das ist genau die Hälfte! Erinnern Sie sich an den Mord in Witten im Juni? Ein Satanisten-Paar aus dem Ruhrgebiet ermordete einen Bekannten mit sechsundsechzig Stichen. Und nun halten Sie sich fest! Das Opfer war dreiunddreißig Jahre alt!«

Velsmann war hellhörig geworden. »Hm«, machte er. »Kommen Sie rein, machen Sie die Tür zu. Erzählen Sie mir was über diesen Mord in Witten – ich erinnere mich dunkel.«

Freygangs struppige Strohfrisur stand, wenn das überhaupt möglich war, noch mehr zu Berge als zuvor. »Sie haben gesagt, sie hätten im Auftrag des Teufels gehandelt. Nach dem Mord flüchteten sie angeblich nach Transsilvanien, Sie wissen schon, zu Dracula.«

»Der Reihe nach, Freygang. Setzen Sie sich auf diesen Stuhl. Und nun los.«

»Also. Der Tote wurde von dem Pärchen, sie waren übrigens nicht nur mit Satan, sondern richtig miteinander verheiratet, mit Messern, Macheten und Hämmern zugerichtet – jedenfalls sechsundsechzig Hiebe. Einen Monat nach der Hochzeit der beiden fand die Polizei Anfang Juli in ihrer Wohnung das Opfer aus Dettel, das ist irgendwo im Kreis Recklinghausen. Zu diesem Zeitpunkt befanden sich die beiden Wittener schon mit dem Auto auf der Flucht über Hannover nach Ostdeutschland. Wie sie bei der Verhaftung einräumten, hatten sie ihr dreiunddreißigjähriges Opfer zu einem vorgeblichen Treffen unter Freunden zu sich gelockt. Die Wohnung war mit einem Eichensarg, Totenschädelattrappen, umgedrehten Kreuzen und SS-Runen ausstaffiert.«

»Moment. Ein rechtsradikaler Hintergrund?«

»Keine Ahnung. Jedenfalls wird den beiden ab zehnten Januar nächsten Jahres in Bochum der Prozess gemacht.«

»Besorgen Sie mir das Fahndungsmaterial und einen Ansprechpartner der Staatsanwaltschaft, Freygang. Wie kamen Sie übrigens auf den Fall?«

»Satansmorde sind ganz selten. Ich hab mich erinnert, dass vor rund acht Jahren in Thüringen schon mal so eine Sache anstand. Damals wurde in Sondershausen ein Fünfzehnjähriger von zwei halbwüchsigen Teufelsanbetern und Rechtsextremisten getötet – mit sechsundsechzig Stichen. Ich war damals gerade zwanzig geworden und ziemlich schockiert von der Sache, denn meine Schwester wohnt seit ihrer Heirat in Sangershausen, das ist ganz in der Nähe von Sondershausen.«

»Jugendsatanismus? Oder wie soll man das nennen?«

»Ich weiß nur, dass es ziemlich eklig war. Und es hat Tradition. Wenn ich Sie mit meinen Kenntnissen in Geschichte beeindrucken darf – in den Jahren der ersten Gutenberg-Bibel, 1453, starben Ketzer in Sondershausen, ein Jahr später in Sangershausen, denen der Inquisitor das Geständnis entlockt hatte, sie hätten in unterirdischen Konventikeln gemeine Exzesse begangen und sich mit Satan verlobt.«

»Sehr gut, Freygang.«

Als der Assistent gegangen war, ließ sich Martin Velsmann von Ilse Schütz, der Sekretärin, die Besuchern gern die offenen Stellen an ihren Schienbeinen zeigte, eine Liste der hessischen Wetterstationen ausdrucken. »Noch was, Herr Velsmann?«, fragte die grau melierte Angestellte aus Hutten, die ebenso nahe an der Schwelle zur Pensionierung stand wie der Kommissar. »Ich muss dann gehen, weil ich zum Arzt muss, wegen meiner Beine.«

»Gehen Sie zum Arzt, Ilse«, sagte Velsmann. »Solange Sie noch können.«

»Was meinen Sie damit?« Sie schaute entsetzt.

Was habe ich da um Gottes willen gesagt, dachte Velsmann. »Nichts Besonderes, Ilse. Drucken Sie mir bitte die Listen aus.«

Teufelsanbeter, dachte Martin Velsmann, als er die Listen wenig später in Händen hielt. Ja, mein Gott, haben die Menschen keine anderen Sorgen? Und was hatten Jugendliche damit zu tun? Er wusste, dass sich jede Generation um jeden Preis von der vorhergehenden abgrenzen musste und dabei die kuriosesten Dinge erfand, um im Generationskampf auf etwas Eigenes pochen zu können. Snowboard, Musik ohne Melodie, Nadeln in der Backe, Sprachrülpser, Computerspiele, Jeans ohne Hintern – weiß der Teufel, was. Das war ihr gutes Recht. Aber aus Protest gegen die Welt der Erwachsenen, von Politik und Kirche, sich mit einem eingebildeten Satan einzulassen?

War das nur ein Ausdruck von Langeweile? Oder steckte mehr dahinter?

Martin Velsmann griff noch einmal zum Handy und wählte die eingespeicherte Nummer seiner Frau.

Besetzt. Er wurde in der Mailbox abgelegt.

Er erinnerte sich jetzt auch an einen Fall von Satanismus. Im Jahr 1969 hatten Mitglieder der von La Vey in San Francisco gegründeten Church of Satan die hochschwangere Frau des Filmregisseurs Roman Polanski getötet. Wie hieß sie noch? Velsmann fiel der Name nicht ein. Aber er sah das Bild der jungen, schönen Blondine vor sich, wie sie im

Film ihres Mannes »Tanz der Vampire« in der Zinkbadewanne sitzt, sich die Beine mit Seifenschaum wäscht und von einem blutgierigen Vampir geraubt wird, der durch das Dach einbricht. Sharon Tate! Genau, das war ihr Name gewesen. Wenig später war sie von Charles Manson und seinen weiblichen Spießgesellen abgeschlachtet worden, die ihren Fötus wollten. Das war das Ende der Hippiebewegung gewesen, aus der der geisteskranke Manson kam, ein Schock für alle Friedfertigen, wie es Martin Velsmann selbst seit jeher gewesen war.

Gewalt, dachte Velsmann, ist immer schon ein verfluchter Bestandteil des Lebens gewesen. Sinnlose Gewalt. Sinnvolle Gewalt.

Kurz vor halb zwölf versammelten sich die Polizisten wieder zu einer Besprechung. Velsmann teilte den Kollegen die Neuigkeiten mit und ließ die Fakten von seinem Assistenten ergänzen. Dr. Gell entwickelte einen Dienstplan für die folgenden drei Tage. Von der Gerichtsmedizin gab es keine Neuigkeiten.

Von draußen drangen in diesem Moment die ersten Sonnenstrahlen des Tages herein. Bis jetzt war es ein trüber Tag mit dicken Schneewolken gewesen. Die Temperaturen lagen um den Gefrierpunkt. Aber es hatte seit der Nacht zu schneien aufgehört.

Velsmann übernahm den Dienst bis zweiundzwanzig Uhr. Danach waren Freygang und Poppe bis vier Uhr an der Reihe. Dann übernahm Velsmann wieder. Hubert Gell überlegte, ob er zwei weitere Polizisten abstellen sollte, aber Martin Velsmann hielt das nicht für nötig.

»Ich fahre nochmal raus zur Station«, erklärte er. »Wenn ich zurück bin, möchte ich gern alles über Satanismus und dieses ganze Zeugs wissen, was sich nur auftreiben lässt.«

»Lässt sich machen, Chef«, versicherte Freygang. »Vielleicht treibe ich Satan selbst auf, dann erfahren Sie alles aus erster Hand.«

»Mir reichen die Akten.«

Martin Velsmann stieg in seinen Scorpio. Er hatte die Erlaubnis, ihn auch privat zu nutzen. Aber dies würde eine Dienstfahrt werden.

Der Weg zum Stausee führte über jetzt freigeräumte Straßen. Aber noch immer hingen die Schneewolken dicht und, wie es Martin Velsmann schien, wie ein drohender Fingerzeig über der weiten Landschaft. Die Luftfeuchtigkeit hatte zugenommen, und deshalb fröstelte Velsmann noch mehr als bei der ersten Tatortbesichtigung.

Er hatte auf den Nebensitz seines Autos Handy, Pfeifenetui, die Tageszeitungen und das Necessaire mit seinen Utensilien gelegt. Der Scorpio war veraltet und für ein Polizeifahrzeug nicht mehr schnell genug, aber Martin Velsmann hatte mit dem Hinweis, er sei ja kein Actiondarsteller, durchgesetzt, dass er es weiterhin fahren konnte. Das geräumige Fahrzeug war für ihn mehr als ein Fortbewegungsmittel, es gab ihm auf den von Raserei geprägten Straßen des Kinzigtals ein Grundgefühl von ausreichender Sicherheit.

Er musste tanken, bog von der B 66 ab nach Norden und fuhr auf der Straße nach Ulmbach weiter. Er beschloss, sich der Wetterstation zu Fuß zu nähern, ließ den Wagen an der östlichen Stirnseite des Sees stehen und machte sich auf den Weg. Rechts duckten sich die letzten Häuser von Stahlau, neue, kartonähnliche Bungalows, an den Rand der schneebedeckten Wälder, links lagen weite, weiße Wiesen bis zum Seeufer hinunter, in denen die Pfähle der Pferdekoppeln die einzige Markierung setzten. Der See fror zu. Er ist in Bewegung wie ein Lebewesen, kam es Velsmann in den Sinn. Er verschließt sich gegen die Kälte. Ausgebreitet wie eine Decke, die im Hintergrund mit dem weißgrauen Himmel verwuchs, lag die Fläche vor seinen Blicken. Alle Konturen verwischten. Es war ein seltsames Gefühl, in dieser gestaltlosen Landschaft ohne Oben und Unten zu wandern.

Martin Velsmann stapfte durch den Schnee, nach einer Weile kam er außer Atem und begann zu schwitzen, aber die Bewegung tat ihm gut. Er atmete tief die kalte Luft ein. In seinem Kopf wurde es klar.

Plötzlich wusste er, was ihn an der kleinen Figur, die Freygang am Tatort gefunden hatte, so irritierte. Er kannte afrikanische Blasinstrumente. Diese Figur mit der Flöte schien nicht der Freude an erzeugter Musik zu dienen. Sie machte eher den Eindruck, als sollten damit negative Dinge in Gang gesetzt werden. Wie beim ersten Ton einer Signalpfeife oder Sirene oder bestimmter Knochenflöten. Der Talisman mit dem Instrument hatte etwas Hässliches und Böses ausgestrahlt. Velsmann hatte so etwas bei einer Reise nach Mali, dem alten Melli, erlebt. Dort war es während eines nächtlichen Ritus mit Bogenharfen, Rebec und Knochenflöten zum plötzlichen Werfen von Tanzäxten gekommen. Ein Blutbad. Martin Velsmann schüttelte sich bei dieser Erinnerung.

Er wartete ungeduldig darauf, was das Labor zu dem Fund sagte.

Bei diesem Gedanken blieb er stehen und tippte die Nummer, die er auswendig kannte, in das Handy. Euler meldete sich.

»Velsmann. Ich wollte nur wissen, ob es auf dem kleinen Dämon, den wir am Tatort fanden, Fingerabdrücke gibt.«

»Gut, dass Sie anrufen, Kollege. Ich bin gerade zu einem Ergebnis gekommen. Es gibt Fingerabdrücke, sie stimmen alle mit den Prints überein, die die Gerichtsmedizin von dem Ermordeten genommen hat. Dann habe ich mich schlau gemacht über die Herkunft einer solchen Figur.«

»Und?« Velsmann war enttäuscht und gespannt zugleich.

»Kurz gesagt: Sie stammt aus Westafrika, wahrscheinlich aus dem Bereich der Manding sprechenden Völker, also Guinea, Senegal und Gambia. Material glasierter und eingefärbter Menschenknochen. Am Unterboden des Fußes findet sich übrigens eine winzige Gravur, wollen Sie sie hören?«

»Ja, sicher.«

»Sie lautet: *Für uns hat die Geschichte Pforten. Aber wir sind es, die den Schlüssel zu den dreiunddreißig Geheimnissen besitzen. Die Welt ist alt, und die Zukunft entsteht nicht von allein.*«

Das sagte Velsmann gar nichts. Aber diese mysteriöse Zahl tauchte wieder auf. Er fragte: »Eine so lange Gravur auf diesem kleinen Raum?«

»Man sieht sie kaum mit bloßem Auge. Wir haben alles vergrößert, schauen Sie es sich demnächst selbst an.«

»Danke, Euler!«

Pforten. Dreiunddreißig Geheimnisse. Die Zukunft.

Martin Velsmann rief noch die andere Nummer an, die im Gedächtnis seines Handys an erster Stelle eingespeichert war. Besetzt. Jetzt war er doch beunruhigt. Konnte es sein, dass Andrea ständig telefonierte? Er überlegte, seine beiden Kinder anzurufen, obwohl Andrea ihm das untersagt hatte. Sie waren übereingekommen, dass der Kontakt über sie zu laufen hatte. Laila und Tibor waren jetzt sechzehn und neunzehn, der Sohn lebte nicht mehr bei Andrea, sondern bereitete sein Studium in Hamburg vor. Velsmann versuchte, ihn zu erreichen, kam aber nicht durch. Er steckte das Handy wütend in die gefütterte grüne Winterjacke mit dem braunen Cordkragen zurück und sah seinen Atemwolken hinterher, die in der Kälte lange sichtbar blieben.

Die Station war noch immer abgesperrt. Martin Velsmann wies seinen Dienstausweis vor. Der Kollege an der Eingangstür nahm eine respektvolle Haltung ein, er grüßte nicht nur, sondern salutierte. Velsmann fand das übertrieben.

Drinnen waren die Geräte zwar in Funktion, aber der Betrieb noch immer eingestellt. Der Wetterdienst in Offenbach hatte dagegen protestiert, aber Präsidium und Staatsanwaltschaft befanden, die Spurensuche gehe vor. Noch immer bewegten sich also Leute von der Spurensicherung, Laborangestellte und hochspezialisierte Techniker am Tatort. Velsmann sah ihnen zu. Er wusste nicht, was er hier noch zu finden hoffte, aber vielleicht gelang es ihm, die Bluttat zu verstehen. Oft genügte ein winziges Detail, um ein Gefühl, einen Gedanken zu erzeugen und eine Spur aufzunehmen.

Sämtliche Drehstühle im Geräteraum waren weggeräumt worden. Warum, konnte Velsmann nicht einsehen. Die Geräte arbeiteten, Drucker und Aufzeichner verursachten ein permanentes Hintergrundgeräusch.

Martin Velsmann ging in die Wohnung des Meteorologen hinauf. Überall markierte Böden, die weiße Umrissskizze der Leiche, abgedeckte und beschriftete Flächen an den Wänden. Velsmann ging vorsichtig durch Diele und Badezimmer und betrat dann das Zimmer mit den Waffen. Blutrote Wände, scharf geschliffenes Metall. Allein der Anblick erzeugte schon Aggressionen. Sicher wirkte das auf einen Sammler aber viel normaler.

Martin Velsmann wagte nicht, etwas anzufassen, er besah sich aber die einzelnen Stücke, neben denen Zettel der Ermittler klebten, genau. Ein langes Stilett mit Elfenbeingriff fiel ihm besonders auf, so ähnlich musste die Tatwaffe ausgesehen haben.

Sein Magen meldete sich wieder. Der Polizist achtete aber nicht darauf. Die Waffensammlung nahm seine Aufmerksamkeit gefangen.

Konnte es nicht sein, dass es zu einer Fehde unter Waffennarren gekommen war? Wenn es hier wirklich um kostbare alte Stücke ging, waren Rivalitäten durchaus denkbar. Aber wäre es in diesem Fall nicht wirklich, wie eine Reporterin bemerkt hatte, zu einem Diebstahl gekommen? Und die dreiunddreißig Stiche! Eine Warnung? Ein letztes Zeichen? Velsmann prägte sich die Form des Stiletts ein, beschloss dann, eine Skizze zu machen, und faltete die Zeichnung zusammen. Da er seine Winterjacke ausgezogen hatte, steckte er sie in die Brusttasche seines hellbraunen Wildlederblousons. Er ärgerte sich, es versäumt zu haben, die Kollegen nach dem Kenntnisstand hinsichtlich dieser Waffen zu befragen. Er musste das sofort nachholen.

»Herr Kommissar? Ein Anruf für Sie!« Ein Polizist hielt ihm den Hörer eines tragbaren Geräts entgegen.

»Verdammt, ist mein Handy schon wieder verstopft? – Ja, Velsmann?«

Eine ruhige, wohltönende Stimme mit leichtem Akzent ertönte. »Mein Name ist Frank Welsch. Ich rufe aus Gelnhausen an. Bei meiner letzten Führung – ich mache historische Stadtführungen in mittelalterlichen Kostümen – ist mir etwas aufgefallen. Sie bearbeiten doch den Mordfall in der Wetterstation?«

»Ja. Wie kommen Sie an diese Nummer hier?«

»Das Präsidium in Fulda hat mich weitervermittelt.«

»Aha. Also?«

»Also, hier hatten wir einen Teilnehmer, der mir auffiel. Er behauptete, direkt neben der Wetterstation zu wohnen, obwohl ich mich nicht erinnern kann, dass es dort eine Siedlung gibt.«

Martin Velsmann war hellhörig geworden. »Ja, und weiter?«

»Ich weiß nicht recht, wie ich es sagen soll … Der Mann hat ja sonst nichts gemacht. Aber er fiel mir einfach auf, er verhielt sich komisch.«

»Wie komisch? Und wann war diese Führung?«

»Am Dienstag, also zwei Tage vor dem Mord. Ich mache übrigens jeden Dienstag um vierzehn Uhr Führungen. Wenn Sie Zeit haben …«

»Warum sagen Sie, er verhielt sich komisch?«

»Er hatte ein Thermometer in der Hand.«

»Wie, die ganze Zeit? Er sah aufs Thermometer?«

»Na ja, er sah nicht die ganze Zeit darauf. Aber er hielt es während der ganzen Führung in der Hand. Und zwar so, dass ich es bemerken musste. Irgendwie fand ich das beinahe … gruselig.«

»Hm …«

»Vielleicht ist das unbedeutend. Aber ich wollte es Ihnen einfach sagen. Möglicherweise können Sie damit was anfangen. Die Bestie muss ja gefasst werden.«

»Natürlich. Ich danke Ihnen. Ihr Name war Frank Welsch? Sind Sie Deutscher?«

»Amerikaner. Ex-GI. Aber mit deutschem Pass. Ich leite hier den Ritterclub und mache, wie gesagt, Stadtführungen.«

»Gut. Ich melde mich sicher nochmal bei Ihnen. Geben Sie mir bitte Ihre Rufnummer.«

Velsmann notierte Handynummer, Telefon und Fax und beendete das Gespräch. Historische Stadtführungen in Kostümen, davon hatte er schon viel gehört, ein Event, wie es neudeutsch hieß, das beim Publikum ganz groß ankam.

Ein Mann mit einem Thermometer?

Ein Mord in einer Wetterstation?

Was hatte Welsch gesagt? Der Mann wohne bei der Station?

Velsmann gab dem Polizisten den Hörer zurück und fragte: »Gibt es in unmittelbarer Nähe der Station eine Wohnsiedlung?«

Der Polizist schüttelte den Kopf. »Eine Siedlung kann man das nicht nennen. Drei Häuser, ein Hof. Von hier ungefähr ein Kilometer. Rechts in Richtung Staumauer, dann durch die Gleisunterführung in Richtung Rimbachfarm. Sie passieren das Sägewerk, dann gleich links.«

»Mitten im Wald?«

»So ungefähr. Waren früher mal Holzarbeiterunterkünfte, gehören soviel ich weiß dem Bundesrechnungshof.«

Martin Velsmann warf noch einen Blick durch die Räume der Station und schlug den angegebenen Weg ein.

Draußen begann es in diesem Moment wieder zu schneien. Wie ein Verhängnis, es hört nicht mehr auf, dachte Martin Velsmann. Ende November. Es wird immer düsterer.

Am Sägewerk angekommen, spürte er ein jähes Bedürfnis, sein Magen rebellierte. Er ging kurz entschlossen zwischen zwei Stapeln mit halbierten und geschälten Baumstämmen in die Hocke und ließ unter sich. Erleichtert erhob er sich wieder und sah erstaunt auf sein dampfendes, schwarzes Häufchen im Pulverschnee. Schwarzwild, schwarze Kacke, dachte er. All das steckte in seinem Leib, und in seinem Kopf schwebten schillernde Gedankenblasen. Er reinigte sich mit Schnee und blickte um sich. Hatte ihn jemand gesehen? Nein.

Martin Velsmann brauchte nicht lange zu suchen. Nach zweihundert Metern Waldweg kamen zur Rechten die fraglichen Häuser in Sicht. Alle einheitlich mit grünen Schindeln verkleidet, braune Holzläden an Sprossenfenstern, jedes besaß einen quadratischen Garten mit Lattenzaun. Aus allen drei Schornsteinen qualmte es, aus einem besonders stark in dichten, grauen Wolken.

Velsmann blieb in einiger Entfernung stehen und blickte hinüber. Der Anblick der idyllisch im Wald versteckten Häuser ließ eine unbestimmte Sehnsucht in ihm aufsteigen. Er erinnerte sich an sein Geburtshaus in der Mark Brandenburg, es hatte ähnlich ausgesehen. Ein Schindelhaus mit Mansarden am Ufer des Ruppiner Kanals in Sachsenhausen. Die wahre Idylle seiner Kindheit. Gestört durch die Existenz des Konzentrationslagers in einem Kilometer Entfernung, aber davon hatte er erst nach Kriegsende erfahren, nachdem er mit Eltern und Schwestern nach Berlin umgezogen war. Durch seine Träume waren danach Bilder von Stacheldrahtzäunen und rasenden Wachhunden gegeistert.

Martin Velsmann schüttelte die Erinnerung ab und blickte weiter unschlüssig hinüber. Lange konnte er hier nicht stehen, ohne sich verdächtig zu machen. Wenn jemand ihn von den Fenstern aus beobachtete, musste er einen schwarzen Fremdkörper im unschuldigen Weiß des Waldes stehen sehen. Velsmann beschloss, den Besuch bei den Bewohnern dieser Häuser besser vorzubereiten. Er musste erst wissen, wem er gegenübertrat. Wer der Mann mit dem Thermometer genau war.

Er machte kehrt. Als er versuchte, auf seinen eigenen Spuren geradeaus zu laufen, taumelte er und fiel in den Schnee.

Als er außer Sichtweite der Häuser war, rief er Freygang an und gab ihm den Auftrag, alles Greifbare über die Bewohner dieser Waldsiedlung herauszufinden. Freygang prustete und meinte: »Das kann Poppe tun. Ich bin ausgelastet. Ich sag's ihr.«

Velsmann ging langsam zur Station zurück. In seinem Kopf kreisten Gedanken. Die Leiche, der Talisman, Dr. Kosell mit langen rotbraunen Haaren, kostümierte Stadtführer, ein Mann mit einem Thermometer, Andreas ständig besetzte Leitung.

Die Probleme begannen in seinem Kopf ebensolche Klumpen zu bilden wie die Schneewolken am Himmel.

Er rief sich ins Gedächtnis zurück, dass auf seinem Zeitplan ganz obenan der Bruder des Ermordeten stand. Ferdinand Gut. Der Jäger. Seufzend wählte Martin Velsmann die ihm gegebene Nummer und kündigte seinen Besuch an. Eine gehetzt wirkende Stimme wollte wissen, worum es eigentlich ging, Velsmann deutete die üblichen Routinefragen an. Um drei Uhr habe er eine halbe Stunde Zeit, sagte Gut.

»Gut«, sagte Martin Velsmann und trat mit energischen Schritten den Rückweg an. Kurz bevor er sein Auto erreichte, gab das Handy Laut. Telefonterror, dachte Velsmann. Es war Poppe. Sie wollte wissen, ob sie ihm die Informationen über die Meteorologin Dr. Kosell aus Offenbach durchgeben sollte.

»Nein, warten Sie damit, Tosca. Ich bin in ungefähr zwei Stunden im Präsidium, dann können Sie mir alles erzählen.«

»Bis dahin weiß ich auch alles über diese Waldsiedlung.«

»In Ordnung.«

»Kommissar? Es war total blöd von mir, zu fragen, wie lange Sie schon im Dienst sind. Ich weiß es ja, siebenunddreißig Jahre, oder? Sie sind so ein klasse Polizist!«

Velsmann verabschiedete sich schnell. Er fuhr mit dem Auto nach Alsberg. Es ging einen lang gezogenen Berg hinauf, oben hatte man einen phantastischen Blick über Rhön, Sinntal, Vogelsberg und das gesamte Kinzigtal. Es fiel ihm auf, wie viele Windräder in letzter Zeit errichtet worden waren. Von hier aus zählte er allein sieben Anlagen in jeder Himmelsrichtung. Meine Güte, dachte er, früher haben wir gegen die Nutzung von Atomenergie gekämpft, ich bin mit den Kollegen der Polizeigewerkschaft auf die Straße gegangen und habe Abmahnungen ohne Ende bekommen. Jetzt ist das alles kalter Kaffee, der Ausstieg beschlossen, sogar die Atomlobby ist davon begeistert. Die einzige Konstante in der Welt ist, dachte er, dass sich alles ändert.

Zum Glück.

Er blickte auf die Uhr. Kurz vor zwei. Ein starkes Hungergefühl meldete sich in seinen Eingeweiden. Da er im gleichen Moment direkt neben der Golfanlage ein Wildrestaurant entdeckte, das auch noch geöffnet hatte, parkte er kurz entschlossen und ging hinein.

Das Lokal war leer. Selbst hinter der Theke stand niemand, aber aus der Küche kamen Geräusche. Im angrenzenden Gastraum verbreiteten Jagdutensilien über langen Tischen eine bedrückt-gemütliche Stimmung. Abgehackte Köpfe von Hirschen und Wildschweinen starrten ihn an. Ein freundlicher Mann mit schütterem Haar und österreichischem Dialekt tauchte schließlich in der Schwingtür zur Küche auf und nahm die Bestellung entgegen.

Velsmann fragte: »Wie ich sehe, sind Sie auf Wild spezialisiert. Das hier ist also ein gutes Jagdgebiet?«

»Ja, sicher«, erwiderte der Besitzer. »Der ganze umliegende Wald ist größtenteils verpachtet. Jeder, der in Alsberg auf sich hält, besitzt Jagdrecht. Das Aufkommen an Schwarz- und Rotwild ist beachtlich, deshalb werde ich ohne Probleme ständig mit Frischfleisch beliefert. Es gibt überhaupt keine Engpässe.«

»Sie kennen vielleicht Ferdinand Gut?«

»Den Ferdinand? Freilich! Der wohnt ja in Alsberg. Er hat auch

Jagdrecht, und zwar in Richtung Marjoß. Eine der besten Strecken.«

»Lebt er von der Jagd?«

Misstrauisch sah der Restaurantbesitzer ihn an. »Wie meinen Sie das?«

»Ich meine, ob er von der Jagd lebt?«

»Davon kann doch keiner leben! Nein, nein, er ist ja Pächter im Golfclub. Das ist sein Beruf. Er ist Verwaltungsfachmann.«

Velsmann schämte sich. Natürlich, das hatte er ganz vergessen. Deshalb wohnte der Mann ja auch im Gebäude des Clubs. Wo hatte er nur seine Gedanken!

»Sind Sie von den Medien? Wegen des Mords, meine ich.«

»Kripo Fulda. Ich werde mich nachher mit Herrn Gut treffen. Was ist er für ein Mann?«

Der Wirt lehnte in dem Impuls, Distanz zu dem Polizisten zu schaffen, seinen Oberkörper fast unmerklich zurück. »Der Ferdinand? Ein ganz normaler Zeitgenosse, hat vielleicht ein paar ungewöhnliche Ansichten über Politik und so. Aber das interessiert mich nicht. Nein, nein, er ist ein ganz unauffälliger Geist, ein einsamer Jäger eben, der mit seinen beiden Hunden durch das Revier pirscht. Ist schon in Ordnung.«

»Keine Auffälligkeiten?«

»Im Dorf wirft man ihm vor, dass er an den gemeinsamen Feiern nicht teilnimmt, keine geselligen Kontakte pflegt. Aber er hat ja mit dem Club auch genug zu tun. Ist seine Sache, denke ich.«

Damit war für den Wirt das Gespräch beendet. Als nach der Wildsuppe Hubertus der Wildschweinbraten mit Knödel und Preiselbeeren kam, langte Martin Velsmann kräftig zu. Er schlang das leckere Essen so gierig hinunter, dass es danach in seinem Magen rumorte. Er gönnte sich, obwohl er im Dienst nie trank, noch einen Rhönräuber aus beruhigenden Kräutern und packte seine Pfeife aus.

Er zündete sie an.

Und paffte dicke Wolken.

Berauschte sich an dem süßen, würzigen Duft.

So behaglich hatte er sich seit zwei Jahren nicht mehr gefühlt.

Schon wollte er zum Handy greifen, um noch einmal die Nummer von Andrea zu wählen. Aber er zwang sich, dies nicht zu tun. Das Besetztzeichen hätte sein Wohlbehagen empfindlich gestört.

Nach einem weiteren Rhönräuber, der ihm die Gedärme aufräumte, und weiteren zehn Minuten, in denen er unbehelligt dagesessen und aus der lang gezogenen Fensterfront, die zu einer Terrasse führte, über die schneebedeckten Tannen bis zu den Höhen des Vogelsbergs geblickt hatte, seufzte er tief, zahlte und ging.

Draußen schneite es ununterbrochen. Die Flocken schienen immer größer zu werden. Und es schien eher noch kälter geworden zu sein.

Für einen Moment kam die Sonne durch, aber die Wolkendecke schloss sich sofort wieder, wie nach einer schnell ausgeführten Reparatur.

Martin Velsmann wählte die Nummer des Präsidiums und ließ sich mit Freygang verbinden. »Hat eigentlich unser Aufruf an die Bevölkerung etwas gebracht?«

»Bisher nicht viel. Keiner will was gesehen haben. Aber die Leute müssen ja auch erst mal nachdenken, manchmal erscheinen die Wahrnehmungen auch zu banal, obwohl sie es in der Summe dann gar nicht sind.«

»Gut aufgepasst, Freygang, Sie bringen es noch mal zu was.«

»Danke, Chef. Freut mich, mit Ihnen arbeiten zu dürfen, Chef. – Einer hat sich aber tatsächlich gemeldet. Ein Frank Welsch aus Gelnhausen, er …«

»Ich weiß, der hat mich in der Wetterstation erreicht. Überprüfen Sie doch mal, ob unser Computer etwas über ihn oder diesen Ritterclub weiß, dem er vorsteht.«

»Wieso, ist der verdächtig?«

»Nein. Nur Routine.«

»Zu Befehl!«

Die Gebäude des Golfclubs lagen lang gestreckt im rechten Winkel zu den Grüns. Velsmann sinnierte einen Augenblick darüber, warum der jetzt schneebedeckte Golfplatz an einer so grandiosen Aussicht lag, mussten die Spieler sich nicht auf die Löcher konzentrieren? Als er auf den Eingang zusteuerte, hörte er lautes Lachen. Ein junger Koch mit Haube und Schürze kam mit einem Blecheimer heraus und schüttete Kohlstrünke, Kartoffelschalen und anderen Abfall vor die Tür. Während Velsmann ihn nach Gut fragte, stürzten hinter ihm Krähen von den Bäumen und machten sich über die Leckerbissen her.

»Der Herr Gut? Oben im ersten Stock. Gehen Sie einfach rauf, er wird aber telefonieren.«

In der Halle des Clubs hingen die üblichen Pokale und Abbildungen, Sporthelden vor Grün. Velsmann ging die mit weichen Teppichen belegte Treppe hinauf und klopfte an einer Glastür. Ein dröhnendes »Herein!« ertönte. Drinnen winkte ihm ein Man zu, Platz zu nehmen. Während Velsmann darauf wartete, dass sein Gegenüber das Telefonat beendete – der wies einen imaginären Gesprächspartner an, innerhalb von zwei Wochen einen neuen Champagner-Sponsor aufzutreiben –, studierte er Ferdinand Gut.

Der gedrungen wirkende, nicht große Mann drehte sich beim Sprechen in seinem Drehstuhl mit hoher Lehne hin und her, warf öfter Seitenblicke auf Velsmann und kehrte ihm auch den Rücken zu. Ferdinand Gut hatte keinerlei erkennbare Ähnlichkeit mit seinem Bruder. Er trug einen gestutzten, weißen Vollbart und kurz geschnittene Haare und besaß einen scharflippigen, rechthaberischen Mund. Vielleicht fünfundvierzig. Seine Augen hinter der randlosen Brille funkelten.

Velsmann versuchte sich ihn als Jäger vorzustellen. Wie er im Morgengrauen vom Hochsitz aus einsam auf die Lichtung starrte. Ein ähnliches Geduldspiel wie Golf, Disziplin-Training für hektische Machernaturen. Oder was lockte sonst daran? Velsmann konnte diese Frage nicht beantworten.

Als Gut den Hörer auflegte, sagte Velsmann sofort: »Herzliches Beileid zum Tod Ihres Bruders, Herr Gut. Wir werden alles tun, um den Täter zu finden, das kann ich versichern. Ich habe ein paar Fragen an Sie.«

»Bitte. Nur zu.«

»Was für ein Verhältnis hatten Sie zu Ihrem jüngeren Bruder? Standen Sie ihm nahe?«

Gut überlegte nicht. »Nahe kann man nicht sagen. Wir haben in der Familie einen normalen Kontakt. Ich selbst komme mit Timon besser zurecht, der ist praktischer, zupackender veranlagt. Nach dem Tod unseres Vaters sind wir aber alle irgendwie zusammengerückt.«

»Trafen Sie sich mit Roman häufiger – immerhin sind Sie ja hier nicht weit auseinander.«

»Eigentlich nicht. Jetzt, wo Sie es sagen, klingt das eigentlich komisch, nicht wahr? Aber wir hatten nun mal nicht viel Kontakt, er machte seine Arbeit, ich meine, hin und wieder kamen wir bei unserer Mutter zusammen. Roman war ein Spinner, hatte komische Ansichten über Gott und die Welt.«

»Wie meinen Sie das? Der Wirt im Waldeslust sagte mir dasselbe über Sie. – Im Übrigen sprach er aber sehr freundlich von Ihnen.«

»Ach ja? Na, hier wird viel geredet, wir sind ja ein Kuhkaff. Wenn die Golfanlage nicht wäre, niemand würde Alsberg kennen. So ist der Ort aber hessenweit ein Begriff, der Spessartclub besitzt ja immerhin achtzehn Bahnen, Turnierreife.«

»Herr Gut, was mich an Ihrer Person interessiert ist: Sie sind ja auch Jäger …«

»Genau. Ich besitze eine Jagdpacht. Eigentlich bin ich Heilpraktiker, habe mich dann zum Verwaltungsfachmann umschulen lassen, um den Club hier leiten zu dürfen. Ja, die Jagd! Wissen Sie, Waldbesitzer sind wir ja alle nicht. Um zum Schuss zu kommen, brauchst du also einen Jagdschein, wirst eingeladen zu Privatjagden in Staatsforsten, wo sich Industrielle, Diplomaten, auch Medienleute tummeln. Das schätze ich sehr. Sie glauben gar nicht, mit wem Sie da alles zusammenkommen! Aber auch Hege und Pflege gehören dazu. Es darf ja nicht mehr Wild geduldet werden, als den jungen Bäumen gut tut.«

»Sie haben sicher einen ordentlichen Waffenschein?«

Ferdinand Gut lehnte sich im Sessel so weit zurück, wie es nur ging. »Na, hören Sie mal! Glauben Sie im Ernst, ich könnte es mir erlauben, ohne Waffenschein auf die Jagd zu gehen? Als Manager dieses Golfclubs hier, in dem auch ein hessischer Staatsminister für Umweltschutz und Forsten Mitglied ist?«

Blas dich nicht auf, sonst platzt du, dachte Martin Velsmann. Ihm gefielen Menschen nicht, die ihr ganzes Selbstbewusstsein aus ihrer beruflichen Stellung bezogen.

»Kennen Sie den Mörder?«, fragte er.

Guts Lachen platzte heraus. »Sie sind vielleicht gut!«

»Heißt das, Sie kennen ihn nicht?«

Gut lachte noch immer und schüttelte den Kopf.

»Erzählen Sie mal, Herr Gut, ich habe keine Ahnung. Wie wird man Jagdpächter?«

Gut ließ das bärtige Kinn auf die breite Brust sinken, rülpste unterdrückt und erklärte: »Ganz einfach. Sie stellen den Antrag, machen den Waffenschein und los geht's. Allerdings müssen Sie nachweisen, dass Sie auf dem Boden der freiheitlich-demokratischen Grundordnung stehen.«

»Tun wir das nicht sowieso alle?«

»Mir haben schon Gossenschreiber der Linken nachzuweisen versucht, dass ich es nicht tue.«

»Ach ja? Wieso denn? Gab es dafür Gründe?«

»Hier!« Gut knallte zwei Broschüren auf den Schreibtisch. Martin Velsmann beugte sich vor und las die Titel. »Der Liberalismus aus jüdischem Denken«. Das wird ja immer interessanter, dachte Velsmann. »Ich bin ja immerhin Gründungsmitglied und im Vorstand der nationalliberalen Partei – wussten Sie das etwa nicht?«

Velsmann musste zugeben, dass er darüber nicht informiert war.

Gut nutzte die Bewegungsfreiheit in seinem Chefsessel. »Wenn man heutzutage nach einer wieder moralisch erneuerten weißen Rasse ruft, dann wird man sofort verteufelt. Deshalb bin ich auch aus Frankfurt weg und hierher gezogen. Hier gibt es vernünftige Leute.«

Martin Velsmann spürte ein mulmiges Gefühl, aber er hatte wenig Lust, über Politik zu diskutieren. »Herr Gut, Sie wollten mir erzählen, wie das mit der Jagdpacht ist.«

»Natürlich. Ich zahle also rund neuntausendsiebenhundert Euro im Jahr Pachtzins an das Land, dazu kommen die Wildschadenspauschale, Aufwendungen für die Revierpflege, die Unterhaltung der Hochsitze und anderes. Zum Pachtzins muss ich nochmal die gleiche

Summe als Reviernebenkosten rechnen, ohne persönliche Kosten für Waffen und Hunde.«

»Welche Waffen besitzen Sie?«

»Sechs Schrotflinten von Wischo. Ein Repetierer von St. Barbara, allerdings nicht für die Jagd. Vier Stilette von Züllkow.«

»Die Waffen befinden sich sämtlich an Ihrem Wohnsitz?«

»Drüben, ja.« Er drehte sich zum Fenster und deutete. »Sehen Sie den Bungalow mit den braunen Fensterläden? Dort.«

»Klären Sie mich auf: Was ist das Tolle an der Jagd? Warum jagen Sie?«

»Das kann ich einem, der nicht jagt, nicht erklären. Das müssen Sie einfach selbst ausprobieren. – Kommen Sie doch mal mit! Ich lade Sie ein!«

»Sehr nett, wirklich. Aber ich denke, das ist nichts für mich.«

»Ach klar, Sie jagen ja schon. Menschen.«

Der Tonfall in seiner Stimme ließ Martin Velsmann aufhorchen. Es klang feindselig und hart. Velsmann sah sein Gegenüber an und versuchte, in seinem Gesicht etwas herauszulesen. Doch außer Selbstgefälligkeit sah er nichts.

»So weit, so gut. Übrigens, wie lange läuft Ihr Pachtvertrag noch, Herr Gut?«

»Bis 2010 – wenn er nicht vorher gekündigt wird. Aber dafür sehe ich keinen Grund. Mit dem Jagdvorstand verstehe ich mich prima, und übrigens sind selbst die Umweltschützer im Stadtparlament Jagdgenossen. Der Bürgermeister jagt ebenfalls.«

Martin Velsmann war unzufrieden, wusste aber nicht mehr, was er fragen sollte, und verabschiedete sich. An der Tür fiel ihm doch noch etwas ein. »Ach, übrigens. Was meinten Sie damit, dass Ihr ermordeter Bruder komische Ansichten gehabt habe. Solche wie die Ihren?«

»Nein, nein. Dann hätten wir uns ja besser verstanden. Ganz im Gegenteil. Politisch gesehen stritten wir uns dauernd. Er hing nur – wie soll ich sagen – ich will ihn ja nicht verleumden, er ist immerhin tot; er hing solchen mystischen Ideen an. Ich weiß gar nicht, wie ich das beschreiben soll, verstanden habe ich das nie richtig. Er glaubte nicht an meine Werte. Und auch nicht an einen Gott. Wissen Sie, er behauptete ernsthaft, wir stammten alle von Satan ab.«

Ein jähes Erschrecken bewirkte, dass Martin Velsmann Kälteschauer den Rücken herunterliefen. Das Erschrecken war unnatürlich stark, es packte ihn, und er konnte es nicht verhindern.

Im Auto versuchte Martin Velsmann, das Gesehene und Gehörte zu sortieren. Dass Gut die Satangläubigkeit seines ermordeten Bruders angedeutet hatte, war ein alarmierendes Detail. An dieser Stelle schien einiges zusammenzulaufen. Velsmann verstand nur nicht, wie es passte.

Hatte er etwas übersehen, oder überhört?

Velsmann wusste, dass er darauf bald eine Antwort finden musste. Er leitete die Ermittlungsarbeiten, und die Öffentlichkeit erwartete Anhaltspunkte, denen die Polizei nachging. Gelang das nicht, würde der Druck ganz schnell zunehmen. Wenn nicht die Medien, dann würde ihn der Staatsanwalt gehörig in die Mangel nehmen.

Als er die steile, nicht geräumte Landstraße nach Stahlau hinunterfuhr, kam sein Scorpio unversehens ins Rutschen, es gelang ihm aber durch ein Steuermanöver, den Wagen quer zu stellen und zum Stillstand zu bringen. Dabei würgte er den Motor ab. Martin Velsmann unterdrückte einen Fluch. In den letzten Tagen war alles gegen ihn. Das Wetter, die Mörder, sein Magen.

Er atmete tief durch, wartete einen Moment, um den Motor nicht zu strapazieren, brachte den Wagen wieder auf die Spur und ließ ihn, im ersten Gang jaulend, langsam hinabrollen.

Das Landstädtchen war wie immer nach Anbruch der kalten Jahreszeit leer gefegt. Im Sommer gab es massenhaft Veranstaltungen, von der Oldtimer-Rallye bis zum Hessen-Marathon. Alles lief über die ehemaligen Zugbrücken durch die Schlosstore und den weitläufigen Innenhof, am Rathausplatz, dem so genannten »Kumpen«, war Raum für Vergnügungen. Jetzt lastete die trübe Stimmung des späten November auf Straßen und Plätzen.

Da die Schule gerade beendet war, beschloss Velsmann, einige der in lümmelhafter Haltung vorbeiflanierenden Jugendlichen anzuhalten. Er ging auf eine Gruppe von sechs Halbwüchsigen zu, die etwa im Alter seiner Tochter Laila waren. »Hallo! Ich möchte euch etwas fragen.«

Die Jungen blieben abrupt stehen und starrten ihn feindselig an. »Na und?«, meinte einer.

»Habt ihr von dem Mord in der Wetterstation gehört?«

Sie sahen sich viel sagend an und verzogen das Gesicht zu verächtlichen Grimassen. »Was soll denn die Frage!«

»Nur so. Ich bin einfach neugierig.«

»Von der Zeitung?«

Velsmann beschloss, zu bejahen.

Sie zuckten die Schultern. Ein groß gewachsener Bengel mit frechen Augen sagte: »Was geht uns das an? Ist doch uncool, so einen umzulegen. Den kriegen wir schon.«

»Was meinst du mit ›wir‹?«

Der Junge biss sich auf die Lippen. »Ach, überhaupt nichts. Die Polizei, meine ich.«

Was ist hier los? fragte sich Martin Velsmann. Irgendwas hängt doch über ihren Köpfen. Er wusste aber nicht, wie er es herauslocken konnte.

»Was ist denn uncool daran, so einen zu töten?«

»Na, da machen Sie sich mal selber Gedanken. Wofür schreiben Sie denn?«

»Verschiedene Zeitungen. – Was ist uncool daran?«

»Der war zu wichtig, wegen dem …«

»Wegen dem Wetter«, unterbrach ein besonders lang aufgeschossener Junge mit ungelenken Bewegungen. »Weswegen denn sonst?«

»Maximal.«

In die verschlossene Welt von Jugendlichen einzudringen fiel Velsmann schwer. Bei seinen Kindern hatte er sich alle denkbare Mühe gegeben, und schließlich war es ihm auch gelungen. Aber da war Andrea an seiner Seite gewesen.

»Könnt ihr euch vorstellen, wer eine solche Tat begeht?«

Erstaunt sahen sie ihn an. »Na, die andern, natürlich. Die nicht wollen, das es hier voll mit rechten Dingen abgeht.«

»Wer ist das?«

»Mann, der will von der Zeitung sein und hat überhaupt keine Ahnung!« Sie lachten überbetont laut und kickten Schneewolken auf. Einer formte einen Schneeball und warf ihn gegen die Fensterscheibe einer Blumenhandlung in einem hübsch restaurierten Fachwerkhaus.

»Na, nun redet schon!«

»Langsam. Sind Sie unser Lehrer? Wir sagen überhaupt nichts. Wir wissen auch nichts. Schönen Tag noch.«

Velsmann stand allein da und schaute ihnen nach. Misslungen, dachte er. Hättest du dir sparen können. Sie halten den Kraftaufwand für zu hoch, mit jemandem wie mir zu reden. Er kam sich plötzlich sehr alt vor. Etwas, das er gar nicht mochte, denn er versuchte, bezüglich seines Alters einen gesunden Optimismus zu entwickeln. Dass er seit achtundfünfzig Jahren auf der Welt war, wusste er. Er hielt das nicht für ein Delikt.

Im Präsidium warteten seine jungen Mitarbeiter auf ihn. Martin Velsmann begrüßte die Sekretärin im Vorzimmer, die ihm im Vorbeigehen mehrere Anrufzettel reichte. »Alles in Ordnung, Ilse?« Die Frau nickte bedrückt. Velsmann stutzte und blieb stehen. »Haben Sie was?«

»Ach, nur meine Nichte. Sie hat Drogenprobleme. Ich kann das nicht verstehen. Sie hat doch alles.«

»Das genau führt bei manchen jungen Leuten zu Drogenproblemen«, sagte Velsmann.

»Ich begreife das nicht«, sagte Ilse Schütz bekümmert.

»Wenn Sie wollen, reden wir mal darüber.« Velsmann sah seine Sekretärin fragend an.

»Ist gut, Herr Hauptkommissar. Wenn Sie Zeit haben. Aber der Karen muss eher ein Arzt helfen.«

In seinem Dienstzimmer stritten sich die Assistenten, Velsmann verstand Wörter wie »Emanze«, »dauernde Belästigung« und »voll in die Häckselmaschine«, die beiden verstummten aber sofort bei seinem Eintritt. Velsmann warf die Winterjacke auf einen Stuhl und zog auch den Blouson aus. Als er Poppes dunkle Augenringe bemerkte, stutzte er, sagte aber nichts. Ich bin keine Sozialstation, dachte er, und auch nicht der zuständige Papi.

Alfons Freygang wies ihn auf einen Vorgang hin, den er nicht einschätzen konnte. Ein Anrufer aus einem Dorf in der Nähe von Gelnhausen hatte sich bei einem Verkehrspolizisten darüber beschwert, dass bei historischen Stadtführungen befremdliche Ausdrücke gefallen seien. Der Polizist hatte die Klage des Einwohners wegen der gereizten Stimmung durch den Mordfall nach Fulda weitergegeben. »Er sprach von Gassenjargon und niederträchtigen Äußerungen. Wollen Sie sich den mal vorknöpfen, Chef?«

»Jetzt nicht. Ich kann mich nicht um alles kümmern. Was soll das mit dem Mord in Stahlau zu tun haben? Lassen Sie die Telefonnummer auf dem Schreibtisch liegen. – Hm, die Beschwerde richtet sich gegen Ausdrücke bei historischen Stadtführungen?«

»In Gelnhausen.«

»Haben Sie was über diesen Ritterclub rausgekriegt? Und liegen überhaupt Erkenntnisse über ominöse Clubs in der Region vor? Ich meine damit natürlich nicht Gesangsvereine oder die Aktivitäten der Landfrauen. Langsam bekomme ich den Verdacht, dass wir von vielen Dingen, die hier passieren, gar keine Ahnung haben.«

»Wie meinen Sie das, Chef?«

Bevor Velsmann etwas erwidern konnte, antwortete Tosca Poppe: »Da haben Sie Recht. Wenn ich an den Sexismus kleiner Polizeiassistenten denke …«

»Mann, Poppe!«

»Schluss jetzt, reißt euch zusammen! Wir sind dabei, einen Mordfall aufzuklären! – Was gibt es sonst Neues?«

Tosca Poppe referierte: »Sie wollten wissen, wer in der Waldarbeitersiedlung wohnt. Also: Ein altes Ehepaar namens Knittel aus Fulda, seit vier Jahren. Dann ein Grundschullehrer aus Bad Salmünster, Karl Petry, wohnt allein. Das dritte Haus steht leer, wird nur an Wochenenden von einer Wohngemeinschaft aus Frankfurt genutzt.«

»Moment. Heute ist Freitag. Und als ich mittags draußen war, rauchten alle drei Schornsteine.«

»Was weiß ich, peile ich auch nicht. Der Hof mit allen Nebengebäuden ist jedenfalls aufgegeben und baufällig.«

»Was ist mit dem Grundschullehrer? Warum wohnt er allein?«

»Das steht nicht in den Unterlagen, die ich vom Rathaus bekommen habe. Der Angestellte faselte allerdings irgendwas von seiner Frau, die vor Jahren nach Berlin gezogen ist.«

»Wie alt ist der Mann?«

»Baujahr 1961.«

»Also vierzig.«

Poppe zählte mit den Fingern nach und nickte dann. »Hier ist ein Lageplan der Siedlung. Früher, das heißt bis vor fünfzehn Jahren, hausten da Arbeiter, die für das Forstamt Sinntal in Schlüchtern tätig waren. Die Unterlagen kann ich besorgen.«

»Ich glaube nicht, dass wir die brauchen. – Erzählen Sie was über das alte Ehepaar.«

»Da gibt es nicht viel. Beide Lehrer gewesen. Das heißt, nein, sie war Erzieherin in Kindergärten. Er für Philosophie und Inselarchäologie, sogar an der Uni.«

»Also Professor. Inselarchäologie, was ist das?«

»Keine Ahnung.«

»Mit Lehrstuhl wo?«

»In Fulda. Vorher in Kassel und Göttingen.«

»Inselarchäologie ist eine Mischung aus Ethnologie und Archäologie«, erklärte Freygang stolz. »Es gab mal einen Norweger, er ist vor kurzem gestorben. Ich weiß nicht mehr, wie der hieß, der fuhr mit einem Floß über den Atlantik …«

»Thor Heyerdahl?«, schlug Velsmann vor.

»Ich glaube, so hieß er. Der begründete die Inselarchäologie. Hab ich in 3Sat gesehen. Überall wo er hinkam, fing er an zu graben, was vorher nie jemand gemacht hatte.«

»Na gut. Das bringt uns auch nicht viel weiter …«

»Ihn schon …«

»Das mag sein. Was gibt es noch?«

»Die Fotografin von den *Gelnhäuser Nachrichten* rief an. Sie wissen schon, Chef, die ein Auge auf Sie geworfen hat …«

69

»Was? Ich kann mich an keine Fotografin erinnern, die …«

»Die mit der Che-Guevara-Kappe. Sie will eine Fotosession mit dem berühmtesten Polizisten Hessens machen.«

»Aber das ist doch Unsinn. Ich bin kein Popstar. Sagen Sie der, sie soll Udo Jürgens abfotografieren.«

»Den? Der ist ja noch älter als Sie …« Freygang biss sich auf die Lippen.

»Mensch, Freygang, das war echt verkackt!« Tosca Poppe warf ihrem Kollegen einen giftigen Blick zu.

»Danke, Tosca! Ich kann Assistentinnen zu meinem Schutz gut gebrauchen!«

Freygang hatte sich wieder gefangen. »Ich weiß nicht, Chef, eine gute Presse ist auch wichtig. Sollten Sie ihr nicht doch einen Termin reservieren?«

»Na gut, Freygang, Hauptsache, ich kann Sie zufrieden stellen. Sagen Sie ihr, ich rufe irgendwann an, wenn ich Zeit habe.«

»Chef«, warf Poppe ein, »es ist eine Frau, sie bittet um einen Fototermin. Lassen Sie sie nicht warten.«

»Frau, Mann, Hund!«, sagte Velsmann gereizt. »Interessiert mich im Moment nicht. Und wissen Sie warum? Da draußen ist jemand abgeschlachtet worden, und dessen Angehörige warten darauf, dass dem Toten Gerechtigkeit widerfährt. – Polizeiaspirantin Poppe, bekommen Sie das in Ihren hübschen Kopf!«

»Ohne Probleme, Chef.«

Ilse Schütz steckte den Kopf in die Türöffnung. »Sollte ich Ihnen nicht Termine machen mit diesen Waldsiedlungsbewohnern?«

Velsmann dachte einen Moment nach. »Nein«, entschied er dann. »Ich weiß ja jetzt ziemlich genau, was mich dort erwartet. Ich fahre unangemeldet hin. Das Überraschungsmoment ist manchmal Gold wert.«

»Soll ich Sie nicht lieber begleiten, Chef?«, schlug Poppe vor.

»Sie und Freygang machen heute ohnehin Überstunden. Ich will bis heute Abend alles über den Ritterclub und diesen Frank Welsch wissen und auch über all die anderen Clubs in der Region. – Ach, Tosca, holen Sie mir noch mal diese Dr. Kosell aus Offenbach an die Leitung.«

Martin Velsmann bestellte bei seiner Sekretärin einen Kaffee. Während er darauf wartete, wählte er Andreas Nummer. Er wurde von ihrer Stimme vollkommen überrascht. Sie klang so nah, so vertraut, als stände sie neben ihm. »Andrea? Äh – meine Güte, ich habe schon ein paarmal versucht, dich zu erreichen. Wie geht es dir?«

Velsmann vernahm, dass es ihr gut gehe. Ihre Stimme war beherrscht, beinahe misstrauisch. Sie sagte: »Was gibt es, Martin?«

»Nichts! Nichts. Ich wollte wirklich nur …«

Velsmann spürte, wie jämmerlich, wie ungenügend das klang. Er hätte das Handy in die Ecke werfen können. Aber am Handy lag es nicht. Es lag daran, dass Andrea und er sich nichts mehr zu sagen hatten. Nach ein paar belanglosen Sätzen beendete er deshalb das Gespräch.

Der Kaffee kam. Velsmann sagte zu Ilse Schütz: »Wie wäre es, wenn wir Mittwochmittag zusammen in der Kantine essen und Sie mir von Ihrer Nichte erzählen?«

»Wenn Sie sich die Zeit nehmen wollen, Herr Kommissar …«

Poppe hielt ihm den Hörer des tragbaren Telefons hin. »Die Kosell.«

Velsmann meldete sich. »Ich wollte mich nur für einen Besuch in Ihrem DWD in Offenbach anmelden. Würde es Ihnen Anfang der Woche passen?«

Sie bejahte. Durch ihre warme Stimme erschien vor Velsmanns Augen das Bild ihrer schönen, langen Haare, ihres weichen Gesichts, ihrer weißen Haut. Velsmann sagte: »Montagnachmittag? Sehr schön! Bis dahin!«

Martin Velsmann schlürfte den Kaffee mit Genuss. Dann sog er an der kalten Pfeife. Im Hof schippte ein Kollege Schnee. Velsmann blickte prüfend zum Himmel. Hellere Wolkenfetzen trieben unter dunkelgrauen Wolken dahin, der Wind hatte aufgefrischt. Ob er die Schneewolken vertrieb?

Als er ausgetrunken hatte, rief er seinen Vorgesetzten an und erklärte Dr. Gell in knappen Worten den bisherigen Ermittlungsstand. Gell deutete etwas von einer Soko an. Velsmann legte auf. Dann rief er seinen Arzt an und machte einen Termin für Dienstagmorgen aus. Da sein Magen ihn aber gerade mal in Ruhe ließ, begriff er die Terminabsprache eher wie ein Spiel, eine Art Zurechtweisung an die Adresse seiner Innereien. Dann verließ er sein Büro und setzte sich wieder ins Auto. Vielleicht war es zu aufwendig, schon wieder in Richtung Wetterstation zu fahren, aber Velsmann war unruhig und unkonzentriert, und unterwegs zu sein war dagegen das beste Mittel.

Außerdem blieb ihm gar nichts anderes übrig, als immer wieder aufs Neue an den wenigen Stellen des Tatgeschehens, die Spuren aufwiesen, anzusetzen. Beharrliches Ermitteln ließ letztlich immer irgendetwas im Netz hängen.

Im Moment hatte Martin Velsmann das Gefühl, eine Menge Sand durch ein Sieb zu schütteln, um ein oder zwei Goldkörnchen zu finden.

»Wollen Sie zu mir?«

Erschreckt blieb Martin Velsmann stehen. Er hatte den Mann nicht kommen hören. »Ich – weiß nicht. Wer sind Sie?«

»Ich wohne da drüben. Sie starren immer auf die Häuser. Wollen Sie zu mir?«

Martin Velsmann warf einen schnellen Blick zurück auf die Spuren im Schnee, die sich diagonal zu den seinen näherten bis zu dem Punkt, wo sein Gegenüber jetzt stand. Er musste aus der Senke gekommen sein, wo der Bach war.

»Oder wen suchen Sie?«

»Ich wollte mit einem Mann sprechen, der an der historischen Stadtführung in Gelnhausen teilgenommen hat.«

»Wie bitte?«

»Mit dem Mann, der ein Thermometer in der Hand trug.«

»Äh …«

»Haben Sie am Dienstag an einer solchen Führung teilgenommen?«

»Wer sind Sie?«

Velsmann zog seinen Dienstausweis.

»Oh. Polizei. Na dann …«

»Was, na dann?«

»Professionelles Interesse. Das erklärt Ihre Fragen. Normalerweise stellt niemand mitten im Wald solche Fragen.«

»Verstehe.«

»Sind Sie mit dem Auto gekommen?«

»Es steht an der Station. Bis hierher kommt man ja bei den Schneeverwehungen nicht.«

»Man kommt schon bis hierher. Sie müssen nur aus der anderen Richtung kommen, von Bad Salmünster her.«

»Haben Sie an dieser Stadtführung teilgenommen?«

»Ja. Ich mache das öfter. In Gelnhausen, in Stahlau, in Hutten. Ich bin Lehrer für Geschichte und Deutsch. Grundschullehrer. Ich mag diese kostümierten Umzüge. Ich habe einfach Lust, mich mit lebendiger Geschichte zu beschäftigen. Wer die Vergangenheit nicht kennt, kann die Zukunft nicht gestalten – Sie wissen schon.«

Velsmann sah sich sein Gegenüber genauer an. Was er sah, passte zu der Beschreibung von Karl Petry. Mittlere Größe, kleiner als er selbst, hager, helles, dünnes Haar, das aus der Wollmütze in die Stirn hing, breiter Mund, helle Augen. Er trug dicke Winterkleidung mit Fellstiefeln. Der Mann machte einen ruhigen, besonnenen Eindruck, etwas Jungenhaftes ging von ihm aus.

»Dann sind Sie Herr Petry, nicht wahr? Können wir zu Ihnen hineingehen? Im Warmen fragt es sich besser.«

Der Grundschullehrer machte eine einladende Handbewegung. »Wenn Sie mitkommen wollen, es ist das letzte der Häuser. Ich mache einen Tee. Ich kann guten Tee aufbrühen!«

»Sehr gern. Danke. Wissen Sie, ich war schon einmal hier, das stimmt. Rauch stieg aus allen drei Schornsteinen. Die Häuser sind also alle bewohnt?«

Der Mann nickte. »Das in der Mitte allerdings nur ein-, zweimal im Vierteljahr. Dann kommen junge Leute aus Frankfurt, wie morgen beispielsweise. Ich heize dann vor, damit sie es warm haben. In dieser Jahreszeit kühlen die Räume schnell aus, und bis die alten Gemäuer warm werden, das dauert manchmal zwei oder drei Tage. Und bei dieser Kälte sogar noch länger.«

»Ja. Ungewöhnlich kalt für die Jahreszeit.«

»Im letzten Jahr war es das Gleiche. Tragisch.«

Als sie in die Diele eintraten, hatte Velsmann ein ungutes Gefühl. Etwas an den Worten des Grundschullehrers hatte ihn gestört. Aber ihm fiel nicht ein, was.

Das Wohnzimmer strahlte eine Gemütlichkeit aus, wie sie Martin Velsmann schon lange nicht mehr erlebt hatte. Er hätte innerlich aufjubeln können, eine solche Atmosphäre hatte er immer gesucht. Ihm selbst gelang sie, obwohl er sich ständig darum bemühte, in seiner Dreizimmerwohnung in Fulda-Eichenzell nicht. Vielleicht bemühte er sich zu verbissen darum. Das Haus seiner Onkel und Tanten nördlich von Berlin, das er aus frühester Jugend kannte, hatte etwas Derartiges besessen. Aber inzwischen waren alle gestorben, das Haus von den Enkeln umgebaut. Was verursachte diesen Eindruck der Behaglichkeit? Etwas Altmodisches, Gediegenes, Zuverlässiges. Dicke Teppiche, Wandbehänge, ausgesuchte Möbel, Stehlampen, Stoffe über weichen Sitzmöbeln.

»Bitte!«

»Mein Name ist übrigens Martin Velsmann. Ich bin Polizeikommissar in Fulda. Sie haben sicher von dem Mord in der Station gehört.«

Es war keine Frage, es war eine Feststellung. Und es war eine selbstverständliche Erwiderung, als der Grundschullehrer sagte: »Wer hätte nicht davon gehört. Ein Mord in dieser friedlichen Gegend. Das ist ja etwas Ungeheuerliches. So viel Gewalt …!«

Velsmann beobachtete ihn.

Er schien tief bekümmert zu sein.

»Eine reine Routinefrage, Herr Petry. Was haben Sie zur Tatzeit gemacht?«

Ruhig fragte Petry: »Wann ist das gewesen, die Tatzeit?«

»In der Nacht zum Donnerstag. Zwischen achtzehn Uhr dreißig und sieben Uhr morgens.«

»Nun, zwischen achtzehn Uhr dreißig und zweiundzwanzig Uhr habe ich gar nichts gemacht. Ich war hier und habe gelesen, ich lese viel. Ich sitze dann da drüben im Ohrensessel bei der Stehlampe. Um zehn gehe ich meistens ins Bett. Um sechs stand ich auf, wie auch sonst immer. Viertel vor sieben ging ich aus dem Haus. Es sind fünf Kilometer bis Bad Salmünster. Um acht war ich in der Schule.«

»Also kein Alibi.«

»Wie? Ja, wenn Sie es so sehen – kein Alibi.«

»Kannten Sie den Ermordeten?«

»Natürlich!«

»Wie bitte?«

»Ich gehe oft spazieren. Auch an der Wetterstation vorbei. Ich bin sozusagen jemand, der immer unterwegs ist. Den Weg zur Schule gehe ich auch immer zu Fuß – sommers wie winters. Von daher kenne ich die Meteorologen der Station alle. Wir grüßen uns, wir wissen genau, wer wir sind. Aber das ist auch schon alles.«

»Aha. Trifft das auch auf das Ehepaar Knittel zu?«

»Natürlich. Mit den beiden Leutchen bin ich oft zusammen. Meistens gehen wir um den See herum. Er ist ja sehr schön, übrigens zu jeder Jahreszeit. Auch bei kaltem, klarem Wetter im Schnee. Nur wenn alles Grau in Grau ist, dann wird hier alles ungemütlich. Dann hält man es manchmal kaum aus, so unwirtlich ist es am See. Manchmal glaubt man sogar, Geisterstimmen zu hören, ein Rufen, ein Stöhnen – ziemlich unheimlich. Das hängt mit dem Verlust der Sonne zusammen, Kälte und Dunkelheit bringen so manches in der Natur zum Aufstöhnen.«

Martin Velsmann sah sein Gegenüber stumm an. Er sah jünger aus, als er war. In seinem offenen Gesicht spiegelte sich jede Regung. Warum hatte ihn seine Frau verlassen? Durfte er das fragen?

»Herr Petry. Wenn Sie kein Alibi haben, sind Sie, gewissermaßen als Nachbar der Station, ein Verdächtiger. Ist Ihnen das klar? Denken Sie nach, ob nicht doch jemand Sie gesehen haben könnte. Vielleicht die Nachbarn? Durch die Fenster? Es ist ja spätestens ab achtzehn Uhr dunkel, konnte man Sie vielleicht durch das Licht im Haus sehen?«

Petry zuckte die Schultern. »Schon möglich. Da müssen Sie Knittels fragen.«

»Macht Ihnen das keine Sorgen?«

»Was? Dass ich kein Alibi habe? Ich habe natürlich ein Alibi. Vor mir selbst. Ich weiß, was ich getan habe. Warum sollte ich mir des-

75

halb Sorgen machen? Es gibt manchmal tiefere Wahrheiten, als die Ermittlungsarbeit der Polizei herausfindet.«

»Das mag sein. Nun gut, ich werde mit den Nachbarn noch sprechen. Darf ich Sie etwas Privates fragen?«

»Nur zu, ich habe nichts zu verbergen.«

»Warum hat Ihre Frau Sie verlassen?«

»Sie haben schon eine Menge herausbekommen, wie? Aber das, wissen Sie ... Das ist meine Sache.«

»Ich verstehe. Verzeihen Sie.«

»Nein, nein, es ist nicht so, wie Sie denken, es ist nichts Peinliches dabei. Nur – jedes Leben hat sein eigenes Maß. Und was ich Ihnen darüber auch immer erklären könnte, Sie würden es nicht verstehen. Außerdem hat es mit dieser Mordtat nicht das Geringste zu tun. Es ist einfach etwas vollkommen anderes!«

Velsmann bereute schon, gefragt zu haben. Als er zu einer weiteren Frage ansetzte, klingelte sein Handy. »Verzeihen Sie«, sagte er. Der Lehrer verabschiedete sich in die Küche, um den versprochenen Tee zu kochen. »Velsmann?«

Es war Poppe.

Ihre Stimme war dunkel und aufgeregt.

»Chef! Ich hätte vielleicht doch mitkommen sollen!«

»Was ist los?«

»Chef, dieser Grundschullehrer! Er hat ein Mordmotiv!«

»Was!?«

»Ja. Hören Sie ...«

»Warten Sie eine Sekunde.«

Velsmann nahm das Handy vom Ohr und lauschte. Im Haus war nichts zu hören, aus der Küche kam kein Laut. Er ging leise zur Tür und lauschte in den Flur. Kein Geräusch. »Herr Petry?« Stille. »Herr Petry?« Keine Antwort. Velsmann überlegte. Hatte sich der Mann davongemacht? Da hörte er, es musste aus dem Stockwerk darüber kommen, ein Poltern.

Petry suchte etwas.

Velsmann ging in das Wohnzimmer zurück und sagte: »Schießen Sie los, Tosca.«

»Es ist unglaublich, Chef. Eben kommt ein Anruf von dieser Fotografin aus Gelnhausen, Sie wissen schon, die …«

»… ein Auge auf mich geworfen hat! Weiter!«

»Sie wollte den Fototermin festklopfen. Und wissen Sie, was die mir so ganz nebenbei verrät?«

»Was?«

»Halten Sie sich fest, Chef! Dieser Petry hat im letzten Jahr, genau zur gleichen Zeit, Ende November, seinen Sohn verloren. Er hieß Max, neun Jahre alt, er kam bei dem plötzlichen Kälteeinbruch ums Leben. Erinnern Sie sich? Es war noch kälter als in diesem Jahr. Der See war zugefroren. Etliche Leute holten sich damals Erfrierungen. Und der kleine Max, der im Wald herumtollte, was er wohl immer tat, wurde von dem Wetterwechsel innerhalb einer Stunde, eisiger Wind, Schneesturm, völlig überrascht. Er verstauchte sich das Bein, der obduzierende Arzt fand es später dick geschwollen, verirrte sich irgendwie, schaffte es nicht mehr zurück – und erfror in der Nacht. In der Nacht, als das geschah, herrschten minus neunzehn Grad, absoluter Tiefenrekord für das gesamte Jahr. Ist das nicht die Härte?«

»Gab es denn keine entsprechenden Wetterprognosen?«

»Das ist es ja eben. Die Wettervorhersagen kündigten den Wechsel an, Schneemassen, eisigen Wind. Aber wir haben herausgefunden, dass aus Stahlau ganz andere Meldungen kamen. Übrigens auch aus Schlüchtern. Nämlich Tauwetter. Das hat uns die Kosell aus Offenbach verraten, ich habe sie gleich darauf angerufen. Das ist ein volles Tatmotiv! Rache an den falschen Prognosen der Wetterfrösche!«

»Ich weiß nicht, das klingt reichlich abenteuerlich.«

»Aber nein! Stellen Sie sich vor! Sie schicken Ihr Kind in den Schnee raus zum Spielen, Sie wissen ja, es kennt sich aus. Und irgendwo, vielleicht auf dem See, vielleicht im Wald, wird es von Schneestürmen und eisiger Kälte überrascht, die Kälte fällt es an wie ein wildes Tier. In Panik versucht das Kind, nach Hause zu rennen, verunglückt dabei – und nach ein paar Stunden ist es aus.«

»Aber wir sind mitten in Hessen, nicht in der Wildnis.«

»Rein geographisch! Aber wenn ich so manche Helden quatschen höre, dann denke ich …«

»Tosca, lenken Sie nicht ab! Was Sie mir da gesagt haben, ist also abgesichert durch Dr. Kosell?«

»Sage ich doch!«

»O.k., er kommt sicher gleich zurück, hören wir auf. Ich melde mich.«

»Chef, passen Sie bloß auf! Soll ich nicht doch kommen? Oder Alfons?«

»Ich höre auf.«

Petry brachte gleich darauf duftenden Tee in einer groben, friesischen Kanne, Sahne und Kandis. Wieder hatte ihn Velsmann nicht gehört, ebenso wenig wie das draußen der Fall gewesen war. Ein Schleicher, dachte er. Wie um diesen Eindruck Lügen zu strafen, machte Petry plötzlich einen polternden Schritt zur Seite und hätte beinahe den Tee verschüttet. »Entschuldigung«, sagte er und blickte zu Boden, »ein Weberknecht, ich wäre fast auf ihn getreten.«

»Soll ich Ihnen helfen?«

»Nein danke, das kann ich schon.«

Alles, was der Grundschullehrer sagte, und vor allem wie er es herausbrachte, klang ernst, nachsichtig und bestimmt. Ein Pedant, dachte Velsmann, ein Träumer.

Ein Verdächtiger?

»Ich trinke den Tee am liebsten in dieser schwarzen Version, nicht parfümiert. Im Winter mit ein paar Tropfen Rum. Das habe ich mir angewöhnt, als ich Referendar in Husum war, damals wohnte ich in Norddeutschland.«

Karl Petry wirkte auf Velsmann, als habe er in den letzten Minuten wirklich nichts anderes getan, als sich auf den Tee zu konzentrieren. Aber er hatte ihn in der oberen Etage rumoren gehört. Velsmann war auf der Hut. Und während Petry einschenkte und dabei sprach, schweiften Velsmanns Gedanken ab.

Welche Konsequenzen die Fakten hatten, die seine Assistentin ihm mitgeteilt hatte, konnte er noch nicht einschätzen. Es klang abwegig. Aber Poppe hatte durchaus Recht, die geschilderten Umstände konnten ein Mordmotiv ergeben. Rache. Verzweiflung. Plötzlich fiel ihm ein, was ihn an Petrys Worten draußen gestört hatte. Es war das Wort

»tragisch« gewesen. In Verbindung mit dem Wetter des Vorjahres. Das passte doch genau zu Poppes Hinweisen.

»Wie lange leben Sie schon in diesem Haus, Herr Petry?«

»Wir haben vorher in Hanau gewohnt. Vor zwei Jahren zogen wir nach Stahlau, Sie können die Siedlung am Rand des Industrieviertels vom Bahnhof aus sehen. Dort habe ich es dann nicht mehr ausgehalten, ich liebe die Natur, die Einsamkeit, hier habe ich das alles. Ich fühle mich sehr wohl hier. Obwohl vor einem Jahr dieses tragische Unglück geschah und meine Frau daraufhin nach Berlin zog.«

Wieder erzeugten seine Worte ein seltsames Gefühl in Martin Velsmann, aber er konnte es nicht greifen. Sein Gegenüber blickte ihn plötzlich entwaffnend offen an und sagte:»Sind Sie schon einmal von einem Menschen verlassen worden, den Sie abgöttisch liebten?«

Überrascht antwortete Velsmann:»Vor zwei Jahren. Von meiner Frau. Wir leben seitdem in Trennung.«

»Haben Sie Kinder?«

»Eine Tochter, einen Sohn.«

Petry nickte.»Ich hatte auch einen Sohn. Neun Jahre alt. Er starb letztes Jahr. Seitdem … ist für mich nichts mehr wie vorher.«

»Ich habe von dem tragischen Unglück gehört. Es tut mir sehr Leid.«

»Das Leben ist seltsam, finden Sie nicht? Ich bin ja noch nicht so sehr alt, jedenfalls fühle ich mich nicht so. Aber seit dem letzten November zweifle ich daran, dass es eine Gerechtigkeit gibt. Was hatte Max verbrochen, dass ihn der Herrgott so bestrafte? Können Sie mir das sagen?«

»Nein.«

»Und all die anderen, die durch irgendwelche Unfälle umkommen, was haben sie getan? Manchmal glaube ich, es nicht mehr zu ertragen. All dieses Leid in der Welt. Diese Gewalt. Dieses erbarmungslose gegenseitige Zerfleischen der Menschen. Wölfe. Allesamt.«

»Na, so schlimm ist es zum Glück nicht. Aber Sie haben schon Recht. Auch mich beunruhigt es, wenn ich beispielsweise sehe, dass die Täter immer jünger werden, da findet etwas in unserer Gesellschaft statt, dass ich nicht erklären kann. Die Zusammenhänge gehen verloren. Alles fliegt auseinander, es gibt anscheinend keine moralische Mitte mehr, nach der sich alle richten.«

»Das stimmt. Und dann existieren da noch ein paar besondere Kandidaten, die wirklich nur Gewalt im Sinn haben.«

»Wen meinen Sie? Rechtsradikale, Ausländerhasser?«

»So ungefähr. Mitleidlos.«

»Ich frage mich aber, ob es früher wirklich besser war?«

»Die Dunkelheit nimmt zu. Das ist nicht zu bestreiten. Alles wird dunkler. Die dunkle Jahreszeit lässt alles erstarren. Aber das liegt wirklich nicht nur am Wetter. Da sickert etwas in uns ein, das mit Meteorologie gar nichts zu tun hat. Obwohl jetzt, im November, da wird es unerträglich, da ist der Rand erreicht.«

»Gut, dass wir Tee trinken«, sagte Velsmann betont munter. Er hatte plötzlich gespürt, wie eine gefährliche Stimmung von ihm Besitz ergriff. Jedes Wort, das sein Gegenüber sagte, hätte auch er sagen können. Gleichzeitig erschrak Velsmann bei dem Gedanken, dass diese Worte, und noch mehr, wie er sie sprach, den Grundschullehrer tatsächlich verdächtig machten.

Sie saßen schweigend da und tranken den Tee. Irgendwie kamen Martin Velsmann weitere Fragen überflüssig vor.

Eine Standuhr tickte.

Die Fensterrahmen knackten.

»Herr Petry – ich danke Ihnen für diesen Tee. Ich denke, ich werde Sie jetzt verlassen. Aber so wie die Dinge liegen, komme ich wahrscheinlich wieder. Ich bitte Sie, in nächster Zeit nicht zu verreisen, ohne uns zu benachrichtigen.«

»So verdächtig bin ich?«

»Es handelt sich um eine reine Vorsichtsmaßnahme. Wenn Sie hier verschwinden würden, müssten wir automatisch eine Fahndung ausschreiben, das hätte für Sie unangenehme Konsequenzen. Aber verdächtig sind alle, die kein Alibi besitzen, so ist das nun mal.«

»Bin ich in Ihren Augen besonders verdächtig?«

»Die Antwort spare ich mir, Herr Petry. Sie würde Ihnen nichts nützen.«

»O doch!«

Velsmann seufzte. »Danke für den Tee. Er war wunderbar, ein wahres Lebenselixier bei diesem Wetter. Und wenn ich sage, ich komme wieder, dann auch, um mich mit Ihnen zu unterhalten. Es ist – angenehm bei Ihnen.«

Petry brachte ihn noch zur Tür. Er stand dort und sah zu, wie Martin Velsmann zum Nachbarhaus ging. Als ihm dort eine ältere Frau aufmachte, winkte Petry und schloss die Haustür.

Auch das pensionierte Ehepaar war verdächtig. Die beiden freundlichen Menschen hatten ebenfalls kein Alibi. Sie gaben an, im Nachbarhaus des Grundschullehrers habe bis etwa zehn Uhr Licht gebrannt. Dann seien sie selbst schlafen gegangen. Wirklich gesehen hatten sie ihn aber nicht.

Martin Velsmann sprach zehn Minuten mit den Knittels, dann machte er sich auf den Rückweg zu seinem Auto, das an der Station stand. Unterwegs rief er Dr. Kosell an. Obwohl es Freitagnachmittag war, hatte sie noch Dienst.

»Wenn Sie einen Moment Zeit haben, würde ich gern ein paar Fragen stellen.«

Sie bejahte.

Velsmann sagte: »Es geht mir um diese falsche Wetterprognose vor Jahresfrist. Sie haben das meiner Assistentin ja schon bestätigt. Können Sie mir dazu noch was sagen?

»Können wir das am Montag besprechen?«

»Lieber wäre mir jetzt.«

»In Ordnung. Ja, es gab damals tatsächlich falsche Wettermeldungen. Die Meteorologen im Kinzigtal bedauerten später die Informationspannen, aber es war nun einmal passiert. Niemand konnte sich erklären, warum. Die Pleite führte bei uns zur Ablösung unseres Frontmannes, der im abendlichen Fernsehen das Wetter macht.«

»Ich erinnere mich. Aber wer war denn genau für die mangelhafte Kältewarnung verantwortlich?«

»Das wurde niemals geklärt. In Stahlau jedenfalls konnten die Kollegen nachweisen, dass sie nur die Fakten weitergegeben hatten, die sie bekamen. Es blieb mysteriös.«

»Bei dem Sturm starb ein Kind.«

»Ich weiß. Stellen Sie sich einen Sturm vor, der bei minus neunzehn Grad in Böen hundertfünfzig Stundenkilometer erreicht und über flaches Gelände wie diesen zugefrorenen Stausee fegt. Ein Killer.«

»Und vor diesem Kältesturm wurde landesweit ordentlich und rechtzeitig gewarnt?«

»Natürlich. Warum er nicht in die Fernsehnachrichten gelangte, konnte nicht aufgeklärt werden. Es war eine Kette von unglücklichen Umständen. Derartige Informationslücken zwischen der Zentrale des Wetterdienstes und den Außenstellen hat es nach meiner Kenntnis bisher nur ein einziges Mal gegeben, das war vor sechzehn Jahren Ende Oktober, als das Orkantief Anna mit Windgeschwindigkeiten von hundertneunzig Kilometern pro Stunde über Norddeutschland raste und bei Husum drei Menschen starben. Auch damals gelangte die Warnung nicht bis in die Tagesschau.«

»Wie ist so was nur möglich?«, fragte Velsmann leise, mehr sich selbst.

»Was meinen Sie?«

Velsmann wiederholte seinen Satz. Die warme Stimme sagte: »Die Prognose schwerer Winterunwetter ist immer eine Gratwanderung. Heute benutzen wir das Instrument der Vorwarnung häufiger. Wir haben das Ende letzten Jahres in Absprache mit der HR-Chefredaktion beschlossen, und es funktioniert auch gut.«

»Kann so was noch einmal passieren? Beispielsweise in diesem Winter? Wir haben ja nun vergleichbare Verhältnisse.«

»Was wir im Moment haben, ähnelt oberflächlich gesehen der Killerkälte des letzten Jahres, das ist wahr. Aber ein richtiges Winterunwetter wird es wohl nicht geben. Sie können sich vorstellen, dass wir dennoch in höchster Alarmbereitschaft sind.«

»Danke für das Gespräch. Und erkälten Sie sich nicht. Wir sehen uns am Montag.«

Sie sagte tatsächlich: »Ich freue mich darauf.«

Velsmann blieb noch einen Moment unbeweglich stehen. Eine falsche Wetterprognose im Kinzigtal. Ein Kind stirbt. Für eine Familie bricht die Welt zusammen. Eine Mutter zieht daraufhin fort. Ein Vater versinkt im Unglück. Nichts ist mehr wie vorher.

Tragisch.

Ja, genau das hatte Karl Petry gesagt.

Ein teuflisch tragischer Vorgang. Aber führte ein solches Geschehen in der Konsequenz zu einem brutalen Mord aus Rache? Velsmann stellte sich den Grundschullehrer vor. War er zu einer solchen Bluttat fähig?

Alles in Velsmann sagte nein.

Aber es waren schon andere unvorstellbare Dinge geschehen.

Teil Zwei

Innenräume

III

In seinem Kabinett lebten Monster. Oder wie hätte er sie anders nennen sollen? Künstliche, gezüchtete Menschen, am Reißbrett im Keller entworfen. Und weil sie nicht zu funktionieren hatten wie richtige Menschen, fehlte ihnen etwas. Sie sahen echt aus bis in die Haarspitzen, echt bis in die Hautunreinheiten auf Brust und Schultern, ihre Mimik war zu ahnen. Aber ihre Sinnesorgane waren zugewuchert. Sie brauchten sie nicht.

Diese Menschen waren Monster. Sie simulierten Leben, ohne es zu besitzen, manchmal ängstigte er sich förmlich vor ihnen. Sie wirkten so lebendig! Aber er war ihr Vater und Schöpfer, ohne ihn wären sie nicht auf die Welt gekommen. Er hatte ihre Bilder gemalt, ihnen Leben eingehaucht, sie mit Daten gefüttert. Jeder Mensch ist eine Datei, dachte er, Milliarden Mal der Befehl »Strom an« oder »Strom aus« an irgendeinen Prozessor. Und mit einem simplen Knopfdruck kann er vollständig ausgelöscht werden.

So gefiel es ihm. Auch wenn man ihn verwirrt nannte, weil er diesen einfachen technischen Vorgang auf seine Vorstellung vom Leben übertrug. Weil man ihm vorwarf, verwirrt zu sein, hatte er diese Gemeinschaft der Anbeter gegründet.

Er erinnerte sich an die Anfänge, seine eigenen und die der anderen. Wie schwierig war es gewesen, Bilder zu fälschen, zu verändern, zu manipulieren. Und immer hatte in irgendeinem Archiv ein Abbild, das so genannte Original existiert, mit dem die Lüge dokumentiert werden konnte, als sei sie die Wahrheit. Das Negativ eines Menschen siegte immer. Er war inzwischen viel weiter. Für ihn kam es nicht mehr darauf an, Retuschen an den menschlichen Dateien anzubringen. Er setzte viel früher an, und dabei kam ihm die Forschung von fünfzig Jahren zugute. Er schuf realistische Abbilder, die in der Realität kein Vorbild besaßen. Gespenstische Gestalten, die perfekt aussahen und doch nur durch die Kraft seiner digitalen Malerei auf die Welt kamen. Hier tauchten sie in das Alltagsleben ein und führten eine Existenz als Originale, die beliebig kopiert werden konnten.

Sie waren austauschbar. Er dachte: Welch ein Gewinn an Qualität!

Die Sache hatte nur einen einzigen Haken. Er wusste nicht mehr, ob er selbst echt war.

In einer Welt der Kopien und unaufhörlich bearbeiteten Datensätze verlor selbst er den Boden unter den Füßen und musste weit zurückgehen, um seine Identität zu spüren. Meistens schaffte er das nur noch, wenn er grausam war. Was war Biographie und was digitale Montage? Andrerseits: Kam es darauf überhaupt noch an? Er bekam seine Anweisungen ja sowieso aus ganz anderen Tiefen. Gewissermaßen aus Archiven, die keine Fakten, sondern Elemente wie Feuer und Wasser speicherten.

Wenn er darüber sprach, lachten sie ihn aus.

Sie waren nur an Datensätzen interessiert, er an Verheerungen.

Er erinnerte sich, in seinen Wachträumen schon Protuberanzen gesehen zu haben, die sich für Planeten hielten, Licht in schwarzen Löchern, Antimaterie, die mit ihrem Gegenteil in einer Explosion verlöschte, er hatte Tiere gesehen, die Gras fraßen, das aus nichts als künstlichen Bildpixeln bestand, Menschen, die miteinander sprachen, obwohl sie nicht existierten; er hatte glückliche Liebespaare erlebt, die nichts voneinander wussten, weil sie an den jeweils anderen Enden der Welt lebten, bevor man sie auslöschte. Solche Bilder regten ihn ungeheuer an.

Denn was war noch echt, was falsch? Gab es noch Lügen, die man auf die Spitze treiben konnte?

Es gab noch etwas.

Die Elemente. Feuer. Erde. Die Angst.

Und den Beginn dieser Jahreszeit, wenn alles dunkel wurde und das Leben flüchtete. Dann kam seine Zeit. Und die Zeit seines Auftraggebers.

Ja, er nannte ihn so.

Den Auftraggeber.

Heutzutage, dass wusste er, in dieser ergebenen, richtungslosen Zeit, kam es überall auf etwas ganz anderes an. Auf Vorgaben. Die Menschen, von ihrer Banalität entsetzt, warteten nur darauf.

Auf unumkehrbare Vorgaben.

So ähnlich war es mit seinen Arbeiten, die neue Werte schufen. Die Technik, die er bediente, machte es möglich. In Palo Alto war er zum ersten Mal mit Bildern konfrontiert worden, die nichts mehr abbildeten. Sie erfanden etwas, das damit, mit dieser Erfindung, in die Welt kam, ein unheimliches Schattending – plötzlich war es da. Ein paar Tastenkombinationen genügten, und es tauchte auf aus dem Dunkel der Nichtwelt, ohne Entstehungsgeschichte, ohne Datum, namenlos. Von diesem Moment an existierte es. Und mischte sich ununterscheidbar mit den anderen.

Aus der Nichtwelt.

Dieses Wort hatte ihn schon immer fasziniert.

Seine Werke am Computer hatten damit nur als Idee, nur technisch zu tun. Aber sein Alltag umso mehr.

Wer eine solche Pforte nämlich einmal geöffnet hatte, brachte das nackte Chaos in die Schrift des Lichts und der Linien. Und danach in das Fühlen und Denken, in das Leben. Genau das wollte er. Es korrespondierte mit seinem Hass und mit dem seiner Gefährten.

Es war nur ein technischer Vorgang am Computer.

Aber für ihn war es weit mehr.

Es wurde der Ausdruck seines Hasses.

Er wusste, er war längst nicht mehr allein. Überall um den Globus hatten sie sich verbündet. Und selbst dann, wenn sie nichts voneinander wussten, arbeiteten sie gemeinsam. Sie errichteten eine neue Welt gegen die andere. Eine Welt, die das Licht auf den Objekten ablöste, die keine Schrift aus Dunkel und Helligkeit mehr kannte, mit der ein menschlicher Umriss identifizierbar wurde. Nein, diesen Pinselstrich der Natur gab es nun nicht mehr, oder besser: Sie hatten es geschafft, Licht und Natur abzuschaffen. Jetzt gab es nur noch das Prinzip.

Aus dem Computer hinaus in das Leben. Flüchtige Wesen.

Aber die Dunkelheit, die Furcht und der Ungehorsam blieben.

Er fühlte sich plötzlich müde, verschränkte die Arme hinter dem

Kopf und schloss die überanstrengten Augen. War nicht alles sinnlos?

War Gewalt das richtige Mittel?

Beschädigte er sich damit nicht selbst?

Nein! Er verzog seinen Mund, wie sie es immer taten, wenn sie sich begegneten, das Zahnfleisch wurde sichtbar, es war eine Grimasse der Unangreifbarkeit. Sie schützte ihn wie ein Amulett, wie sein fünfeckiges Pentagramm von Agrippa von Nettesheim aus Silber mit Kristallen, das er unter dem kragenlosen Hemd trug. Auch wenn die anderen bei den technischen Spielereien stehen blieben, gab es immer einen Grund weiterzumachen.

Er musste etwas gegen das Abrutschen in die Banalität tun.

Seine Wesen. Er erschuf sie im Moment des Erschaffens. Er war ein Menschenmacher, weil er ein Bildermacher war, der Bildern Leben einhauchte.

Auch in der Wirklichkeit. Das waren seine ergebenen Kreaturen.

Und bald würde seine Sicht der Dinge die der anderen ersetzen, es war schon beinahe so weit. Wenn man diesen teuflischen Akt dann bemerkte, würde es längst zu spät sein. Dann war nämlich er am Zuge, und man würde schnell merken, dass er und seine Gefährten Übermächtige einer Welt waren, die sich mit jedem Wunsch in irgendeinem Kopf und noch besser: mit irgendeiner Angst in einem Herzen veränderte.

Seine künstlichen Wesen, deren Wiege der Computer war, die er konstruierte und später malte, hatten damit nichts zu tun.

Aber die Idee von ihnen trat an die Stelle der anderen. Das hatte er seit den ersten Tagen gelernt. Es war das Prinzip.

Sicher hatte ihn ein prometheisches Gefühl gepackt, wenn er wieder einmal jemanden nach seinem Gefühl schuf. Und wenn er sein Wesen dann endlos kopierte und Armeen völlig identischer Monster in die Netze der Welt schickte, konnte er weinen vor kindlichem Stolz. Aber er wusste ja, es handelte sich um seelenlose Abziehbilder, auch wenn ihr Anblick verstörend war. Und ihr Anblick wirkte deshalb verstörend, weil sie echter als echt aussahen, geradezu immer gegenwärtig, ständig auf dem Sprung, mit pulsierender Energie erfüllt.

Er war der dunkle Schöpfer.

Und dieses Spiel übertrug er jetzt auf das wirkliche Leben.

Er verzog unwillkürlich das Gesicht zu einem Lächeln. Er lächelte selten und ungern, und wenn er es tat, war er sich dessen nicht bewusst. Jetzt lächelte er.

Aber bei dem Gedanken an die zu erwartende Gewalt, die notwendig war, um seine Ideen von seelenlosen Kopien, die anbeteten, in die Welt zu setzen, wurde sein Gesicht wieder glatt und ausdruckslos.

Er war sich sicher, dass die alte Welt verschwand. Die künstlichen Menschenbilder hatten den Computer längst verlassen und traten ihren Siegeszug an. Er selbst konnte behaupten zu leben und surfte doch nur durch elektronische Räume, er sprach in künstlichen Landschaften und war doch schon verstummt.

In diesem Winter, wenn die Dunkelheit alles verschluckte, war seine Zeit gekommen.

Die Zeit des Feuers. Die Zeit des Sprechens durch blanke Taten.

Von seinen Taten aus ging ein Dämon in die Welt und trieb dort sein Unwesen. Dieser Dämon verheerte alles.

Er verheerte den Menschen, diese Krone der Schöpfung, lange Zeit das einzige, geduldete Abbild.

Das Original.

Jetzt verschwand es.

Er beendete seine Programme, die wie ein Spiegel waren, stand auf, verschloss den Raum mit den Computern und Staffeleien und zog sich um.

Sein Gesicht wurde weißer, als er die Schminke auflegte, die Augen dunkler, als er sie mit einer Kontur versah. Sein Haar musste nicht gebürstet werden, es lag immer kurz und glatt am Schädel, den Dreizack hatte er gerade sorgfältig ausrasiert. Man muss mit der Mode gehen, dachte er und grinste sein Grinsen, das er sich angewöhnt hatte.

Als er sich im Spiegel besah, erblickte er einen Mann, der ihn selbst befremdete.

So sehen junge Leute heute eben aus, dachte er.

Nicht das Innere ist anders geworden, dafür das Äußere umso mehr.

Nur wenn er auf diese Weise grinste, das Gebiss bleckte wie ein Tier, dass gierig eine Fährte aufnimmt, das Blut hinter den Zähnen spürte, erkannte er den besonderen Kern in sich wieder, spürte er diese animalische Kraft. Das hatte angefangen, nachdem er ein ganzes Jahr lang immer wieder diesen gleichen Traum geträumt hatte. Er erinnerte sich jeden Tag daran.

Er war klein. Er lag mit hohem Fieber im Bett. Und die Mutter kam zu ihm, zerbrechlich, traurig, mit ihrem besorgten, verhärmten Gesicht und maß das Fieber, indem sie …

… indem sie …

… ihre Lippen auf seine Augen legte.

Immer wieder dieser warme, unerträglich zärtliche Hauch. So lange, bis etwas, das in ihm zart und verschlossen sein wollte und immer wieder aufgerieben wurde, aufbrach wie eine Wunde. Wie ein Widerstand, der wuchs. Wie eine Narbe, die blieb und schmerzte.

Seitdem konnte er sein Gesicht an- und ausknipsen. Das reichte als Tarnung.

Denn die meiste Zeit über brauchte er ein normales Gesicht, das nicht auffiel.

IV

Die Nachricht von dem Mord erreichte Martin Velsmann am selben Abend. Sonntag gegen zweiundzwanzig Uhr dreißig.

Er saß noch im Präsidium und blickte hinaus auf das hell erleuchtete Buttlar'sche Stadtpalais im Schneetreiben gegenüber, aus dessen Torbogen gerade späte Besucher wie zottelige Tiere traten. Die Telefonaufnahme sagte: »Eben hat ein Mann angerufen. Er klang reichlich verwirrt. Am alten Förderturm der Basaltgesellschaft, das ist nördlich von Stahlau, ist eine übel zugerichtete Leiche gefunden worden. Unzählige Wunden. Ich habe versprochen, sofort jemanden hinzuschicken.«

Martin Velsmann spürte wieder das Entsetzen, das ihn in den letzten Tagen befallen hatte. Er musste sich zwingen zu sagen: »Alter Förderturm? Dieser Turm am Steinbruch an der Straße zu dieser Hotelgaststätte?«

»Genau. Die Straße zweigt von der B 42 nach Ulmbach ab und führt unter der A 66 durch zum Hotel. Der Anrufer ...«

»Klang er glaubhaft?«

»Ich denke, ja. Er sagt, er hatte seinen Wagen nach einem Spaziergang auf dem kleinen Parkplatz an der Autobahnunterführung geparkt. Als er urinieren wollte, bemerkte er nackte Beine im Gebüsch. Dann die ganze Leiche. Mit all dem Blut. Der Mann wartet am Tatort, Herr Kommissar.«

»Ist die Polizei in Schüchtern benachrichtigt?«

»Nein, noch nicht.«

»Machen Sie das.«

»Soll ich auch den Staatsanwalt informieren?«

»Das soll der Hauptkommissar Gell entscheiden. Rufen Sie ihn zu Hause an.«

»In Ordnung.«

»Schicken Sie mir jemanden her, der mich fährt, ich bin zu müde. Nein, lassen Sie, ich suche mir selbst jemanden. Benachrichtigen Sie aber meine beiden Assistenten. Nein, warten Sie, nur Freygang, Poppe musste nach Kassel. Sagen Sie Freygang, wir treffen uns am Tatort. Ich bin schon unterwegs.«

Während der Fahrt im Polizeiwagen mit Blaulicht vermied es Velsmann, zu denken. An den Ampeln schloss er die Augen. Eine Müdigkeit ungeahnten Ausmaßes überkam ihn. Jetzt ging es weiter. Das Böse ließ nicht nach. Es griff um sich. Es wird noch von uns allen Besitz ergreifen, dachte Martin Velsmann. Und was kann uns davor schützen?

Die Polizei, dachte er.

Ein glucksendes Lachen stieg in ihm auf. Wer ist das, die Polizei? Bin ich das? Sind das alle Uniformierten der Region?

Was können wir ausrichten?

Und gegen wen?

Er erreichte den Tatort nach einer knappen halben Stunde.

Zwei Streifenwagen aus Schlüchtern warteten bereits. Ihr flackerndes Blaulicht huschte als Widerschein über die dick verschneiten Tannen und verwandelte sie in eine unwirkliche, eisige Märchenlandschaft. Die dicken Betonpfeiler der Autobahnbrücke und das Dröhnen des Verkehrs aus der Höhe schwächten diesen Eindruck allerdings ab. Zwei Polizisten standen mit einem Mann an der Seite. Ein anderer Polizist notierte etwas im Gespräch mit den Insassen von vier Zivilfahrzeugen, die mit aufgeblendeten Scheinwerfern am Straßenrand parkten. Seinen Assistenten konnte Martin Velsmann ebenso wenig entdecken wie ein anderes bekanntes Gesicht.

Velsmann begrüßte die Uniformierten und ließ sich die Leiche zeigen. Der Mann, der sie gefunden und die Polizei in Fulda alarmiert hatte, deutete nur stumm in den Schnee. Zwischen Bäumen und Unterholz sah Velsmann einen verkrümmten männlichen Körper. Besser gesagt das, was davon übrig geblieben war. Jemand musste mit einer Machete auf ihn eingehauen haben. Der Tote trug einen einstmals weißen Kittel, eine weiße Badehaube, weiße Schuhe. Alles war zerfetzt. Getränkt von einer dunkelroten, schmierigen Masse. Ein Gesicht war nicht mehr zu erkennen.

Velsmann hatte nach dem ersten Hinschauen die Augen geschlossen und bis zwanzig gezählt. Dann war er imstande, das Bild in sich aufzunehmen.

Weiß zu weiß, dachte er. Die Wunden wie aufgerissene Ackerschollen in erfrorener Erde.

Ein toter Mann also. Sah aus wie ein Bademeister oder Arzt.

Der Tote lag auf der Seite, von der Straße abgewandt, den Kopf nach oben abgeknickt, zwischen dem dunklen Blut starrte das beschmutzte Weiß eines Auges in den Nachthimmel hinauf. Dorthin, wo nach einem Atemholen jetzt wieder große Schneeflocken ausgestoßen wurden, erst einzelne, dann eine dichte, sich herabsenkende Decke aus Schnee.

Freygang hielt in diesem Moment am Straßenrand und schlug die Tür seines schwarzen Golfs laut zu. Er trat neben seinen Kommissar und hielt sich die Hand vor den Mund. »Meine Fresse!«, entfuhr es ihm. »Das sieht wieder aus …«

»Sparen Sie sich solche Kommentare, Alfons«, sagte Velsmann. »Sind alle verständigt?«

»Denke schon. Der Staatsanwalt kommt aber nicht. Er hat was auf einem Kongress in Thüringen zu tun.«

»Weiterbildung vermutlich«, murmelte Martin Velsmann und konnte seinen Blick nicht von der Leiche wenden, die langsam vom Schnee zugedeckt wurde. Velsmann konnte nicht entscheiden, ob sein Eindruck richtig war, dass der Himmel den Anblick nicht ertrug.

»Grauenhaft«, sagte Freygang leise.

Der Sanitätswagen kam. Dann die Techniker des Todes. Dann flammten Blitzlichter auf.

Velsmann wandte sich an die Polizisten aus Schlüchtern. »Ihr seid gleich nach dem Anruf unseres Kollegen in Fulda hier rausgefahren?«

Sie nickten stumm.

»Wann genau seid ihr hier eingetroffen?«

»Der Anruf aus Fulda kam um zweiundzwanzig Uhr vierunddreißig. Zwei Minuten später waren wir im Auto. Am Tatort eingetroffen sind wir um zweiundzwanzig Uhr zweiundvierzig.«

Weitere Autos trafen ein. Sie gehörten zum größten Teil Gästen, die aus dem Hotelrestaurant kamen oder dorthin wollten. Velsmann kannte die Brathähnchenfarm, ein folkloristisches, stets überfülltes Lokal, wo man die leckersten Hähnchen am offenen Feuer grillte. Inzwischen war alles abgesperrt, und Polizeischeinwerfer erhellten den Tatort.

Freygang hatte einen weiteren Einsatzwagen aus Bad Salmünster angefordert, der gerade mit heulenden, dann abgewürgten Sirenen an der Absperrung hielt. Zwei Beamte und ein Polizist in Zivil sprangen heraus.

Velsmann begrüßte den Kommissar in Zivil aus dem Kurbad. Kurt Heberer, ein dürrer, hoch aufgeschossener Mann mittleren Alters, den er schon bei anderen Gelegenheiten als peniblen Ermittler kennen gelernt hatte. Heberer erklärte: »Wir haben seit zwei Tagen eine Vermisstenmeldung auf dem Schreibtisch. Bei der Leiche könnte es sich um einen Badegehilfen aus dem Kurbad handeln.«

»Darauf deutet zumindest seine Kleidung hin.«

»Schauen wir mal.«

Velsmann begleitete Heberer zur Leiche, über die inzwischen ein Baldachin auf zusammenschiebbaren Aluminiumstangen gespannt worden war. »Ich habe ein Foto. Aber viel erkennen kann man ja nicht gerade«, murmelte Heberer. »Von den Körperformen her könnte es der Vermisste sein. Bruno Roa, dreiunddreißig, aus Oybin, Sachsen. Badegehilfe im Kurzentrum seit sechs Jahren. Aber das müssen wir erst noch klären.«

Velsmann ließ ihn stehen. Er ging zu dem Mann zurück, der den Toten gefunden hatte.

Viel war nicht aus ihm herauszuholen. Er wiederholte, dass er beim Urinieren am Straßenrand die Leiche gesehen und sofort die Polizei alarmiert hatte. Velsmann notierte Namen und Anschrift. Der Mann aus Göttingen hatte ein Einzelzimmer im Hotel der Brathähnchenfarm reserviert. »Sie können dann weiterfahren«, sagte Velsmann. »Wir melden uns morgen bei Ihnen im Hotel.«

Freygang, der inzwischen mit dem Arzt gesprochen hatte, kam zurück und sagte: »Ich habe den ersten mündlichen Bericht des Docs auf dem Diktiergerät. Der Tote muss mit einer scharfen Hiebwaffe traktiert worden sein, überall gibt es tiefe Einschnitte. Aber nicht durch ein Messer oder Stilett …«

»Apropos Stilett«, unterbrach ihn Martin Velsmann. »Der Bruder des ermordeten Roman Gut, ein Jäger, besitzt nach eigenen Angaben vier Stiletts …«

»Sagt man nicht Stilette, Chef?«

»Ist doch völlig egal, Freygang! Hergott nochmal! Sehen Sie sich die Waffen morgen früh genau an.«

Freygang notierte sich die Adresse und fuhr fort: »Die Tatwaffe dürfte eine Art Schwert sein, eine Machete oder so was. Tatzeit vermutlich diese Nacht. Der Arzt weiß noch nicht, ob die Totenstarre nicht auch von der Kälte herrührt. Der Mord dürfte nicht hier geschehen sein, im Schnee findet sich kein Blut. Außerdem ist nach der Lage der Leiche davon auszugehen, dass sie aus einem Auto herausgeworfen wurde. Spuren gibt es natürlich bei diesem verdammten Wetter nicht.«

Die Natur holt alles zu sich, dachte Velsmann. So als sammle sie sich für irgendetwas.

Er blickte um sich. Das gewohnte Bild. Überall krochen Beamte der Spurensicherung im gelben Overall herum, durch den Schnee und unter Tannen hindurch, die sich unter ihrer schweren Last duckten.

Weiß. Schwer. Alles erstarrt in diesen Tagen, dachte Martin Velsmann.

Er sah, dass die eingetroffenen Presseleute von den Uniformierten abgewiesen wurden. Er erkannte den Vertreter des größten überregionalen Boulevardblattes. Wie schaffen die es immer wieder, Witterung aufzunehmen?, dachte Velsmann. Was für ein beschissener Job.

Er wartete noch eine Viertelstunde und verfolgte schweigend die Arbeit der Spurensicherung. Ließ die Gedanken kommen und gehen. Als er heftig zu frieren begann, sagte er zu Freygang: »Kehren wir um.

Wir können ebenso gut im Präsidium auf Ergebnisse warten. Das wird jedenfalls eine lange Nacht.«

»Wird Heberer die Ermittlungen leiten?«

Velsmann sah zu dem Inspektor hinüber und winkte ihm zum Abschied zu. »Weiß ich noch nicht. Kommt auf die Spuren an. Wenn es irgendeinen Hinweis gibt, der auf einen Zusammenhang mit dem Mord in der Wetterstation deutet, dann bleibt es an uns hängen. Wenn nicht, erfahren wir das früh genug von Gell.«

Als Velsmann schon in seinem Scorpio saß und Freygang rückwärts wegfuhr, trugen Sanitäter den grünen Leichensack mit dem Opfer zu einem Dienstfahrzeug der Schlüchterner Polizei, die es zur Gerichtsmedizin transportierte.

Velsmann wendete sein Fahrzeug, was ihm erst nach einigen Manövern auf der nicht geräumten Straße gelang. Er passierte Journalisten, die versuchten, eine Aufnahme von ihm zu ergattern, und fuhr davon. Als er in den Rückspiegel blickte, erkannte er auch die Fotografin mit der ungewöhnlichen Kopfbedeckung.

Die stämmige junge Frau stand mitten auf der schmalen Straße und sah ihm nach, als könne sie es nicht recht fassen, dass der Hauptkommissar sie in Eis und Kälte stehen ließ.

Im Präsidium brannte in allen Räumen Licht. Als Martin Velsmann dort eintraf, empfing ihn sein vorausgefahrener Assistent mit gerötetem Gesicht und einem Ausdruck in den Augen, als habe er sich in letzter Sekunde vor Gefahren draußen in die warmen Innenräume des Präsidiums geflüchtet. Auch Ilse Schütz war anwesend, obwohl ihr Dienst schon um neunzehn Uhr geendet hatte. Zwei Beamte vom medizintechnischen Labor studierten Unterlagen. Und Hubert Gell kam mit einem Tablett herein, auf dem braune Kaffeebecher standen, aus denen es dampfte.

»Tja«, sagte er, »das wird wieder so eine gemütliche Nacht bei der Behörde, von der die Steuerzahler keine Ahnung haben.«

Ein Seufzen war die Antwort. Draußen klatschten feuchte Schneeflocken wie Fußtritte eines unsichtbaren Nachtwesens gegen die Fensterscheiben.

Während die Mannschaft auf die nur zögernd eingehenden Nachrichten wartete, gab Martin Velsmann einen Bericht über die Ermittlungen im Mordfall Gut. Wesentlich weitergekommen waren sie noch nicht. Aber alle bisherigen Verdachtsmomente, so wenig greifbar sie auch waren, schienen sich tatsächlich auf den Grundschullehrer zu konzentrieren.

Velsmann erinnerte sich. »Er sprach vom Wetter wie von einem Menschen, den er hasst. Er hat durch ein falsch prognostiziertes Winterunwetter sein Kind verloren. Und jetzt ist ein Meteorologe ermordet worden. Wenn ich das dem Staatsanwalt erzähle, lässt er sofort einen Haftbefehl ausstellen.«

»Und wäre das so verkehrt?«

»Ich halte diesen Karl Petry nicht für fähig, einen solch brutalen Mord zu begehen.«

»Rein faktisch gesehen, ist er ein Hauptverdächtiger.«

»Das weiß ich. Trotzdem. Wenn meine Menschenkenntnis nicht völlig versagt, dann … Nein.«

»Aber wir können diese Tatsachen, die ein Mordmotiv ergeben, nicht geheim halten und schon gar nicht leugnen, Martin! In diese Richtung muss weiter ermittelt werden.«

»Schon klar. Sie werden wissen, Hubert, dass ich jeder Spur nachgehe. Aber für mich wird der Verdacht gegen Petry gerade durch den neuen Mord eher abgeschwächt. Denn wenn sich Zusammenhänge zwischen den beiden Taten ergeben, dann dürfte doch wohl Petrys Mordmotiv nicht hinreichen.«

Gell sah nicht überzeugt aus. »Was ist mit den beiden anderen Personen, der Meteorologin und dem Bruder des Ermordeten?«

»Verdächtig sind alle. Und der Bruder besitzt neben einer rechtsradikalen Gesinnung vier Stilette. Freygang wird sich morgen darum kümmern. – Diese Frau Dr. Kosell halte ich für unverdächtig. Das einzige Verdachtsmoment, das wir gegen sie ins Feld führen könnten, ist ihre plötzliche Anwesenheit am Tatort. Aber das hat sie ja begründet.«

»Bleibt in erster Linie also Karl Petry.«

Velsmann sah seinen Vorgesetzten unwillig an. »Ja doch. Natürlich. Aber auch wieder nicht. Verstehen Sie das nicht?«

»Ich vertraue Ihnen, Martin. Und ich werde mit den Informationen an den Staatsanwalt warten, bis Sie grünes Licht geben. Aber machen Sie keinen Fehler.«

»Ich bitte Sie nur darum, abzuwarten, bis uns die Einzelheiten des jüngsten Mordes bekannt sind. Manchmal ergeben sich zwischen zwei Taten Zusammenhänge, die sich gegenseitig erhellen.«

Hubert Gell vollführte eine fahrige Geste. »Zwei Morde im Kinzigtal innerhalb von ein paar Tagen! Nicht zu fassen! Hier wird alles Kopf stehen. Was meinen Sie, was die nächsten Tage und Wochen los sein wird! – Und wir haben nicht die geringsten Anhaltspunkte!«

Martin Velsmann holte tief Luft. »Sind Sie Schachspieler, Hubert? Nein, blöde Frage, ich weiß ja, Sie sind es nicht. Wenn Sie es wären, dann wüssten Sie, dass jeder Zug, den man macht, eine fast unendliche Variation von weiteren möglichen, denkbaren Zügen eröffnet. Und nicht nur das. Auch dieser eine Zug, so spontan und wohl begründet er auch erscheinen mag, ist nur möglich aufgrund aller vorangegangenen Züge. Alles schießt im Moment des Setzens einer Figur zusammen. Und das nicht nach dem Prinzip Zufall, sondern durch rechnerische Notwendigkeit.«

»Ja, was …«

»Moment! – So ähnlich ist es mit den Einzelheiten, die bei dieser Ermittlung zusammenkommen. Irgendwo befindet sich auch bei disparaten Dingen ein Zusammenhang. Die Aufgabe des Kriminalisten ist es, diese Verbindung aufzuspüren, nicht wahr? Dann kann er seinen Zug machen.«

»Hören Sie, Martin, das weiß ich alles. Ich bin ebenfalls Kriminalist. Und trotzdem …«

»Trotzdem was?«

»Nun gut. Sie haben hier also folgende Details: einen Ritterclub mit Kostümspielen, eine afrikanische Figur mit einer Knochenflöte, einen Satanistenprozess in Bochum, zwei ermordete Menschen im Kinzigtal, eine Meteorologin aus Offenbach, Fingerabdrücke, einen Grundschullehrer, einen Wintereinbruch, eine zerstörte Ehe, ein totes Kind. – Und? Wo ist der Zusammenhang?«

»Ich sehe ihn noch nicht, verdammt nochmal! Aber er ist da. Und ich werde ihn finden, verlassen Sie sich darauf. Im Übrigen, Hubert, Ihr Tonfall ist unangemessen. Es geht hier nicht um Ironie und Häme, sondern um die Aufklärung von zwei Todesfällen.«

»Wem sagen Sie das? Aber Ihre Theorien über Synergieeffekte zwischen zufälligen Dingen – das ist mir zu vage! War es immer!«

»Es würde nicht zum ersten Mal funktionieren.«

»Wie oft ich das schon gehört habe!«

»Sie wissen so gut wie ich, wir müssen die Einzelheiten so lange zusammentragen, bis sie ein Bild ergeben. Und dafür ist jede Theorie, mag sie zunächst noch so abwegig erscheinen, akzeptabel. Wenn Sie das nicht aushalten können, sollten Sie sich vom Dienst suspendieren lassen. Was wir brauchen, ist Geduld und Denkvermögen, nicht Angst und Mutlosigkeit.«

Hubert Gell starrte ihn für einen Moment feindselig an. Dann seufzte er. »Die oberen Etagen sitzen mir im Nacken.«

»Vergessen Sie die oberen Etagen. Bleiben wir auf dem Teppich. Ermittlungen werden in Ground Zero gemacht – übrigens ein Begriff, den ich erst seit dem 11. September in New York kenne. Jeder Mord und jede Ermittlung finden auf einem solchen Ground Zero statt. Vergessen Sie die oberen Etagen.«

Der Ticker brachte Neuigkeiten.

Die Gerichtsmedizin gab als Todesursache Durchbohren des Herzens mit einem scharfen, spitzen Gegenstand an. Der Körper der Leiche wies unzählige tief gehende Schnittwunden auf, die von einer scharfen Schlagklinge hervorgerufen wurden. Wer der Tote war, wusste man immer noch nicht.

Velsmann starrte deprimiert in die Nacht hinaus. Hatte es Sinn, hier zu sitzen und auf weitere Einzelheiten zu warten? Was würde die Nacht bringen? Eingehende Daten, vielleicht über die Identität des Mannes. Vielleicht konnte man schon bis zum Morgen jemanden herbeischaffen, der ihn identifizierte. Und dann? Warten, Fragen, Antworten oder keine. Vermutungen. Einblicke in ein fremdes Leben. Grübeleien über ein Mordmotiv. Das Bild eines anonymen Toten vor Augen, der bis vor wenigen Stunden in ihrer aller Vorstellung überhaupt noch nicht existiert hatte.

Warum, Hergott nochmal, bin ich Polizist geworden?

Freygangs helle Stimme unterbrach seine unerfreulichen Gedanken. »Warum wirft jemand eine Leiche in die Pampa, dorthin, wo man sie sofort findet? Wenn ich einen Mord begehe, suche ich mir doch ein gutes Versteck für das Opfer, damit ich Zeit gewinne, bis man es findet. Oder?«

»Als Mörder sind Sie eben Anfänger, Freygang«, hörte Velsmann Hubert Gell erwidern. »Aber mal im Ernst. Das ist natürlich eine Überlegung wert. Eine Leiche, höchstens zehn Meter von einem Parkplatz entfernt, dort, wo man sie schnell entdecken kann. Das ist schon merkwürdig.«

Freygang sagte: »Wenn sie nicht an Ort und Stelle erledigt wurde, ist sie in einem Auto transportiert worden. So wie der Tote aussah, muss viel Blut geflossen sein, und zwar nicht dort, wo man ihn fand. Wir sollten also nach dem Auto suchen, was meinen Sie? Es muss Spuren geben.«

»Das ist sicher richtig«, sagte Gell zögernd. »Aber nach was für einem Auto sollen wir denn suchen? Es gibt keine Augenzeugen, keine Reifenspuren, kein ausgelaufenes Öl oder Benzin, nichts. Wissen Sie, wie viele angemeldete Wagen es allein im Raum Schlüchtern gibt? Rund dreißigtausend.«

»Suchet, so werdet ihr finden«, seufzte Freygang.

Martin Velsmann rutschte in seinem Stuhl nach vorn und legte den Hinterkopf gegen die Lehne. Er versuchte sich zu entspannen. Die Gier zu rauchen ergriff von ihm Besitz, aber er widerstand ihr. Kurz nach Mitternacht brachte ein Beamter Fotos vom Tatort. Eine halbe Stunde später traf der erste Bericht von der Spurensicherung ein.

Der Tote war ein Meter achtundsiebzig groß und wog vierundachtzig Kilo. Übergewicht, dachte Velsmann. Er hatte schwarzes Haar und besaß tadellose Zähne. Der Kiefer war gebrochen, ebenso die Nase. An der Schläfe war eine Ader zerrissen, der Schläfenknochen von einem Schlag eingedrückt. Das linke Auge war durch Schlageinwirkung aus der Höhlung getreten und hing an den Augenmuskelsträngen, dem Bindegewebe und dem Sehnerv. Wie viele Hiebe und Stiche er erlitten hatte, konnte nicht geklärt werden. Der Tatort war mit dem Fundort nicht identisch, die Tatzeit lag höchstens sechs Stunden zurück, das musste aber noch konkretisiert werden. Unter dem Badekittel trug der Tote graugrüne Boxershorts ohne Eingriff, ein grünes Netzhemd. Die Füße steckten nackt in weißen Plastikschuhen. Keine besonderen Kennzeichen, keine Geldbörse, keine Schlüssel, keine Papiere.

Eine ausgeräumte, leere Leiche, musste Velsmann denken.

Niemand hatte sich bisher gemeldet, der etwas Verdächtiges gesehen oder gehört hatte.

»Wer gab eigentlich die Vermisstenanzeige in Bad Salmünster auf?«, wollte Velsmann wissen.

»Moment.« Freygang rief Inspektor Heberer an. Er befand sich noch immer am Tatort. Der Assistent stellte seine Fragen und bedankte sich für die Auskünfte. »Der arme Heberer muss doch inzwischen halb erfroren sein«, sagte er. »Jedenfalls hat ein Kollege im Kurzentrum die Vermisstenanzeige aufgegeben. Ein gewisser Stählin. Er wird morgen früh um neun in Bad Salmünster verhört und soll den Toten dann identifizieren. Vermisst wird also, wie Heberer schon am Tatort sagte, ein Bruno Roa, dreiunddreißig, aus Oybin, Sachsen. Badegehilfe in der Fangoabteilung des Badezentrums seit sechs Jahren.«

»Dieser Roa, hat er Verwandte?«

»Nach dem, was Heberer eben andeutete, nicht. Jedenfalls nicht hier. Keine Familie, nicht verheiratet.«

»Allein stehend. Wie Roman Gut«, sagte Velsmann.

»Das wird Zufall sein, Chef. Oder prädestiniert einen dieser Umstand neuerdings dafür, ermordet zu werden?«

»Es muss nichts bedeuten, kann aber.«

»Aber was auf jeden Fall etwas bedeutet ist die Tatsache, dass der Tote dreiunddreißig Jahre alt ist, Chef. Erinnern Sie sich? Sechsundsechzig Stiche, dreiunddreißig Stiche, dreiunddreißig Jahre …«

»Und neununddreißig Stufen! Lassen Sie mich mit Ihren Zahlenspielen in Ruhe, Freygang!« Velsmann sprach gereizter und lauter, als er beabsichtigte. Die ganzen Umstände dieser Morde zerrten an seinen Nerven. Sie saßen hier und zählten, und draußen liefen Mörder herum und schlachteten Menschen ab. Das verschlafene Tal entlang der ganzen Kinzig, Ruhe, Frieden. Und dann zwei bestialische Morde in wenigen Tagen, an Tatorten, die keine sechs Kilometer auseinander lagen.

Welche Brut war da ausgeschlüpft?

Kurz entschlossen stand Velsmann auf. »Ich fahre nach Hause. Wir treffen uns um neun in Bad Salmünster. Wenn noch jemand abgestochen wird, ich bin jederzeit zu erreichen und für eine Meldung dankbar.« Sprach's, fischte seine Jacke vom Haken und verschwand. Die Tür schlug krachend hinter ihm zu.

Draußen atmete Martin Velsmann tief ein. Es roch nach Rauch und Kälte. Auf seinem Kopf lastete ein unangenehmer Druck. Dunkle Tage, dachte er. Was wird noch über uns hereinbrechen?

Er war sich klar darüber, dass er bald Fahndungserfolge vorlegen musste. Ansonsten würde es hier sehr bald drunter und drüber gehen. Er kannte den ängstlichen Hubert Gell und den ehrgeizigen Staatsanwalt. Sicher wetzte der schon die Klingen.

Als er sein Auto gerade erreicht hatte, piepste sein Handy. Er sah auf die Armbanduhr. Zwanzig nach zwei. Er holte das Handy aus der Winterjacke, starrte es an und meldete sich.

»Er ist es«, sagte Heberer. »Wir haben ihn gerade identifiziert.«

»Wer? Von wem sprichst du?«

»Roa. Sein Kollege aus Bad Salmünster wollte nicht bis morgen warten, weil morgen sein erster Urlaubstag ist. Er hat ihn vor fünf Minuten in der Gerichtsmedizin identifiziert. Es ist Bruno Roa. Stählin ist jetzt hier bei mir. Willst du rüberkommen, Kollege?«

Velsmann spürte die Müdigkeit in seinem Körper wie ein Gift, das ihn lähmte. Er gab sich einen Ruck. »Gut. Ich komme rüber. Ich habe ja sonst nichts zu tun. In einer halben Stunde.«

Während der Fahrt instruierte er Freygang darüber, dass man sich trotz des vorgezogenen Verhörs zur verabredeten Zeit im Büro des Inspektors in Bad Salmünster treffen sollte.

Martin Velsmann fuhr langsam. Die Straßen waren unter dem Pulverschnee von einer hart gefrorenen Eisdecke überzogen. Noch bevor er das Stadtgebiet von Fulda hinter Eichenzell verließ, hatte er sechs Autos gezählt, die im Straßengraben lagen.

Als Velsmann in Bad Salmünster eintraf und die Büroräume auf dem ehemaligen Klostergelände betrat, starrte ihm Heberer mit rot geränderten Augen entgegen, er umklammerte eine dampfende Kaffeetasse.

Ihm gegenüber saß kerzengerade und rauchend ein junger Mann mit fettigen Haaren und zwei Ohrringen rechts und links. Sein spitz zulaufendes Gesicht besaß einen hungrigen Ausdruck. Sein rechtes Bein wippte unablässig auf und ab. Heberer deutete auf ihn. »Herr Stählin.«

Velsmann streckte ihm die Hand entgegen. »Danke, dass Sie den Toten gleich identifiziert haben. Das erspart uns Arbeit.«

Bleich und regungslos starrte ihn Stählin an. »Mir egal. Ich wollte nur sicher sein. Der Bruno war ein klasse Kumpel.«

»Er ist es also zweifelsfrei?«

Stählin nickte nur. Dann schaute er auf. »Wer macht so was?«

Velsmann zwang sich zu sagen: »Das wissen wir noch nicht.«

»Kaffee?«, fragte Heberer.

Velsmann lehnte dankend ab und fragte: »Seine Daten sind aufgenommen worden?«

Heberer nickte.

»Herr Stählin. Trotzdem ein paar Fragen. Wir können uns aber auch morgen früh unterhalten, wenn Sie wollen.«

»Was denn noch? – Fragen Sie.«

»Wie war Bruno Roa? Ich meine als Mensch, als Kollege. Hatte er Feinde?«

»Er hasste Kranke. Er wollte sie gesund machen.«

Velsmann war irritiert über diese Antwort. »Hatte er eine medizinische Ausbildung?«

»Quatsch. Er war Badegehilfe. Wie ich. Wir sind auch für Wassergymnastik, für Packungen zuständig. Aber in erster Linie für Hygiene.«

»Seit wann war er verschwunden?«

»Aber das habe ich doch schon alles gesagt.«

»Sagen Sie es mir.«

Stählin verriet es ihm. Roa war vor zweieinhalb Tagen nach der Mittagspause verschwunden. Als die ärgerlichen Patienten der Fangoabteilung sich beschwerten und Roa bis zum Abend nicht mehr aufgetaucht war, rief Stählin die Polizei in Bad Salmünster an. »Wir hatten abends was vor. Wollten um die Häuser ziehen, was trinken, Disco. Fiel ja dann flach.«

Velsmann blickte flüchtig auf seinen Notizblock. »Der Ermordete kam aus Sachsen, nicht wahr? Sind Sie beide zusammen nach Bad Salmünster gekommen?«

»Als der Bruno eingestellt wurde, war ich schon ein Jahr im Dienst. Wir verstanden uns aber gleich. Haben viel zusammen unternommen. Ich stamme aus Bad Salmünster und kenne mich hier aus, im Kinzigtal geht ja an Wochenenden die Post ab.«

Wusste ich gar nicht, dachte Martin Velsmann, muss daran liegen, dass ich aus dem vergangenen Jahrhundert bin. Er fragte: »Hatte Roa irgendwelche auffälligen Angewohnheiten? Etwas, was Sie merkten, worüber Sie sich wunderten? Sie kannten ihn ja anscheinend besser als irgendjemand sonst.«

»Das können Sie laut sagen«, erwiderte Stählin stolz. Dann wurde er wieder leiser. »Aber mir ist nichts in Erinnerung, was außergewöhnlich war. Allerdings waren wir ja nicht immer zusammen. An manchen Wochenenden verschwand er einfach, was er dann tat, weiß ich nicht. Er kannte irgendwelche Leute in Gelnhausen.«

Heberer warf ein: »Beide haben den besten Leumund. Auch Roa war anscheinend bei den Angestellten und den Kurpatienten beliebt.«

»Das stimmt«, erklärte Stählin. »Manche kamen jedes Jahr wieder nur wegen dem Bruno.«

Velsmann kam ein Gedanke. »Männer wie Frauen? Oder in erster Linie weibliche Kurgäste?«

»Nicht was Sie denken! Wir nutzen doch unsere Stellung nicht aus! Obwohl dazu reichlich Gelegenheit ist, das kann ich Ihnen sagen! Nackte Frauen in Moorpackungen und so! Und wenn man die dann mit dem Schlauch abspült! Aber wir sind immer eisern geblieben.«

Stählin rauchte unaufhörlich. Velsmann musste in dem stickigen Zimmer husten. Heberer schlürfte geräuschvoll Kaffee.

Martin Velsmann überlegte. Er kam auf das zurück, was Stählin gesagt hatte. »Können Sie mir etwas über die Leute sagen, die Roa in Gelnhausen kannte?«

Stählin zuckte nur die Schultern. »Irgendwelche Ritter oder so was. Falls es das überhaupt gibt. Also Leute, die Ritter spielen.«

»Sie meinen Leute in einem Verein, die sich kostümieren und Ritterspiele veranstalten?«

»Keine Ahnung. Mich interessiert das nicht. Ich finde alles blöd, was in der Vergangenheit spielt. So ein Rumkramen in der Geschichte – wozu soll das gut sein? Ich lebe hier und heute, das Leben ist kurz genug. Es muss Spaß bringen.«

»Hm. Also Leute in Gelnhausen. Sie kennen natürlich keinen Namen?«

»Natürlich nicht. Woher denn? Ich weiß nur, dass Bruno manchmal bei diesen Events, diesen Erlebnisführungen dabei war. Also die ziehen da an Dienstagen verkleidet rum und zeigen Besuchern die Altstadt. Bruno fand das geil und schmiss sich manchmal in alte Klamotten.«

Velsmann hatte eine Idee. »Sagt Ihnen der Name Frank Welsch etwas?«

»Wer soll das denn sein?«

»Ich wäre Ihnen dankbar, wenn Sie nicht mit Gegenfragen antworten würden. Sie kennen also niemand dieses Namens?«

»Niemand.«

»Frank Welsch macht diese Stadtführungen.«

»Kann schon sein. Ich kenne ihn trotzdem nicht. Ich sagte ja, das alles interessiert …«

»Ich verstehe schon. Aber Bruno Roa nahm also an diesen Führungen teil.«

»Meine Güte. Der Bruno ist tot! Abgestochen! Wen interessiert es, ob er an Führungen teilnahm! Fassen Sie den Mörder, das verfluchte Schwein!«

Martin Velsmann schwieg ein paar Sekunden. »Ihr Kollege ist tot.

Sie deuten an, dass er keine Feinde hatte – wenn ich das richtig verstanden habe. Aber jemand hat ihn ermordet. Da ist jeder interessant, mit dem er in Kontakt war. Übrigens: Was haben Sie heute Nacht zwischen etwa achtzehn Uhr und zweiundzwanzig Uhr gemacht?«

Stählin starrte ihn ungläubig an. Er wollte aufbrausen, aber Heberer legte ihm die Hand auf die Schulter. »Sie glauben doch nicht …«

»Eine Routinefrage. Also?«

Der Badegehilfe sank auf seinem Stuhl zusammen. »Zwischen sechs und zehn? Ich war allein zu Hause. Mein Dienst geht bis fünf. Dann ging ich ein Bier trinken. Im ›Bräukeller‹ am Obermarkt. Bis nach sechs. Dann ging ich nach Hause. Eigentlich hätten wir, wie gesagt, am Wochenende unsere Sause gemacht. Aber nachdem der Bruno von der Bildfläche verschwunden war, hatte ich auch keine Lust. Ich hab ferngesehen. So ’ne beknackte Talkshow. Irgendwie war ich knülle.«

»Gut. Danke.« Velsmann stand auf. Er ärgerte sich über sich selbst, darüber, dass er so gereizt auf diesen jungen Mann reagierte. Er verspürte Lust, sich zu recken, die Gelenke knacken zu lassen und dabei laut zu stöhnen, ließ das aber. Er sagte zu Inspektor Heberer: »Ich habe fürs Erste genug gehört. Treffen wir uns morgen früh um neun wieder. Sicher gibt es bis dahin weitere Fragen.«

Heberer sagte »Okay!« und stand ebenfalls auf. Sie verabschiedeten Stählin.

Als der gegangen war, meinte Velsmann: »Es ist noch dein Fall, Kurt. Mach du weiter. Wir müssen irgendjemanden auftreiben, der diesen Bruno Roa näher kannte, Angehörige, Freunde. Um diese Gelnhäusener kann ich mich kümmern – wenn es dir recht ist.«

Heberer gähnte ungeniert. »Mir ist alles recht, was zur Aufklärung führt. Diese verfluchte Gewalt. Tiere.«

»Gute Nacht!«, erwiderte Velsmann und ging hinaus. Es war jetzt kurz nach drei Uhr. Er fuhr nach Hause. Unterwegs bemühte er sich, nicht mehr zu denken.

Als er vor seinem Mietshaus in der Rhabanusstraße stand, fiel ihm aber doch noch etwas ein. Was hatte dieser Stählin gesagt? Roa sei an manchen Wochenenden einfach spurlos verschwunden? Hatte das nicht jemand auch über Roman Gut erzählt? Velsmann versuchte sich zu erinnern, wer das gewesen war. Wohl Guts Kollege, dieser Meteorologe in der Station, der die Leiche gefunden hatte. War das von Bedeutung?

Martin Velsmann wusste, dass man manche Details überbewerten konnte, dann führten sie auf falsche Fährten. Andere wieder waren entscheidend, und man übersah sie.

War dies ein solches Detail?

Er stieg in seine Wohnung unter dem Dach empor, zog sich aus und legte sich ungewaschen in das Bettzeug. Es war zwanzig Minuten vor vier Uhr.

Als sein Wecker um sieben klingelte, hatte er das Gefühl, gerade erst eingeschlafen zu sein.

Noch während Martin Velsmann am Montag, dem 30. November, im Stehen frühstückte, rief er Freygang an. »Wenn Tosca aus der Polizeischule in Kassel zurück ist, soll sie sich sofort bei mir melden. Privatleben ist gestrichen.«

»Chef? Ich habe inzwischen alles über diesen Satanistenprozess in Bochum.«

»Wieso? Haben Sie etwa die Nacht durchgearbeitet?«

»Na klar. Nur Alter braucht Schlaf. Wir Jungen übernehmen jetzt die Initiative.«

»Sie sind also im Präsidium?«

»So sieht's aus.«

»Ich komme um acht. Legen Sie mir alles auf den Schreibtisch, dann werfe ich einen Blick auf die Sachen. Gibt es sonst was Neues, was ein verschlafener, zweihundert Jahre alter Polizeipenner wissen müsste?«

»Fressen Sie mich nicht. Aber der ermordete Roa ist immer noch dreiunddreißig Jahre alt gewesen. Wenn ich auch zugeben muss, dass die Zahl der Einstiche, besser gesagt der Hiebe, nicht zu klären ist. Der Körper ist, wie der Mediziner sagt, eine einzige, lang gezogene Wunde.«

»Freygang! Wenn man Sie hört, könnte man den Verdacht bekommen, im Kinzigtal schleiche ein Mörder herum, der Zahlenfreak ist. Er mordet, weil er es mit Dreiern hat. Er will der Welt beweisen, dass drei und drei sechs ist. Hergott nochmal!«

»Es muss nicht derselbe sein, Chef. Vielleicht laufen zwei rum.«

»Oder dreiunddreißig!«

»Warum nicht?«

»Bis gleich.«

Unterwegs im Auto dachte Velsmann über einige Fakten nach.

Der ermordete Meteorologe besaß eine Sammlung von Blankwaffen, unter anderem Stilette. Sein Bruder Ferdinand in Alsberg besaß vier Stilette. Zwei Morde sind geschehen, dachte Martin Velsmann, bei denen stilettähnliche Waffen zum Einsatz kamen. Haben wir überprüft, ob die Waffensammlung in der Stationswohnung noch komplett ist? Wir wollen auch sehen, ob alle Waffen dieses Bruders noch an der Wand hängen, und zwar möglichst, ohne von Blut zu triefen. Welche Verbindung gibt es zwischen den beiden Toten, wenn überhaupt eine? Kannten sie sich? Gibt es einen relevanten Hintergrund? Dann könnte der Verdacht auf einen einzigen Täter fallen. Einen einzigen Irren. Und der läuft immer noch frei herum und befindet sich vielleicht in dem Wahn, Menschen seien pozentielle Opfer, die man nach und nach aufspießen kann wie Brathähnchen am Grill. Velsmann schwor sich in diesem Moment eines schweren, lichtlosen Morgens, nie mehr ein Grillhendl zu verzehren.

Martin Velsmann wollte die Nummer in sein Handy eingeben, die an erster Stelle stand. Da sah er, dass zwei SMS eingegangen waren. Die erste lautete: »Darß und Barth sonnig!« Die folgende: »Sonne kommt auch für dich!« Was soll das bedeuten, Andrea?, dachte Velsmann.

Er warf das Handy auf den Beifahrersitz und schlug die zusammengefalteten Zeitungen auf. Natürlich stand noch nichts von dem jüngsten Mord auf der Titelseite. Alle Zeitungen machten mit dem Terror in Nahost auf. Vergeltungsschläge auf beiden Seiten. Keiner wusste mehr, wer angefangen hatte. Und keiner wollte es wissen. Es sollte nur noch weitergehen wie bisher, Nachdenken plus Kurskorrektur sollte vermieden werden.

Martin Velsmann beugte sich vor und sah durch die Windschutzscheibe hindurch zum Himmel. Ebenso gut hätte er auf die Piste starren können. Schmutziggrau, farblos.

Sonne kommt auch für dich!

Die Schneewolken kamen immer näher. Bald würden sie auf der Fahrbahn liegen. Und dann hätten wir endlich überall Stillstand, dachte Velsmann. Dann endlich brauchten wir uns um überhaupt nichts mehr zu kümmern. Jeder säße an seinem ungemütlichen Plätzchen und wartete nicht mehr auf irgendwas.

Wenn es nichts mehr gäbe, auf das wir hoffen, gäbe es dann auch keine Gewalt mehr?

Im Präsidium erwartete ihn Freygang, frisch geföhnt. Der Junge sah blendend aus, seine blauen Augen blitzten. Süßer Vogel Jugend, dachte Velsmann und stellte sich vor, wie er selbst aussah. Grau, verschlafen, schwer und mutlos.

Alles in ihm schien auf Altwerden ausgerichtet zu sein.

Freygang hatte ihm einen Stapel Papiere auf den Schreibtisch gelegt und blickte ihn erwartungsvoll an. Martin Velsmann konnte im Augenblick nicht einsehen, warum er sich durch diesen Faktenwust hindurchquälen musste, er hielt Zusammenhänge mit Satanistenmorden für weit hergeholt. Aber da Freygang sich so viel Mühe gemacht hatte, ließ er sich einen Kaffee holen und fing zu lesen an.

Er wurde immer wieder unterbrochen von Mitarbeitern, die den Kopf zur Tür hereinsteckten, von klingelnden Telefonen, von Dienstanweisungen seines Vorgesetzten. Ein Lieferant wollte unbedingt achtzig Packen Kopierpapier bei ihm abstellen. Schließlich schneite auch noch Tosca Poppe herein. Sie war nass. Schneereste verklebten ihre Fransenfrisur. Velsmann lächelte der Aspirantin, die ihn strahlend anfunkelte, zu und schickte sie zum Kopierer.

Er las weiter.

Eine halbe Stunde später war er sicher, auf einen Zusammenhang gestoßen zu sein.

Die Unterlagen strotzten vor Hinweisen. Sosehr sich Velsmann auch dagegen wehrte, es war nicht zu übersehen, dass bei den Morden im Kinzigtal Umstände im Spiel sein mussten, die zumindest auf eines verwiesen: auf einen rituellen Hintergrund.

Die Unterlagen erzählten von dem jungen Satanistenpaar, das seinen dreiunddreißigjährigen Bekannten im Rahmen einer satanistischen Handlung mit sechundsechzig Messerstichen und Hammerschlägen ermordet hatte. Auf der Flucht im beigefarbenen Opel Vectra mit Recklinghäuser Kennzeichen hatten sie in Hannover neue Reifen gekauft und waren im thüringischen Sondershausen aufgetaucht. Dort also, wo einige Zeit vorher der Ritualmord mit Stichwaffen an einem fünfzehnjährigen Schüler geschehen war, von dem Freygang berichtet hatte.

Obwohl gesucht, hatten die Flüchtigen ihren mit okkulten Ornamenten und Schriftzügen dekorierten Wagen ungeniert vor einem Hotel geparkt. Ein rotes Pentagramm schmückte die Heckscheibe ebenso wie die Aufschrift: »Soko-Friedhof«. Auf den Türen stand: »Kadaververwertungsanstalt – Bunkertor 7«. Der vermeintliche Adressenhinweis war als Titel eines Liedes einer Gothic-Band identifiziert worden, die für blutrünstige Texte bekannt war. Die Ermittler waren nach der Sichtung des Tatortes sofort von Mordlust mit okkultem Hintergrund ausgegangen. Die These, dass Satanisten glaubten, durch jeden Mord dem Teufel näher zu kommen, war den ermittelnden Beamten bekannt gewesen.

Velsmann trank einen Schluck Kaffee. Er blickte durch die Scheibe ins Nachbarzimmer, wo Poppe am Kopierer stand. In einem Impuls winkte Velsmann der jungen Aspirantin zu, so als säße er auf einem abfahrenden Schiff und nähme Abschied von der Anlegestelle. Poppe verstand nicht gleich, wiegte sich dann aber in den Hüften, als tanze sie, und verdrehte die Augen zur Decke.

Martin Velsmann stand auf.

Und setzte sich gleich wieder.

Konnte es sein, dass es im idyllischen Kinzigtal Menschen gab, die an die Existenz Satans glaubten?

Velsmann las weiter. Die Wittener Sektenberatungsstelle hatte erklärt, der Mord liege in der Grauzone zwischen Satanismus und Rechtsextremismus. Im Gegensatz zur provokant gekleideten Gruftie-Szene seien die organisierten Satanisten äußerlich unauffällig. Sie seien deshalb die Gefährlichen. Die Leiche war in der Wohnung des

Paares neben einem Eichensarg, Totenschädelattrappen, umgedrehten Kreuzen und SS-Runen gefunden worden. Das wusste Velsmann schon. Auf das Fenster war der Schriftzug »When Satan lives« geschmiert worden. Mit dem Blut des Ermordeten.

Zu schaffen machte der Mordkommission die Tatsache, dass sich das Opfer anscheinend nicht gewehrt hatte.

Sein Tod war der Schlusspunkt einer unvorstellbaren, freiwilligen Übereinkunft gewesen.

Velsmann winkte Freygang heran, der mit Poppe tuschelte. »Suchen Sie mir mal die Nummer der Sektenbeauftragten von Witten heraus.«

»Alles schon da, Chef. Hier ist sie.«

»Sie hatten womöglich Recht mit Ihrer Vermutung, Freygang. Jedenfalls gibt es ein paar interessante Details. Ich werde die Kollegin anrufen.«

Freygang tippte auf seine Armbanduhr. »Heberer wartet.«

»Bin gleich so weit.«

Das mörderische Paar, er fünfundzwanzig, sie zweiundzwanzig, war nach mehrtägiger Flucht in Jena überwältigt und im Hubschrauber nach Bochum gebracht worden. Ein Zeuge hatte das Auto in der Plattenbausiedlung Jena-Lobeda erkannt, obwohl das Kennzeichen gegen ein gestohlenes Nummernschild aus dem Kyffhäuserkreis ausgetauscht worden war.

Velsmann griff zum Hörer. Die Stimme am anderen Ende erinnerte ihn an TV-Moderatorinnen, die es gewohnt waren, die Dinge als lösungsfähig darzustellen. Er brachte sein Anliegen vor.

Die Sektenbeauftragte hüstelte ins Telefon. »Es ist richtig, wir bereiten gerade den Prozess vor. Die mutmaßlichen Täter sind nicht geständig. Sie sind sogar völlig uneinsichtig. Ich habe ein solches Maß an frecher Menschenverachtung selten erlebt.«

»Haben Sie eigentlich je die Erfahrung gemacht, dass bei solchen Gewalttaten von Satanisten oder Rechtsextremen Drogen eine Rolle spielen?«

»Nein. Es ist fast in jedem Fall kalte, überlegte Gewalt gegen einen Wehrlosen.«

»Unter Umständen gegen jemanden, der gar nicht die Absicht hat, sich zu wehren?«

»Ja.«

»Aber das ist unvorstellbar!«

»Gewiss.«

»Kann sich so etwas wiederholen, was meinen Sie?«

»Wir fanden bei der Leiche eine Todesliste mit den Namen weiterer Bekannter des Paares aus dem Ruhrgebiet. Übrigens bewegt sich niemand davon in satanistischen Kreisen, auch der Ermordete nicht. Wir mussten sie sämtlich unter Personenschutz stellen. Das gilt bis heute.«

»Sie glauben, dass solche Listen ernst zu nehmen sind?«

»Natürlich. Das Perfide ist ja, dass die Kenner der okkult-satanistisch-braunen Szene die Ermittlungsbehörden seit Jahren bis hinauf zum BKA vor den Gefahren gewarnt haben. Bislang wurden wir immer als hysterische Wichtigtuer behandelt. Rituelle Straftaten werden immer noch höchst selten als solche erkannt. Dabei zeigt dieser Fall überdeutlich den engen Schulterschluss von Satanisten, Neonazis, der Sadomaso-, Black-Metal- wie auch der Gothic-Szene. Ob auch dieser Fall als von Einzeltätern verübt ausgegeben wird, ist mir noch unklar. Aber ich befürchte es.«

»Können Sie mir die Nummer des ermittelnden Staatsanwalts in Bochum geben?«

»Ja, natürlich. Wenn Sie heute noch anrufen, erreichen Sie ihn in seinem Büro, ab morgen ist es schwieriger, ihn zu kriegen, er wird zunehmend abgeschottet.«

Velsmann notierte die Rufnummer, bedankte sich und legte auf.

Freygang sah ihn die ganze Zeit über neugierig an. Auch Poppe blickte aus dem Nebenraum durch die Scheiben und machte eine Geste mit geballter Faust, die wohl besagen sollte: Die kriegen wir!

Der Staatsanwalt war sofort in der Leitung. Er ließ sich von Martin Velsmann haarklein erzählen, warum er Auskünfte wünschte. Dann sagte er: »Wir müssen beim Umgang mit solchen schrecklichen Gewalttaten vor allem eins beachten: keine Hysterie. Ich hoffe natürlich, dass wir alles aufklären können, aber die gesamte Gothic-Szene damit in Verbindung zu bringen, wie das hier einige Konservative tun, ist in meinen Augen purer Schwachsinn. Mit Sicherheit gibt es welche, die in die satanistische Richtung gehen, die meisten sind aber friedlich und tolerant. In Irland gibt es friedliche Protestanten und Katholiken, aber auch viele Radikale, die vor Mord nicht zurückschrecken. Man muss die Unterschiede sehen.«

»Das ist nicht einfach, wenn man sich nicht auskennt in einer solchen Szene. Man fragt sich einfach: Was finden die an solchen Dingen?«

Der Staatsanwalt lachte. »Ich selbst höre auch gern schwarze Musik, wie beispielsweise von den ›Lakaien‹, von ›Goethes Erben‹ und solchen Bands.«

»Sie sind Gothic-Anhänger?«, entfuhr es Velsmann überrascht.

»Sicher. Vielleicht hat man mir deshalb diesen Fall übertragen. Viele Stücke handeln natürlich vom Tod, aber auch von sinnlosen Gräueltaten und Gewalt. Es ist Musik, über die man nachdenken kann. Mir sind keine Stücke bekannt, jedenfalls nicht von echter Gothic Musik, die zum Morden oder zu Satanismus aufrufen.«

Velsmann fragte sich, wie alt der Staatsanwalt wohl sei. »Aber es geht ja nicht um Musik, sondern um Ritualmord.«

»Genau. Und deshalb sehe ich auch keine unmittelbaren Bezüge zur Gothic-Szene. Denn das Mordmotiv scheint eindeutig Freude am Töten gewesen zu sein – so schwer vorstellbar das auch ist. Die beiden mutmaßlichen Täter, wir hoffen natürlich, sie überführen zu können, waren seit längerer Zeit wegen unerlaubten Waffenbesitzes und Verwendung auffälliger, verbotener Symbole aufgefallen …«

»Welche Waffen besaßen sie?«

»Jede Menge Blankwaffen. Schwerter. Stilette. Doppelschneidige Dolche.«

»Und warum konnte die Tat nicht verhindert werden?«

»Das ist eine berechtigte Frage. Sie wird im Prozess verhandelt werden müssen. Die Polizei ist jedenfalls erst durch einen Abschiedsbrief der verdächtigen jungen Frau an ihre Mutter auf den Mord aufmerksam geworden.«

»Ich wünsche Ihnen viel Erfolg für den Prozess!«

Nachdem Martin Velsmann den Telefonhörer auf die Gabel fallen gelassen hatte, stand er auf und ging zu seinen beiden Assistenten hinüber. »Mögen Sie Gothic, Tosca?«, fragte er.

Die Aspirantin blitzte ihn an. »Suchen Sie eine Verdächtige für unsere Morde hier, Herr Velsmann? Dann sind Sie bei mir schief gewickelt.«

»Nein. Im Ernst.«

»Sie meinen mit donnernden Gitarrenriffen, blutrünstigen Texten, möglichst mit Lichtdomen *Open Air* auf dem ehemaligen Parteitagsgelände der Nazis in Nürnberg und so? Fehlanzeige. Ich bevorzuge Techno und Hip-Hop.«

»Beides übrigens als Einstiegsdroge für Satanismus bekannt!«, unkte der Jazzliebhaber Freygang.

Poppe stemmte die Fäuste in die Hüften und bog den Oberkörper zurück. »Alfons! Oder wie du auch immer heißt. Die Gruft wartet auf dich! Du bist ja völlig von der Rolle! Ich will tanzen, kapiert? Kann man das nach Gothic? Na also.«

Martin Velsmann, der Klassik schätzte und dessen populärer Musikgeschmack über die Rockmusik der siebziger Jahre nicht hinausgekommen war, hatte genug gehört. Er sah auf die Uhr und schickte seine Assistenten allein nach Bad Salmünster zu Inspektor Heberer. Nach dem Grundkurs in angesagter Musik ging er in die Kantine. Er brauchte einen frischen Orangensaft. Er brauchte einen Espresso.

Er brauchte die einfachen Dinge des Lebens.

Als er sich an einen der quadratischen Tische mit dem grauweiß gesprenkelten Plastiktischtuch setzte, kam die Sonne heraus. Mehrere lange Strahlen brachen durch die Wolkendecke und stießen Velsmann zaghaft in die Sehnerven. Endlich, dachte Velsmann wohlig. Licht im Dunkel. Er erinnerte sich, so hatte ein Ingmar-Bergman-Film geheißen, den er vor zwanzig Jahren gesehen hatte. Alles beginnt und endet mit Licht, dachte er melancholisch. Bei diesem Gedanken fiel ihm der Grundschullehrer ein. Er sah erneut auf die Armbanduhr, obwohl erst sechs Minuten vergangen waren. Was Karl Petry wohl im Unterricht gerade durchnahm? Er nahm sich vor, den Mann am Nachmittag anzurufen.

Karl Petry. Ein Hauptverdächtiger. Aber immer noch unbehelligt. Ob er für die Tatzeit des zweiten Mordes wieder kein Alibi besaß? Wahrscheinlich nicht. Velsmann überlegte, ob er selbst in jedem Fall Alibis vorweisen könnte. Er musste das verneinen.

Wenn es geht, dachte er, besuche ich den Grundschullehrer. Und trinke Tee mit ihm.

Und am Nachmittag besuche ich Frau Dr. Kosell. Wie wohl ihr Vorname lautete? Er versuchte zu raten. Marianne? Sylvia? Edelgunde?

Den restlichen Vormittag über beschäftigte sich Martin Velsmann mit den Dokumenten zur Satanistenszene. Unglaubliche Einzelheiten kamen dabei zum Vorschein. Es gab eine Welt unter der Oberfläche der Öffentlichkeit, die kaum jemand kannte. Er zumindest hatte von vielen Dingen noch nie etwas gehört.

Nach und nach trafen Berichte über den Mordfall Bruno Roa ein. Sein Kollege Stählin war doch nicht in Urlaub gefahren. Man hatte ihn am Morgen total betrunken im Kurpark von Bad Salmünster aufgelesen. Bei einem Alkoholpegel von 3,2 Promille hatte ihn nur pures Glück vor Erfrierungen bewahrt. Jetzt lag er auf der Unfallstation des städtischen Krankenhauses.

Jemand legte Velsmann Unterlagen über Clubs, schlagende Verbindungen, Musikgruppen, politische Vereinigungen und Sportvereine der Region auf den Schreibtisch. Velsmann rief Frank Welsch an und erkundigte sich, ob die Stadtführung am nächsten Dienstag trotz des schlechten Wetters stattfinden werde. Er kündigte seine Teilnahme an.

Er ging ins Labor und sah sich noch einmal die kleine Dämonenfigur an, die man bei der Leiche von Roman Gut gefunden hatte. Ihr Anblick löste aber keine weiterführenden Gedanken bei ihm aus. Er schickte eine SMS an Andrea: »Sonne angekommen!«

Mittags aß er Kohlroulade, Jägersoße und Bratkartoffeln in der Kantine, ließ aber die Hälfte stehen. Als seine Assistenten aus Bad Salmünster zurückkamen, freute er sich über ihre Munterkeit. Sie hatten nicht viel Neues zu berichten, außer den Angaben der Wirtin des Toten, die ihn als völlig unauffällig und stets freundlich beschrieb. Nachts sei er allerdings oft noch in eine Bar gegangen.

»Gibt es in Bad Salmünster Bars, die nachts geöffnet haben?«, fragte Velsmann überrascht.

»Wenige. Aber ein paar schon. Ein Überbleibsel der Amis, die hier bis vor vier Jahren stationiert waren.«

»Wie auch in Gelnhausen. Dieser Frank Welsch zum Beispiel ist ein Ex-GI, der hier hängen blieb. Ich werde mir bei nächster Gelegenheit seine historischen Umzüge antun.«

Poppe war drauf und dran zu sagen: »Alt genug sind Sie ja dafür.« Aber Freygang würgte sie rechtzeitig, und eigentlich bekam sie nur ein rotes Gesicht und machte erstickte Laute.

Auf Anraten seines Vorgesetzten sagte Martin Velsmann seinen Besuch in Offenbach ab. Er sah sofort ein, dass er hier dringender gebraucht wurde. Velsmann wartete bis fünfzehn Uhr und rief dann Karl Petry an. Der Grundschullehrer nahm sofort ab.

»Herr Petry, Sie haben von dem Mord heute Nacht gehört?«

»Das Regionalradio bringt nichts anderes.«

»Ich muss Sie leider erneut fragen, ob Sie ein Alibi besitzen.«

Schweigen. Dann sagte Petry: »Die Antwort ist gleich lautend mit der, die ich Ihnen schon einmal gab.«

»Das dachte ich mir. Ich muss Sie bitten, sich für ein Verhör in Fulda zur Verfügung zu halten.«

»Verhaften Sie mich?«

»Es gibt keinen Haftbefehl. Und ehrlich gesagt, teile ich die Interpretation der Verdachtsmomente nicht, die man hier im Präsidium anstellt. Aber Sie sind ein Verdächtiger, das lässt sich nicht leugnen.«

»Hm.«

»Mehr haben Sie dazu nicht zu sagen?«

»Verdächtig sind alle. Und jeder ist fähig, solch einen Mord zu begehen, oder nicht?«

»Na, na …!«

»Daran glaube ich fest! Nur haben eben die meisten Mitmenschen einen kleinen Hebel in sich, den sie rechtzeitig herumwerfen. Familie, Stand, Ehrgeiz, Freunde, irgendwas, was sie von den Mordabsichten ablenkt. Hat nicht jeder einen Feind, dem er gern den Garaus machen möchte? Was hindert sie daran, es wirklich zu tun?«

Velsmann hörte sich sagen: »Vielleicht wirklich nur der Zufall.«

»Oder eine Karriere – beispielweise bei der Polizei.«

Jetzt musste Martin Velsmann lachen. »Es wird Ihnen nicht viel nützen, Herr Petry, wenn Sie dem Staatsanwalt solche Dinge erzählen. Das macht Sie nicht unverdächtiger.«

»Haben Sie ein Alibi für die Mordzeiten, Kommissar?«

»Ja. In der Tat.«

Petry seufzte. »Wäre ich doch auch zur Polizei gegangen!«

»Aber Sie haben doch einen Beruf – einen schönen dazu. Das sollte als Alibi ausreichen. Sicher nutzen Sie ihn auch dazu, jungen Menschen den Sinn des Lebens ohne Gewalt näher zu bringen.«

»Dazu bin ich laut Anstellungsvertrag gehalten. – Aber manchmal glaube ich selbst nicht daran.«

»Woran?«

»Dass ein Leben ohne Gewalt möglich ist.«

»Wenn ich der Staatsanwalt wäre, würde ich den Haftbefehl in diesem Moment unterschreiben!«

»Das ist mir egal. Meine Gedanken sind nicht strafbar. Ich denke eben so. Das heißt doch nicht, dass ich selbst Gewalt ausübe. Ich weiß aber, wie viel Gewalt in der Welt ist. Und das deprimiert mich zu Tode, das können Sie mir glauben.«

Velsmann bemerkte die Verzweiflung in seiner Stimme. Er sagte: »Herr Petry, wohin ist eigentlich Ihre Frau gezogen?«

»Nach Berlin.«

»Würden Sie mir ihre Telefonnummer geben?«

Petry nannte sie ohne Zögern. Er hatte sie im Kopf. »Rosa ist Ornithologin. Sie erzählte mir einmal von Kranichen, die sie oben in Mecklenburg entdeckte. Dort rasten diese Vögel, die fast so groß und so alt wie Menschen werden, im Frühjahr und im Herbst auf ihren Zügen von Nord nach Süd und umgekehrt. Rosa sagte, und das fand ich sehr schön: Kraniche ziehen immer der Sonne nach, deshalb heißen sie zum Beispiel in Japan Sonnenvögel. Es sind Vögel des Glücks. Ich habe Kraniche nie auf ihren Zügen gesehen. Sie?«

»Nein. Aber meine Exfrau lebt in Mecklenburg. In Barth, auf dem Darß. Sie gräbt dort mit einem Team die alte Stadt Vineta aus. Vielleicht kennt sie diese Kranichkolonien.«

»Fragen Sie sie, Herr Velsmann! Fragen Sie nach den Sonnenvögeln! Wir brauchen solche Momente, solche Symbole in unserer dunklen Zeit! Wenn wir das nicht hätten, könnten wir uns gleich den Schuss geben!«

»Sie scheinen eine ziemlich negative Lebenseinstellung zu haben.«

»Ich bin Skorpion, das erklärt wohl alles …«

»Ich weiß nicht recht. Ich bin auch ein Novembergeborener, aber so düster kommt mir das alles nicht vor.«

»Wenn alles kalt und dunkel wird? Die Sonne verschwindet? Ich finde das furchtbar.«

»Zugegeben, ich finde einen Maientag an der Bergstraße auch schöner! Aber klare Wintertage …«

»Das Sterben des Lichts ist das Überschreiten einer letzten Schwelle, wie ein Schlusspunkt in aussichtsloser Zeit.«

Seltsames Gerede, dachte Martin Velsmann. Aber irgendwie hat er auch Recht. Er räusperte sich zweimal. »Herr Petry, ich werde morgen diese historische Stadtführung in Gelnhausen mitmachen. Sind Sie auch da?«

Petry antwortete sehr entschieden: »Nein. Ich habe seit dem letzten Mal genug von diesen Leuten. Die sind nicht glaubwürdig.«

»Hm. Dann Wiederhören. Ich rufe wieder an.«

Ein Skorpion, der seinen Geburtstag ausschließlich als Tor in das Winterdunkel und nicht als Tor ins Leben begriff. Der Tod seines Sohnes schien in seiner Seele etwas angerichtet zu haben. Vielleicht war dieser Lehrer aber auch schon vorher so depressiv gewesen. Skorpione waren manchmal so.

Velsmann dachte zum zweiten Mal daran, dass er selbst Skorpion war. Aber depressiv war er nicht. Oder doch? Hatte Andrea nicht manchmal Bemerkungen gemacht, die in diese Richtung gingen? Unsinn, dachte Velsmann, ich müsste wohl wissen, ob ich zu Depressionen neige. Und wenn, dann ist es bei mir nicht klinisch. Ich kriege nur heftige Krisen, wenn ich sehe, wie um mich herum alles auseinander bricht. Wie keiner sich mehr um den anderen kümmert und die Gemeinschaft regelrecht explodiert. Bei der Ignoranz allüberall.

Ich werde nicht depressiv. Nur immer zynischer und kälter. Irgendwie muss man sich ja schützen.

Hubert Gell kam herein. Er hatte die Hände in den Hosentaschen vergraben, trat ans Fenster und blieb dort unbeweglich stehen. Als er sich umdrehte, sagte er: »Die Obduktion besagt in vielen Punkten eindeutig, dass es Parallelen zwischen den beiden Mordtaten gibt. Wobei die Wahrscheinlichkeit, dass beide Täter Rechtshänder waren, noch die allergeringste Übereinstimmung ist. Die Möglichkeit ist also nicht auszuschließen, dass Roman Gut und Bruno Roa von derselben Person umgebracht worden sind. Ich glaube das sowieso. Denn zwei solche Morde in kürzester Zeit und im gleichen Umfeld, das kann kein Zufall sein. Nur – mit welchem Mordmotiv haben wir es zu tun?«

»Wollen Sie mir beide Fälle übertragen, Hubert?«

»Ja.«

»Ist Kurt Heberer schon informiert?«

»Nein.«

»Dann mache ich das.«

»Danke«, sagte Gell.

Beide schwiegen einen Moment. Velsmann spielte mit seinem vor ihm liegenden Pfeifenetui, er drehte es ein paarmal um die eigene Achse. »Aber im zweiten Fall gab es doch wohl mehr Einstiche als dreiunddreißig? Oder überhaupt keine feststellbare Zahl von Einstichen?«

»Was meinen Sie?«

»Deutet der zweite Mord auf eine Ritualhandlung hin?«

»Davon sprach der Obduzent nicht.«

»Das ist aber wichtig. Wenn wir bei der Tat in der Wetterstation von einem Ritualmord ausgehen, und das tun wir wohl, dann sollte der zweite Mord auch solche Züge tragen.«

Gell zuckte mit den Schultern. »Für mich sind andere Dinge bedeutsamer, die Tatwaffen, die ganze Inszenierung. Und vor allem der

Umstand, dass die Tatorte keine sechs Kilometer und keine Woche auseinander liegen.«

Martin Velsmann sagte: »Natürlich haben Sie Recht. Aber ob daraus folgt, dass wir es mit nur einem Täter zu tun haben, ist eine andere Sache. Es kann durchaus mehrere Täter geben, und dennoch können beide Morde miteinander zu tun haben.«

»Das klingt sehr nach einer Verschwörungstheorie.«

»Moment. Ich überlege nur.«

»Wir brauchen das Motiv!«

»Ich fahre nochmal zum Fundort der Leiche raus. Vielleicht wird mir irgendwas klarer. – Warum hat der Mörder die Leiche ausgerechnet dort abgeladen?«

»Sie wissen, Martin, dass solche Fragen manchmal auf Abwege führen. Es kann Zufall sein. Oder der Mörder kann es geradezu darauf anlegen, uns mit solchen Sachen an der Nase herumzuführen.«

»Ja. Aber selbst wenn es so ist, kann aus dieser Absicht etwas klarer werden. Wie sagte mal jemand? Es scheint das Wesen der Dinge zu sein, andere Dinge zu verbergen. Aber einen Zusammenhang gibt es in jedem Fall.«

»Wer sagte das?«

»Wie?«

»Wer hat das gesagt?«

»Hubert, das ist doch völlig egal. Die Aussage ist wichtig. – Es war, glaube ich, Adam Quintero, ein Magister aus dem spanischen Mittelalter.«

»Seit wann beschäftigen Sie sich mit dem spanischen Mittelalter!?«

»Hubert!«

»Schon gut. Finden Sie um Gottes willen das Motiv!«

»Bin schon unterwegs.«

Velsmann nahm Tosca Poppe mit.

Die junge Frau machte ein mauliges Gesicht, aber wenn sie sprach, hörte es sich freundlich an. Sie hatte in Kassel ihre Eltern besucht, die dort als Landschaftsgärtner lebten. »Familie ist schwierig«, sagte sie während der Fahrt über die Ausfallstraßen und zog die dünne

Jeansjacke wie frierend um sich. »Aber ich brauche das. Da bin ich anders als Gleichaltrige, von denen ich immer nur höre, wie ätzend die Alten sind.«

»Sie sind überhaupt brauchbar, Tosca«, entfuhr es Velsmann. Er bereute den Satz sofort.

»Oh, danke, Herr Kommissar! Ist ja fast eine Liebeserklärung!«

»Lassen Sie uns diese beiden Fälle klären, Poppe, dann sprechen wir über Liebeserklärungen, Beziehungen, Privatleben und so weiter.«

»Warum nicht hier und jetzt über Beziehungen sprechen? Glauben Sie im Ernst, bei diesen Morden würden menschliche Beziehungen keine Rolle gespielt haben?«

Velsmann sah seine junge Begleiterin auf dem Beifahrersitz stirnrunzelnd an. Eine Liebesbeziehung! Konnte Liebe bei den Morden eine Rolle gespielt haben?

Wieder fiel ihm automatisch der Grundschullehrer ein. Seine Frau hatte ihn verlassen. Er musste unbedingt erfahren, aus welchem Grund. Wegen des verunglückten Kindes?

Auch seine eigene Frau hatte ihn verlassen, Andrea. Die vom Darß, dachte Velsmann ironisch. Konnte das Verlassenwerden bei einem Mann zu solchen emotionalen Dammbrüchen führen, dass er mordete? Dass er einfach den Verstand verlor? Fortan ein Doppelleben führte? Tagsüber funktionierte, nachts durchdrehte? Hatten von dieser Charakteristik nicht fast alle Personen, mit denen er in den letzten Tagen gesprochen hatte, etwas?

»Sie haben doch was!«

Velsmann sah die Fragerin neben sich an. »Ich dachte gerade darüber nach, was Sie über menschliche Beziehungen sagten. Ob beispielsweise Liebe in unseren Mordfällen eine Rolle spielen könnte. Und welche.«

»Liebe, die zu Mord führt?«

»Verunglückte Liebe. Das negative emotionale Schicksal von Liebe. Liebe wird zu Hass.«

»Krasses Konzept. Dann müssen wir die privaten Verhältnisse der beiden Toten noch genauer durchleuchten. Jedes Bumsverhältnis spielt dann eine Rolle.«

»Nein, nein. Das führt uns zu weit weg. Ich glaube nicht, dass es um solche Dinge geht.«

»Tja.«

»Herrgott! Wir kommen so langsam voran. Und wir übersehen so viel! Das macht mich kirre. Ich habe immer die Vorstellung, eine Mordtat liegt wie ein aufgeschlagenes Buch vor uns. Wir müssen es nur genau lesen! Aber irgendwas hält uns dauernd davon ab.«

»Was denn?«

»Na, was weiß ich? Unkonzentriertheit. Privates Unwohlsein. Ärger über Kleinigkeiten. Schmerzen. Schlechte Laune am Morgen. Das dauernde Bombardement mit Informationen, die niemandem nützen. Alles Mögliche eben.«

»Sie haben Recht. Ein Polizist ist wie eine Mülltrennungsanstalt. Das Wichtige hier rein, das Unwichtige da rein. Aber wie soll man es unterscheiden? Wo lernt man so was?«

»Im Leben, Tosca. Jedenfalls nicht an irgendwelchen Akademien.«

»Sie meinen, ich hab noch Zeit – und Sie wissen es beinahe schon?«

»So ungefähr.«

»Dann wäre Altwerden ja doch zu was nütze.«

»Davon können Sie ausgehen, Aspirantin Poppe.«

Sie zwinkerte ihm zu. Er bemühte sich ganz freiwillig um ein Grinsen. Wenig später kamen sie an der Autobahnunterführung an.

Beim Aussteigen fielen Velsmann die Worte Petrys über Kraniche ein. Sonnenvögel. Vögel des Glücks. Boten des Lichts. Oder was hatte Petry gesagt? Er nahm sich vor, möglichst bald die Ehefrau Petrys anzurufen.

Im Zwielicht des späten Nachmittags verschmolzen der graue Brückenbeton, der schmutzige Schnee und klamme, diesige Schneeluft. Zwei Beamte sicherten den Fundort. An der Seite war ein grünweißer Polizeikleinbus abgestellt.

Velsmann wechselte mit den Uniformierten ein paar Worte. Sie hatten nichts Wichtiges zu berichten, außer dass in der Nacht ein Rehrudel sich genähert hatte. Da es nicht mehr schneite, waren ihre Spuren im Schnee deutlich zu sehen. Auch die Abdrücke des toten

Körpers waren, wenn auch unvollständig, noch zu erkennen. Zeit, dachte Velsmann unwillkürlich. Sichtbar gemachte Zeit. Gestern der Mord, die Leiche im Schnee, heute nur noch langsam verwischende Abdrücke und neue Spuren im Schnee.

Von Tieren.

Sonnentiere. Tiere des Glücks.

Mit den Menschen kommt das Unglück.

Sie gingen im großen Bogen um den abgesperrten Fundort herum. Velsmann wusste nicht, was er zu entdecken hoffte, aber irgendetwas ergab sich immer.

Im nächsten Moment wusste er, wonach er suchte.

Tosca Poppe stellte sich neben die Spuren des Rehrudels. Sie deutete auf die Körperabdrücke der Leiche im Schnee. »Sehen Sie mal. Von hier aus besehen, also aus dem Blickwinkel der Tiere, sieht der Körperumriss merkwürdig zusammengeschrumpft aus. Wie ein – Knochenbündel. Glauben Sie, Rehe können menschliche Proportionen erkennen und wissen, was da liegt, auch wenn es so seltsam verkrümmt ist?«

Velsmann zuckte zusammen. Nein, wollte er sagen, sie riechen das höchstens. Aber dann kam ihm ein Gedanke. »Kommen Sie mal mit zur Straße, Tosca!« Er zog die Aspirantin am Ärmel mit.

»Was ist denn? Wollen Sie mich belästigen? Nun sagen Sie schon was, Chef.«

Martin Velsmann machte ein nachdenkliches Gesicht. »Wenn wir davon ausgehen, dass ein einzelner Täter am Werk war, und er bringt also die Leiche hierher, lädt sie aus dem Auto und schleift sie dorthin. Wie fasst er sie dann an?«

»Er packt sie an den Füßen, oder so und zieht sie rüber.«

»Genau. Er muss ja voraus gehen, er kann sie nicht schieben. Abgesehen mal von den Spuren im Schnee, die verwischt sind – müssten dann nicht am Hinterkopf der Leiche Platzwunden sein? Ich meine, er zieht sie aus dem Auto, der Kopf schlägt ein paarmal auf, erst auf dem Türrahmen, dann auf der Karosserie, schließlich unten auf der hart gefrorenen Erde. Ist das untersucht worden?«

»Ja. Soweit ich weiß, fanden sich keine solchen Spuren. Nur Einstiche. Aber er kann die Leiche auch unter den Armen gepackt haben.«

»Bei diesem Anblick des Gesichtes? Mit den zerfetzten Augen und all den Einstichen? Kaum.«

»Wäre aber möglich.«

»Mörder schrecken bekanntlich davor zurück, ihrem Opfer allzu nahe zu kommen. Sie wollen nicht sehen, wie sie zugerichtet sind. Wenn er es unter den Armen gepackt hätte, hätte er das blutige Bündel direkt vor sich gehabt, in fünf Zentimeter Entfernung zerschlagene Schläfe, Hirnmasse, Blut, zerfetztes Gewebe. Nein.«

»Es sei denn, es handelt sich um einen voll krassen Sadisten, oder so was.«

»Nein. Er packte die Leiche bei den Füßen. Und dann – müsste der Oberkörper der Leiche nicht zur Straße weisen? Es war aber genau anders herum, der Kopf deutete von der Straße weg.«

»Das stimmt. Und? Ist das von Bedeutung?«

»Der Täter wird den Toten nicht im letzten Moment herumgedreht haben. Warum sollte er das tun? – Es kann aber auch so gewesen sein, dass zwei Personen die Leiche dorthin gelegt haben. Sie fassten sie rechts und links, hielten sie an ausgestreckten Armen und legten sie dort ab.«

»Zu dumm, dass es gestern Nacht wie verrückt schneite. Sonst wüssten wir es.«

»Tosca, wo haben Sie Ihren Verstand? Geht Ihnen der Unterschied nicht auf?«

»Sie meinen? …«

»Na klar! Wenn wir es mit mehreren Tätern zu tun haben, dann führt das zu wesentlichen Änderungen der Tattheorien. Dann haben wir es sicher nicht mit einem Affektmord zu tun, schon gar nicht in zwei Fällen. Wobei durch mehrere Täter auch die Wahrscheinlichkeit des Zusammenhangs zwischen den Morden nach meiner Meinung steigt. Und Karl Petry, der Grundschullehrer aus Stahlau steht nicht mehr derart im Mittelpunkt des Verdachts.«

»Denn zwei Menschen wird er kaum umbringen, weil er sich wegen des Todes seines Sohnes rächen will.«

»Es sei denn, auch Bruno Roa wäre Meteorologe. Und ist er das? Nein! Er ist Badegehilfe. Nach unseren bisherigen Ermittlungen haben beide Opfer nicht das Geringste, was sie miteinander verbindet.«

Tosca blickte ihren Chef an, der emphatisch gesprochen hatte. Er sah beinahe erleichtert aus. »Dann müssen wir nur noch nach neuen Tatmotiven suchen. – Sie glauben einfach nicht daran, dass Petry der Mörder ist, nicht wahr?«

»Nein. Kann ich nicht. Dazu ist er einfach – äh – mir zu sympathisch. Ich glaube, er ist mir in vielen Dingen sehr ähnlich.«

»Na, Chef. Wenn es so einfach wäre!«

»Haben Sie es vorhin nicht selbst gesagt? Menschliche Beziehungen stehen immer im Mittelpunkt. Ist ein Polizist etwa frei davon? Auch ich beurteile meine Mitmenschen nach dem Prinzip von Beziehungen. Sympathie, Antipathie, Abneigung.«

»Aber das darf unsere Sinne nicht trüben.«

»Wie alt sind Sie, Tosca?«

»Vor einem Jahr war ich noch einundzwanzig. Warum?«

»Sie sind zu gebrauchen.«

Nachdem Martin Velsmann am Dienstagmorgen mit seinem Kollegen in Bad Salmünster den weiteren Gang der Ermittlungen besprochen hatte, teilte ihm der Staatsanwalt mit, dass er am Mittwochmorgen Karl Petry zu verhören gedachte. Er wünschte, dass Velsmann anwesend war. Also musste Martin Velsmann seinen Besuch bei der Meteorologin Dr. Kosell noch einmal verschieben und auch den Sozialtermin mit seiner Sekretärin Schütz absagen. Nachdem er das telefonisch erledigt hatte, studierte er den Zwischenbericht der Obduktion. In der Tat gab es zu viele Parallelen zwischen den beiden Morden, um den Zusammenhang zu verwerfen.

Gegen halb zwei Uhr kam die Sonne mit einer solchen Macht zum Vorschein, als habe ihre wochenlange Abwesenheit zu einem Energieschub geführt.

Martin Velsmann bestieg seinen Scorpio und fuhr nach Gelnhausen. Als er in die Gegend kam, in der die Wetterstation lag, hielt er kurz entschlossen an und stieg aus. Er stapfte durch den jetzt verharschten Schnee, ging am See entlang und blickte hinüber zu dem im Eis erstarrten Tatort am anderen Ufer. Er witterte wie ein Tier nach irgendetwas, das ihn weiterbringen konnte.

In seinem Kopf rumorte es. Einige Gedanken waren es wert, weiterverfolgt zu werden, andere verwarf er sofort wieder. Immer wieder schweiften seine Blicke hinüber zu den im Schnee versinkenden Umrissen der Station. Nach einer halben Stunde gab er das Herumgehen auf und fuhr weiter.

In Gelnhausen parkte er das Auto auf der morastigen Kinzigwiese in der Nähe der alten Kaiserpfalz und ging durch das Untertor in die Altstadt.

Velsmann ging den vom Schneematsch befreiten, staubigen Weg hinauf, vorbei an auffällig vielen Hunden, die im Schnee auf den Schnauzen lagen. Er ging durch den schmutzigen Ort hindurch, aus dem Einerlei der matten Farben, aus engen, stinkenden Gassen heraus in die jetzt lichtdurchflutete Oberstadt. Über die steilen Staffeln der ehemaligen Goldschmieden hinauf, auf einer grob gepflasterten Straße, die direkt zur Basilika führte.

Er kannte das Landstädtchen nicht besonders gut und sah sich neugierig um. Er passierte im Schnee versunkene Stadtgärten, die an verwitterte Balustraden grenzten, an denen im Frühling die Blüten der Obstbäume und Vogelbeerbüsche lodern mussten. Jetzt war die vorherrschende Farbe Weißgrau.

Schon von weitem bemerkte er die Menschenmenge am Obermarkt.

Er ging näher und mischte sich unter die gut fünfzig Personen. Karl Petry war nicht dabei.

Velsmann hatte sich vorgenommen, sich nicht zu erkennen zu geben. Ein Mann in der Tracht eines Nachtwächters kassierte von jedem zwölf Euro – »Taler«, wie er es nannte. Dann näherten sich mehrere kostümierte Personen, Fanfaren erklangen, und ein als Herold Verkleideter kündigte den Beginn der Führung an. Velsmann hielt nach Frank Welsch Ausschau. Es musste der junge blonde Hüne sein, der etwas abseits stand und mit einem Holzlöffel einen Brei aus einem Holzteller löffelte. Jetzt wischte er sich den Mund ab, wusch sein Geschirr im Wasser eines Brunnens, verstaute es im Wams und trat näher. Velsmann fiel sein glattes, lebloses Gesicht auf, es sah aus, als spannte sich über kräftigen Knochen die Haut wie bei einem Gelifteten.

Ein unangenehmer Anblick.

Martin Velsmann beobachtete den Mann weiter, während dieser nun zu einer Begrüßungsrede ansetzte. Schon am Telefon waren ihm der wohl tönende Bariton und der leichte Akzent aufgefallen. Der Hüne trug unter einem offenen Fellüberhang enge braune Beinhosen, Lederstiefel, eine rostrote Wildlederjacke mit Fransen und eine Art Jägermütze. In seinem breiten Gürtel steckten ein Stilett und ein Schwert mit mächtigem Griff. Martin Velsmann starrte auf die Waffen. Es war ihm klar, dass er Welsch vor sich hatte.

Der Führer war bemüht, alle Teilnehmer anzusprechen. Sein Verhalten hatte etwas Steifes, aber Verbindliches. Velsmann fiel seine Humorlosigkeit auf.

Statt einer augenzwinkernden Reise in die Vergangenheit präsentierte er sich in einer selbstgefälligen Pose als Nachfolger eines imaginären Ritters. Velsmann konnte das nicht ernst nehmen, aber den Zuhörern schien es zu gefallen.

Martin Velsmann schlenderte um die Gruppe der Zuhörer herum, er fragte sich, ob es sein konnte, dass Welsch nicht nur den Ritter spielte, sondern tatsächlich glaubte, einer zu sein? Jetzt erzählte er Anekdoten aus dem düsteren, kleinstädtischen Mittelalter, in dem nur das Faustrecht eine Art Ordnung gebildet hatte. Als er Velsmann bei seinen Ausführungen in die Augen blickte, bemerkte dieser ein Zucken, als erkenne er ihn. Nun forderte der Führer die Besucher auf, ihm und seinen drei ebenfalls kostümierten und bewaffneten Gehilfen zum Hexenturm zu folgen.

Martin Velsmann hatte schon einmal eine solche Führung erlebt. Damals, in Süddeutschland, war viel gelacht worden. Jetzt lag etwas Ungutes, beinahe Bedrohliches über dem Vorgang. In den finsteren Mienen der Kostümierten, in ihrem dumpfen Trommelschlag lag mehr als Freude an der Darstellung der Vergangenheit. Dazu kam die unerklärlich gedrückte Stimmung, die über dem ganzen Ort lag.

Der Mummenschanz der Führung bewirkte, dass ein eingebildetes Mittelalter mit seinen Hexenverfolgungen tatsächlich vor dem geistigen Auge auferstand.

Plötzlich merkte Velsmann, dass er in der Kälte schwitzte.

Aus den Verliesen des Hexenturmes stöhnten die Gefolterten und Eingekerkerten, Kolkraben pickten in den verwesenden Leichen der Geräderten und Gehängten vor den Mauern. Vermummte Gestalten ließen die Besucher hinter dicke, kalte Mauern treten, nur um sofort hinter ihnen die Bohlentüren hämmernd zufallen zu lassen.

Die Kälte brachte Martin Velsmann wieder zurück in die Gegenwart.

Ihr Führer schickte sie über ausgetretene Steintreppen in Keller, der Tross der fünfzig Besucher schlängelte sich zögernd hinunter. Unten warteten stumme Wächter mit Hellebarden, und es empfingen sie Folterkammern, als sei die Inquisition noch im Gange. Ein Geruch nach getrocknetem Schweiß lag in den Räumen.

Welsch sprach von verfluchten Verfolgungen, denen unschuldige Satansanbeterinnen zum Opfer gefallen seien.

Die Hexenprozesse hatten im vierzehnten Jahrhundert angefangen und waren erst um 1670 zu Ende gegangen. Unschuldige Satansanbeterinnen? Einige Zuhörer wurden unruhig. Ein Kind begann zu quengeln, weinte und wollte an die Erdoberfläche. Martin Velsmann stand Schulter an Schulter mit den anderen Teilnehmern und konnte sich kaum rühren. Etwas wie Angstlust machte sich in ihm breit, er hatte darüber einen Vortrag bei einer Weiterbildungsmaßnahme in der Polizeiakademie gehört.

Fliehen und bleiben wollen. Abscheu und Genuss. Unschuldige Satansanbeterinnen.

Velsmann wusste nicht viel über Hexen und Hexenverfolgung. Gelnhausen und Büdingen hatten sich allerdings darin hervorgetan. Das wusste jedes Schulkind in der Region. Zehntausende waren der Inquisition auf Scheiterhaufen, in Gewässern, unter der Henkeraxt, am Galgen zum Opfer gefallen oder waren gezeichnet und verstümmelt worden.

Aber das war lange her.

Musste man diese Zeit wirklich wieder auferstehen lassen?

Und auch noch dafür bezahlen? Hungerten die Menschen nach solchem Kitzel?

Als die Zuhörer wieder die Treppen hinaufpolterten, spürte Velsmann seine Erleichterung. Mummenschanz, dachte er ärgerlich. Es macht Angst, und es bringt Einnahmen.

Oben vor dem Hexenturm begrüßte er die unbestechliche Sonne wie eine Gefährtin. Petrys Bemerkung fiel ihm ein. Kraniche sind Sonnenvögel, sie gelten als Boten der Götter und Garanten des Glücks. Wieder fiel ihm ein, dass er Petrys Frau in Berlin anrufen wollte.

Unschuldige Satansanbeterinnen.

Frank Welsch zog die Teilnehmer hinter sich her zu einem anderen, noch größeren Folterkeller, der in der Unterstadt lag.

Velsmann folgte dem Pulk in einiger Entfernung. Er tippte eine Nummer ins Handy. Fast augenblicklich sagte eine helle Frauenstimme: »Wo bist du?«

»Mein Name ist Martin Velsmann, Kriminalkommissar in Fulda. Ich rufe jetzt aus Gelnhausen an. Spreche ich mit Frau Petry?«

»Oh, verzeihen Sie. Ich hatte mit dem Anruf einer Kollegin gerechnet, die mich längst ablösen soll.«

»Frau Petry, Ihr Mann gab mir Ihre Nummer. Wir ermitteln im Kinzigtal in zwei Mordfällen. Ich möchte Ihnen ein paar Fragen stellen.«

Schweigen. Dann sagte die Stimme zögernd: »Zwei Mordfälle?«

»Zwei Menschen sind in den letzten Tagen bei Bad Salmünster ermordet worden. Hat Ihr Mann Ihnen nichts davon erzählt?«

»Karl? Ich habe keinen Kontakt zu Karl.«

Velsmann überlegte einen Augenblick. »Frau Petry. Ich möchte Sie gern fragen, warum Sie Ihren Mann damals, nach dem Unglück, verlassen haben.«

»Aber was hat das mit Ihren Mordfällen zu tun?«

»Es sind nicht meine Mordfälle, Frau Petry. Und ich darf Sie bitten, mir nur zu antworten.«

»Entschuldigen Sie. Aber das ist für mich nicht gleich zu verstehen.

Also – was Karl und mich angeht, wir verstanden uns einfach nicht mehr. Und wir beschlossen deshalb, uns scheiden zu lassen.«

»Er war damit einverstanden?«

»Nun, ich wollte es. Und er fügte sich schließlich.«

Velsmann hatte einen Einfall. »Gaben Sie ihm die Schuld am Tod Ihres Kindes?«

Schweigen. Velsmann musste auf das holprige Straßenpflaster achten, auf dem er schon einmal gestolpert war, in einiger Entfernung verschwand die Erlebnisführung um die schiefe Ecke eines roten Fachwerkhauses.

Ihre Stimme wurde immer leiser. »Das ist so lange her. – Max lief nach einem Streit mit seinem Vater aus dem Haus. Ich versuchte ihn zurückzuhalten, aber er war schnell. Karl war oft genervt und schickte Max hinaus zum Spielen. Das Kind kannte sich ja gut aus. Aber an diesem Tag, mit dem plötzlichen Kälteeinbruch, ging alles schief. Und danach – war Karl überhaupt nicht mehr zu gebrauchen, er sprach kaum noch, alles an ihm und in ihm war tonlos. Alles erschlaffte in ihm. Wie bei einem, der mit allem abschließt.«

»Deshalb verließen Sie ihn? Brauchte er nicht Ihre Hilfe?«

»Karl konnten nur Ärzte helfen. Ob sie es getan haben, weiß ich nicht. Ich habe seit dem letzten Dreivierteljahr keine Verbindung mehr zu ihm.«

»Haben Sie in Berlin jemanden kennen gelernt?«

»...«

»Frau Petry?«

»Ich bin nicht deswegen nach Berlin gegangen, um jemanden kennen zu lernen, sondern aus beruflichen Gründen. Man bot mir eine Stelle als Ornithologin in einem Institut der TU und dann auch in Mecklenburg an. Dass ich dann tatsächlich eine neue Verbindung zu einem Kollegen einging, hat damit überhaupt nichts zu tun. Das Leben geht ja weiter.«

Frauen finden sich darin besser und schneller zurecht, dachte Velsmann. In emotionalen Krisen sind sie stärker, Männer, angeblich das stärkere Geschlecht, gehen eher kaputt.

Velsmann hielt nach den Protagonisten der Stadtführung Ausschau. Dann sah er einen Kostümierten, der ihm zuwinkte. Er ging etwas schneller.

»Geht es Karl gut?« Ihre Frage drang nur nach und nach in sein Bewusstsein.

»Wie?«

»Ob es meinem Exmann gut geht.«

»Darauf kann ich Ihnen keine Antwort geben. Er ist ein Mordverdächtiger.«

»Mein Gott, ich wusste es!« Ihre Stimme erstickte.

»Was meinen Sie? Was wussten Sie?«

»Ach nichts.«

»Frau Petry. Was meinen Sie damit, wenn Sie sagen, ich wusste es?«

»Vergessen Sie diese Bemerkung. Sie hat nichts zu bedeuten.«

»Halten Sie Karl Petry eines Mordes für fähig, Frau Petry?«

»Eine solche Frage können Sie mir nicht im Ernst stellen. Glauben Sie wirklich, ich würde ihn durch bloßes Gerede belasten wollen?«

»Antworten Sie mir! Glauben Sie, Karl Petry könnte einen Menschen mit Messerstichen umbringen?«

Schweigen. Dann sagte sie mit gedämpfter Stimme: »Das kann jeder. Jeder mit einem Grund. In Karl – ist irgendetwas zerrissen. Aber er ist ein Mensch, der Gewalt zutiefst verabscheut.«

»Frau Petry. Ihr Mann erzählte mir etwas von Ihrer Arbeit. Sie haben mit Kranichen zu tun, mit Zugvögeln?«

»Ja. In Groß Mohrdorf, das liegt bei Stralsund. Dort befindet sich eine Station, die Kraniche betreut, ich durfte sie mit aufbauen.«

»Ihr Mann sprach sehr anrührend von den Vögeln, den Kranichen.«

»Ich weiß. Am liebsten wäre er damals nach Mecklenburg gezogen. Er liebt diese Vögel.«

»Er nannte sie Sonnenvögel.«

»In Japan heißen sie so. Oder auch Vögel des Glücks. Sie folgen ihrer biologischen Uhr und ziehen immer dem Licht hinterher. Karl meinte immer, Kraniche verhießen ein langes Leben. Aber nicht nur er liebt diese Vögel, es sind einfach wunderbare Geschöpfe.«

»Ich muss gestehen, ich habe in der Hinsicht offensichtlich einen Informationsrückstand.«

»Das lässt sich beheben. Kraniche waren jedenfalls lange vor den Menschen auf der Erde. Schon vor Jahrtausenden wurden sie in Stein gehauen, auf Pergament gebannt, in Seide gewebt, aus Holz geschnitzt, in Bronze gegossen. Heutzutage muss man sie schützen.«

Velsmann kam eine Idee. »Darf ich Sie einmal besuchen, Frau Petry? Und Sie zeigen mir diese Vögel?«

»Gern. Ich bin im Dezember und Januar oben in Groß Mohrdorf. Besuchen Sie mich.«

Martin Velsmann beendete das Gespräch und überlegte, was es ihm gebracht hatte. Der Kostümierte vor ihm deutete auf eine Zugbrücke, seitlich davon ging es durch eine Öffnung in die Tiefe. Velsmann winkte ab, er wollte in der Sonne bleiben.

Was war mit diesem Karl Petry los? Offensichtlich hatte er einen Tick. Irgendetwas, das mit Dunkelheit, Kälte, dem Wintereinbruch zu tun hatte. Velsmann fiel ein, dass er Frau Petry fragen wollte, ob dies schon vor dem Unglück so gewesen war. Kurz entschlossen wählte er ihre Nummer noch einmal.

»Ja«, antwortete sie auf seine Frage. »Aber es war nicht so schlimm wie danach. Er verfiel immer in Depressionen, wenn es November wurde, aber nach dem Unglück konnte ich ihn aus dieser Stimmung überhaupt nicht mehr rausholen. Sein Psychiater kann Ihnen darüber mehr sagen, Dr. Stemmer in Bad Salmünster. Jedenfalls legte er ja deshalb diese Sammlung an.«

»Welche Sammlung?«

»Über Zugvögel. Kraniche, Wildgänse. Ich kam ja durch ihn überhaupt erst darauf. Lassen Sie es sich doch mal zeigen. Sehr beeindruckend.«

»Danke.«

»Und? Hat es Ihnen gefallen?«

Martin Velsmann wendete sich überrascht um. Hinter ihm, im Schatten des niedrigen Eingangs an der Zugbrücke stand der Führer. »Frank Welsch?«

Der Ritter nickte.

»Sie machen das sehr professionell. Aber ich für mein Teil bewege mich lieber in der Gegenwart.«

»Die Welt ist älter. Und ihr Schöpfer kennt unseren Alltag nicht, Herr Velsmann.«

»Woher wissen Sie übrigens, wer ich bin?«

Welsch lachte humorlos. Martin Velsmann hatte das Gefühl, seinem Gegenüber fehle irgendwas. »Man sieht Ihnen den Polizisten auf einen Kilometer an.«

»Ach. Tatsächlich?«

»Polizisten haben etwas – Ungemütliches. Man merkt ihnen immer an, dass sie nicht zufrieden sind. Am liebsten würden sie uns alle verhaften, damit sie nicht mehr gestört werden.«

»Gestört werden? Wobei?«

»In ihrer Selbstgerechtigkeit. Bei ihrer Gewissheit, keine Schuld auf sich geladen zu haben.«

Blödsinn, dachte Velsmann. »Ich bemühe mich, meine Arbeit zu machen«, sagte er unwillig. »Es sind zwei Morde geschehen. So viel zum Thema Gemütlichkeit.«

Welsch verzog keine Miene. Sein weiches, glattes Gesicht mit den breiten Backenknochen schien zu einer Veränderung gar nicht in der Lage zu sein. Jetzt wusste Velsmann, was diesen Eindruck auslöste. Diesem Charakter fehlten persönliche Züge, die durch Gefühle entstehen, sein Verhalten besaß etwas Mechanisches.

»Aber Sie haben meine Frage noch nicht beantwortet. Hat es Ihnen gefallen?«

»War wieder jemand unter den Zuhörern, der ein Thermometer in der Hand hielt?«

»Was? Nein. – Hat es Ihnen gefallen?«

»Mich würden Ihre Waffen interessieren. Woher bekommt man so was?«

»Ich habe eine angemeldete Sammlung von alten Blankwaffen. Darunter einige brauchbare Stücke. Ich zeige Sie Ihnen gern. Dafür braucht man keinen Waffenschein, wenn Sie das meinen, nur einen Meldeschein. Unser Ritterclub besitzt wirklich ausgefallene Stücke,

das können Sie mir glauben. Alle gut gepflegt und aus diesen Stadt-
mauern, übrigens. Das geht bis ins zwölfte Jahrhundert zurück.«

Velsmann bemühte sich um einen Rest Schulkenntnis. »Bis zu Kai-
ser Barbarossa?«

»Von ihm haben wir leider nichts – nicht mal das gröbste Gerät.
Aber aus seiner Zeit. Kommen Sie jederzeit.«

»Vielleicht bringen wir das gleich hinter uns? Wo ich schon mal
hier bin?«

In den Augen seines Gegenübers lag ein gedankenkurzer Schatten.
Dann nickte Welsch. »Warum nicht? Sie werden begeistert sein.«

Frank Welsch wohnte zwei Straßenzüge weiter in der Unterstadt.
In einem alten Fachwerkhaus mit Blick auf die Kinzigauen und die
Reste der Kaiserpfalz befanden sich auch die Räume des Ritterclubs.
Dort besaß Welsch in einem Anbau zum Garten hin zwei Zimmer.
Velsmann rief zwischendurch im Präsidium an und kündigte sich für
den Abend an. Tosca Poppe sagte: »Ich war in Alsberg bei Gut. Von
seiner Stilettsammlung fehlt ein Stück. Er kann sich nicht erklären,
wo es geblieben ist.«

»Erinnerungsverlust ist eine der Hauptkrankheiten des Kinzigtals«,
meinte Velsmann. »Rufen Sie Gut nochmal an. Machen Sie ihm klar,
dass er sich erinnern soll. Oder wir laden ihn morgen früh vor.«

»Nur zu gern. Der Typ ist ein Kotzbrocken.«

»Wie kommt es, Poppe, dass Sie genau das sagen, was ich von Ihnen hören will?«

»Immer an Ihrer Seite, Chef.«

Velsmann wog das Handy nachdenklich in der Handfläche. Ihm
war ein Einfall gekommen.

Frank Welsch und sein Ritterclub besaßen tatsächlich eine beein-
druckende Waffensammlung. Velsmann hatte so etwas noch nicht
auf einem Haufen gesehen. Die Sammlung erinnerte ihn an die Aus-
stellung in der Wohnung des ermordeten Meteorologen. Hieb- und
Stichwaffen in jeder Größe und Form. An allen vier Wänden in mehreren Räumen, alles gepflegt und glänzend.

»Einige Waffen können Knochen brechen, andere sind zum Durchbohren gedacht«, erklärte Welsch mit sichtlicher Genugtuung. »Die

großen Schwerter wurden hauptsächlich zum Brechen der Gliedmaßen genutzt, nicht nur im Kampf, sondern auch bei Hinrichtungen, wenn die Delinquenten auf die Räder mussten. Getötet wurde gern mit dem Stilett oder mit Dolchen. Ich persönlich bevorzuge ein Stilett mit Griffabdeckung.«

»Zum Töten?«, entfuhr es Velsmann erstaunt.

Welsch sah ihn ungerührt an. »Zur Demonstration. Wir machen sieben Mal im Jahr Ritterspiele. Der Höhepunkt ist im August auf der Ronneburg. Da würden selbst Sie an Minne und Ritterzucht Gefallen finden, Kommissar.«

»Ich habe den Eindruck, im Kinzigtal sind mehr Waffen im Umlauf, als wirklich benötigt werden.«

Soweit es ihm möglich war, blickte Welsch erstaunt. »Waffen sind ein Kulturgut. Man sammelt es, wie man auch alte Bilder oder Porzellan sammelt.«

»So weit, so gut. Der Spaß hört auf, wenn mit den Antiquitäten gemordet wird.«

»Es ist Ihnen klar, dass man Missbrauch nicht verhindern kann. Sonst müsste man auch Autos verbieten.«

»Wovon leben Sie, Herr Welsch?«

»Zum Teil von einer Abfindung, die mir die US-Army seit ihrem Abzug aus Deutschland zahlt. Zum größeren Teil von Software. Ich bin von Haus aus EDV-Mann.«

Sollte man nicht meinen, wenn man dich so sieht, dachte Velsmann. Er sagte: »Erzählen Sie mir was über Ihren Ritterclub.«

»Was wollen Sie wissen? Die Gründungspräambel?«

»Was machen Sie? Was machen die Mitglieder?«

»Alles auf freiwilliger Basis. Jeder hat einen ordentlichen Beruf, Hausmeister, Verwalter, Fabrikant, Wachmann. In der Freizeit kommen wir zu unserer eigentlichen Bestimmung zusammen. Wir organisieren Feste, Ritterspiele, Märkte, mittelalterliche Tafeln. Es ist ein Zuschussgeschäft, aber es macht allen Spaß.«

»Das ist die Hauptsache. Was meinten Sie mit ›unschuldigen Satansanbeterinnen‹?«

Welsch stutzte. Sein Gesicht blieb so glatt wie die Oberfläche eines

Teichs bei völliger Windstille. »Hexen. In Gelnhausen und anderswo wurden in drei Jahrhunderten mehrere Zehntausend Hexen ermordet, obwohl die Kirche dafür gar nicht zuständig war. Die Hexen waren einem anderen Gericht verantwortlich. Deshalb nenne ich sie unschuldig.«

Velsmann überlegte einen Moment. »Ich dachte immer, man könne diese bedauernswerten Opfer deshalb unschuldig nennen, weil die Anschuldigungen falsch waren. Oft getürkt, an den Haaren herbeigezogen aus Neid, Bosheit, Raffgier.«

»Nein. Nicht deshalb. In dieser Hinsicht waren sie durchaus das, was man schuldig nennen könnte. Sie erfüllten ihren Auftrag. Das konnte der irdischen Gemeinschaft nicht passen. Aber die Kirchen besaßen keine richterlichen Rechte.«

Irgendwas an diesen Ausführungen machte Velsmann ärgerlich. Es klang konfus. »Herr Welsch. Sie werden nichts dagegen haben, wenn ich Ihnen in den nächsten Tagen einen Kollegen ins Haus schicke, der sich mit Ihrer Organisation beschäftigt. Die Bücher einsieht, Mitgliederlisten, Spenden und so weiter. Natürlich nur der Form halber.«

»Ohne Durchsuchungsbefehl?«

»Wenn Sie so kooperativ wären …«

»Schicken Sie, wen Sie wollen. Das ist mir völlig gleichgültig. Ich habe andere Dinge zu tun. Ein Mitarbeiter steht Ihnen zur Verfügung. – Kerber?«

Ein dünner Mann mit krausen Haaren und einem Schnurrbart trat gleich nach Welschs Aufforderung ein. Welsch stellte ihn als den Schatzmeister des Clubs vor. »Der Kollege Kerber kann jedem detaillierte Auskünfte geben.«

»Worüber denn, Frank?«, wollte der Mitarbeiter wissen.

»Das weiß ich selbst nicht genau. Wird man Ihnen dann schon sagen. Jedenfalls haben wir nichts zu verbergen.«

Kerber blickte Velsmann misstrauisch an. »Gibt es eine offizielle Schnüffelerlaubnis oder sonst was? Wir sind ein eingetragener, öffentlicher Verein. Bisher hatten wir noch keine Schwierigkeiten mit den Behörden.«

Kerber musste etwas an den Zähnen haben. Velsmann fiel auf, dass er nach jedem Satz die letzte Silbe in sich hineinschlürfte. »Keine Sorge, nur Routinemaßnahmen, wir ermitteln in einem Mordfall.«

Kerber brummte unfreundlich vor sich hin, erwiderte aber nichts darauf. Als er wieder verschwunden war, fragte Velsmann: »Übrigens: kannten Sie Roman Gut? Bruno Roa?«

»Wer soll das sein?«

»Antworten Sie bitte.«

»Nein. Ach so – hießen die Ermordeten nicht so?«

»Ganz recht.«

»Ich kannte sie natürlich nicht.«

»Sagt Ihnen der Name Gut überhaupt nichts?«

Welsch schien nachzudenken. »Es gibt in der Region einige Guts. Ein geläufiger Name. Heißt nicht auch der Führer dieser nationalliberalen Partei in Alsberg so?«

»Sicher.«

»Na also. Dann kennen wir ihn ja alle.«

Martin Velsmann wusste plötzlich, dass er von diesem Frank Welsch nichts erfahren würde, was ihn weiterbrachte. Vielleicht hatte der Stadtführer und Ex-GI in der Sache wirklich nichts zu sagen. Vielleicht war er aber auch nur so kontrolliert wie ein Schraubstock. Er verabschiedete sich.

Als er Tosca Poppe im Präsidium anrief, wusste er schon, dass er sie nicht nur dienstlich sehen wollte.

Martin Velsmann war von dem brutalen Anblick regelrecht schockiert. Seine Assistentin trug zu grünen Mokassins, einer hautengen, braunweiß schraffierten Zebrahose und einem lila Fummel etwas Dickes, Wuschliges darüber. Sie sah aus wie ein Wischmob, mit dem jemand Farbe auftrug.

»Tosca! Mein Gott! Sie sind bei der Polizei!«

»Chef. Ich beschatte niemand. Außerdem ist nicht Sonntag.«

»Na gut. Hören Sie zu. Wir müssen was durchsprechen.«

Sie bestellten Kaffee und Kuchen. Das Café in der Oberstadt war halb leer, die Nebentische frei. Man sah durch die Fenster über den verschneiten Ort, auf dem die Sonne Lichtsprenkel verstreute.

»Morgen ist Mittwoch. Langsam müssen wir einen Gang zulegen. Wir haben morgens diesen Grundschullehrer im Präsidium. Danach werden wir Gut zitieren, und Sie werden ihn ausquetschen. Setzen Sie ihm ordentlich zu. Alfons soll alles über Bruno Roa und seine Familie herausfinden. Währenddessen statte ich der Schule, an der Petry unterrichtet, einen Besuch ab und horche die lieben Kollegen aus. Jeder soll merken, dass die Polizei kein Verein von Straßenmusikanten ist. Wir brauchen endlich Ergebnisse. Ich hätte übrigens nicht übel Lust, auch diesem Frank Welsch etwas näher zu treten. Der Kerl gefällt mir nicht.«

»Welcher Kerl gefällt einem heutzutage schon, Chef?«

»Langsam, das gehört nicht hierher. Außerdem dachte ich, ich sei Ihr väterlicher Freund?«

Tosca verschluckte sich an ihrer Cremetorte, die sie ungeniert in sich hineinstopfte. Sie nahm einen Schluck aus der Tasse. »Nehmen Sie mir's nicht übel. Wie Freygang immer sagt: Ich bin 'ne Zicke.«

»Wer ist der Mörder, Poppe?«

»Äh … Sie gehen von einem einzigen aus, Chef?«

»Inzwischen.«

»Dann wissen Sie mehr als ich.«

Velsmann nippte an dem lauwarmen, starken Kaffee. »Sie meinen, Sie haben keine Ahnung?«

Unsicher schaute die Polizeiaspirantin Poppe ihn an. »Sie wollen mich doch nicht verarschen?«

Velsmann schüttelte den Kopf.

»Nein«, sagte sie und leckte sich dabei die Lippen ab, »ich weiß nicht, wer der oder die Mörder sind. Allerdings …«

»Was?«

»Wenn ich mir die Daten der Toten ansehe, und das habe ich in den letzten Tagen weiß der Himmel ausgiebig getan, dann glaube ich Folgendes …«

Sie beugte sich über die Tasse und schlürfte. Die Kuchengabel verschwand danach zwischen ihren Lippen, die in einem Farbton zwischen blau und rot angemalt waren. Velsmann beobachtete sie geduldig. »Die beiden haben irgendwas miteinander zu tun gehabt. Ich weiß wie gesagt nicht, wie viele Mörder es gibt. Aber mir scheint, es gibt einen einzigen Hintergrund zwischen Gut und Roa. Ich komme nur nicht darauf, welcher es ist.«

»Sehr gut, Tosca«, lobte Velsmann, enthusiastischer als er vorgehabt hatte. »Ich habe einen ähnlichen Verdacht. Wir müssen uns unter einem anderen Blickwinkel mit Gut und Roa beschäftigen. In beider Vergangenheit muss es etwas geben, das sie verbindet. Oder zumindest könnte das der Fall sein. Wenn wir das Zwischenglied finden, haben wir vielleicht ein Motiv.«

»Denn die wichtigste Frage ist doch: Warum?«

»Richtig. Warum diese Morde. Wegen des Wetters? Wohl kaum. Rache? Wohl auch nicht. Obwohl die zutage tretende Grausamkeit dies vermuten lassen könnte. Weshalb also? Will uns der Täter mit seinen Inszenierungen nur ablenken, wie Sie schon mal äußerten? Von was ablenken? Was will er uns sagen? Auf welche Fährten führt er uns?«

»Es ist irgendwas Religiöses. Etwas Rituelles. Alles deutet doch in die Richtung.«

»Und genau da müssen wir ungeheuer vorsichtig sein. Denn da schießen die Spekulationen ganz schnell ins Kraut.«

»Was ist mit Petry?«

»Genauso gut könnten Sie fragen, was mit Welsch ist.«

»Welsch hat nur angerufen und einen Verdächtigen gemeldet, Chef.«

Velsmann machte eine unwillige Miene, schwieg aber.

»Also gut«, ließ sich Poppe herab, »was ist mit Petry und Welsch?«

»Welsch ist kein Verdächtiger. Aber wenn ich Menschenkenntnis ins Spiel bringe, dann könnte ich mir einen Gewalttäter Frank Welsch eher vorstellen als einen Gewalttäter Karl Petry. Ich kann mich doch nicht so sehr täuschen!«

»Gegen Welsch liegt aber überhaupt nichts vor.«

»Das ist es ja gerade, es macht mich wütend.«

»Aber Sie können nicht auf jeden wütend werden, gegen den nichts vorliegt! Verrennen Sie sich nicht, Chef! Petry ist zehnmal verdächtiger als dieser Ritterfatzke.«

»Aber er hat mehr – Täterpotenzial.«

»Huch! Ist das ein neues Delikt? Ist mir da was entgangen?«

»Stellen Sie sich nicht so an, Sie wissen, was ich meine.«

»Eine andere Frage ist, warum die Morde ausgerechnet jetzt passieren.«

»Wie meinen Sie das?«

»Na ja. Erst passiert jahrelang überhaupt nichts, außer ein paar Hühnerdiebstählen. Und dann in wenigen Tagen zwei Morde. Gibt das der Polizei nicht zu denken?«

Velsmann pfiff durch die Zähne. Besser gesagt, er wollte dies tun, bemerkte aber rechtzeitig, dass er Kaffee im Mund hatte. Er schluckte. »Eine gute Frage. Und wo Sie das erwähnen: Wenn wir sie beantworten können, wüssten wir vielleicht auch, welche Verbindung es gibt.«

Tosca lehnte sich zurück. Velsmann kam nicht drum herum, mit einem Seitenblick den Verlauf ihrer wohlgeformten Schenkel unter der Brutalität der knallengen Zebrahose zu bewundern.

Sie ist zweiundzwanzig. Könnte deine Tochter sein.

Was ist mit dir los, dachte er.

Sie steckte sich eine Zigarette mit langem Filter an und sagte: »Erstens: Wir nehmen an, es gibt einen gemeinsamen Hintergrund zwischen Gut und Roa. Zweitens: Für den ersten Mord liefert uns Petry ein mögliches Mordmotiv. Drittens: Für den zweiten Mord gibt es keins. Wenn die Morde zusammenhängen, ist Petry fürs Erste aus dem Schneider. Aber das hilft uns nichts. Denn die Frage ist dann: Wer war es? Und warum? Ist Gut in Alsberg, dem das Stilett abhanden gekommen ist, mit dem Roa in Bad Salmünster ermordet worden sein könnte, in die Sache verwickelt? Ich halte solche Typen für schuldig, selbst wenn sie unschuldig sind – da deckt sich mein Vorurteil mit Ihrem gegen Welsch. Allein weil er Vorsitzender von dieser Scheißpartei ist, sollten wir ihn einsperren und langsam verfaulen lassen. Viertens wird es weitere Mordfälle geben.«

Erstaunt sah Velsmann sie an. »Spitzenform, Tosca. Aber Ihre letzte Bemerkung ist voreilig.«

»Kennen Sie sich in Geometrie aus? Ich war in der Schule gut in Geometrie. In sonst fast nichts. Ziehen Sie ein gleichschenkliges Dreieck. Links unten ist die Wetterstation in Stahlau. Rechts unten der Fundort unter der Autobahnbrücke an der Brathähnchenstation. Wo befinden wir uns dann an der Spitze des Dreiecks, dort, wo die beiden gleichlangen Schenkel zusammentreffen?«

Wieder musste Martin Velsmann unwillkürlich einen Blick auf ihre Oberschenkel werfen. Verflucht, dachte er. Jetzt hat es mich eingeholt. Ich werde senil, und bald beginne ich zu sabbern, wenn ich ein Mädchen rieche.

»Grob überschlagen«, sagte er und kratzte sich am Bart, »grob überschlagen, befänden wir uns dann dort, wo der Spessart beginnt. Also vor Alsberg. – Meine Güte!«

»Nicht ganz«, korrigierte ihn Poppe. Sie lächelte süß. »Wir befänden uns dann, ich habe es nachgemessen, an der Bellheimer Warte. Sie kennen den mittelalterlichen Wehrturm? Da wo die Prospektausfahrer immer ihre überzähligen Restposten hinschmeißen. Die Bellheimer Warte, Herr Kommissar!«

Über Velsmanns Wangen huschte ein Lächeln. Ein unbeteiligter Beobachter des Gesprächs zwischen einem Vater und einer Tochter hätte es ein stolzes Lächeln nennen können. Aber es flog so schnell vorbei wie ein Vogelschatten. »Ich höre das nicht gern. Aber es ist ein überlegenswerter Gedanke. Natürlich. Irgendwas mit Geometrie hat die ganze Geschichte sowieso zu tun, abgezählte Stiche, magische Zahlen, Ähnlichkeiten, die sich wiederholen, ein vertrackter, übler Rhythmus, wir wissen nur nicht, was es zu bedeuten hat. – Verdammt nochmal! Mir geht das alles ziemlich auf die Nerven!«

Velsmann schlug auf den Tisch. Einige Gäste drehten sich nach dem Vater um, der seine Tochter anherrschte. Aber die Tochter grinste amüsiert. Sie flegelte genüsslich paffend in ihrem Stuhl und blickte ihn nachsichtig an.

»Wissen Sie, Chef, Sie sollten die Sache mit Ihrer Frau regeln. Es geht mich nichts an, logisch. Aber ich find es krass, dass Sie sich mögen und trotzdem getrennt leben. Ist doch ätzend!«

Velsmann schaute aus dem Fenster. Hinter den weißen, verwinkelten Dächern des Ortes schimmerte das Meer. Über den Bodden segelten Kraniche. Ihr Rufen vermischte sich mit der Stimme Andreas, die ihm etwas sagen wollte. Die Silhouette der Kaiserpfalz stand rot vor dem Schnee, darum kreisten weißgraue, mächtige Vögel mit Schwingen, die Sonnenstrahlen einfingen.

»Nein, Tosca«, sagte er. »Das geht Sie wirklich nichts an. Selbst wenn Sie Recht haben. Es gibt Dinge, die gehören nur erwachsenen Menschen, die schon eine Menge Leben angehäuft haben.«

»Oh. Dann Entschuldigung. Sollte nicht aufdringlich erscheinen, ich sehe nur, wie abwesend Sie ständig sind. Und hat das etwa mit zwei Leichen im Kinzigtal zu tun?«

Velsmann sah sie müde an. »Mit Leichen nicht. Mit Mördern. Irgendwo da draußen läuft jemand frei herum und sucht sich Opfer aus. Das macht mich wütend und mutlos. So ist es immer gewesen. Zwei Menschen hat er schon umgebracht. Und es ist unsere Pflicht, ihn zur Strecke zu bringen. Wir müssen ihm endlich auf die Spur kommen. Aber für mich, das spüre ich deutlich, wird es immer schwerer. Ich sehe die Tat, krame ein paar Einzelheiten zusammen, und irgendwann schnappe ich den Täter. Aber danach ist im Grund alles beim Alten. Es fängt von vorn an. Immer und immer wieder. Das lähmt mich zunehmend, ich muss es ehrlich gestehen.«

»Nehmen Sie es nicht schwer, Chef. Ich bin noch enthusiastisch. Wir kriegen ihn – ich helfe Ihnen dabei.«

Velsmann bekam plötzlich eine unangenehme Sehnsucht danach, mit seiner Tochter Laila zu reden. Aber sie war unerreichbar. Wurde ihm mit jedem Tag fremder. Gehörte bald völlig einer anderen Welt. Würde sie sich eines Tages nur noch aus Mitleid mit ihm beschäftigen?

Er wusste nichts. Und bevor er diesen Fall abgeschlossen hatte, konnte er sich nicht bewegen, sich kein Privatleben erlauben.

Keine Gefühle.

Eingesperrt in überhitzte Innenräume und in seinen Hirnkasten, im Kampf mit Fragen und Antworten, Vermutungen und Fehlern musste er sich vorwärts tasten. Während draußen das Leben tobte, saß er die nächsten Wochen in Amtsstuben und entwarf geometrische Figuren, in denen sich ein Mörder verfangen sollte.

Am liebsten wäre er jetzt aufgestanden und hätte irgendjemand festgenommen.

Nur um das Gefühl zu haben, etwas tun zu können.

Aber er konnte nichts tun. Außer Vermutungen anzustellen.

Er nahm sich zusammen und sagte: »Ich weiß nicht, der Mord an dem Meteorologen wirkte professioneller. Fast gekonnt, ein Kunstwerk. Der zweite Mord lässt viel mehr Wut erkennen, er ist schlechter ausgeführt, ein Mord im Affekt. Jedenfalls kommt mir das im Moment so vor. Wenn es so wäre, dann könnte die Stoßrichtung des Mörders nicht wohl überlegt in beide Richtungen gegangen sein. Sondern denkbar wäre sogar, dass er Roa umgebracht hat, weil der … am ersten Mord beteiligt war.«

»Sagen Sie nicht so was, Chef! Das bringt ja alles durcheinander.«

»Warum? Nehmen wir an, Roa begeht den Mord an Gut. Und jemand, der davon erfährt, bringt ihn daraufhin um. Das würde die unterschiedliche Ausführung der Taten doch erklären können.«

»Und was haben wir von einer solchen Annahme?«

»Wir haben dann einen Hintergrund. Eine Gemeinsamkeit. Vielleicht gehörten beide Opfer einer Gemeinschaft an, einem Verein, einer Ideologie, einem Lottoclub, einer gemeinsamen Richtung.«

»Oder der Täter hat beim zweiten Mord eine falsche Fährte ausgelegt.«

Velsmann nickte. »Möglich. Aber ich glaube daran nicht.«

Poppes Handy piepste. »Ja? Ja, ich geb ihn dir. – Der Alfons.«

»Ja?«

Velsmann vernahm, dass Freygang einen Anruf erhalten hatte. »Jemand aus Stahlau will an der Bellheimer Warte einen Verdächtigen bemerkt haben, er soll versucht haben, die verriegelten Gitter zum Turm gewaltsam zu öffnen.«

»Hm«, machte Velsmann unentschlossen.

»Ich wollte nur nicht versäumen, Ihnen das mitzuteilen, Chef. Obwohl ich nicht glaube, dass es was zu bedeuten hat. Die Leute hier sehen ja in letzter Zeit überall Gespenster.«

»Sie haben Angst – verständlicherweise.«

»Nach unseren Aufrufen hat jeder was gesehen, jeder ist verdächtig. Gestern Abend wurden ein paar Kerlchen in Hutten angezeigt, ihr verdächtiges Verhalten bestand darin, dass sie nach zwanzig Uhr Krach mit dem Skateboard machten. In der Stadtzeitung, die in Bad Salmünster alle amtlichen Bekanntmachungen veröffentlicht, zeigt heute Morgen jemand auf einer halben Seite einen Unbekannten mit schwarzer Kleidung an, der bei Dunkelheit die Stadt einmal ganz durchquerte. – Haben Sie das, Chef?«

»Schick jemanden zur Bellheimer Warte. Oder nein, ich fahre auf dem Weg nach Fulda selbst vorbei. Vielleicht war es nur ein harmloser Spaziergänger, der zurück ins Mittelalter wollte. Davon gibt es heutzutage eine Menge.«

»Wie meinen, Chef?«

»Ach, nichts. Übrigens – was unterrichtet Karl Petry an der Schule in Bad Salmünster eigentlich?«

»Soweit ich weiß Mathe, Deutsch und Raumlehre oder so.«

In Velsmann machte sich ein ungemütlicher Gedanke breit, und er beendete das Gespräch.

»Gehen wir, Tosca. Ich muss zurück nach Fulda. Sie können mich bis zur Bellheimer Warte begleiten. – Ja, ich weiß, was Sie denken. Fahren Sie hinter mir her.«

»Chef, Sie waren eingeladen.«

»Nein, nein. Das bezahlt die Polizeikasse.«

»Nein. Ich will Sie eingeladen haben. Ganz ausdrücklich. Oder hat es Ihnen etwa nicht geschmeckt?«

V

Er machte sich fertig und verließ das Haus lange nach Einbruch der Dunkelheit. Der Ort lag verlassen da. Die Kälte hatte nach Sonnenuntergang wieder empfindlich zugenommen. Feuer, dachte er, was soll uns sonst erwärmen.

Der Versammlungsort lag am Ortsrand, gleich hinter den Ausläufern des Pfarrgartens. Eine Sportlerkneipe in einem Flachbau mit Stammtisch und Pokalvitrinen, ein Hinterzimmer mit Bühne, alles unverdächtig. Als er die verräucherte, nach Bier und Schweiß riechende Kneipe betrat, schlugen ihre Gesänge über ihm zusammen.

Das Hinterzimmer war ruhig, obwohl schon alle versammelt waren, einige begrüßten ihn, andere nahmen keine Notiz von ihm. Er mochte den Raum. Seinen Geruch nach Eichenholz, die Glut der drei Eisenöfen; der Anblick der braunen Holztäfelung an Decken und Wänden beruhigte ihn auf seltsame Weise.

Was in uns ausgelöst wird, wissen wir nicht, dachte er. Irgendwas spielt mit uns, und wir können ihm nur nachgeben.

Die Leiter der Versammlung saßen schon an einem langen, weiß gedeckten Tisch auf der Bühne, aber sie schwiegen noch ebenso wie die anderen Besucher im Saal. Eine gespannte Erwartung lag über allem. Jeder schien zu lauschen oder sich zu erinnern und von irgendwoher seine Nachrichten zu empfangen.

Sie waren eine sprachlose, aber empfangende Gemeinschaft.

Wie war das, dachte er, wir bilden durch unsere biologischen Erfahrungen und Eigenschaften ein morphogenetisches Feld? War es das? Ist es das, was mich interessiert? Dass jedem von uns die Erfahrungen, Fähigkeiten und Fertigkeiten eines jeden anderen Lebewesens unbewusst zur Verfügung stehen? Dass erworbene Eigenschaften evolutionär an andere Lebewesen weitergegeben werden?

Und dass wir das ausnutzen?

Jemand unterbrach jetzt das Schweigen im Saal und begann zu sprechen.

Die Leute auf der Bühne kannte er nicht. Nur einige Anwesende an den Tischen im Saal. Ein Treffen von Freunden der Esoterik. Es hätten auch Kaninchenzüchter oder Geschichtslehrer sein können, alles harmlos. Sie hatten ihre Zusammenkunft als Jahreshauptversammlung angemeldet. Ein eigener Catering-Service machte sie autark. Jetzt wurden die Eingangstüren abgeschlossen. Und sofort fuhr eine Unruhe in die Anwesenden, als bewege sich unter ihnen ein großes Tier mit unzähligen Gliedern.

Da ihn der Begrüßungsteil wenig interessierte, hing er weiter seinen Gedanken nach.

Gab es das Gedächtnis der Natur tatsächlich? Er glaubte daran. Er dachte: Wenn es uns möglich wird, das morphogenetische Feld bewusst anzuzapfen, um zu überprüfen, wie viel der übrigen Menschheit schon bekannt ist, dann haben wir drei Millimeter nach vorn gemacht. Drei Schritte auf dem Weg der Verschwörung. Bis dahin treffen wir uns auf solchen Versammlungen und beschwören das Auge, das alles sehende Auge.

Auch das muss sein. Schritt für Schritt.

Er trank von dem Wasser, das in Kelchen vor jedem Teilnehmer auf den Tischen stand. Es war heiß im Saal, die Öfen überhitzten die Luft, aber das Feuer war angenehm. Es loderte unsichtbar hinter der schweren Form des gegossenen Eisens.

Jemand sagte: »Alter mystischer Orden Rosae Crucis.« Und nach einer Pause vernahm der aus seinen Gedanken auftauchende Zuhörer: »Orden sind nichts Abgeschiedenes, sondern ein Zusammenschluss auf der geistigen, spirituellen Ebene.«

Er lauschte jetzt dem Redner. Ich weiß das, dachte er, man muss sich den Zutritt im Geistigen erarbeiten. Das geistige Equipment. Ich habe es längst getan.

Weiter.

Er wollte aufpassen, merkte aber unwillig, wie seine Gedanken immer wieder abglitten, er konnte sich schlecht konzentrieren. Mit diesem Problem kämpfte er schon seit Kindertagen, in den Schulen war er dafür ermahnt und sogar geschlagen worden. Er hatte versucht, dafür zu büßen. Jetzt hatte er es akzeptiert.

Er musste daran denken, was ihm neulich jemand gesagt hatte: Mystik bedeute, nicht nur die Augen, sondern auch den Mund zu schließen, getreu der Weisheit: »Wisse und schweige«. In seinen Bildern, die er entwarf, arbeitete er schon lange daran. Seine künstlichen Menschenbilder waren voller mystischer Nachrichten. Aber das hatte mit dem anderen nichts zu tun.

Jemand sagte, weit entfernt: »Wie oben, so unten, gemäß dem hermetischen Prinzip. Wir müssen frei sein von Dogmen und konfessionellen Bindungen, das esoterische Fast-Food unserer Zeit ist schrecklich.«

In seinem Kopf hallte ein Echo.

Kannst du machen, dachte er, aber ich habe andere Ziele. Wir haben andere Ziele. Wir stimmen nicht überein. Unser Weg ist ein anderer, auch wenn wir in einer Gemeinschaft sind.

Der Hauptredner auf der Bühne nannte eine Anschrift in Baden-Baden. Orden, Geheimnis, das Tor, der Weg, Veranstaltungen, Homepage. Das alles war langweilig. Er wartete auf Erkenntnisse. Aber konnte es Erkenntnisse geben, solange die Meinung vorherrschte, dass kein Tier durch das Tor zum inneren Tempel der Zufriedenheit vordringen durfte? Dass es eine wahre Würde des menschlichen Wesens gab, die wie eine schützende Hülle, wie eine *corona radiata*, gegen jede Anfechtung wirkte?

Wahre Würde, dachte er zynisch.

Des menschlichen Wesens.

Er hörte sein Lachen in sich brüllen, beherrschte sich aber.

Er schaute auf das Leporello, das die Rednerbeiträge nacheinander aufführte. »Schnittstellen zwischen Sein und Wer.« Er wiederholte lautlos, was er noch sah. Lichtfest, las er. Er dachte: Das könnte eher diesen kleinen Mann in Bad Salmünster interessieren. Es ist gedanklicher Kleinkram von Verstörten.

Ich warte nicht auf Licht und Wärme, wenn auch auf Feuer und Erkenntnis.

Ein anderer hatte inzwischen das Wort ergriffen, seine Stimme war dünn.

Er schaute auf zur Bühne. Dort sprach ein junger Mann mit Bürstenfrisur, der sich als Professor der Rechte aus Ingolstadt vorstellte, davon, dass die Stifter der Orden Adepten seien, ausgeschlossene, misshandelte oder nicht befriedigte Mitglieder dieser Gesellschaft.

Dass er sich langweilte, merkte er daran, dass er mit den Fingern auf dem Tisch zu trommeln begann. Seine Nachbarn blickten ihn streng an. Er schürzte verächtlich die Lippen und stieß einen furzenden Laut aus. Akademiker, dachte er, Wichtigtuer, sie sind sämtlich weit entfernt von unserer Arbeit. Ja, dachte er, 10111 ist dreiunddreißig im binären Zahlensystem, ja, Cäsars Ermordung war das Resultat von dreiunddreißig Messerstichen, ja, dreiunddreißig Gebäude existieren auf dem Microsoft-Campus in Redmond, ja, alle modernen PCs beherrschen die 33-Bit-Technologie. Ja. Um einmal im Körper zu zirkulieren braucht das Blut dreiunddreißig Sekunden. Es gibt sechundsechzig über die Erde verstreute geheime Logen.

Ja.

Und jetzt machen wir etwas daraus.

Vater, Sohn und heiliger Teufel.

Er nahm wahr, dass sein Nebenmann, der auf der Brust das Rad der Arianrod trug, auf sein Amulett starrte. Er hob es ihm entgegen. Küss es, dachte er, küss es. Doch der andere zog nur die Augenbrauen empor und wendete sich ab. Er drehte sich zur anderen Seite und bot das Amulett anderen Lippen an. Küsst es, wenn ihr die euren nicht küssen wollt, dachte er. Doch niemand nahm ihn anscheinend ernst. Sie sahen zur Bühne, dorthin, wo jetzt jemand aufgestanden war, um von dem seitlich stehenden Pult aus zu sprechen.

Sein Blick flog über die Versammlung zu den wenigen, die wie er das Tetragrammaton trugen. Es war ein Dutzend. Männer, die schon viel getan hatten. Und sie hatten sich alle schon mit dem Pentagramm gesegnet, anstatt das Kreuzzeichen zu machen. Er berührte in Gedanken mit der rechten Hand die linke Brust, die Stirn, die rechte Brust, die rechte Schulter und schließlich wieder die linke Brust, um das Pentagramm zu schließen.

Wenn eine der Spitzen nach unten gerichtet ist, dachte er, so sieht man darin den Kopf des gehörnten Gottes. Und wie in einem morphogenetischen Feld erkenne ich die Gleichgesinnten, die Gefährten. Wir müssen nicht reden, wie die da oben. Aber unsere Feinde sind sie dennoch nicht. Wir brauchen sie noch.

Er stand auf. Jetzt wurde es spannend. Jetzt wurde einer von ihnen aufgefordert, zu sprechen. Der Mann ging zum Rednerpult. Würdig. Schwarz. Gefasst. Auf solche konnte man stolz sein. Sie hatten alle schon Blut getrunken.

Er kannte den Inhalt, ja beinahe jedes Wort seiner Rede. Dennoch blieb er aufmerksam. Dies war sein Stoff.

»Zwischen 1880 und 1890 fanden sich Persönlichkeiten, darunter einige der hervorragendsten Köpfe Englands, zusammen und gründeten ›The Hermetic Order of the Golden Dawn‹. Unter ihnen fanden sich als Mitglieder Florence Farr, die Nobelpreisträgerin für Literatur, die Schriftsteller W.B. Yeats und Bram Stoker, der Autor des ›Golem‹ Gustav Meyrink, Rudolf Steiner, der Begründer der anthroposophischen Lehre und – Aleister Crowley, der bekannteste Satanist der letzten einhundert Jahre, Gründer der Thelemakirche und 33. Grad Schottischer Ritus Freimaurer.«

Das Auditorium murmelte.

»Im Jahr 1917 stießen zu dieser außerordentlichen Gemeinschaft der Kampfflieger Lothar Waiz, der Prälat Gernot von der geheimen Erbengemeinschaft der Tempelritter aus dem Jahr 1307 und Maria Orsitsch, das transzendale Medium aus Zagreb. Sie nahmen Kontakt mit der einflussreichsten Geheimgesellschaft Asiens, den tibetanischen ›Gelbmützen‹ auf. Sie beschworen den Übergang in das neue Zeitalter, vom Fisch-Zeitalter ins Wassermann-Zeitalter. Man sprach davon, dass unser Sonnenjahr entsprechend den zwölf Mondumläufen in zwölf Monate unterteilt ist und so auch der Umlauf unserer Sonne um die Zentralsonne, die schwarze Sonne der alten Mythen, in zwölf Abschnitte unterteilt ist. Dies sollte, mit der Präzession der kegelförmigen Eigenbewegung der Erde, die Weltzeitalter bestimmen. Damit endete das Zeitalter der Schuld, und das Zeitalter der Sünde begann. Wir alle wissen, was seitdem auf dem Erdenrund geschah.«

Vereinzeltes Lachen ertönte.

Er selbst lachte am lautesten.

Er hörte sein Lachen in den empörten Blicken der anderen. Aber er dachte nicht daran, mit dem Lachen aufzuhören, denn dies war seine Handschrift und die seiner Leute! Er erhob sich und rief zur Bühne empor: »Und die 25 806 Jahre des kosmischen Jahres sind zu Ende! Wir erwarten das Erstauftreffen des göttlichen Strahls, des Strahls des gehörnten Gottes!«

Jemand schritt ein. Jemand ermahnte ihn. Jemand sagte: »Wir sind Esoteriker und keine Satanisten! Und wir wollen kein Aufsehen! Mäßige dich, Freund!«

Er blickte den Redner am Pult an und trank die Zustimmung aus seinen Augen. Er setzte sich wieder.

»Es ist richtig. Sie hatten ein Datum für das Auftreffen des göttlichen Strahls errechnet, den 4. Februar 1962, damit konnte die Umformungsphase des Jahres 1933 abgeschlossen werden. Und die Hintergründe jener Stelle aus dem Neuen Testament, Matthäus 21, 43 konnten klarer gesehen werden. Dort spricht Jesus zu den Juden: ›Das Reich Gottes wird von euch genommen und einem anderen Volk gegeben, das die erwarteten Früchte hervorbringt.‹ Nur im vollständigen Urtext, der sich im Archiv der Societas Templi Marcioni befindet, steht aber, welches andere Volk Jesus meinte. Es sind die Germanen, die in einer römischen Legion Dienst taten. Er sagt ihnen, dass es IHR VOLK sein werde, das er auserwählt hat. Das germanische, deutsche Volk wird mit der Schaffung des Lichtreiches auf Erden beauftragt. Als Ort für das Eintreffen des Strahls war der Untersberg bei Salzburg bekannt gegeben worden. Wir waren alle dort.«

Er dachte: Wie muss das für einen Nichteingeweihten klingen?

Reichten Worte aus, um die Wahrheit für jedermann verständlich zu machen?

War es nicht zum Verzweifeln, dass sie immer noch so wenige waren, die sich vorbereitet hatten? Aber Jahwe, der alttestamentarische Gott, der Verderber, hatte gesagt: Ich bin der El Schaddai, der verworfene Großengel, der Satan. Stand es nicht so in der Originalübersetzung der Herder-Bibel, in Moses 17, 1? Und konnte es nicht jeder lesen? Warum zögerten sie noch? Verstanden sie die Sprache nicht, konnten sie das Wort nicht hören?

»Nicht die Juden sind das auserwählte Volk. Denn sie wurden von Jahwe beauftragt, die Hölle auf Erden zu stiften. So steht es in den Protokollen der Weisen von Zion. Aber nicht das ist ihre Schuld. Sondern dass sie ihren Auftrag verraten haben, dass sie zu feigen Geldzählern wurden, dass sie die Eigenverantwortung leugnen und einen Schuldigen suchten. Satan. Den satanischen Gott Jahwe.«

Gemurmel im Saal.

Hier beginnt unser Spiel, dachte er. Genau hier. Hier beginnt die Geschichte des dritten Sargon, der die arische Kultur zum Sieg führen wird. An der Seite unserer Großmeister. Der Ordenshochmeister. Der SS. Der Leibärzte. Der Polizisten. Der Reisenden. Der Schwarzen Sonne Thules.

Und die Verräter sterben. Die Abtrünnigen.

Wir alle, dachte er, kommen von Hypoborea. Wir lebten im Nordmeer, und unsere Vorfahren versanken in der Eiszeit im Meer. Ebenso sind unsere Fahrzeuge mit den Raum-Quanten-Motoren versunken, mit denen wir dem Magnetfeld der Erde Energie entzogen. Lange her, aber nicht vergessen. Damals kamen wir aus dem Sonnensystem Aldebaran und waren weiß, blond, blauäugig. Und vier Meter groß.

Lange her.

Jemand stieß ihn an. »Du hast dein Wasser verschüttet, Kollege!«

Tatsächlich. Ein dünnes Rinnsal floss von der Tischkante auf den Boden, das Glas kullerte herum. Unkontrolliert, dachte er. Das darf nicht sein. Nicht für einen Hypoboreaner. »Hab ich gar nicht bemerkt!«

Sein Nachbar nickte ihm freundlich zu.

Verrecke!, dachte er.

Wir nageln alle an das Zeichen Thules, dachte er.

Das linksdrehende Hakenkreuz ist unser Golgatha.

Dachte er.

In seinem Kopf drehte sich unaufhörlich weiter ein Balkenkreuz voller festgenagelter Gedanken. Bald finden wir die Eingänge in das unterirdische Reich Agarthi, in dem die ewige schwarze Sonne als

Zentrum des Nukleus scheint, dachte er, auch wenn es unser Adolf Hitler und die SS im Himalaya nicht gefunden haben. Auch der Tibetaner mit den grünen Handschuhen hat ihnen den Schlüssel zum Reich nicht gebracht, und sie mussten ihn töten. Als die Russen ihn am 25. April 1945 im Kreis der dreiunddreißig anderen Tibetaner in einem Berliner Keller fanden, verstanden sie nichts. Die Feinde verstanden nichts. Und noch heute rätseln alle.

Jetzt beginnt der letzte Krieg. Und das Wassermannzeitalter beginnt unter unserer Ägide.

Wie ein Echo sagte der Redner am Pult gerade: »… muss auch die Erde hohl sein, was übrigens auch mit den Aussagen der tibetanischen Lamas und des Dalai Lama übereinstimmt. Im Erdinneren herrscht ein gleichmäßiges Klima und permanentes Licht. Dort spielt sich das eigentliche Leben ab. Unsere Herrenrasse lebt im Inneren und die Mutanten leben auf der Oberfläche.«

Jemand brüllte empört: »Ihr seid höchstens die Mutanten! Nicht wir!«

»Sachte.« Der Diskussionsleiter beugte sich vor. »Lasst uns fortfahren.«

»Aber das ist doch alles Humbug! Was hat das mit unseren esoterischen Zielen zu tun!«

»Quark!«

Der Mann in Schwarz sprach ruhig weiter. »Noch sind wir auf der Erdoberfläche, aber wir werden uns vereinigen. Denn unser Potenzial, wenn wir unseren Auftrag richtig deuten, verweist eindeutig darauf, dass wir zu den Auserwählten gehören! Und dass wir Recht haben mit unseren Hypothesen, das beweist die Wissenschaft. Alle Forscher beweisen es. Cook, Peary, Amundsen, Nansen, Kane, Byrd. Auch die Teilnehmer der drei deutschen Antarktis-Expeditionen während des Zweiten Weltkriegs. Alle bestätigen, dass der Wind nach dem sechsundsiebzigsten Breitengrad wärmer wird, dass Vögel über das Eis in Richtung Norden fliegen, ebenfalls Tiere wie Füchse das Gleiche tun, dass man bunten und grauen Schnee vorfindet, der, wenn er taut, zum einen bunte Blütenpollen preisgibt und im anderen Fall Vulkanasche. Die Forscher fanden sich in Frischwassermeeren wieder und berichteten, dass sie zu irgendeiner Zeit der Reise zwei Sonnen erblickt hatten. Nebenbei fand man Mammuts, deren Fleisch noch frisch war und deren Mageninhalt zum Teil noch frisches Gras enthielt.«

»Und ich finde, in Ihrem Kopf befindet sich frische Scheiße, Kollege! Es tut mir Leid! Aber ich kann es nicht mehr mit anhören!«

»Stimmt! Solche sind geistesgestört!«

Die Worte seines Gesinnungsgenossen lullten ihn mit Wärme ein, das Gebrüll der anderen, zwei Tische vor ihm, spaltete ihm den Kopf. Er wollte vor Wut und Schmerz aufheulen, aber da fiel ihm etwas anderes ein.

Er hatte etwas vergessen.

Er hatte vergessen, die Haustür abzusperren!

Ja, nicht nur das! Sie stand nun sogar einen Spaltbreit offen! Denn er hatte noch einmal zurückgehen und den Müllsack holen wollen, dies aber vergessen. Daran war die behinderte Tochter seines Nachbarn schuld, die von der niedrigen Mauer gefallen war.

Verdammt nochmal!

Er musste zurück! Die Tür schließen! Die Sammlung sichern!

Denn sonst konnten alle hinein, die nur darauf lauerten.

Die ihre Chance schon längst witterten!

Er sprang ungestüm auf.

»Setz dich, Mann!«, sagte jemand neben ihm.

Er knurrte nur, wie ein Tier.

Dann stürmte er zu den Türen. Ließ sich aufschließen, vermied irgendeine Erklärung, übersah das Misstrauen in ihren Augen und verließ den Ort.

Draußen, in Dunkelheit und Kälte, kam er wieder zu sich. Und wenn er die Tür doch geschlossen hatte? Dann versäumte er an diesem Abend alles, was ihm wichtig war.

Und wenn es so war, dann sollten sie es ihm büßen!

Alle!

Und besonders, ganz besonders, diese eine, einzige Figur!

VI

»Sie rauchen?«, fragte Karl Petry.

Martin Velsmann, obwohl er die Pfeife zwischen die Zähne gesteckt hatte, schüttelte stumm den Kopf.

»Ich selbst habe auch schon vor fünfzehn Jahren aufgehört. Rauchen und Stadtluft zusammen ist eine zu riskante Mixtur.«

Martin Velsmann kannte diese Begründung. Es hätte auch seine eigene sein können.

Die Vernehmung des Grundschullehrers hatte bisher eine Stunde lang gedauert. In einer Verhörpause gesellte sich Velsmann zu ihm auf den kalten Gang des Präsidiums, wo er neben einem Uniformierten auf der blank polierten Bank saß. Er wollte ihm eigentlich sagen, dass es nicht gut für ihn lief. Aber dann schwieg er lieber. Zwar konnten sie ihm nichts nachweisen, aber die Verdachtsmomente verdichteten sich eher durch das psychologische Bild, das Petry von sich selbst malte. Das lag auch an seiner nachlässigen Argumentation. Es schien ihm einerlei zu sein, ob er sich durch seine Aussagen belastete oder nicht. Er war drauf und dran, sich ins Verderben zu reden.

Sah Hubert Gell nicht, dass ihn gerade das entlastete?

Velsmann ahnte, dass es nicht so war. In Gells Augen war Petry schuldig. Seine Motive waren klar. Er musste nur noch die schlüssigen Beweise oder ein Geständnis liefern.

»Ich soll Sie übrigens von Ihrer Frau grüßen«, sagte Velsmann.

»Ach, haben Sie inzwischen mit ihr telefoniert?«

»Sie sprach von Ihrer Sammlung.«

Petry nickte. »Wollen Sie sie sehen? Wenn man mich hier wieder gehen lässt, zeige ich sie Ihnen.«

»Das wäre nett. – Sie erwähnten die Vogelsammlung neulich gar nicht.«

»Ich wusste nicht, dass es Sie interessiert.«

Martin Velsmann zwang sich zu einem Lächeln und stand auf. Er hatte nicht die Absicht, dem zweiten Teil der Demontage Petrys im Verhörzimmer beizuwohnen.

Er beauftragte Freygang damit, Termine mit Petrys Schule und seinem Psychiater festzuklopfen. Freygangs Bericht über Vereine und Clubs in der Region umfasste dreißig Druckseiten, Velsmann stopfte sich die Papiere in die Jackentasche. Tosca Poppe war ebenfalls fleißig gewesen. Sie hatte Ferdinand Gut in Alsberg ausgequetscht, der Mann schien aber trotz seiner politischen Scharfmacherei eine weiße Weste zu haben; nur dass er behauptete, eins seiner Stilette sei gestohlen worden, nahm sie ihm nicht ab. Denn er gab an, das Fehlen des kostbaren Stücks zwei Tage vor dem Mord an seinem Bruder entdeckt zu haben. Gegenüber Martin Velsmann hatte er den Diebstahl außerdem verschwiegen. Poppe gab ebenfalls einen kurzen Bericht über ein Gespräch mit Roman Guts jüngerem Bruder Timon, dem Betreiber eines Sportstudios in Bischofsheim. Velsmann begriff, dass seine Assistentin mehr von dem Studio als von seinem Betreiber angetan war, Verdachtsmomente gab es aber offenbar auch hier keine. Timon Gut besaß einen guten Leumund und sichere Alibis. »Ein eingebildeter Bodybuilder«, sagte sie verächtlich, »immer umgeben von Apparaturen und von Fitness-Ladys, die wie Uschis auf seine Bauchmuskeln starren.«

Velsmann sagte: »Machen Sie mir übrigens auch einen Termin mit dieser Fotografin in Gelnhausen. Wie heißt die eigentlich?«

»Femi Elesi.«

»Ist das ein Name?«

»In Kontinenten jenseits des Kinzigtals schon.«

»Klingt eher wie eine Beschwörungsformel. Ein Simsalabim.«

Eine Stunde später fuhr Velsmann nach Bad Salmünster. Da es wieder heftiger schneite, nahm er die doppelstöckige rote Regionalbahn. Die Praxis des Psychiaters, den ihm Rosa Petry genannt hatte, lag in Bahnhofsnähe.

Dr. Stemmer entpuppte sich als kleiner, leicht stotternder Mann mit charmantem, österreichischem Akzent. Martin Velsmann empfand seine routinierte Jovialität nicht als unangenehm, fragte sich aber, ob es möglich war, dass der Psychiater auf seine Patienten Autorität ausstrahlte.

Der Arzt gab ihm zehn Minuten Zeit. Als er sein Anliegen erläutert hatte, schüttelte sein Gegenüber lächelnd den Kopf. Er wollte oder konnte keine Aussage machen.

»Sehr bedauerlich. Dann hätte ich mich auf einen Anruf beschränken können.«

»Da haben Sie Recht.«

»Aber vielleicht können Sie mir in einer anderen Hinsicht weiterhelfen – obwohl es nicht direkt in Ihr Fach fällt. Wir haben Grund zur Annahme, dass der Hintergrund der beiden Morde im Kinzigtal in einer obskuren Sektentätigkeit liegen könnte. Seltsame Rituale, Satanskult, solche Dinge. Ist Ihnen so etwas schon mal untergekommen?«

Ungläubig sah der Psychiater ihn an. »Das fragen Sie mich? Ich bin kein Esoteriker oder Sektenforscher. Parapsychologie fällt ebenfalls nicht in meinen Aufgabenbereich.«

»Aber es gibt doch Übergänge, vielleicht sind sie gleitend. Geisteskranke Mörder, das weiß ich, waren oft besessen von der Idee, ihr Prinzip von Gewalt mit Hilfe einer verschworenen Gemeinschaft, einer geheimen Verbindung, durch rituelle Beschwörungen durchsetzen zu müssen ...«

»Ja, aber Satanskult? Da machen sich Laien, die über geistige Erkrankungen nachdenken, oft falsche Vorstellungen. Vielleicht noch kriminelle Bünde und Geheimlogen? Ein bisschen viel auf einmal.«

»Ja, verzeihen Sie. Aber ich habe mich gerade mit diesen Dingen herumzuschlagen.«

»Womit denn genau?«

Velsmann sagte: »Ich bin durch den Bericht meines Mitarbeiters auf der Herfahrt darauf gestoßen. Wir haben es mit etwas zu tun, das erst ganz langsam sichtbar wird. Und glauben Sie mir, ich hätte auch nicht gedacht, dass so was überhaupt existiert. Sie heißen die F.O.G.C.-Logen, das bedeutet ›Freimaurerischer Orden der Goldenen Centurie‹, eigentlich als 99er-Logen bekannt. Von diesen 99er

Logen gibt es neunundneunzig an verschiedenen Plätzen der Welt, aus jeweils neunundneunzig Mitgliedern bestehend. Und nun halten Sie sich fest, eine davon existiert angeblich in Gelnhausen.«

»Ja und? Was tun die?«

»Jede Loge untersteht einem Dämon, und jedes Mitglied hat einen persönlichen Dämon für sich. Das Geschäft ist, dass der Dämon der Person hilft, Geld und Macht zu erlangen und ihre Ziele mit Gewalt durchzusetzen, dafür ist die Seele dieser Person nach ihrem Tod dem Dämon zum Dienst verpflichtet. Angeblich wird jedes Jahr ein Mitglied dem Logendämon geopfert …«

»Im Ernst?«

»… dafür wird dann wieder ein neues zugelassen. Die Leichen, die wir fanden, weisen Züge einer Ritualhandlung auf.«

»Unglaublich. Aber ich kann Ihnen nicht weiterhelfen.«

Martin Velsmann schnaufte. »Wirtschafts- und Finanzbosse größ-ten Kalibers sind ebenfalls Mitglieder der 99er-Logen. Die F.O.G.C.-Logen oder 99er-Logen sind den aktuellen Unterlagen des Bun-deskriminalamtes nach von der gefährlichsten Sorte. Wogegen der Satanismus, wie Anton LaVeys Church of Satan, von dem man so viel in den Medien hört, noch harmlos ist. Das meinte ich mit gleitenden Übergängen. In Bereiche, die Sie bearbeiten.«

»Warum nehmen Sie diese bedrohlichen Gestalten dann nicht ein-fach in Gewahrsam?«

»Das ist leichter gesagt als getan. Sie haben keine Adresse, keine Konten, keine Mitgliederlisten. Sie existieren nur als Vermutung. Ge-wissermaßen virtuell. V-Mann-Aktivitäten sind bisher gleich null. – Und wir können ihnen nichts nachweisen.«

»Dreiunddreißig, Sechsundsechzig, Neunundneunzig – das sind Zahlenspiele.«

»Ja, aber sehr beunruhigende. Ein unguter, wiederkehrender Rhyth-mus. Wie eine Beschwörungsformel. Wie ein mahlender Gedanke, der sich nicht vorwärts bewegt, sondern immer wiederkehrt.«

Der Arzt sagte: »Manche Geisteskranken benutzen tatsächlich solche Wiederholungen. Sie sind in diesem Rhythmus gefangen wie Mäuse im Käfig. In irgendeinem Moment ihrer Beschädigung hat sich diese mahlende Wiederholung gebildet wie bei einer Schallplatte, die einen Sprung hat.«

»Und Ihr Patient? Karl Petry?«

»Sie verstehen. Ich muss mich da wiederholen, ich kann darüber nichts sagen. Wie ich schon betonte, unterliege ich der Schweigepflicht.«

»Da machen Sie keine Ausnahmen? Wenn beispielsweise ein Mordverdacht besteht? Ihre Aussagen könnten dazu führen, dass wir Gewalttaten aufklären – oder sogar neue verhindern.«

Er schüttelte den Kopf. »Nein. Natürlich kann ich dann Hinweise geben, wenn ich von konkreten Verbrechen wüsste. Das ist klar. Aber ich kann das vertrauliche Material aus meinen Sitzungen, das zwischen mir und meinen Patienten entstanden ist, nicht einfach herausgeben. Das wäre ein Vertrauensbruch, beinahe selbst ein Verbrechen.«

»Na gut. Aber so viel werden Sie mir verraten können: Ist es möglich, dass ein Geisteskranker, sagen wir ein Schizoider, eine Persönlichkeit herausbildet, die – wie soll ich mich ausdrücken – mit seiner anderen Seite überhaupt nichts zu tun hat? Dass er also in seinen Gewalttaten unkontrollierbar wird und in seinem Alltag ein unauffälliges, völliges normales Leben führt, dem man nichts anmerkt? Dass selbst ein aufmerksamer Gesprächspartner, der ihm gegenübersitzt, nicht das Geringste bemerkt? Ist das denkbar?«

»Es ist sozusagen die Normalität des Schizoiden ...«

»Ach, tatsächlich.«

»... Er ist in bestimmten Zeiten in der Lage, ein Alltagsleben zu führen. Und wenn er abstürzt, dann bis in tiefste Tiefen. Aber nochmal – damit spreche ich nicht über Herrn Petry. Herr Petry ist ein Fall für sich.«

»Was meinen Sie?«

»Nichts. Ein Fall, der in meinen Akten verschlossen ist und bleiben wird, bis ich etwas Alarmierendes finde, das ich der Polizei mitzuteilen habe. Dazu bin ich nicht als behandelnder Therapeut, aber als Staatsbürger verpflichtet.«

»Das muss mir wohl vorerst reichen. Es könnte aber sein, dass wir einen dringenden Tatverdacht haben und ich bei Gericht eine Durchsuchung Ihrer Unterlagen bewirke.«

»Lassen wir es darauf ankommen, Herr Velsmann.«

Nachdem Martin Velsmann gegangen war, spürte er seinen Ärger. Psychiater besaßen eine unglaubliche Macht. Er hatte nicht übel Lust, diesem Arzt mit einer Kompanie Polizisten auf den Pelz zu rücken. Und doch sagte eine schwache Stimme in ihm, dass der Arzt Recht hatte. Es gab eine schützenswerte private Sphäre, die von keinem Sachzwang beschädigt werden durfte. Gerade diese Sicherheit war es, die eine demokratische Gesellschaft von anderen unterschied. Ein unantastbares Gut, dafür hatte er sich oft genug selbst eingesetzt. Absolut unverletzbar.

Galt das auch bei Verdacht eines Gewaltverbrechens?

Solange es nicht bewiesen war, vielleicht sogar besonders.

Er wurde noch ärgerlicher.

Velsmann blickte auf die Uhr. Um halb zwölf erwartete ihn der Direktor der Grundschule. Da er noch Zeit hatte, schlenderte er durch den Ort. Kurhäuser, Kliniken, Parks und Restaurants im Grünen. Meist ältere Frauen gingen in Grüppchen gelangweilt durch die Einkaufszone. Ein sicherer Ort. Hier schien bis zum Lebensende nichts Aufregendes passieren zu können.

Ein hübscher Platz – mit ein paar dunklen Flecken.

Femi Elesi, dachte er. Was wollte er eigentlich von dieser Fotografin erfahren? Oder wollte sie etwas von ihm? Er wusste es nicht mehr genau. Wenn er sich mit ihr in Gelnhausen traf, würde er jedenfalls nochmal bei Frank Welsch vorbeischauen und seine Blankwaffensammlung in Augenschein nehmen. Wenn es sein musste, würde er so lange bei diesem unsympathischen Kerl auftauchen, bis er irgendeinen handfesten Verdacht gegen ihn besaß. Velsmann rief sich zur Ordnung. Er wurde ungerecht. Und das lag daran, dass er keinen Millimeter vorankam. So viele Menschen. So viele Spuren. Die meisten führten in Sackgassen. Herrgott nochmal!

Es gab nur einen einzigen Verdächtigen.

Karl Petry.

Velsmann wusste das. Und er leugnete es. Aber wenn der Grundschullehrer unschuldig war, dann tappten sie noch tiefer im Dunklen, als er sich vorstellen konnte. Dann hatten sie gar nichts in der Hand. Und das nach sechs ganzen Tagen der Ermittlungen.

Frank Welsch?

Eher ein mieses Gefühl im Solarplexus als ein ernst zu nehmender Tatverdacht.

Velsmann rief auf dem Handy Inspektor Heberer an und besprach Details der Ermittlungen. Auch sein Kollege war mit den Resultaten seiner Öffentlichkeitsarbeit unzufrieden. Er konnte kein einziges vorzeigbares Ergebnis präsentieren. Alles drehte sich im Kreis. Velsmann beendete das Gespräch schnell.

Der Schuldirektor, der ihn in einem lang gestreckten Gebäudekomplex aus rotem Klinker, mit Sportplatz und abgetrenntem Schulhof empfing, hieß Körber. Er bat ihn in sein Dienstzimmer, in dem bunte Bilder mit Kinderzeichnungen ohne Rahmen hingen.

Körber, ein sportlicher Mittvierziger, legte die Fingerspitzen seiner Hände zusammen. In seiner abweisenden Miene konnte Velsmann lesen, dass er auch hier keine Chance hatte, weiterzukommen. Der Direktor befürchtete Schwierigkeiten und hatte offensichtlich Angst, die er mit Arroganz tarnte. Er sprach monoton von Belanglosigkeiten.

Nur an einem Punkt fragte Velsmann noch einmal nach.

»Über Herrn Petry gibt es also wirklich überhaupt nichts Negatives zu berichten?«

»Herr Petry ist ein tadelloser Lehrer. Ein Kollege, der Einsatz, Engagement und den notwendigen Ehrgeiz zeigt …«

E-Wörter, dachte Velsmann. Eine Litanei.

»Was ist das eigentlich für ein Fach, das er unterrichtet – Raumlehre?«

»Früher nannte man es Geometrie …«

»Ach ja?«

»Die Kultusministerkonferenz beschloss in den frühen siebziger Jahren, daraus Raumlehre zu machen.«

»Es ist aber das gleiche Fach geblieben?«

»Dasselbe. Ja. Ein Teilgebiet der Mathematik, die Herr Petry ja neben Deutsch ebenfalls unterrichtet. Lerninhalt sind die Eigenschaften und Sachverhalte des uns umgebenden physikalischen Raums – deshalb auch Raumlehre. Ebenso die Gestalt von räumlichen ebenen Gebilden und Berechnungen von Längen, Flächen und Volumina von Figuren. Der Kollege Petry ist dafür hervorragend geeignet – ein scharfer Denker. Schachspieler, wie ich.«

Velsmann wollte wissen: »Sie haben schon zusammen gespielt?«

»Ich kann sagen, eine Zeit lang spielten wir regelmäßig. Aber seit diesem Vorfall, diesem tragischen Unglück vor einem Jahr – Sie wissen sicher davon!«

Velsmann nickte. Mach dir nicht ins Hemd, dachte er.

»Kollege Petry lebt seitdem sehr zurückgezogen. Aber seine Arbeit verrichtet er tadellos. Und die Kinder lieben ihn.«

Und jeder hat jeden lieb, dachte Velsmann. Deshalb sind auch zwei Morde geschehen.

Er verabschiedete sich bald.

Was blieb ihm im Augenblick? Was konnte er tun?

»Stell dir vor, wir wissen jetzt, wo Vineta lag. Wir haben es gefunden!«

»Ach. Wie schön für dich.«

»Sei nicht sarkastisch. Es bedeutet mir so viel. Hier in Barth steht alles Kopf. Wir haben unmittelbar vor dem Hafen, tief im Bodden, Häuserreste gefunden. Und eine beinahe vollständig erhaltene Kogge. Aus dem zehnten Jahrhundert!«

»Andrea, ich würde dich gern sehen.«

»Du kannst mich jederzeit besuchen. Das weißt du. Ich bin ja nicht aus der Welt. Andererseits – was soll es bringen?«

»Wir könnten einfach am Meer spazieren gehen. In die Wellen spucken. Und ich erzähle dir was von meiner beschissenen Ermittlungsarbeit hier.«

»Ich weiß nicht …«

»Hier ist alles kalt und grau. Alles erfroren.«

»In Barth scheint seit zehn Tagen die Sonne. Sensationell. Aber kalt ist es auch.«

»Wie geht es den Kindern?«

»Gut. Sie fragten neulich nach dir.«

»Grüße sie.«

»Martin. Du kannst sie anrufen, wenn du willst. Sprich mit ihnen. Zwischen uns gibt es doch schon längst keinen Hass mehr. Oder?«

»Erzähl mir noch was von deinem Vineta, Andrea!«

»Bisher hat die untergegangene Stadt nur die Phantasie beflügelt. Aber jetzt wissen wir definitiv, dass es sie wirklich gab. Du weißt, wir haben sie in der Ostsee wie andere Atlantis in der Ägäis gesucht.«

»Ich habe ehrlich gesagt nicht daran geglaubt, dass es Vineta wirklich gegeben hat. Ich dachte immer, du verrennst dich in Spukgeschichten.«

»Das hast du mir oft genug an den Kopf geworfen. Aber ich habe immer an die Existenz dieser Stadt geglaubt. Man hat Vineta wegen ihres Reichtums mit Konstantinopel verglichen oder das slawische Amsterdam oder das Venedig des Nordens genannt. Es war die größte Stadt Europas, und jetzt liegt sie direkt vor der Mole im Bodden! Was meinst du, was jetzt hier los ist. Alle kommen her und wollen unsere Ergebnisse sehen.«

»Dann komme ich bestimmt nicht auch noch.«

Andrea ließ sich von ihrer Begeisterung weitertragen. »Wir wissen heute, dass Vinetas Hafen so groß wie kein anderer im gesamten Ostseeraum war. Unglaublicher Reichtum. Schon 965 schreibt ein jüdisch-maurischer Kaufmann: ›Sie haben eine große Stadt am Weltmeer, die zwölf Tore und einen unglaublichen Hafen hat‹ … Jetzt haben wir es gefunden. Ist das nicht herrlich?«

»Schön für dich, Andrea. Ich wünsche dir wirklich allen Erfolg der Welt.«

Sie zögerte. »Ich weiß, das meinst du nicht ernst. Es klingt zu bitter. Du glaubst immer noch, meine Arbeit sei der Grund für unser Scheitern. Aber du belügst dich selbst, Martin. Die Gründe …«

»Lass uns nicht darüber streiten, Andrea. Ich wollte nur deine Stimme hören. Manchmal reicht das aus, um weiterzumachen – die Stimme seiner Frau zu hören. Ich würde dich übrigens immer noch gern sehen.«

»Vielleicht – kannst du Weihnachten kommen?«

»Weihnachten! Mein Gott! Gibt es das überhaupt noch? Weihnachten! Es wäre toll, wenn wir wieder um den Weihnachtsbaum herumsitzen. Alle vier! Bis dahin müssen aber alle Mörder in hermetisch verschlossenen Zellen sitzen. Und ob das klappt, weiß ich nicht.«

»Es sind noch drei Wochen bis dahin. Lass uns noch mal telefonieren.«

»In Ordnung. Mach's gut, Andrea!«

Martin Velsmann hatte telefoniert, während er auf dem Bahnhof von Bad Salmünster stand. Als der zweistöckige, rote Leib des Zuges nach Frankfurt einfuhr, steckte er das Handy zurück in die gefütterte Winterjacke. Andrea. Barth. Vineta. Wie Lebenslinien zerschnitten wurden. Und sich vielleicht wieder verknoteten. Karl und Rosa Petry. Kraniche. Groß Mohrdorf. Jeder tut das Seine, um die Zeit auszufüllen, die ihm bleibt. Würden wir das Gleiche tun, wenn wir mehr Zeit zur Verfügung hätten? Endlos viel Zeit? Sähen unsere Wünsche dann anders aus?

Nein, antwortete er.

Wir sind so unvollkommen in all unseren Gefühlen. So richtungslos. Wir wissen nicht, was wir wollen. Wir machen nur einfach immer weiter.

Herrgott nochmal!

Martin Velsmann wusste, dass die Meteorologin Dienst hatte. Aber er hatte dennoch beschlossen, nach Offenbach zu fahren. Er musste einfach in der Nähe eines weiblichen Wesens sein, das seine Gefühle zu empfangen und vielleicht zu spiegeln in der Lage war. War es das? Diese schwächliche, sentimentale Sehnsucht nach etwas Wärme und Verständnis? Velsmann dachte: Die Moralisten denken immer, Männer und Frauen wollten nur ficken, aber das ist es nicht. Wenn man sich mag, denkt man überhaupt nicht ans Ficken, man will sich nur immer näher kommen, so nahe wie möglich. Irgendwie eins werden.

Aber diese Frau war ihm absolut fremd!

Du machst dich lächerlich, dachte er. Vor ein paar Tagen kam sie dir noch verdächtig vor. Er erinnerte sich an die Szene in der Wetterstation, wie sie zu der Wohnung des Ermordeten hinaufgestarrt hatte. Aber das war wohl nur Entsetzen gewesen.

Vielleicht geht sie mit mir essen.

Nahe zusammensitzen. Mehr will ich nicht.

Dr. Kosell riss in einem kleinen Büro die Tür auf, in dem Topfpflanzen bis zur Decke reichten und ein eigenes Dach bildeten. Überrascht sah sie ihn an. »Kommissar! Verhaften Sie mich jetzt?«

Das wäre eine Zwischenlösung, dachte er, dann hätte ich sie in Fulda. Er schüttelte den Kopf. »Keine Angst.«

»Was kann ich für Sie tun?«

»Ja, das frage ich mich auch. Haben Sie Hunger?«

»Wie bitte?«

»Ich meine – würden Sie mit mir essen gehen? Ich habe so fürchterlichen – Hunger.«

Sie lachte ungeniert. Er hätte sich in sie verlieben können. Er legte ihr die Hand auf den Unterarm. »Bitte. Gehen Sie mit mir essen!«

Sie fasste seinen Arm und schob ihn ins Zimmer. »Nun kommen Sie erst mal rein. Viel Platz ist nicht. Aber für zwei reicht es. Wir ziehen erst in vierzehn Tagen, zum Jahresende um. Nach Weihnachten sitze ich im Großraum.«

Dann besuche ich dich bestimmt nicht, dachte Velsmann. Er musterte die Meteorologin, die zu ihrem Schreibtischstuhl ging, den Rock glatt strich und sich setzte. Fröhliche Augen, entspanntes Gesicht, rotbraunes Gespinst der Haare. Ihre elfenbeinfarbene Bluse spannte sich über den Brüsten. Eine Perlenkette und eine grünrote Strickjacke passten wunderbar zu ihrer weißen Haut.

»Verzeihen Sie – sind Sie verheiratet?«

Sie blickte erstaunt. »Warum wollen Sie das wissen? Wollen Sie mir einen Antrag machen?«

Sie lachte. Ihre Stimme hatte einen heiseren Unterton angenommen.

»Möglichst ja. – Nein. Im Ernst. Ich bin verheiratet. Und Sie?«

»Ich bin geschieden. Aber nicht unglücklich. Und nicht auf der Suche.«

»Das heißt, Sie gehen in – Ihrer Arbeit auf?«

»Im Moment völlig. Können Sie sich das nicht vorstellen? Ihre Frage klingt reichlich skeptisch.«

»Frauen können in einer Art und Weise in ihrer Arbeit aufgehen, die mir Angst macht«, sagte er. »Man verschwindet dann völlig aus ihrem Blickfeld.«

»Lieber Herr Kommissar! Sind Sie hergekommen, um mir das zu sagen?«

»Ehrlich gesagt – ja!«

»Sie haben private Probleme?«

»Sie nicht?«

»Nein.«

»Ich ja. Ich möchte, dass meine Frau zu mir zurückkommt. Aber – sie geht völlig in ihrer Arbeit auf.«

Wieder lachte sie. Dann schlug sie sich die Hand vor den Mund. »Das war unhöflich. Verzeihen Sie. Ich kenne nur ein Mittel, um Sehnsüchte nach dem anderen Menschen zu befriedigen. Man muss in seiner Nähe sein. Warum leben Sie getrennt von Ihrer Frau? Das ist ungesund.«

»Das klingt einfach. Aber in unserem Fall ist es so, dass wir unsere Sehnsüchte eben nicht befriedigen können, wenn wir zusammen sind. Wir streiten uns dann. Deshalb trennten wir uns. Es ist ein ewiges Hin und Her, jeder Zustand ist unbefriedigend, ich finde keine Lösung.«

»Müssten Sie sich ändern?«

»Wie meinen Sie das?«

»Macht Ihre Frau Ihnen Vorwürfe wegen Ihres Verhaltens, Ihres Charakters?«

»Das tut jede Frau irgendwann nach achtzehn Jahren Ehe. Wir haben mit zweiundzwanzig Jahren geheiratet. Also – sie war in diesem Alter, ich war natürlich älter. Damals waren wir beide ungeheuer aktiv in allen Dingen. Und zugegeben war ich auch optimistischer, was das Leben betraf. Ich traute mir und uns beiden mehr zu, das hat sich dann verändert. Ich bin pessimistisch geworden, Andrea nicht. Mir gefällt nicht, wie sich die Gesellschaft entwickelt hat. Ich könnte manchmal …«

»Aber lieber Herr Velsmann, das sind doch Ausreden! Die Liebe zwischen zwei Menschen scheitert nicht am Zustand der Gesellschaft!«

»Doch! Wenn ich in die Zeitung sehe, fühle ich mich, als schütte mir jemand Asche ins Gehirn. Trockene, kalte Asche. Sie steht mir bereits bis zum Anschlag. Glauben Sie mir, ich habe in den letzten Jahren manchmal daran gedacht, Selbstmord zu begehen. Oder Schlimmeres.«

»Sie sind Polizist, Herr Velsmann. Sie müssen Gewalttaten verhindern.«

»Ich bin ein Mensch. Ich sehe, was um mich herum passiert, Gewalt, Ignoranz, Brutalität, Frechheit, und möchte mich dagegen wehren. Aber ich kann nicht. Das lähmt mich. Es macht mich immer sprachloser. Und dagegen hilft Ermittlungsarbeit bei der Polizei nur manchmal. Vielleicht hat Andrea Recht – mich kann nichts mehr begeistern, ich sehe nur noch schwarz.«

»Vielleicht ist es nur das Gefühl, keine Kontrolle zu haben.«

Überrascht sah er sie an. »Kontrolle? Worüber?«

»Besuchen Sie Ihre Frau. Klären Sie das alles. Ich kann Sie nur beschwören, Ihren Pessimismus nicht zur Mauer zu machen, die Sie zwischen sich und Ihrer Frau errichten. Sie sind ein sympathischer Mann, Herr Kommissar. Und wenn ich jemanden suchte, dann – würden Sie mir durchaus gefallen. Sie erwecken viel Vertrauen, etwas, das Frauen unendlich schätzen. Sie haben einen gewissen – körperlichen Charme. Hoffentlich missverstehen Sie mich nicht! Ich bin in solchen Dingen manchmal zu offen. Aber wie gesagt – ich suche nicht. Und Sie sollten, wenn Sie meinen Rat nicht aufdringlich finden, nicht einen Menschen gegen einen anderen tauschen. Die Menschen, die zu unserer Biographie gehören, sind kein Zufall, Herr Velsmann.«

»Das klingt nach Treue und Einfachheit. Wie bei Kranichen und Schwänen.«

Sie legte den Kopf in den Nacken und lachte.

Ihr Telefon schrillte.

Velsmann sah sie beim Telefonieren an, und sie blickte ihm dabei in die Augen.

»Leider muss ich zu einer Dienstbesprechung, Herr Velsmann. Das heißt aber nicht, dass wir uns nicht irgendwann zu einem Abendessen treffen können. Bei mir zu Hause, wenn wir wollen. Ich kenne aber auch einige schöne Restaurants.« Sie lächelte ihn auf eine selbstverständliche, überhaupt nicht kokette Art an.

Velsmann glaubte, es rausche in den Topfpflanzen. Und ein Wind kam auf und fächelte eine salzige Brise zu ihm herüber. Warum hatte er plötzlich einen Kloß im Hals?

Herrgott nochmal!

Femi Elesi war ein Erlebnis. Eine solche Frau hatte Martin Velsmann noch nicht getroffen. Er wusste aber nicht, ob er dieses Erlebnis wirklich wollte.

Die Fotografin hatte das Bedürfnis, vielleicht war es auch nur eine berufliche Angewohnheit, ihrem Gegenüber ganz nahe auf den Leib zu rücken. Das war etwas, das Velsmann bei Fremden nicht schätzte. Sie betrat sein Territorium.

Es musste mit ihrem Job zu tun haben. Sie fasste ihn an, rückte sein Gesicht herum, drückte an den Schultern, betastete seinen Brustkorb. Er roch ihren schweren Duft.

»Erzählen Sie von sich«, sagte sie. Dann trat sie zurück und sah durch den Sucher ihres Apparats. »Gerade bleiben«, sagte sie. Die Plattenkamera stand in einem Atelier, das schwarz verhängt war. »Ich brauche Räume, die Licht abweisen«, hatte sie erklärt. »Licht malt andere Konturen, als ich sie will.«

Es machte Klick. Sie zog eine große Platte aus dem Schlitz der Kamera. »Erzählen Sie«, sagte sie. »Es entspannt Ihr Gesicht. Das sehe ich.«

Ihr Gesicht war glatt, unbewegt, eine helle, kantige Fläche, die nichts preisgab. Ihr Körper schien aus Marmor. In ihren dunklen Augen stand nicht Neugier, sondern …Velsmann konnte es zunächst nicht deuten. War es Ablehnung? Skepsis? Nein. Velsmann erschrak. Er hatte plötzlich begriffen, was es war.

Kalte Emotion. Vielleicht sogar Hass.

War das möglich? Sie kannte ihn doch gar nicht!

»Sie kennen mich doch gar nicht«, entfuhr es ihm. »Warum wollen Sie – über mich eine Reportage schreiben?«

»Sie sind der erfolgreichste Kriminalkommissar Hessens. So sagt man jedenfalls. Ein solcher Mann ist interessant.«

»Sie können meine Vita aus der Presseabteilung des Präsidiums anfordern. Dazu brauchen Sie mich nicht persönlich.«

»Aber Ihr Gesicht! Ich studiere gern Männergesichter. In den meisten liegt viel Energie – und Gewalt. Gewaltsames Verstecken von wahren Absichten, unterdrückte Gewalt, verstehen Sie? Das fasziniert mich. Ich sammle solche Gesichter.«

Klick.

»Sie sollten meine Porträtsammlung sehen. Eine Galerie von Köpfen. Wie von Gehängten, von Delinquenten, alle sehen schuldig aus. Ich mag das.«

Seltsam, dachte er. Gibt es im Kinzigtal auch ganz normale Leute? Briefmarkenfreunde? Hundehalter? Postboten? Menschen, die abends ein Bier trinken und morgens mit Zahnpasta im Mund gurgeln?

Früher hatte er sich das nicht gefragt.

Langsam wurde es die wichtigste Frage.

Velsmann saß auf dem Drehhocker, und um sein unangenehmes Gefühl loszuwerden, erzählte er von seinem beruflichen Werdegang. Die Fotografin starrte ihn unter dem schwarzen Tuch durch das Kameraauge an und drückte mehrmals auf den Auslöser.

Nach einer Weile wurde er sich bewusst, dass er schon lange nicht mehr so viel von sich preisgegeben hatte wie in den letzten zwölf Stunden. Erst gegenüber Andrea, dann bei der Meteorologin, jetzt hier. Brachen jetzt seine Dämme? Würde er bald zu wimmern anfangen und um Verständnis für seine Fehler bitten?

Vielleicht sollte ich endlich in die Kirche eintreten und regelmäßig zur Beichte gehen, dachte er.

Nein. Es muss auch so gehen.

Mir fehlt einfach die allergewöhnlichste Liebesbeziehung, stellte er fest. Ich bin wie eine aufgeschnittene Hälfte. Und friere.

Sie sagte: »Es gibt Gesichter, die bilden gar nichts ab. Das sieht man auf den Fotos noch deutlicher als in der Natur. Ihr Gesicht dagegen ist offen wie eine Wunde. Sie trauen sich nur nicht, Ihre Gefühle auch auszuleben. Ihr Gesicht erzählt Ihre Lebensgeschichte, aber Sie wissen davon nichts.«

Jetzt reichte es ihm. »Hören Sie! Ich brauche keine Therapiestunde. Kommen wir zum Schluss. Ich muss nach Fulda zurück. Sie wissen jetzt genug über mich.«

Ungerührt antwortete sie: »Ich finde Sie gut. Sie sind ein echter Mann. Nicht so ein jämmerlicher wie die meisten heutzutage, die sich von falschen Weibern weichspülen lassen. Ich mag das nicht. Ich mag Täter. Sie sind einer.«

»Täter? Sind Sie irre? Ich bin Polizist.«

»Ja, das meine ich ja. Jemand, der nicht redet, sondern handelt, der aufklärt, der das Böse herausoperiert. Aber auch das Böse, glauben Sie mir, besitzt eine Existenzberechtigung. Es ist besser als das Verlogene. Wenn jemand wie Sie so auf das Böse fixiert ist, muss er auch eine Affinität dazu haben.«

»Gut. Frau Elesi. Sie dürfen Ihre Philosophie behalten, ich mache sie Ihnen nicht streitig. Die Sitzung ist jetzt beendet. Ich hoffe, Ihre Fotos zeigen mich vorteilhaft.«

Sie verzog keine Miene.

Es klingelte an der Tür des Fotoateliers.

»Ah«, sagte sie, »das wird mein Freund sein.«

Als Velsmann sah, wen sie einließ, war er so überrascht, dass er für einen Moment seine Jacke nicht zuknöpfen konnte.

Es war der Kostümierte. Frank Welsch.

Die Dunkelheit lag schon seit drei Stunden über der erfrorenen Natur. Der Himmel war verhangen mit Schneewolken. Es war völlig windstill geworden.

Martin Velsmann blickte aus dem Zugfenster. Er sah nichts als weiße Wechte, schwere Tannen, Dunst.

Warum nicht, dachte er. Was ist daran so außergewöhnlich? Passen sie nicht bestens zusammen? Femi Elesi, Frank Welsch, ein perfektes Paar.

Wie zwei verhängte Statuen, die sich nicht ansehen, sondern nur ihr Gegenüber fixieren.

Vielleicht verkehren sie über Gedankenströme, Telepathie, oder wie heißt das?

Morphogenetische Felder.

Er wäre niemals darauf gekommen, dass ausgerechnet die beiden ein Paar sein könnten. Aber warum auch hätte er darauf kommen sollen?

Es war nicht strafbar.

Und doch hatte es ihn so irritiert, dass er nach dem Weggehen aus dem Atelier sofort Karl Petry angerufen hatte. Der Grundschullehrer stimmte mit seiner bedächtigen, ruhigen Stimme zu, ihm die Vogelsammlung zu zeigen. Nein, es war ihm nicht zu spät. Velsmann sollte bei seiner Ankunft am Bahnhof Bad Salmünster, um einundzwanzig Uhr achtzehn, ein Taxi nehmen.

Martin Velsmann brauchte das jetzt unbedingt. Einen männlichen Gesprächspartner, der nicht seine Sentimentalitäten herauskitzelte, nicht Krankenschwester spielte, nicht seine Wunden leckte. Lieber würde er sich jetzt mit einem Mann prügeln wollen, als noch einmal auf seine traurigen Gefühle festgenagelt zu werden.

Wenn du da wärst, Andrea, dachte er, könnten wir miteinander reden. Mann und Frau. Welch ein Geschenk eigentlich. Aber nur dann, wenn es selbstverständlich ist und unkompliziert funktioniert.

Zwischen uns stehen ganze Längengrade aus Missverständnissen.

Petry war sofort in seinem Element. Er schien das dreistündige Verhör und die erkennungsdienstliche Behandlung weggesteckt zu haben, aber Velsmann begriff, dass er nicht darüber sprechen wollte.

»Nachts schlafen die Kraniche stehend in den flachen Gewässern des Boddens. Wenn ich das nur einmal in natura sehen könnte! Wäre Rosa nicht dort oben, würde ich hinfahren. Aber so muss ich befürchten, ihr zu begegnen. Das wäre unerträglich.«

»Warum denn? Das leuchtet mir nicht ein.«

»Ich müsste dann in ihrem Gesicht lesen, dass sie mir die Schuld am Tod unseres Sohnes gibt. Immer noch. Und in alle Ewigkeit.«

»Zeigen Sie mir die Sammlung, Herr Petry?«

Der Grundschullehrer führte ihn in den ersten Stock des Hauses. Jetzt begriff Velsmann, dass er bei seinem ersten Besuch irgendetwas aus seiner Sammlung gesucht hatte, um es ihm zu zeigen. Was mochte es gewesen sein? Warum hatte er es nicht gefunden?

Hatte es sich möglicherweise um eine Waffe gehandelt?

Die Zimmer oberhalb der Treppe lagen im Dunkeln. Es war jetzt bereits kurz vor zweiundzwanzig Uhr, stockfinstere Nacht. Petry knipste die Deckenlampe an.

Ein mattes gelbes Licht breitete sich über die Gegenstände aus. Velsmann staunte nicht schlecht. Über die ganze Grundfläche der linken Haushälfte verteilt befand sich ein komplettes Museum. Überall Vögel. In einer Art Sandkasten mit Heu und Stroh ein Kranichpaar, mächtige Tiere, die ihren Nachwuchs aufzogen. Überall Stellflächen, beschriftete Tafeln mit Fotos zu Mythos, Lebenszyklus, Brut, Rast, Überwinterung, Forschung. Unter der Dachschräge eine Fotoreihe »Kraniche der Welt«. Seitlich davon eine aufgestellte Leinwand für Dias, davor zwei Projektoren. Und wieder Modelle von Kranichen. Grau, weiß, schwarz. Mannsgroß. Mit aufgerissenen Schnäbeln und von mythischen Dimensionen.

»Ich bin beeindruckt«, entfuhr es Martin Velsmann. »Aber eins verstehe ich nicht. Warum haben Sie, wenn Sie ein Freund dieser Vögel sind, noch nie einen Kranich in freier Natur gesehen?«

»Sie denn?«

»Nein. Aber ich habe auch nicht danach Ausschau gehalten.«

»Ich sagte ja schon, es sind Sonnenvögel, Vögel des Glücks. Glauben Sie, ich hätte es ertragen, nach einem solchen Anblick, diese schönen, gewaltigen Vögel mit ausgebreiteten Schwingen, wie sie in den Sonnenuntergang hineinfliegen, wieder nach Hause zurückzukehren? Hierher? Ich ertrage die Vorstellung von solchen Vögeln überhaupt nur im Miniformat. Und als Attrappe.«

»Warum ziehen Sie nicht dorthin, wo diese Vögel zu finden sind?«

»Dort ist Rosa.«

»Aber Kraniche gibt es doch an vielen Stellen!«

»Nein. Eben nicht. Nur dort oben in Mecklenburg. Rosa zeigte mir einmal Fotos der Beobachtungsstation. Es ist eine Art Festung. Man verschanzt sich dort hinter Sichtblenden, weil die Vögel so scheu sind, und wartet, bis sie von Norden kommen. Dann, eines Morgens nach Sonnenaufgang sind sie da. Der Himmel verfinstert sich durch die gewaltigen Heere der Sonnenvögel. Sie ziehen heran und landen. Man sieht sie dann drei Wochen lang im Frühjahr und im Herbst vor dem gleißenden Licht der See auf den Wiesen stehen. Nähert man sich ihnen, verschwinden sie auf Nimmerwiedersehen. Sie fliehen die Menschen. Man muss sie sich als glückliche Tiere vorstellen.«

»Zweifellos, Herr Petry. Aber wenn Sie einen Einwand gestatten, das ist nicht übertragbar. Wir Menschen können daraus für unser Verhalten nichts lernen.«

»Herr Velsmann, diese Vögel waren lange vor den Menschen auf der Erde. Das ist bewiesen. Stellen Sie sich das vor – sie existieren seit Jahrtausenden, sie sehen alles und dann auch, wie der Mensch geboren wird und heranwächst. Glauben Sie im Ernst, solche Boten der Götter hätten keine Botschaft für uns?«

»Vielleicht. Aber – ich wünschte, Sie würden daran nicht so fest glauben.«

»Was? Warum nicht? Was geht Sie das an?«

»Sie verrennen sich in Dinge, die Sie von den Menschen entfernen. Das ist falsch. Man muss zu den Menschen hin finden. Meinen Sie nicht?«

Unendlich sanft sah Petry ihn an. »Vielleicht haben Sie Recht. Aber können Sie sich die Schönheit eines Kranichpaares im Morgenlicht überhaupt vorstellen? Sind Sie bereit, sich das zu vergegenwärtigen? Und was ist der Mensch dagegen mit seinen Beobachtungsstationen, seinem – Kleingedruckten, seinen Verständigungsproblemen. Ein armseliges Kranichfutter, glauben Sie mir.«

Velsmann war zum ersten Mal, seit er Petry kannte, ärgerlich geworden. In der Stimme des Grundschullehrers lag ein Unterton, der ihm gar nicht gefiel. Vielleicht ärgerte es ihn auch nur, dass der Gedanke von ihm Besitz ergriff, der Verdacht gegen Petry könnte vielleicht doch eine Grundlage haben. Das Gespräch mit dem Psychiater fiel ihm wieder ein. War es möglich, dass Petry aus zwei Petrys bestand? Und dass die düstere Seite sehr unangenehm war?

Es gab eine Möglichkeit, das herauszufinden.

Sie war aber nicht ganz ungefährlich.

Velsmann sah auf die Uhr. Kurz vor elf. Er gähnte unterdrückt. Auch Petry sah müde aus.

»Ich will Sie nicht länger belästigen, Herr Petry. Wir beide müssen morgen früh raus. Sie haben mir viel gezeigt, und ich habe viel gelernt. Jetzt werde ich gehen.«

»Das ist umständlich, Herr Velsmann. Ich habe hier viel Platz. Sie können gern übernachten, wenn Sie wollen, und morgen früh zurückfahren. Jetzt kriegen Sie ja kein Taxi mehr, das Sie abholt.«

»Nein, nein, ich will Ihnen auf keinen Fall Umstände machen …«

»Aber was! Kommen Sie! Wir trinken noch einen Tee am Kaminofen, und dann mache ich Ihnen oben ein Bett. Keine Angst, auf der rechten Seite des Stockwerks, nicht zwischen den Vögeln. Sie werden da ruhig schlafen können. Das ist es, was ich an dieser Lage liebe, es ist nachts feierlich still.«

Velsmann hatte gehofft, dass Petry dieses Angebot machte. Er nahm es an.

Es war nicht ganz ungefährlich.

Ach was, widersprach er seinen warnenden Gedanken. Ich werde doch Recht behalten mit meiner Einschätzung. Dieser Mann ist ein harmloser Spinner. Ein netter, einsamer Zeitgenosse. Vielleicht ein wenig zu spleenig, aber ohne Arg.

Dennoch bedauerte es Martin Velsmann in diesem Moment, seine Dienstwaffe nicht dabeizuhaben.

Er rief im Präsidium an. Es lagen keine Neuigkeiten vor. Freygang hatte Nachtdienst. Sein Assistent hatte vergeblich nach einer Gemeinsamkeit zwischen Roman Gut und Bruno Roa recherchiert. Und er hatte herausgefunden, dass der Schatzmeister des Ritterclubs Kerber vorbestraft war. Ein Eigentumsdelikt. Velsmann kündigte sich für acht Uhr im Büro an.

Draußen lag die Stille wie ein Festgewand.

Der Schnee deckte alles zu, Gewalt, Schmerz, Sehnsucht.

Nachdem Petry ihn allein gelassen hatte und die Stiege hinunter-gegangen war, hörte Velsmann ihn noch eine Weile herumgehen.

Er wollte wach bleiben, bis er nichts mehr hörte. Dachte über alles nach, was für die Herstellung von Zusammenhängen tauglich war.

Aber seine Müdigkeit war stärker.

Und das Zimmer war so Vertrauen erweckend, das breite Bett mit den aufgeschichteten Kissen so einladend, dass er sich halb ausgeklei-det hineinlegte und unwiderstehlich wegdämmerte.

Sein letzter Gedanke war, dass er diesen Karl Petry verstand und dass er verstand, warum er hier allein lebte.

Er schlief ein.

In seinem Kopf entstand ein Vakuum, das ein unbekannter Geist mit Bildern aus seiner Kindheit füllte. Er sah, wie jemand, der sehr groß war, ein Gewehr in die Ecke eines sonnigen Flures stellte. Wie ein Lkw an der Havel entlang in Richtung Berlin fuhr. Wie am Bahnhof Gesundbrunnen die Gleise der Straßenbahn sich kreuzten, sich ent-fernten und wieder zusammenkamen, als spielten sie ein nur für ihn bestimmtes Spiel. Er sah sich in den Trümmern Nachkriegsberlins spielen und roch das Brot aus der nahen Backfabrik, aus der morgens in aller Frühe Autos mit singendem Elektromotor aufbrachen, um den ausgehungerten Menschen etwas zu bringen. Seine Kindheit war erfüllt von warmem Brotgeruch.

Er schrak auf.

Ein flüchtiger Blick auf seine Armbanduhr zeigte ihm, dass es nach zwei Uhr in der Nacht war.

Er lauschte in die Stille.

Unten, es musste an der Hintertür sein, klapperte etwas. War es nur ein loser Fensterladen im Wind? Velsmann stand auf, trat ans Fenster und sah hinaus.

Es war völlig windstill.

Und finster.

Nichts als ein schwarzer Abgrund, in den alles hineinfiel, selbst die matten, dicken Schneeflocken. Dann hörte er es wieder. Es schien näher gekommen zu sein, ein ständiges, leises Geräusch, das sich un-willig anhörte.

Wie ein Klopfen um Einlass.

Dann wieder Stille. Auch unten im Erdgeschoss, wo Petry schlief, blieb alles ruhig. Velsmann wollte sich schon wieder ins Bett legen, sicher war es nur ein Tier gewesen, das die Wärme der Behausung suchte, oder seine Nerven hatten ihm einen Streich gespielt, da hörte er es wieder.

Diesmal schien es aus dem Hausflur zu kommen.

Jetzt hörte er es ganz deutlich. Es war ein anhaltendes Geräusch, das von unten kam, als zöge etwas am Holz der Haustür entlang.

Von innen.

Als ihm das bewusst wurde, bedauerte er ein zweites Mal, seine Dienstwaffe nicht mitgenommen zu haben. Auf Zehenspitzen schlich er zur Tür, drückte die Klinke langsam hinunter und zog die Tür einen Spalt breit auf.

Er sah hinunter in die Schwärze des Hausinneren.

Machte sich Karl Petry dort unten zu schaffen?

Er hielt den Atem an. Jetzt war es ganz ruhig.

Wieder huschte er zum Fenster. Dort draußen hatte sich etwas verändert. Er konnte nicht gleich sagen, was es war. Aber etwas stimmte nicht mehr. Er fluchte leise und starrte hinaus. Dann kam ihm eine Ahnung. Es war tatsächlich mehr eine Ahnung als eine Wahrnehmung. Aber jetzt bewegte sich etwas. In der Schwärze bewegte sich etwas. Als würden Vögel mit großen Schwingen die Dunkelheit zerteilen und in Wellen fortschieben.

Velsmann schloss die Augen und riss sie wieder auf.

Verdammt, dachte er, spukt es hier?

Und dann war ihm alles klar. Unten bewegte sich jemand in der Nacht vor dem Haus. Vielleicht waren es auch mehrere. Hörte er nicht Stimmen, ein Flüstern? Sollte er Licht machen und hinausrufen?

Er entschloss sich, hinunterzugehen.

An der Tür traf ihn zunächst ein kalter Luftzug. War die Eingangstür unten offen? Martin Velsmann trat entschlossen auf den Flur. Er wollte das Licht anknipsen und suchte nach dem Schalter. Seine tastenden Hände fanden ihn nicht auf der linken Seite der Tür, also musste er sich auf der rechten befinden.

Als er den Schalter in der Dunkelheit endlich ertastet hatte und schon aufatmete, hörte er das Splittern von Glas. Gleich darauf traf ihn der Lichtschein wie ein Blitzschlag.

Überall war plötzlich Helligkeit. Eine fauchende, gierige Welle von Helligkeit.

Und Hitze.

Und Geruch nach Rauch.

Jetzt war Martin Velsmann klar, dass im Hausflur ein Feuer loderte.

Er rief nach Petry. Und stürmte die Treppe hinunter. Karl Petry kam in diesem Moment aus einem Zimmer zur Rechten herausgetorkelt. Er sah auf eine sinnlose Weise harmlos aus, sein dünnes Haar wirr, seine Augen verschlafen. Eine Flamme leckte vom Boden her nach dem Hosenbein seines gestreiften Schlafanzugs.

»Passen Sie auf, die Flammen!«, schrie Velsmann.

»Was ist denn los?«

Velsmann stürmte an ihm vorbei zur Haustür und brüllte: »Holen Sie Wasser, Decken, löschen Sie das Feuer.«

Draußen vor der Tür sah er frische Fußspuren im Schnee. Da es nach seinem Eintreffen bei Petry wieder kräftig zu schneien begonnen hatte, mussten die Spuren frisch sein.

Attentäter!, dachte er.

Er sah die zersplitterte Fensterscheibe in der Tür. Drinnen die leckenden Zungen blaugelber Flammen. Er kannte den Anblick solcher Flammen, sie kamen durch auslaufendes Benzin zustande. Die nächtlichen Besucher mussten eine Benzinbombe oder einen Molotowcocktail geworfen haben.

Velsmann blickte sich nach allen Seiten um. Es war niemand zu sehen. Er lief den Spuren hinterher, die sich im Wald verloren. Jetzt merkte er, dass er fror, er war nur mit Unterhemd und langer Unterhose bekleidet. Seine Strümpfe waren inzwischen nass.

Martin Velsmann rannte ins Haus zurück, wo Petry in der Zwischenzeit eine rege Tätigkeit entfaltet hatte. Der Grundschullehrer sah jedoch ganz ruhig aus.

Velsmann spurtete die Treppe hinauf zu seinem Handy und rief

Freygang an. Er berichtete in kurzen Sätzen, was passiert war, und forderte Einsatzwagen und die Feuerwehr an.

Dann zog er sich gänzlich an und half Petry beim Löschen der Flammen, die zum Glück auf dem steinernen Fußboden des Flures nicht genug Nahrung gefunden hatten. Der Treppenaufgang war angesengt. Und Petrys linkes Hosenbein hatte sich schwarz verfärbt.

»Das waren sie«, sagte Petry. »Es ist nicht das erste Mal.«

»Was?! Das kam schon mal vor?«

»Sie versuchen, mir Angst einzujagen. Terrorisieren mich mit Anrufen zu jeder Tageszeit. Aber jetzt ist eine Schwelle überschritten, Feuer dulde ich nicht.«

»Wovon reden Sie? Wer sind die Täter? Kennen Sie sie etwa?«

»Natürlich.«

»Hrrrmm! Nun reden Sie schon, Mann!«

Draußen, noch ganz entfernt, entstand ein Signalton. Durch die Stille des Waldes waren die anrückenden Wagen zu hören. Jetzt erblickte Velsmann an der Tür Petrys Nachbarn, das ältere Ehepaar. Petry bat sie herein.

»Alles in Ordnung. Es ist nichts Schlimmes passiert«, erklärte er den Knittels.

»Herr Petry! Jetzt reden Sie bitte! Sie haben eine Ahnung, wer Ihre nächtlichen Besucher waren? Die das hier angerichtet haben?«

Das Gesicht des Grundschullehrers wirkte ganz jung, ganz ruhig. Er sagte: »Zuerst dachte ich, man wollte mir meine Kranichsammlung rauben. Oder sie zerstören – aus welchen Gründen auch immer. Zweimal wurde schon eingebrochen. Dann begriff ich langsam, und ich sprach auch öfter mit meinen Nachbarn darüber, dass es sich um den Versuch handelte, mich fertig zu machen.«

»Wer will Sie fertig machen?«

Erstaunt sah Petry Martin Velsmann an. »Diese Brüder natürlich. Diese Mitglieder. Ich weiß nicht, wie sie sich selbst nennen. Ich weiß aber ziemlich genau, was sie tun. Sie treffen sich in Versammlungen und bereiten Anschläge vor. Das sind Verschwörer, Herr Velsmann! Sie sind überall!«

Verdutzt wollte Velsmann wissen: »Mal langsam. Sie kennen hier ganz in der Nähe, jedenfalls also im Kinzigtal, eine geheime Gruppe von Verschwörern, die Anschläge planen oder ausführen? Was für Anschläge? Wer sind diese Leute?«

»Ich sagte ja, Brüder. Irgendwelche Sektenmitglieder. Eine Bruderschaft, was weiß ich. Sie rufen mich nachts an und beschimpfen mich. Das geht seit fast einem Jahr. Sie rufen alle an, die sich irgendwann, irgendwie gegen sie geäußert haben.«

»Ich habe von solchen Leute noch nichts gehört, Herr Petry.«

Petry wies um sich, auf den Rauch, die Brandspuren. »Und das hier? Habe ich die Benzinbombe geworfen?«

Draußen hielten in diesem Moment die Einsatzwagen, Freygang sprang heraus und betrat mit gezogener Waffe das Haus. »Herr Velsmann? Alles im grünen Bereich, Chef?«, rief er.

Martin Velsmann sagte erleichtert: »Ja. Es ist nicht viel passiert. Aber vielleicht war das auch nur ein Ausrufezeichen.«

Freygang sah ihn ratlos an. »Na gut. Können die Kollegen sich hier drinnen umsehen?«

»Rein mit ihnen. Ich bin ehrlich froh, dass ihr da seid!«

Polizisten, Feuerwehrleute, Sanitäter. Petry schickte seine Nachbarn weg. Er hatte sich inzwischen ebenso wie Martin Velsmann angekleidet und sah bleich aus. Freygang ließ sich von Velsmann die Vorfälle erklären. »Wir müssen Herrn Petry zu seiner eigenen Sicherheit mitnehmen. Hier kann er nicht bleiben. Auf jeden Fall sollen sich die Sanitäter um ihn kümmern. Er ist zwar kaum verletzt, aber ich weiß nicht, welche seelischen Schäden das bei ihm hinterlässt.«

Der Grundschullehrer trat hinzu. »Machen wir kein Aufhebens, mir ist nichts passiert. Notfalls kann ich auch nebenan bei den Knittels schlafen. Außerdem kommen die Täter bestimmt nicht wieder. Schon gar nicht, wenn sie jetzt wissen, dass Polizei hier war. Ich bin nicht gefährdet, Herr Kommissar.«

»Herr Petry, ich muss leider darauf bestehen, dass Sie uns nach Fulda begleiten. Sie bleiben heute Nacht auf der Krankenstation. Und morgen früh reden wir im Präsidium weiter. Ich werde Personenschutz beantragen. Dann können Sie selbst entscheiden, ob Sie in Ihr Haus zurückkehren wollen oder nicht.«

»Ich kann auch eine Zeit lang in der Schule übernachten. Aber in Schutzhaft oder so was gehe ich auf keinen Fall.«

»Schutzhaft gibt es nicht. Das gab es nur bei den Nazis. Sie können selbst entscheiden, was Sie machen. Nur ein paar Fragen, die müssen Sie uns jetzt schon beantworten.«

Nachdem die Formalitäten des Einsatzes mit dem Protokollführer geklärt waren, bestiegen alle den Dienstwagen Freygangs. Der Rettungswagen fuhr hinterher. Drei ermittelnde Beamte in Uniform blieben am Tatort zurück, sperrten ihn ab und sicherten die Spuren draußen und im Haus. Die Feuerwehr rückte wenig später wieder ab.

Die Insassen des Polizeiautos sprachen während der Rückfahrt kein einziges Wort.

Jeder spürte, dass mit nur einer einzigen Frage zu viel aufgewirbelt werden würde, was jetzt noch schlummerte. Und sie wollten es zumindest noch eine Nacht lang ruhen lassen.

Sie hatten Angst davor.

»Eine Sonderkommission. Und zwar auf ganzer Linie. Fachleute aus allen Abteilungen. Jetzt müssen wir nämlich Ernst machen, sonst steigt uns die Regierung auf den Kopf. Die Medienmeute ist ohnehin schon aufgebracht. Sie zerfleischen uns bei lebendigem Leib! Und dann möchte ich Sie sehen, ob Sie immer noch so entspannt aussehen!«

Martin Velsmann dachte: Geh zum Teufel. Und er sagte: »Sie erzeugen noch mehr Sturm im Wasserglas, Herr Staatsanwalt. Den Tätern kommen wir dadurch nicht näher. Deren Spuren sind nämlich nicht von der Art, dass quantitative Arbeit groß weiterhilft. Wir müssen in die Tiefe gehen, tiefer graben als die Leute in Barth das taten, verstehen Sie? Vineta ist nicht dadurch gefunden worden, dass sich eine Menschenmenge in den Bodden stürzte, um zu graben. Sondern durch eine kleine Hand voll Spezialisten, die feine Spürnasen besaßen.«

»Wovon reden Sie, Mensch? Sind Sie geisteskrank?«

»Nein. Sie etwa?«

Keuper lief rot an. Er lockerte seinen Hemdkragen mit einem weißen Finger. »Herr Velsmann! Jetzt passen Sie auf! Die Soko muss her. Und wir werden Folgendes machen. Wir richten in Stahlau ein Equipment ein, von dort aus koordinieren wir alles. Und Sie rühren sich nicht vom Fleck, Sie bleiben so lange vor Ort, bis wir den oder die Täter gefasst haben!«

»In Stahlau?«

»Dort läuft alles zusammen. Das haben Sie selbst gesagt.«

»Sie wollen eine Art Quarantäne für mich?«

»Wir können uns jetzt keine einzige Stunde Zeitverlust mehr leisten. Ihr Hin und Her von Fulda bis Offenbach, nach Gelnhausen und in den Wald von Bad Salmünster, das geht nicht. Dabei geht viel zu viel Energie verloren. Wir müssen Sie in das Zentrum stellen, deshalb richten wir im Schloss Stahlau eine Ermittlungszentrale ein, die sich um nichts anderes als um die Aufklärung dieser beiden Morde kümmert. Keine Verwaltungsarbeit, keine Besuche, keine Presse, nichts. Sie sind von allem anderen freigestellt. Sie beziehen dort eine Dienstwohnung, die technischen Gerätschaften werden schon installiert. Der Verwalter und der Hausmeister werden Sie in allen Belangen unterstützen.«

»Dagegen habe ich nichts. Aber es bringt nichts, das weiß ich schon jetzt. Kürzere Dienstwege sind den Tätern völlig schnuppe, das engt sie in keiner Hinsicht irgendwie ein. Glauben Sie im Ernst, Herr Staatsanwalt, die Absichten von Gewaltverbrechern richten sich danach, welche Anschrift die Ermittler auf ihrem Briefkopf haben?«

»Ihre Einwände, was auch immer noch kommen mag, zählen nicht, wir machen es so, wie ich es sage. Sie konzentrieren sich nur auf die Aufklärung der beiden Mordfälle. Sie können am Wochenende auch in Ihre Wohnung nach Fulda zurück, wenn Sie große Sehnsucht danach haben. Aber sobald irgendwo was passiert, erwarte ich, dass Sie unmittelbar danach am Tatort sind, ohne erst lange anreisen zu müssen. Verstehen Sie mich?«

»Ich verstehe schon. Aber ich mache es nicht. Sie haben das nicht zu entscheiden. Nur Gell ist für die Fahndungsmodalitäten zuständig, das wissen Sie doch ganz genau.«

»Ich teile die Ansicht des Staatsanwalts, Martin. Wir machen es so.« Hubert Gell war durch die Bürotür getreten und sah seinen wichtigsten Polizisten verlegen an.

»Und die Soko, vielleicht auch noch Heinis vom LKA, macht hier inzwischen ungeniert die Arbeit? Wollt Ihr mich los sein? Ich überlege gerade, ob ich nicht zum Quartalsende kündige! Das gefällt mir alles nicht mehr.«

»Martin, Sie sind unser wichtigster Mann. Und das bleibt auch so. Aber so wie die Dinge im Moment liegen, kommen wir mit unseren Kapazitäten nicht mehr klar. Zwei Morde, ein Brandanschlag auf einen Hauptverdächtigen! Und das in wenigen Tagen! Das übersteigt offensichtlich die Möglichkeiten Ihrer Abteilung! Sehen Sie das anders? Und wir stehen praktisch immer noch bei null!«

»Was uns Karl Petry vorhin über Sekten sagte, bringt uns doch erheblich weiter! Ich weiß nicht, woher Ihre Panik kommt, jedenfalls nutzt sie uns in keiner Hinsicht. O. k. Ich ziehe nach Stahlau, daran soll die Fahndungsarbeit nicht scheitern. Aber ich verlange, dass eine Soko, egal woher sie kommt, mir zuarbeitet. Verstanden? Sie arbeitet mir zu und ich habe das Sagen! Sonst schmeiße ich alles hin!«

Keuper war fahl geworden. Und er bewies, dass es darunter noch eine weitere Abstufung gab. Weiß. »Das hat ein Nachspiel, Herr Velsmann«, sagte er leise. »Ich lasse mich nicht unter Druck setzen.«

»Setzen Sie sich, wohin Sie wollen«, entfuhr es Velsmann in einer nicht ganz korrekten Replik. »Aber lassen Sie mich jetzt in Ruhe arbeiten.«

»Sie beziehen die Diensträume in Stahlau schon morgen Nachmittag, Martin«, sagte Gell.

»Wenn mich der Herr Staatsanwalt dort nicht besucht – gern.«

Aus dem Hintergrund war Freygangs Stimme zu vernehmen. »Der Beginn einer wunderbaren Freundschaft.«

»Casablanca. Letzte Szene. Starker Abgang.« Tosca Poppe kaute auf ihren Fingernägeln.

Als Keuper und Gell gegangen waren, winkte Velsmann seine Assistenten heran. »Ihr habt es gehört, man traut uns nicht mehr, wir bekommen Verstärkung.«

Poppe maulte: »Ich wusste, das Alfons ein Versager ist. Aber Sie, Herr Kommissar! ...«

»Darum geht es nicht. Nehmt Platz. Wir müssen reden.«

Poppe und Freygang nahmen sich Stühle und kippelten darauf. Martin Velsmann machte ein paar Runden in seinem Büro, dann räusperte er sich und sagte:

»Morgen Nachmittag, also Freitag, den Vierten, nachdem ich mich in Stahlau eingerichtet habe, fangen die Ermittlungen an, die der Herr Staatsanwalt für Feinarbeit hält. Deshalb müssen wir im Club der Unfähigen jetzt nochmal das Grobe sichten. Ihr müsst euch übrigens darauf einrichten, eure Freunde und Familienangehörigen einige Zeit nicht zu sehen, ruft sie nach der Besprechung an und sagt es ihnen. Wir müssen die nächsten Tage völlig im Dienst aufgehen und jederzeit verfügbar sein. Ihr seid jetzt nur noch Polizisten, keine Menschen.«

»Nett«, sagte Freygang. »Ich meine, mich liebt sowieso niemand, ich bin allein auf der weiten Welt.«

Poppe kicherte unter den ins Gesicht fallenden Strähnen ihrer ansonsten kurzen schwarzen Haare hervor. »Alfons, ich vermisse dich schon jetzt.«

Velsmann versuchte, seine Erregung zu bändigen. Er trank einen Schluck fader brauner Brühe aus dem Pappbecher. »Wir haben Folgendes: Zwei Morde. Einen einzigen Verdächtigen. Und ausgerechnet auf den wird nun ein Anschlag von Unbekannten verübt. Die Tatwaffen sind inzwischen bekannt, die Motive nicht. Die Aufrufe an die Bevölkerung haben nichts ergeben. Es gibt keine Tatzeugen, niemand will etwas gesehen haben, das uns weiterbringt. Die Attentäter kennen wir nicht, die Spuren verlieren sich praktisch und im übertragenen Sinne in Schneewehen, wir wissen also nicht, wer sie sind und woher sie kamen. Petrys Aussagen, eine Sekte habe es seit einiger Zeit auf ihn abgesehen, bleiben ohne Anhaltspunkt. Nichts ergibt eine solche Spur. Und seine Hinweise führen ins Vage. Ich persönlich glaube nicht an eine solche verschwörerische Gemeinschaft. Aber wer waren die Täter mit dem Brandsatz? Die Nachbarn bestätigen, dass schon zweimal im Haus des Grundschullehrers eingebrochen wurde. Vielleicht Junkies, Betrunkene, herumstreunende Jugendliche? Vielleicht auch diese Wohngemeinschaft aus Frankfurt im Nebenhaus, die wir noch nicht zu Gesicht bekommen haben? Wir werden uns die Leute morgen vorknöpfen. Petry besteht darauf, wieder in seinem Haus zu wohnen, was, ehrlich gesagt, seine Behauptungen nach meinem Verständnis nicht gerade untermauert. Aber wir können dagegen nichts tun. Irgendwelche Vorschläge?«

»Ich finde, wir sollten seinen Hinweisen auf diese Sekte dennoch nachgehen, Chef. Oder wir überwachen ihn ab jetzt rund um die Uhr und sehen zu, wohin er geht, mit wem er Kontakt hat. Und vor allem, wer ihn demnächst besucht.«

»Das kriegen wir nicht genehmigt, Alfons. Das Präsidium erkennt seine Schutzwürdigkeit nicht an, und Gell behauptet, in einem verschneiten Winterwald könne man niemanden wirkungsvoll beschatten.«

»Damit hat er auch Recht, finde ich. Es sei denn, man tarnt sich mit einem Eisbärenfell.«

Sie schwiegen einen Moment. Velsmann sah Poppe ohne Ausdruck an. Ein Gedanke war in seinem Kopf aufgetaucht.

Freygang grinste. »Diesen Vorschlag verwerfe ich, Tosca. Für einen solchen Job haben wir niemand. Wenn du ihn machen würdest, würde der Schnee schmelzen, so heiß wie du bist.«

»Mann! Nerv doch unseren Kommissar nicht!«

Velsmann kniff die Augen zusammen. »Wartet! Wie sieht es eigentlich mit dieser Fotografin aus, Femi Elesi? Warum bin ich noch nicht darauf gekommen, sie unter die Lupe zu nehmen? Kein Mensch ist nur das, was seinen Beruf ausmacht, also hat sie auch ein Privatleben, das völlig im Dunkeln liegt. Was macht sie nach Dienstschluss? Sie ist mit Welsch befreundet.«

»Tatsache?«

»Wow!«

»Was macht sie in der Freizeit? Mit wem trifft sie sich? Diese Person in Gelnhausen zu beobachten, dazu braucht man kein Eisbärfell. Und irgendwie sagt mir mein Instinkt, dass uns dort ein paar Überraschungen erwarten.«

»Mir wär lieber, Welsch würde zusammenbrechen und alles gestehen«, meinte Poppe. »Und dieses Mädchen hätte damit nichts zu tun.«

»Weiber!«, warf Freygang betont lässig hin.

»Rrrrr!«, fauchte Poppe und machte Krallen.

»Ich werde beantragen, dass sie überwacht wird. Das kann jemand von den Kollegen in Gelnhausen übernehmen.«

»Ich weiß nicht – ich sehe nur eine weitere Sackgasse«, maulte Poppe.

»Jedenfalls – mit Stahlau bekommen wir eine kleine, funktionale Zelle. Wir müssen nur mit den Fingern schnipsen, und alles wird uns nachgeschmissen. Das ist ein Vorteil. Aber was wir vor allem brauchen, ist eine kleine, propere Idee! Dafür werden wir bezahlt! Also lüftet die Dunkelheit in euren Gehirnen, ihr Gehilfen, und sagt mir, was zu tun ist! Sonst brauchen wir das ganze Equipment nicht.«

»Tja, da wird's schwierig, Chef …«

Poppe ließ den Stuhl auf die Vorderbeine zurückfallen. »Ich denke, wir sperren sowohl Petry als auch Welsch ein und warten dann ab, ein weiterer Mord geschieht …«

Freygang versuchte, ein Gähnen zu unterdrücken.

Velsmann sagte düster: »Mit solchen Assistenten geht die Welt zugrunde. Und die Mörder treffen sich zu gut besuchten Wohltätigkeitsveranstaltungen. – Weitere Vorschläge?«

»Ich werde eine Runde lang schweigen«, erklärte Poppe beleidigt.

Und Freygang seufzte nur. Doch dann sagte er plötzlich: »Es geht doch immer weiter. Nach dem Chaosprinzip. Wir wissen nichts, und woff! schlägt irgendein Zufall zu. Das hatten wir doch immer.«

»Wo setzen wir an, meine Mitarbeiter? Anstatt zu schwatzen! Ideen, Vorschläge!!«

»Chef«, sagte Poppe kleinlaut, »ich muss mal.«

»Jetzt nicht«, sagte Freygang. »Komm in vierzehn Tagen nochmal vorbei, wenn wir den Mörder haben.«

Die Vernehmung Karl Petrys hatte nicht viel ergeben. Der Grundschullehrer hielt sich bedeckt. Martin Velsmann beschlich immer stärker das Gefühl, er verheimliche ihm etwas. Einerseits deutete er eine mysteriöse Bruderschaft an, die ihm nach dem Leben trachte, andererseits behauptete er, dies sei nur eine Ahnung. Er habe keine Beweise. Und auch keinen konkreten Verdacht.

Aber die Tatsachen sprachen für sich. Jemand hatte einen Brandanschlag auf Petrys Haus verübt. Einen Mordanschlag.

Karl Petry bestand darauf, auch ohne Personenschutz nach Hause gehen zu dürfen. Er könne nur dort leben oder gar nicht, sagte er.

Hubert Gell hatte nichts in der Hand, um ihn festzuhalten. Also fuhr Petry nach Hause. Er versprach dem Sanitätsarzt, sich drei Tage krankschreiben zu lassen. Martin Velsmann fühlte sich auf eine vertrackte Weise für den Mann verantwortlich und fragte ihn, ob er ihn am Abend besuchen dürfe. Vielleicht auf ein Schachspiel?

Sie verabredeten sich für zwanzig Uhr.

Martin Velsmann wälzte die Fakten den ganzen Tag über hin und her. Er wusste nicht mehr genau, in welchem Fall er eigentlich ermittelte. Zwei Tote und ein Mordanschlag. Unterschiedliche Vorgehensweisen. Und doch bestand ein offensichtlicher Zusammenhang.

Oder war der Zusammenhang nicht auf demonstrative Weise überdeutlich?

Wohin führten die Spuren?

Velsmann hatte immer stärker das Gefühl, etwas Entscheidendes übersehen zu haben.

Er vergrub sich in die bisherigen Untersuchungsergebnisse. Und als er noch einmal von vorn anfing und jede Menge geometrischer Linien zog, da begriff er einmal mehr, dass er ganz am Anfang stand. Es gab keinen logischen Zusammenhang. Er war allzu konstruiert. Nichts passte wirklich zusammen, es sei denn, man vermutete einen Täter, der wahnsinnig war.

Einen Täter, der ohne Plan und damit auch ohne Motiv mordete.

Und Brandanschläge verübte.

Am Abend traf er pünktlich bei Petry ein. Der Hausflur war noch abgesperrt, es roch nach Brand. Sie mussten über den Hintereingang ins Innere gehen. Der Grundschullehrer wirkte aufgeräumt. Offensichtlich freute er sich, Velsmann zu sehen.

Velsmann erkundigte sich nach seinem Befinden.

»Alles in Ordnung. Wenn ich zu Hause bin, geht es mir immer gut. Daran ändert auch ein Anschlag kaum etwas.«

»Wissen Sie, Sie könnten jetzt tot sein.«

»Der Tod schreckt mich nicht.«

Das Schachbrett stand auf einem Tisch schon bereit. Ein Spiel mit schön geschnitzten georgischen Figuren in Tiefschwarz und Elfenbeinweiß.

»Sie fühlen sich in Ihrem Haus wirklich sicher, Herr Petry?«

»Absolut.«

»Wir können Ihre Sicherheit nicht garantieren.«

»Ich verlange nichts.«

»Haben Sie noch einmal nachgedacht? Haben Sie mir noch irgendetwas zu sagen?«

»Nein. Ich kenne die Täter nicht.«

»Keine winzige Ahnung?«

»Ich sagte ja, es muss eine Bruderschaft sein. Den Anrufen nach. Ich bin kein Polizist, ich kann daraus nichts schließen. Aber es wäre beruhigend, wenn Sie weiterkämen, Herr Velsmann.«

»Wie war das mit Ihrem Auftritt in Gelnhausen – mit dem Thermometer? Warum Gelnhausen?«

»Das hatte nichts zu bedeuten. Ich war an diesem Tag einfach schlecht gelaunt und irgendwie richtungslos. Wenn ich auch gestehen muss, dass dieser Ritterclub mir ein heftig ungutes Gefühl macht. Nicht wegen der Spiele. Sondern wegen der Personen. Sie gefallen mir einfach nicht. Aber daraus kann man nichts ableiten, es ist meine persönliche Ablehnung von Menschen, die keine Phantasie, kein Zartgefühl haben.«

»Na gut. Ich will nicht weiter in Sie dringen. Aber wenn Sie mir nicht weiterhelfen, kann ich die Täter vielleicht nicht fassen. Und dann sind Sie auch hier nicht mehr sicher.«

»Man ist heutzutage nirgendwo mehr sicher.«

»Wenn ich in meiner Wohnung bin, habe ich schon das Gefühl, mir kann nichts passieren. Es ist mein Heim, und ich fühle mich beheimatet. Ich schließe die Tür, und alle Mörder bleiben draußen.«

»Wenn es so etwas überhaupt gibt, dann ist dieses Haus meine Heimat.«

Velsmann sah ihn neugierig an. »Heimat? Was für ein vorsintflutliches Wort! Ich habe über dieses Wort seit Jahren nicht mehr nachgedacht.«

Petry nickte. »Sie haben den Ausdruck eben selbst benutzt. Und Sie haben Recht. Was heißt schon Heimat? Man kann auch in den Tiefen des Alls bohren. Und was findet man dann heraus? Dass wir schrecklich obdachlos sind. Können wir uns eine kosmische Heimat vorstellen? Können Sie sich das vorstellen? Früher glaubte ich fest daran, dass es Plätze gäbe, an denen ich mich verstecken konnte. An denen ich unsichtbar wurde. Ich lehnte mich mit dem Rücken gegen eine Wand, zog vorn eine Tür zu und war in Sicherheit. Eine trügerische Sicherheit, das kann ich Ihnen flüstern.«

»Warum denn? Als Kind funktioniert doch eine solche Vorstellung prima. Alle meine Vorstellungen von Sicherheit rühren aus der Kindheit.«

»Ja. Weil Kinder das Ganze einfach ausblenden können. Na klar. Aber heute weiß ich, dass unsere Welt nirgendwo aufhört. Und schon gar nicht an Ländergrenzen zu Ende ist. Die Ideologie von Rechtsextremen beispielsweise, man müsse sein Land gegen Überfremdung schützen – einfach Kinderkram. Ländergrenzen, die Vorstellung von einem nationalen Charakter, der schützenswert oder auch nur schützbar ist, das sind Phantasien von Überängstlichen. Insofern habe ich mit denen sogar etwas gemeinsam. Aber ich ziehe andere Schlüsse daraus, wissen Sie? Wir können uns nicht verstecken. Nicht vor Osteuropäern, nicht vor Türken, nicht vor Andersgläubigen. Und schon gar nicht vor der Tatsache, dass wir im All nur Bewohner eines Sandkorns sind, das in seinen Dimensionen universell überhaupt keine Rolle spielt.«

»Sie sind so eine Art kosmischer Realist, was?«

»Könnte man sagen. Neulich habe ich in einem Heimatmuseum in Ziegenhain einen Kometen gesehen, der im Jahr 1916 in unserer schönen Heimat einschlug. Er kam von irgendwoher aus dem All. Vielleicht ein Absprengsel des uns allernächsten Fixsterns, der achtunddreißig Billionen Kilometer entfernt ist. Selbst wenn wir mit Lichtgeschwindigkeit dorthin reisen könnten, was wir niemals können werden, dauerte die Reise vierzehntausendfünfhundert Jahre. Was ist dagegen die Entfernung von Bad Salmünster nach – sagen wir – Ankara? Gar nicht vorhanden, Herr Velsmann.«

»Werfen Sie nicht unterschiedliche Dinge in einen Topf?«

»Wieso denn?«

»Ich hatte eben das Gefühl.«

»Ich meine, wir reden immer von unserem kleinen Alltag auf der Erdkrume. Aber wir leben in einem unendlichen Raum. Erzeugt das nicht auch in Ihrem Kopf einen gewissen – Schwindel? Jedes Lichtpünktchen in unseren Instrumenten, die wir auf das Weltall richten, gibt uns die Gewissheit von einer Galaxie mit hundert Milliarden Planeten. Und wie viele Lichtpünktchen können wir bisher sehen? Billiarden. Und wir sehen nur einen winzigen Ausschnitt. Ankara? Bad Salmünster? Wir sind auf eine monströse Weise obdachlos, Herr Velsmann.«

»Wenn man Ihnen zuhört, könnte man mutlos werden.«

»Ich höre mir immer zu.«

»Vielleicht zu oft und zu intensiv?«

»Kann sein. Ich bin jedenfalls mutlos. Aber man muss das mit Galgenhumor tragen. Sonst kann man sich gleich die Kugel geben. Und doch weiß ich, spüre ich jeden Tag, dass es mit unserem Weltvertrauen nicht weit her ist. Wir leben ahnungslos in einer Wirklichkeit, die uns gegenüber feindlich ist – und völlig gleichgültig. Aber das ist nur ein philosophischer Aspekt der Sache.«

»Jedenfalls verstehe ich jetzt, warum ich immer Magenschmerzen habe. Es muss damit zusammenhängen.«

»Schön, dass Sie zu solchen Bemerkungen fähig sind.«

»Oh, ich bin noch zu ganz anderen Bemerkungen fähig. Aber in letzter Zeit ist mir die Lust daran vergangen. Irgendwie geht alles schief. Und in den Mordfällen komme ich nicht voran.«

»Soll ich Ihnen einen Tipp geben?«

»Wenn Sie können!«

»Steigen Sie aus. Schaffen Sie sich für Ihre letzten Jahre eine kleine

Hundehütte, in der Sie sich beheimatet fühlen. In der Sie in Sicherheit sind.«

»Haben Sie eine solche Hundehütte?«

Er vollführte eine ausgreifende Geste. »Hier.«

»Ach, das ist es! Deshalb fühle ich mich in Ihrem Haus so wohl. Es ist ein Haus gegen die kosmische Gleichgültigkeit! Oder so ähnlich.«

Er lachte. »So ungefähr.«

»Jedes Möbel ist ein Dämonenabweiser gegen Angriffe von Sinnlosigkeit und Gleichgültigkeit aus dem All?«

»Präzise.«

»Wo kauft man solche Möbelstücke gegen die kosmische Obdachlosigkeit?«

»Es sind normale Möbel, ich kaufe sie in einer kirchlichen Initiative in Hutten, hinten im Sinntal. Dieses Tal heißt ja wirklich so. Die haben alles. Zu Dämonenabweisern werden sie erst durch meine Arrangements.«

»Das ist interessant. Können wir jetzt Schach spielen?«

»Spielen wir nicht bereits Schach?«

»Wie meinen Sie das?«

»Ach, nur so eine Bemerkung. Fangen wir an. Sie haben weiß, ich schwarz.«

Das Stahlauer Renaissanceschloss erwies sich als idealer Ermittlungsstandort. Die Fuldaer Kripo bezog nicht zum ersten Mal ein Büro im vierten Turmflügel, das aus zwei geräumigen Zimmern, Küche und Bad bestand, den einzigen bewohnbaren Räumen im gesamten, so genannten Küchenbau. Der Vorraum konnte als Geräte-Carport benutzt werden. Die Wohnung im zweiten Stock ging nach hinten zum so genannten Hirschgraben hinaus, in dem einstmals Hetzjagden veranstaltet wurden, graue, grob verputzte Mauern aus mächtigen Steinen, ein Tannengürtel wie eine Barriere, der Blick schweifte über die Oberstadt. Auf der Nordseite lag der gepflasterte Innenhof mit drei weiteren intakten Flügeln und dem begehbaren Bergfried, den Martin Velsmann auf mindestens achtzig Meter schätzte.

Er ließ sich ein schwarzes, gut gefedertes Eisenbett in einen Erker stellen. Wenn er nicht heimfahren wollte, konnte er dort übernachten, den Blick vor dem Einschlafen – wenn er überhaupt dazu kam – auf die Dächer mit den Hanauer Farben in den Fensterschrägen gerichtet und auf den Nachthimmel, der allmählich seine Schneewolken verlor.

Velsmann ließ sich vom Außenstellenleiter die Räumlichkeiten erläutern. Der Mann besaß ein angenehmes Äußeres, sprach flüssig und freundlich. Dass er auf dem rechten Augen schielte, störte Velsmann nicht. »Die Wohnungen neben und unter Ihnen stehen leer, wir nutzen sie als Lager, im ersten Stock darunter befindet sich nur noch ein Teil der Museumsräume. Im Parterre die Schlossküche und die beiden alten Hofstuben, Teile des Führungsrundgangs in den Sommermonaten. Die übrigen Säle sind renovierungsbedürftig, dort laufen demnächst Bauuntersuchungen. Sie bekommen den einzigen Schlüssel und haben keine Nachbarn. Niemand stört Sie. Und niemand hört Sie.« Er lachte über seinen gelungenen Scherz.

Velsmann verstaute die Sachen, die er aus seiner Fuldaer Wohnung abgeholt hatte, vor allem Geschirr, eine Mini-Musikanlage, Kleider zum Wechseln, zwei historische Romane zur Entspannung. Aber er zweifelte daran, dass er in der nächsten Zeit zum Lesen käme. Noch drei Wochen bis Weihnachten, dachte er, bis dahin müssen wir den Fall abgeschlossen haben. Länger halte ich diese Kasernierung nicht aus.

Am frühen Abend war Martin Velsmann die Betriebsamkeit der Techniker in der Wohnung leid, die für die Anschlüsse zuständig waren. Er ging über die ehemalige Zugbrücke zum Marktplatz hinunter. Der Platz war nur von wenigen Touristen belebt, vor allem von Japanern, die das Märchenschloss mit Blitzlichtern fotografierten. Am Brunnen saßen Heranwachsende.

Martin Velsmanns Handy klingelte. Freygang meldete sich. Seine beiden Assistenten würden vom nächsten Morgen an tagsüber im Schloss Dienst schieben. Freygang sagte: »Chef, es gibt schlechte Nachrichten. Aber für Sie sind es vielleicht sogar gute. Die Polizei in Gelnhausen teilt uns mit, dass mindestens zwei der eingetragenen Mitglieder dieses Ritterclubs in den letzten fünf Jahren verschwunden sind.«

»Weggezogen?«

»Verschwunden. Untergetaucht. Weg von der Bildfläche, und zwar komplett. Nur ihre Seele hängt seitdem wie ein Hauch über dem Ort – wenn ich so sagen darf. Es wurde ein halbes Jahr lang gefahndet, dann verfolgte man die Sache nicht weiter.«

»Niemand verschwindet einfach. Schon gar nicht zwei Menschen zur gleichen Zeit. – Und beide waren Mitglied, das wissen wir genau?«

»Yes. Mitgliedsnummern achtzehn und sechsunddreißig. Es handelt sich um einen gewissen Emil Wichnarek aus Altenhasslau und um einen Linus Schröder aus Gettenbach.«

»Gibt es in Gettenbach nicht auch einen Golfclub?«

»Eine offene Golfanlage, ja. Keinen Club.«

»Hm. – Und was soll mir daran gefallen, Freygang?«

»Vielleicht wirft das einen brauchbaren Schatten auf Ihren Frank Welsch.«

»Wir schicken jemanden nach Gelnhausen, der sich den Verein vorknöpft. Am besten zwei Kollegen – nicht Sie und Poppe –, ich schlage zwei Leute der neuen Soko vor. Sie sollen die Bücher und die Angestellten dort unter die Lupe nehmen, möglichst mit einem ordentlichen Durchsuchungsbefehl, dann sind wir nicht auf das Wohlwollen des Faktotums angewiesen.«

»Den müssen Sie beantragen, Chef.«

»Ich regle das. – Wissen wir noch was über den Club?«

»Allerdings. Seine Mitglieder halten regelmäßig Wehrsportübungen ab, sie spielen nicht nur Ritter, sie glauben fest daran, welche zu sein.«

»Den Eindruck hatte ich allerdings auch schon. Sie stehen auf Mittelalter, in ihren Kostümspielen scheinen sie so etwas wie das maskuline Lebensgefühl des zwölften Jahrhunderts auszuleben. Und bei diesem in Deutschland gebliebenen Ex-GI aus Hanau hatte ich den starken Verdacht, er verachte alles, was nicht sechzehntes Jahrhundert ist – die Polizei, die Demokratie und die Bürokratie. Und mich besonders. Allerdings ergibt das noch keinen Tatverdacht.«

»Nee. Dann müssten nämlich die Untersuchungszellen überfüllt sein.«

»Machen Sie mit Gell aus, wer nach Gelnhausen geschickt wird. Ich habe hier genug damit zu tun, mich in diesem Nest einzurichten. Wir sehen uns morgen um acht.«

Martin Velsmann sah sich um. Die erleuchteten Fenster in den Fassaden der Fachwerkhäuser sorgten für einen Vertrauen erweckenden Eindruck. Verwinkelte Straßen, lauschige Innenhöfe, bescheidener Reichtum. Katzen lauerten vor Mäuselöchern, Hunde gingen mit gesenkter Schnauze über das Kopfsteinpflaster. Stahlau, die Märchenstadt, Ort der Brüder Grimm, wirkte tatsächlich märchenhaft. Still. Verträumt.

Velsmann ahnte, es war ein trügerischer Eindruck.

Wohin er in der nächsten Stunde auch ging, drehten sich die zusammenstehenden Einwohner um und verschwanden wie ein Schwarm Weißfische im Wasser, in das ein Kieselstein fällt. Aus einer Buchhandlung schaute eine Frau mittleren Alters mit angestrengten Gesichtszügen heraus und wendete sich schnell ab. Velsmann verspürte ein Ziehen im Magen und ein trockenes Gefühl im Hals, er betrat eine türkische Grillstube und kaufte eine Flasche Wasser. Ein junges Paar saß sich an einem Tisch mit Handys am Ohr gegenüber und sah durch sich hindurch. Beim Warten sah Velsmann, wie auf der Straße eine kleine, zierliche Dame vor dem Gebrüll einer Männerstimme davonzurennen schien. Und beim Durchblick auf die Kinzig erblickte er den alten, an einem Eisengalgen hängenden Hexenkäfig, in dem in früheren Jahrhunderten Verdächtige beim Verhör ins Wasser versenkt worden waren.

Martin Velsmann wollte sich jedoch nicht von flüchtigen Stimmungen leiten lassen und sah sich – halb aus Interesse, halb aus Ratlosigkeit – am Rathaus die amtlichen Mitteilungsblätter an.

Später kehrte er in einer Wirtsstube am Marktplatz ein, die einen gediegenen Eindruck machte. Der österreichische Gastronom offerierte ihm ein gutes, preiswertes Menü. Velsmann aß mit Genuss.

Was würden die nächsten Tage bringen?

Martin Velsmann fühlte sich schon jetzt wie ein Emigrant.

Andrea war jetzt vielleicht von einem Spaziergang am Meer heimgekehrt. Mit dem Geruch von Salz und Wind im Haar.

Vielleicht dachte sie an ihr untergegangenes Vineta. Sicher nicht an ihren untergegangenen Ehemann. Oder doch? Velsmann vermied es, sie anzurufen.

Als er gegen zweiundzwanzig Uhr wieder in der Wohnung war, waren die Techniker verschwunden. Zwischen den weißen Wänden der Räume, die grau getünchte Deckenbalken schmückten, standen die Geräte. Bildtelefon und Computer mit ISDN-Schaltung und Internetzugang, Laserdrucker, Scanner, Fax, ein Ticker für Text und Fahndungsfotos. In allen Geräten ratterte es, Informationen wurden ausgespuckt. Martin Velsmann warf flüchtige Blicke auf alles, brennend neue Nachrichten waren jedoch nicht darunter.

Ein Gedanke segelte von irgendwoher auf ihn herab. Die F.O.G.C.-Logen opfern jedes Jahr ein Mitglied dem Dämon. Zwei Mitglieder des Ritterclubs waren in den letzten Jahren verschwunden.

Keine voreiligen Schlüsse, dachte Martin Velsmann. Aber andererseits …

Er ging in den anderen Raum, dort standen seine Schachteln. Er betrat die Küche und schenkte sich ein Glas Rotwein von der Mosel ein. Er blickte auf das Etikett, »Reiler vom heißen Stein«. Was bedeutete das? Von überall her, dachte er, kommen seltsame Nachrichten, die uns etwas sagen wollen. Und wollen wir sie überhaupt hören? Wollen wir nicht lieber die Sinne verschließen vor all dem Leerlauf und dem Getöse draußen?

Und was dann?

Dann war das Leben zu Ende.

Martin Velsmann fühlte sich einsam wie schon lange nicht mehr und sehnte den nächsten Morgen herbei. Da er sich zwar zerschlagen fühlte, aber nicht müde war, beschloss er, den ihm zugänglichen Teil des Schlosses zu inspizieren.

Er schaute in den Innenhof. Keine Menschenseele war zu sehen. Ein Windstoß fuhr in den Schnee und blies ihn vom Dach. Unten tanzten Wirbel. Ein Außenthermometer links neben dem Fenster zeigte sieben Grad unter null. Plötzlich ging ein Mann quer über den Hof und verschwand gegenüber. Das musste der Hausmeister sein, ein gutmütiger, nach Alkohol riechender Mann, der mit seiner jüngeren, stillen Frau als Einziger im gegenüberliegenden ersten Stock wohnte.

Velsmann blieb noch eine Weile am Fenster stehen. Kein Laut. Er trat hinaus in den Treppenturm. Die Wendeltreppe führte steil hinab. Was lag eigentlich hinter der Tür zur Linken? Er ging über die ausgetretenen Steinstufen hinüber, stolperte und fiel hin. Dort wo der Treppenabsatz aus der Wohnung auf die Wendeltreppe und die Stufen zum gelben Saal traf, verlief die Treppe völlig unsymmetrisch, irgendwas hatten die früheren Baumeister hier falsch gemacht.

Martin Velsmann drückte die Tür auf.

Vor ihm lag ein lang gestreckter Saal, dessen Stirnseiten im Dunkel verschwanden. Ein strenger Geruch nach altem Putz und Staub schlug ihm entgegen. Er fand einen Lichtschalter und knipste ihn an, zwei gelbe Lichter verteilten einen matten Schein. Das Dachgebälk im Dämmerlicht lag offen wie ein umgedrehtes Schiff mit allen seinen Sprossen und Spanten über ihm. Holzpfeiler und wuchtige Querbalken stützten eine sich senkende, schwere Decke. Der Boden des Saales war aufgerissen, Balken und Sand, in den Wänden klafften Löcher im Putz. An einigen Stellen seines Sichtkreises bemerkte er Reste von Wandmalereien. Er konnte die Ausmaße des Saales im Dämmerzustand nicht erkennen.

Rohes, jahrhundertealtes Mauerwerk.

Wann hatten hier zuletzt Menschen gelebt?

Einsamkeit und Schweigen von Jahrhunderten.

Niemand stört Sie. Und niemand hört Sie.

Velsmann glaubte, Flügelschlag zu hören. Vielleicht waren das Fledermäuse, er konnte es an den Geräuschen nicht erkennen. Er ging auf einem abgesperrten, schmalen Laufsteg bis ganz nach hinten, wo ein unförmiger Ofen stand und ein über vier Stufen erreichbarer, mit Resten von einfarbigem Stuck überdachter Erker den Blick zum tristen Marktplatz hin ermöglichte.

Keine Menschenseele.

Niemand hört Sie.

Velsmann fror plötzlich. Er ging zurück in die Wohnung und drehte den schweren Eisenschlüssel herum. Er trank noch ein Glas

Rotwein und dachte über den Fall nach. Ab dem kommenden Morgen herrschte hier Ausnahmezustand. Er seufzte und sah sich noch einmal die Meldungen im Ticker an. Die Nachrichtenagenturen berichteten von seinem ausführlichen Porträt in großen Zeitungen.

Er kleidete sich aus, duschte und legte sich in die Kissen des schwarzen Bettgestells.

Oben stand der halbe Mond, und dicht daneben drängten sich mehrere helle Sterne an ihn. Die Wolken hatten sich verzogen. Es hörte langsam auf zu schneien.

VII

Wenn er schon töten musste, dann sollte es wenigstens lebendig aussehen.

Er wusste, er suchte nicht nach einem Gefühl des Triumphes. Vielleicht war er der erste Mörder, der seine Untaten nicht wollte. Was hatte er in der Nacht, als er wieder einmal nicht schlafen konnte, gedacht? Zwischen dem Charakter des Mörders und seiner Bluttat klafft eine Lücke. Es gibt keinen direkten Weg zur Tat, dazwischen ist ein Abgrund.

Diesen Abgrund musste er nun erneut überwinden.

Es schneite noch immer, aber in immer schwächeren Flocken, als würden die Niederschläge gleich versiegen. Der Mann im dunkelgrünen Trainingsanzug zog die Kapuze mit der Ninja-Maske über den Kopf und begann, ruhig zu atmen. Trotzdem stieg für einen Moment Panik in ihm auf. Er glaubte zu ersticken, hielt sich am Geländer des Turms fest und wartete, bis das eiskalte Metall ihn beruhigte. Es war ihm schon längst klar, dass die Maske nicht seiner Tarnung diente, denn es war ihm inzwischen egal, ob man ihn entdeckte oder nicht. Sie diente seiner Verwandlung.

Mit dieser Maske war er nicht nur anders. Er wurde ein anderer.

Die Maske befreite ihn von sich selbst.

Er zog die Maske herunter und atmete tief die eiskalte Nachtluft ein. Es schmerzte in seiner Lunge.

Wie war das mit dem Charakter, den Lebensumständen und der Tat? Sie ergeben keinen Zusammenhang? Es ist gespenstisch, dachte er. Jede Theorie führt zu einem anderen Schluss. Er wollte zeigen, dass es einen Zusammenhang gab.

Er stellte ihn her und ließ sie auf der ausgelegten Spur herankommen. Bis sie ihn rochen. Und erlegten.

So weit war er schon.

Es war einerlei.

Drüben tauchte ein Scheinwerferlicht auf. Ein Auto näherte sich von Westen her, dort wo die Windräder tagsüber schwerfällig rotierten, es verließ den Waldstreifen und zog eine lange, parallele Linie zum Schnee. Ob er das ist?, fragte er sich. Er verfolgte mit seinen Blicken das näher kommende Gefährt. Natürlich ist er es, dachte er. Wenn man um diese Nachtzeit nicht jemanden extra hierher bestellt, dann ist keiner mehr unterwegs.

Das Auto bog jetzt ab, fuhr langsamer, hielt für einen Moment und kam dann direkt auf ihn zu.

Er blickte nach oben, wo der Turm der Bellheimer Warte sich im Schneedunst verlor. Dort oben hatte er vorhin gestanden und die Umgebung überblickt. Aber er kannte hier sowieso jeden Stein. Und jeden Geruch der alten Mauern.

Mittelalter, dachte er. Wehrsport. Krieger auf den Zinnen.

So wollt ihr es doch. Jetzt bekommt ihr es. Dreiunddreißig Einstiche. Euer dunkler Allmächtiger bekommt seinen Lohn.

Während das Auto näher kam – er wusste, dass es ein tief gelegter Escort mit Spoiler vorn und hinten war –, überlegte er, ob diese Tat wirklich sein musste.

Er hätte einfach weggehen können. Am Telefon hatte er sich nicht verraten. Er hatte nur gesagt: »Ich weiß über euch Bescheid. Ihr tötet.« Das hatte genügt, um die Person in Gang zu setzen. Und wenn sie zu vielen kämen?

Er erschrak über diese Möglichkeit.

Dann verschwand er eben einfach. Und sie lebten weiter in ihrem Wahn.

Das Auto hielt in fünfzig Meter Entfernung zwischen kahlen Ulmen auf dem hügeligen Parkplatz. Niemand stieg aus. Langsam wurde er unruhig. Waren es doch mehrere, und sie besprachen sich jetzt? Beratschlagten sie, wie sie ihm den Fluchtweg abschneiden konnten?

Wie viel Selbstverstümmelung nahm er in Kauf, nur um sich von einigen zu befreien? Und ging es für ihn in letzter Zeit nicht einfach nur noch darum, eine geometrische Spur auszulegen, die zu ihm führte? Denn es war ihm klar, dass sie ihn bald stellen würden. Und er würde sich stellen lassen – in einem einzigen, furchtbaren Gewaltakt, der alles, die ganze Welt verändern würde.

Das war ihm klar.

Das Auto blieb mit aufgeblendeten Scheinwerfern stehen, im Licht tasteten die da drüben mit ihren Blicken wohl den Turm ab. Aber er stand hinter der Hecke. Und jetzt huschte er schnell wie eine Katze an dieser Hecke entlang, näher an das Auto heran. Langsam richtete er sich wieder auf und blickte zu den aufgeblendeten Schweinwerfern hinüber. Noch immer stieg niemand aus.

Du lockst mich nicht heraus, dachte er.

Während er so da stand, fiel ihm etwas ein. In Zentralafrika hatte es einen mordenden Männerbund gegeben, der sein Unwesen in der Nacht trieb. Seine Mitglieder streiften sich bei ihren Mordzügen stets Felle von Löwen oder Leoparden über, unter der Maske wurden sie zu Raubtieren. Als man sie fasste und die Felle herunterzog, fielen sie regelrecht in sich zusammen.

Wenn die Maske fällt, dachte er, begegnen sie sich selbst. Sie werden rückverwandelt. Eines Tages werde auch ich einfach zusammenbrechen. Mein Dauerzustand höchster Geistesgegenwart, den ich seit so langer Zeit erlebe, wird dann ein für alle Mal zu Ende sein.

Drüben stieg ein Mann aus. Er hielt etwas in der Hand.

Er hat einen Revolver, dachte er geringschätzig. Und er ist allein.

Er spürte, wie in ihm die Hitze aufstieg. Sein Herzschlag ging schneller. Er zog die Ninja-Maske wieder über den Kopf. Alles, was um ihn herum geschah, nahm er wahr wie eine Katze, die in der Nacht jagt. Er hörte sogar, wie weit hinter ihm, dort wo im Tal Stahlau lag, Nachtvögel vorbeirauschten. Er erlaubte sich die Kaltschnäuzigkeit, erraten zu wollen, um welche Vögel es sich handelte. Er dachte nach. Aber ihr Flügelschlag war ihm unbekannt, das musste daran liegen, dass die Nacht Geräusche verwandelte.

Vor ihm knirschende Schritte. Der Ankömmling machte sich nicht die Mühe, seine Gegenwart zu tarnen.

Und warum auch? Er ahnte nicht, dass er sterben würde.

Diese Menschen, dachte er, glauben im Ernst, ihnen könne nichts geschehen und sie seien mit dem Teufel im Bunde. Sie haben sich selbst zu Wächtern ernannt.

Mal sehen, dachte er und zog das Stilett.

Wenn ich mein Zuschauer wäre, dachte er, könnte ich den Tod am Werk sehen. Aber ich bin nur das ausführende Organ. Der Täter. Ich habe keinen Genuss daran.

Ob dieser Polizist in Stahlau endlich erkennt, dass der Täter jemand ist, der keinen Genuss daran hat?

Der Ankömmling ging an ihm vorbei.

Jetzt huschte er hinter der Hecke hervor und baute sich hinter dem anderen auf. Den Tod am Werk zu sehen, dachte er, und selbst nicht betroffen zu sein, erhöht das Glücksgefühl. Das bleibt mir leider verwehrt. Wenn es überhaupt einen Triumph gibt, dann ist es der des Überlebens. Können sich das die anderen überhaupt vorstellen?

Kann sich solch ein unverkleideter Polizist das überhaupt vorstellen?

Er trat heran und sagte: »Ich glaube, dass du einen Fehler gemacht hast.«

Als der andere herumfuhr, stach er schnell zu. Das Gesicht des Opfers amüsierte ihn. Es war banal. Daran war er zwar inzwischen gewöhnt, aber wenn er sie bei ihren Versammlungen erlebte, machten sie einen anderen Eindruck. Sie versuchten, einen anderen Eindruck zu erzeugen, auch sie versuchten, anders zu sein. Ihre Überheblichkeit hatte etwas, das sie immun machen sollte.

Wogegen? Gegen das Leben? Gegen das Gefühl?

Dann hätten wir ja etwas gemeinsam, dachte er erschreckt. Und das kann nicht sein.

Der erste Stich drang in das Herz ein, da, wo es am heftigsten zuckte. Er zählte ruhig. Bei dreiunddreißig zog er die Waffe aus dem inzwischen im Schnee liegenden Körper. Es gab ein saugendes Geräusch. Das kannte er schon. Er drehte den Toten herum, sodass sein Gesicht im Schnee lag. Kälte, dachte er, Feuer. Er fühlte in sich die Anspannung, die sein Werk bewirkte. Er wischte Blut vom Hals.

Es sollte lebendig aussehen.

Die ihn fanden, sollten denken, dass der Mörder jemand war, der das Leben liebte. War diese Spur denkbar?

Nein, er liebte das Leben nicht. Nicht mehr. Es war in Sackgassen geraten. Es hatte sich in der Dunkelheit verirrt. Und er war es, der die Fahrt beschleunigte, die es nahm, auf dem Weg in den Abgrund.

Das Leben hatte es verdient, zu sterben. Es hatte nicht verdient, zu sein.

Nicht mit diesen Kreaturen.

Als er sich aufrichtete, bemerkte er, dass die Schneewolken tatsächlich weitergezogen waren. Und dass der Himmel klar und tief war.

Von den blinkenden Sternen erkannte er ohne Mühe Orion, Fuhrmann und Capella. Und der Procyon näherte sich dem strahlenden Jupiter. Vergebliche Parade, dachte er. Es ist zu spät. Das Jenseits fängt gleich hinter dem Himmel an.

Teil Drei

Morgendämmerung

VIII

Die Sonderkommission Stahlau hielt das Präsidium in Fulda seit dem Freitagmorgen besetzt. Und zwei abgestellte Beobachter aus der Landeshauptstadt traten den fünf Abteilungsleitern des Präsidiums auch noch auf die Füße. Selbst wenn Martin Velsmann in seinem Büro anwesend gewesen wäre, hätte er nur einen Kampf gegen Windmühlen führen können.

Hubert Gell persönlich hatte im Beisein eines Anwalts die halbstündige Vernehmung von Ferdinand Gut aus Alsberg geführt. Und danach war er sicher, dass er sofort mit Martin Velsmann sprechen musste. Er erinnerte sich an dessen Worte: »Unsere idyllische Region wird von innen bedroht, nicht von außen.«

Was immer Velsmann damit ausdrücken wollte, jetzt stellte sich bei Hauptkommissar Gell die gleiche Ahnung ein. Er zögerte einen Moment. Warum glaubte er eigentlich seit ein paar Tagen, Martin Velsmann sei von den Ereignissen überfordert? Sicher, bisher hatte er nichts Greifbares ans Tageslicht gebracht. Aber das Gespür des Kommissars für Zusammenhänge war intakt. Er war ein phänomenaler Schachspieler. Gell wusste: Wo andere nur zwischen greifbaren Fakten herumkramten, hatte Velsmann immer mit Intuition und überraschenden Schlüssen geglänzt. Aktenarbeit ist nicht alles, dachte Gell. Kollegen wie der Staatsanwalt, die forderten, Velsmann solle allmählich die Ermittlungsarbeit reduzieren und moderneren Köpfen das Feld überlassen, die mit dem Computer und nicht mit der Spürnase fahndeten, hielt er Velsmanns Erfolge in der Vergangenheit entgegen.

Nein, auf seinen besten Kommissar konnte er nicht verzichten. Schon gar nicht dann, wenn die Lage so kompliziert war. Und jetzt auch noch ein neuer Mordfall. Wer sollte die Fäden entwirren, wenn nicht Martin Velsmann?

Er war nicht ersetzbar.

Noch nicht.

Als er gerade zum Telefonhörer griff, klingelte der Apparat. Er nahm ab. Martin Velsmann sagte: »Es ist acht Uhr, dreiundzwanzig Minuten. Wo bleiben meine Assistenten? Und ich wünsche, dass die Herren von der Soko unverzüglich hier antanzen. Wir haben nämlich den dritten Mord. Und wissen Sie wo, Hubert? Kennen Sie sich in Geometrie aus? An der Bellheimer Warte. Dort, wo Poppe ihn schon vor Tagen hinverlegt hat. Wo zum Teufel ist Poppe? Wo Freygang? Und wo sind all die großmäuligen Staatsbeamten, die verlangen, dass Mordfälle auf der Stelle zu lösen sind!«

Gell begriff, dass der Kommissar kurz davor stand, zu explodieren. »Beruhigen Sie sich, Martin. Ihre beiden Assistenten sind in Gelnhausen – ja, ich weiß, ich habe sie persönlich dorthin geschickt. Nein, keinem von der Soko traue ich jetzt schon einen Einblick in die Verhältnisse zu. Was sollen sie mit Welsch anfangen? Es liegt nichts gegen ihn vor. Sollen sie ihn fragen, woher er seine Kostüme bezieht?«

Gell hörte zu, wie Velsmann schnaufte und etwas von Fahndungsbehinderung sagte.

»Immerhin geht die Durchsuchung von Welschs Unterlagen auf Ihre Initiative zurück! Ich verspreche Ihnen, Poppe und Freygang stehen danach nur noch Ihnen zur Verfügung, auch die Soko. Ihre Assistenten sind bis Mittag bei Welsch, danach machen sie sich sofort auf nach Stahlau. Und dass man die dritte Leiche gefunden hat, übrigens ein Sportlehrer namens Dreßen, ist mir natürlich auch bekannt. Ich bin Hauptkommissar der Kripo Fulda – erinnern Sie sich? Die Nachrichten, die seit acht Uhr hier eingehen, beschäftigen sich ja mit nichts anderem. Ich komme aber hier nicht weg, wir haben gleich ein Treffen mit dem Minister. – Martin? Setzen Sie alles daran, diese schreckliche Mordserie aufzuklären, ich flehe Sie an!«

»Ich werde sie aufklären, Hubert. Das verspreche ich. Aber kommen Sie mir nicht in die Quere! Und auch nicht Keuper!«

»Die Soko schicke ich Ihnen Mann für Mann. Sie kennen sie alle. Es sind fünf, Ingelsen, Ulmen, Frings, Kröninger, Tschorn. Die beiden vom LKA, die hier herumschnüffeln, lasse ich erst mal verhungern, o. k.?«

»Machen Sie, was Sie für richtig halten.«

»Wollen Sie die fünf am Tatort haben?«

Velsmann schwieg einen Moment. Dann sagte er: »Nein. Ich war zusammen mit den Kollegen aus Stahlau und Schlüchtern bis kurz vor acht Uhr draußen und bin halb erfroren. Wissen Sie, was auf dieser Höhe für ein Wind pfeift? Ich erwarte sie in exakt einer halben Stunde im Schloss. Sie sollen ihre Ärsche bewegen! Und wehe, mir gefällt irgendwas nicht, was einer der Jungs von sich gibt!«

»Machen Sie langsam, Martin. Das sind Ihre Kollegen. Und sie haben das gleiche Interesse wie Sie.«

»So? Das wäre ja ganz was Neues! Ich kann mich da an andere Eindrücke erinnern. An Konkurrenzkampf ohne Gnade, Eifersüchteleien, gezielte Indiskretionen an die Medien.«

»Kooperieren Sie! Ich bitte Sie darum!«

Poppe und Freygang saßen fest. Soweit sie sich erinnern konnten, waren sie zum ersten Mal ohne ihren Vorgesetzten unterwegs. Das erfüllte sie mit einem ganz handfesten Unbehagen. Sie hätten den Kommissar, der sich nach seinen eigenen Worten an den Rand gedrängt fühlte und nun allein in Stahlau saß, gern an ihrer Seite gehabt.

Und nun auch noch das.

Freygang hatte mit dem Durchsuchungsbefehl gewedelt und sich Einlass verschafft. Ein dünner Mann mit krausen Haaren und einem Schnurrbart, der Schatzmeister des Clubs Herbert Kerber, gewährte ihnen widerstrebend Zutritt. Freygang ließ sich die Bücher vorlegen und achtete darauf, dass keine von den beiden Frauen, die im Büro an leeren Schreibtischen saßen und wie Verzierungen wirkten, zum Telefon griff.

Freygang fing an zu blättern.

Währenddessen sah sich Poppe um.

Noch bevor Kerber eine Gelegenheit hatte, seinen Chef Frank Welsch vom Aufkreuzen der Polizei zu informieren, betrat die Polizeiaspirantin den Keller des Hauses.

Sie versuchte sich zu orientieren. Überall Computer, Drucker, Leuchttische mit Plastikauflagen, auf denen bunte Folien lagen. Das Arbeitszimmer eines Computerkünstlers. Poppe kannte sich nicht besonders gut in diesen Dingen aus, wusste aber, dass man heutzutage mit nachbearbeiteten Ausdrucken von digitalen Bildern ganze Galerien füllte. Sie hatte das in einem Frankfurter Museum, das »Steinernes Haus« hieß, selbst gesehen.

Die Porträts, die ihr von den unverputzten Wänden entgegenstarrten, beunruhigten sie. Sie sahen so lebendig aus! Aber ihre Sinnesorgane waren zugewuchert. Oder überdeckt.

Gewaltsam zum Schweigen gebracht, dachte sie. Aber es sind nur Bilder. Oder ist das alles Material für die Wirklichkeit?

Eine ungute Stimmung herrschte in dem Kellerraum. Aber sie hätte nicht genau sagen können, woran es lag. Keller waren natürlich nie einladend, aber dieser, von Neonröhren an der Decke erleuchtete, ganz besonders nicht. Es war eben die Giftküche eines Avantgardisten. Künstler hatten oft was Irres. Dieser hier auch. War es die Werkstatt von Welsch? Aber was hatte dies mit historischen Umzügen und Verkleidungen zu tun?

Kurz entschlossen machte sie einen der Rechner an. Aber sie kannte das geforderte Passwort nicht. Bei zwei anderen Rechnern dasselbe. Sie kam nicht in die Programme hinein.

Hier müsste die Spurensicherung rein, dachte sie. Zumindest Fingerabdrücke nehmen. Aber das konnte sie selbst tun. Stichprobenmäßig. Vielleicht hatte sie Glück.

Poppe zog Pinsel und Weißpuder aus der Jacke, bestrich damit die Tastatur eines der Computer. Als sich die Prints zeigten, zog sie sie mit präpariertem Klebeband ab. Es war nicht ihre Aufgabe, und sie wusste, sie handelte illegal, aber das scherte sie nicht. In Gotha war ihr am Anfang ihrer Ausbildung ein Vergewaltiger ins Netz gegangen, in dessen Wohnung sie ohne Erlaubnis nachts eingedrungen war. Und einmal hatte sie sogar eine Wanze in ein Telefon verlegt. Man hatte dadurch einen rechtsradikalen Gewalttäter überführen können. Mit einer Ermahnung war ihr Fehlverhalten kommentiert worden.

Scheiß drauf, dachte sie.

Ich bin nicht Aschenputtel. Oder wie hieß die aus dem grimmschen Märchen? Rapunzel? Schneeweißchen? Rosenrot?

Sie ließ die Abzüge in der Jacke verschwinden und blies den weißen Staub vom Keyboard. Wer immer du bist, der hier Gespenster entwirft, dachte sie, vielleicht kannst du uns was über lebende Täter sagen.

Oder über Hexenkult. Schließlich befand man sich in Gelnhausen. Wo Satansanbeterinnen, wie der Kommissar erzählt hatte, noch immer hoch im Kurs zu stehen schienen.

Oben polterte es. Jemand brüllte.

Poppe verließ den Raum und eilte die Kellertreppe hinauf.

Frank Welsch stand mit zwei Holzschwertern in der Hand vor Freygang und schrie: »Es gibt keinen, der es wagen würde, mich zu belästigen oder mir Angst zu machen! Keine Polizei, kein sonst was! Ich pfeife auf eure Gesetze!«

»Hallo, Freundchen, jetzt machen Sie langsam. Wir haben einen ordentlichen Durchsuchungsbefehl! Regen Sie sich also ab!« Tosca Poppe trat dicht an den tobenden Mann, dessen Gesicht Farbe und Härte einer Billardkugel hatte, heran. »Könnten Sie sich vorstellen, dass Sie sich mit dieser Nummer ganz unbeliebt machen?«

Freygang war aufgestanden. »Schlimmer noch. Verdächtig!«

»Das ist mir doch egal! Ich werfe euch hochkantig raus! Das ist mein Haus! Verdammt und zugenäht!«

Poppe sagte ruhig: »Herr Welsch, wenn Sie nicht aufhören herumzuschreien, lasse ich Sie nach Fulda transportieren.«

Welsch starrte sie an. Offenbar verheddert sich die Antwort in seinem Hals. Er brachte kein Wort heraus.

Kerber krächzte: »Sie haben doch jetzt alles gesehen. Verschwinden Sie doch jetzt.«

Freygang reckte sich. »Zwei Mitglieder Ihres Ritterclubs, dem Sie vorstehen, Herr Welsch, sind in den letzten Jahren verschwunden. Einfach so. Wo sind die abgeblieben?«

Welsch flüsterte: »Woher soll ich das wissen?«

»Keine Ahnung?«

»Es wurde nach ihnen gefahndet. Sie wurden nicht gefunden. Jede

Woche verschwinden Menschen. Einer geht zum Zigarettenautomaten, der andere führt seinen Hund spazieren – und sie tauchen nie mehr auf. Woher soll ich das wissen?«

»Beide Verschwundenen waren Mitglieder Ihres Clubs.«

»Und?«

»Der Verdacht fällt auf Sie.«

»Seid ihr von der Polizei wahnsinnig?«

Poppe schüttelte ernsthaft den Kopf. »Nein.«

Welsch hatte sich offensichtlich wieder im Griff. »Ihr tretet einfach auf, wo es euch beliebt, schnüffelt herum, beschuldigt unbescholtene Bürger und glaubt, ihr könnt das einfach so tun?«

»Ja, das glauben wir, Herr Welsch. Und wissen Sie, warum?« Freygangs Nasenspitze war weiß, aber seine Stimme schwankte nicht. »Weil wir Sie provozieren wollen. Ich persönlich glaube nämlich nicht daran, dass Sie eine ganz reine Weste besitzen. Wir wollen etwas aus Ihnen herauskitzeln, was wir gegen Sie verwenden können. Was sagen Sie nun?«

Welsch blieb unbewegt. Sein Gesicht war jetzt eine schmutzige Schneelandschaft. »Ich sage gar nichts. Gegen mich liegt absolut nichts vor. Was wollen Sie mir nachweisen? Dass zwei Männer verschwunden sind? Sie sollten die Klappe nicht so weit aufreißen, Sie Würstchen. Und ich fordere Sie auf, jetzt zu gehen. Sonst rufe ich meinen Anwalt.«

»Das sollten Sie tun.«

»Und erstatte Anzeige.«

»He, he! Weswegen denn!«

»Hausfriedensbruch!«

Freygang wedelte mit dem Hausdurchsuchungsbefehl. »Wir haben das hier!«

Poppe sagte: »Wir kriegen dich schon, Frank. Du wirst einen Fehler machen, dann haben wir dich.«

Welsch blieb unbewegt, wenn auch auf der Hut. Poppe bemerkte aber, dass die beiden Holzschwerter in seinen Händen zitterten.

Kerber warf ein: »Chef? Soll ich die Hunde losmachen?«

»Ja«, warf Poppe ein, »machen Sie das, Kerber! Ein bisschen Zerfleischen von Polizeibeamten im Dienst gefällig? Wissen Sie, wie viele Jahre das gibt?«

»Was ist, Chef?«, bohrte Kerber.

Welsch schüttelte den Kopf. »Nein. Es ist gut, Kerber. Lass Sie schnüffeln. Sie finden ja nichts. Lass die Zecken sich austoben. Wenn sie fort sind, trinke ich ein Bier auf ihr Wohl.«

»Durstig, er ist durstig. Fein, Welsch!«, sagte Freygang.

»Trinken Sie Salzsäure«, schlug Poppe vor und blickte ihr Gegenüber frech an.

Jetzt hob Welsch die Schwerter, ließ sie einen Moment in halber Höhe schweben – und warf sie zu Boden. Sein Gesicht verzerrte sich zu einem Grinsen, wie Freygang und Poppe es noch nicht gesehen hatten. Sein Zahnfleisch wurde sichtbar. Der Anblick erinnerte an einen abgerichteten Hund an der Leine. Die Grimasse erstarrte, und er glotzte die beiden jungen Polizisten nur an.

»Alfons? Schließ doch mal langsam dein Studium der Akten ab. Ich muss kotzen, wenn ich hier noch länger bleibe.«

»Gut. Ich konfisziere die beiden letzten Aktenordner, Herr Welsch, die mit den Abrechnungen für Ihr Festnetz und den Mobilfunk. Ich schreibe Ihnen darüber Quittungen aus. Sie kriegen die Sachen wieder zurück, wenn Sie gestehen. Ich meine – wenn wir den Fall aufgeklärt haben.«

»Allmächtiger!«, sagte Welsch tonlos. Sein Bariton war erloschen. »Raus jetzt! …«

»Na klar«, sagte Poppe. »Wenn Sie sich über uns beschweren wollen, wir sind in Fulda stadtbekannt. Die Durchwahl für Fulda ist null-sechssechsfünfvier. Ciao!«

»Alles Gute, Herr Welsch!«, wünschte Freygang. Er griff sich die beiden Aktenordner, säuselte eine Melodie vor sich hin und zog Poppe im Schlepptau mit sich nach draußen. Wo die Sonne schien. Seit langer Zeit schien zum ersten Mal wieder die Sonne. Aber es war eiskalt.

Sie bestiegen ihr Auto. Poppe legte Freygang die Hand auf den Arm. »Warte noch. Was machen wir jetzt? Nach Stahlau fahren? Ich hätte nicht übel Lust, mich hier noch ein bisschen umzusehen.«

Freygang sah seine junge Kollegin zweifelnd an. »Um was zu finden?«

»Welsch ist ein scharfer Hund, findest du nicht? Der Kerl hat Dreck am Stecken, darauf verwette ich meine Unschuld.«

»Deine was?«

»Meine Unschuld, Blödmann! – Ich meine, hast du sein Grinsen gesehen? Wer grinst so, der morgens aufsteht, zur Arbeit geht, pünktlich seine Steuern zahlt und abends fernsieht? Kannst du mir das erklären?«

»Grinsen ist nicht strafbar, Süße. Aber du hast natürlich Recht. Das hat mich direkt erinnert an alle die Fernsehbilder von diesem ekligen Satanistenprozess. Diese Fratze! Eine Art Wiedererkennungszeichen.«

»Voll ätzend! So ein Anblick sollte unter Anklage gestellt werden.«

»Zumindest hat er ein tadelloses Gebiss. Von der Seite …«

»Fahr du nach Stahlau. Verklickere dem Kommissar die Sache. Wenn er nicht einverstanden ist, kann er mich anrufen, mein Handy ist eingeschaltet.«

»Aber sei bloß vorsichtig! Und keine unüberlegten Aktionen, verstanden! Bring dich nicht in Gefahr, das ist die Sache nicht wert. Und ich hoffe, du kennst die Grenzen der polizeilichen Rechte!«

»Logisch. Ach, übrigens, wo wir gerade dabei sind – hier, nimm diesen Print mit. Lass ihn daraufhin untersuchen, ob er mit irgendeinem, den wir an den beiden Tatorten gefunden haben, übereinstimmt.«

»Mensch, Poppe! Das durftest du nicht!«

»Ach nee?«

»Gib her!«

Freygangs Handy piepte. Er meldete sich. Sein Gesicht verzog sich. »Ein dritter Mord? Du meine Scheiße! Ich komme sofort, Chef!« Er warf Poppe einen schnellen Seitenblick zu. »Nein, sie ist unterwegs, bleibt diesem Welsch am Hals. Ja. Nein. Dieser Ritter ist ein unangenehmer Kumpel, Chef, da hatten Sie ganz Recht. Bei dem finden wir noch was. Ja, Chef!«

Freygang lehnte sich im Sitz zurück.

»Und?«

»An der Bellheimer Warte ist eine weitere Leiche gefunden worden!«

Sie strahlte. »Siehst du! Ich hatte Recht. Geometrie, Alfons, Geometrie!«

»Nun krieg dich wieder ein. Das ist kein Grund zur Freude. Jemand ist umgebracht worden. Und unsere Arbeit wird dadurch nicht leichter. – Ich fahre jetzt um die Ecke, dann kannst du aussteigen. Wenn du mich erreichen willst, ich bin in Stahlau, die Nummern der Festanschlüsse hast du.«

»Bis dann!«

»Tosca? Versprich mir, dass du aufpasst!«

»Du meinst Verhütung und so?«

»Mensch, Poppe!«

»Schon klar.«

Polizeiaspirantin Tosca Poppe setzte sich in ein kleines Café und wartete. Sie ließ sich Kaffee, ein Croissant und Zeitungen bringen und überlegte.

Was konnte sie tun? Nur warten. Oder gab es andere Möglichkeiten?

Viele Chancen, sich in der kleinen Stadt unauffällig zu bewegen, hatte sie nicht. Und das lag nicht nur an ihrer Erscheinung, sondern vor allem daran, dass jeder Fremde in den holprigen, engen Gassen mit den beiden Reihen putziger Fachwerkhäuser auffällig war. Als sie gerade ihr Croissant in die Tasse stippen wollte, verließ Frank Welsch sein Haus. Sie sah ihn eben noch rechtzeitig, bevor er hinter einer Straßenecke verschwand.

Poppe ließ alles stehen und liegen, warf einen Geldschein auf die runde Marmorplatte des Tisches und rannte auf die Straße.

Welsch bestieg ein Auto. Ein roter Mazda mit Hanauer Kennzeichen.

Poppe fluchte. Wo krieg ich hier ein Taxi her, dachte sie verzweifelt. Sie spurtete ins Café zurück. Die Bedienung verriet ihr, dass es einen Taxistand gerade in der Richtung gab, in der Welsch jetzt verschwand. Poppe nahm die Beine in die Hand. Tatsächlich sah sie in fünfzig Meter Entfernung vor einem Kaufhaus drei gelbe Fahrzeuge stehen. Im Hintergrund fuhr der rote Mazda in Richtung einer Ausfallstraße.

Tosca Poppe gab dem Taxifahrer Anweisung, dem Auto unauffällig zu folgen. Der junge Fahrer mit schimmerndem dunklen Teint, offensichtlich ein Ausländer, sah sie neugierig im Rückspiegel an, fragte aber nichts. Er hielt Abstand und folgte dem Mazda geschickt.

Poppe rutschte auf dem Rücksitz herum. Sie legte das Handy neben sich. »Darf man rauchen?«

»Lieber nicht.«

Der Mazda fuhr jetzt auf der Ausfallstraße in Richtung Hanau. Poppe überlegte, ob sie Verstärkung anfordern sollte. Aber wenn Welsch nur zu seinem Zahnarzt fuhr, um sein Grinsen zu richten? Sie rührte ihr eingeschaltetes Handy nicht an.

Der Mazda verließ die Straße an der Abfahrt Hanau Nord. Dann bog er zum Lamboyviertel ab. Er passierte die alten Kasernen und hielt plötzlich. Poppe ließ das Taxi am Straßenrand parken. Welsch bog nach rechts ab in eine Allee, deren Straßenbelag von Unkraut überwuchert war. Rechts und links Bäume, Müllcontainer, Gerümpel.

Wohin will der Kerl bloß?, überlegte Poppe. Sie fragte den Taxifahrer: »Was ist da hinten? Sind die Kasernen noch bewohnt?«

»Nein«, gab der Fahrer zur Antwort. »Alles leer. Die Amis sind ja seit vier Jahren weg. Aber am Ende gibt es ein kleines Industrieviertel, Garagen, Schrottplätze, Werkstätten.«

Poppe ließ das Taxi weiterfahren, es folgte dem roten Auto im größeren Abstand. Sie war besorgt, der clevere Welsch könnte sie bemerken, ließ den Fahrer anhalten und zwanzig Sekunden warten, auch auf die Gefahr hin, den Mazda aus den Augen zu verlieren. Als sie wieder anfuhren, sahen sie das rote Auto zur Linken auf einen Hof einbiegen. Es verschwand zwischen niedrigen Baracken mit Wellblechdächern.

Poppe ließ das Taxi noch fünfzig Meter rollen. »Warten Sie hier«, sagte sie. »Geben Sie mir Ihre Nummer. Haben Sie ein Handy?«

»Ja.«

Sie schrieb die Nummer auf und sagte: »Warten Sie auf jeden Fall eine halbe Stunde, machen Sie das? – Ich bin Polizistin. Wenn ich dann nicht wieder auftauche, rufen Sie diese Nummer an. Kapiert?«

»O. k.«

»Danke!«

Schuppen, Stellplätze von Kleinlastern, Schrott. Wo war Welsch hin? Tosca Poppe bemühte sich nicht mehr, unsichtbar zu bleiben. Wenn der Verfolgte sie jetzt entdeckte, war das egal, er hatte sie zumindest bis hierhin geführt, das war doch schon mal eine Adresse. Sie ging durch eine Reihe Baracken, im Hintergrund verfielen die zweistöckigen Unterkünfte der Armee, die Dächer zeigten bereits Lücken, die Gerippe der Dachstühle wurden sichtbar. Überall lagen Ziegel herum.

Der Mazda stand in zehn Meter Entfernung.

Poppe stellte sich jetzt doch in den Schlagschatten eines Gebäudes. Als sie ein paar vorsichtige Schritte vorwärts machte und um die Ecke sah, bemerkte sie in einem lang gestreckten Gebäudekomplex eine offen stehende Blechtür. War Welsch hineingegangen? Noch während sie überlegte, ob sie folgen sollte, hörte sie eine Männerstimme.

Poppe glaubte, Welsch herauszuhören. Er sprach monoton, unterhielt sich aber mit jemandem, denn es gab Pausen. Oder telefonierte er?

Poppe schob sich an der Wand entlang. Dann schlüpfte sie durch die Tür. In der jähen Dunkelheit nach dem Sonnenlicht draußen erkannte sie einen fensterlosen, bestuhlten Versammlungssaal, mit einer kleinen Bühne. Oben stand ein längerer Tisch. An den Wänden hingen Männerporträts.

Die Stimme kam aus einem Nebenraum. Die Polizeiaspirantin Poppe huschte zwischen den Stühlen hindurch. Hinter einem Durchgang lag ein Büro. Sie wagte einen Blick hinein. Zwei graue Schreibtische, ein Gummibaum, Stahlregale, kahle Wände. Nichts Ungewöhnliches.

Die Stimme von Welsch und das schwache Echo seines Gesprächspartners kamen näher, entfernten sich dann wieder. Poppe blieb unschlüssig stehen.

Wie weit konnte sie gehen? Was sie vorhatte, war Hausfriedensbruch.

Welsch war nicht vorbelastet. Ihr Verdacht gegen ihn bis jetzt nur ein vages Gefühl. Etwas, das bei der Polizei nicht zählte. Das sie aber von Kommissar Velsmann übernommen hatte. Er hatte ihr einzubläuen versucht, dass Gefühle bei der Fahndungsarbeit nichts Zweifelhaftes seien.

Poppe sah auf die Armbanduhr, zehn Minuten waren inzwischen vergangen, der Taxifahrer wartete.

Das Büro war leer. Poppe ging hinein.

Was sie zu finden hoffte, gab es nicht. Keine Blutflecken an der Wand, keine Satansmasken. Keine Leichen.

Nur nüchternes Mobiliar.

Enttäuschend. Wenn da nicht …

Tosca Poppe begriff plötzlich, dass es hinter diesem Büroraum noch etwas anderes gab. Sie ging weiter. Vor ihren Augen öffnete sich ein weiterer Saal. Prächtig ausstaffiert mit graublauen Seidentapeten, an den Decken Kristalllüster mit elektrischen Kerzen, die sämtlich brannten, an den Wänden Gobelins mit Jagdszenen. Auf dem gepflegten Holzdielenboden lagen schwere Brücken. An den Wänden befanden sich Glasvitrinen, was darin lag, konnte Poppe nicht erkennen.

In der Mitte stand eine gedeckte Tafel. Es fehlten nur die Speisen und die Gäste.

Ein Saal für erlesene Einladungen.

Frank Welsch kam mit einem Mann zurück. Tosca Poppe verschwand schnell durch das Büro und stellte sich auf das Podium des Eingangssaales hinter den Vorhang. Welsch sagte etwas, sie verstand ihn nicht. Erst als er jetzt den Saal betrat und sich in Richtung Ausgang bewegte, hörte sie: »Und dann brechen wir die Veranstaltung ab. Es hat im Moment keinen Sinn. Wir warten lieber.«

Worauf, dachte Poppe.

In diesem Moment klingelte ihr Handy.

O nein, durchfuhr es sie.

Welsch drehte sich zu ihr um. Er entdeckte sie auf der Bühne. Aus seinem Mund kam ein Brüllen, wie von jemandem, der sich in höchster Verzweiflung befand.

Welsch nestelte an seiner Jacke und stürzte auf Poppe zu. Die Aspirantin sprang von der Bühne herunter und sagte: »Hören Sie, Welsch. Machen Sie keinen Fehler!«

Welsch hatte plötzlich einen Totschläger in der Rechten. Er hob ihn. Der Mann in seiner Begleitung stieß einen warnenden Laut aus. Poppe sah aus den Augenwinkeln, dass sein Mund offen stand und er den Arm in Welschs Richtung hob.

Für einen Moment ließ Frank Welsch den Totschläger in der Schwebe. Es war der Moment, der eine Grenze markierte. Vielleicht, dachte Poppe, ist es der Moment der Entscheidung. Wir können ihm nichts nachweisen.

Noch nicht.

Vielleicht ist es auch die Grenze zwischen Leben und Tod.

In diesen Gedanken hinein machte Frank Welsch einen letzten Schritt nach vorn und schlug zu.

Freygang konnte Poppe nicht erreichen. Nach mehrmaligem Klingeln steckte er das Handy wieder in die Seitentasche. Die Straßen waren frei. Zur Linken lag der zugefrorene See.

Kurz vor Stahlau piepte sein Handy. Freygang glaubte zu träumen. Was die Stimme ihm erzählte, war genau das, was er auf keinen Fall hören wollte.

Ein Taxifahrer. Poppe seit fast einer Dreiviertelstunde verschwunden. Er hatte sich eine Autonummer gemerkt. Von einem roten Mazda.

Freygang fuhr rechts ran. Er wies den Taxifahrer an, unbedingt zu warten. Dann rief er seinen Chef an und schilderte ihm die Situation. Martin Velsmann hörte ruhig zu und antwortete ruhig. Freygang bewunderte seinen Chef einmal mehr für seine Besonnenheit. Denn er wusste, dass er in diesem Augenblick außer sich war.

Velsmann beorderte ihn umgehend nach Hanau und wollte die

dortige Polizei alarmieren. Wie von fern hörte Freygang seine Stimme. Er forderte zwei Einsatzwagen an. Freygang fühlte sich elend. Niemals hätte er Poppe gestatten dürfen, sich auf ein solches Abenteuer einzulassen. Das machte Velsmann ihm klar, und das begriff er selbst.

Zwanzig Minuten später hielt sein Auto im Lamboyviertel vor dem angegebenen Gebäude. Zwei grünweiße Einsatzwagen standen schon mit Blaulicht dort. Der Taxifahrer gab einem Uniformierten gerade Auskunft. Die Tür in dem Gebäude, auf das er deutete, war verschlossen. Freygang ließ sich in Kürze berichten, was vorgefallen war. Während der Taxifahrer in der Seitenstraße gewartet hatte, war nach mehr als einer halben Stunde auf der Rückseite des Gebäudes der Mazda davongefahren. Mit Höchstgeschwindigkeit.

»Öffnen wir die Tür mit Gewalt«, sagte er.

Einer der Uniformierten wiegte unschlüssig den Kopf. »Ich weiß nicht recht, wie sollen wir das rechtfertigen?«

»Eine Polizistin ist entführt worden, vielleicht in Lebensgefahr! Nun machen Sie schon! Treten Sie die Tür ein!« Freygang war rot angelaufen.

»Moment, das machen wir anders.« Ein anderer Uniformierter zog ein Bund mit Dietrichen aus dem Kofferraum des VW-Kleinbusses der Hanauer Polizei. Zwanzig Sekunden später flog die Tür nach innen auf. Die Polizisten zückten die Pistolen und rückten ein. Freygang bedauerte, seine Waffe noch im Wagen zu haben. Er hatte keine Zeit, sie zu holen.

»Poppe? Poppe!«

Nichts.

Sie durchsuchten alle Räume. Keine Menschenseele. Im Festsaal brannten die Kerzen. Darunter befanden sich Kellerräume. Auch hier kein Mensch.

Aber in einem Seitengewölbe entdeckten sie etwas anderes.

An den Wänden stapelten sich kleine Särge aus rohem, hellem Holz. Kindersärge. Einer auf dem anderen, Freygang zählte dreiunddreißig. Und in länglichen Pappkästen lagen in mehreren Schichten übereinander Amulette, offensichtlich aus verschiedenen Kulturen.

Freygang kannte sich nicht aus. Aber dann erkannte er auch umgedrehte Kreuze. Silberne Tierkreiszeichen mit Darstellungen eines Gehörnten. SS-Runen und alte Schwarzweißfotos. Flammende Räder mit Göttinnensymbolen. Keltische Drachen, offensichtlich aus reinem Gold. Tierdarstellungen aus mythischen Welten.

»Schätze!«, entfuhr es einem Polizisten. »Was für Schätze!«

»Ich löse sofort eine Großfahndung aus«, erklärte Freygang und ging hinaus.

»Sie haben sie offensichtlich gegen ihren Willen mitgenommen«, sagte Freygang beim Hinauslaufen ins Handy. »Wenn sie überhaupt noch lebt.«

Velsmanns Stimme klang dunkel. Freygang sah ihn vor sich, sorgenzerfurcht, wütend, beherrscht. Er nahm die Anweisungen seines Chefs entgegen, beendete das Gespräch und wandte sich an den Taxifahrer. »Sie müssen sich als Zeuge bereithalten. Rufen Sie Ihren Arbeitgeber an, und erklären Sie ihm das.«

Der Taxifahrer nickte. Freygang gab über das Bordmikro seinen Bericht ans Fuldaer Präsidium.

Eine halbe Stunde später suchte die gesamte hessische Polizei nach dem roten Mazda.

Tosca Poppe sah nichts. Sie hörte nur ein dröhnendes Geräusch. Als sie begriff, dass sie mit auf dem Rücken gefesselten Händen im Kofferraum eines schnell fahrenden Autos lag, versuchte sie, sich auf die andere Seite zu drehen. Ihr Kopf schmerzte, sie schmeckte etwas Bitteres im Mund. An der Schläfe klebte etwas Dickflüssiges.

Jetzt erinnerte sie sich genau. Und sie verfluchte ihren Leichtsinn. Sie hätte sich absichern müssen. Ihre Aktion war völlig unverantwortlich gewesen. Sie hatte diesen Welsch unterschätzt. Er war vermutlich ein Killer, und sie war wie ein Schaf in die Falle gelaufen.

Ihre Wut und ihre Angst entluden sich in einem Schrei, den niemand hörte.

Sei ruhig, sagte sie sich, denk nach. Was ist zu tun?

Sie versuchte, die Handfesseln zu lösen. Es brannte an den Handgelenken. Vermutlich saßen dort Klebestreifen.

Sie spreizte die Hände ab, bis sie schmerzten. Vergeblich. Sie bemühte sich, die gefesselten Arme unter den Beinen hindurchzuziehen. Es fehlten nur noch wenige Zentimeter. Aber sie schaffte es nicht.

Sie fühlte, wie die Luft dünn wurde. Es stank im Kofferraum nach Gummi, Benzin und nach Eingesperrtsein. Der Schweiß brach ihr in Strömen aus.

Plötzlich bremste das Auto so stark, dass sie mit dem Gesicht gegen die Innenwand gedrückt wurde, und hielt. Der Kofferraum schnappte auf, sie sah aus den Augenwinkeln, wie ein paar Jeansbeine seitlich davongingen. Dahinter erkannte sie einen zugefrorenen See. Der Stausee, durchfuhr es sie. Hinten liegt die Wetterstation. Zwei Arme wurden sichtbar, in einer Hand lag ein Messer. Jemand trat ganz nahe an den Kofferraum heran und griff nach ihr.

Tosca Poppe, dachte sie, zweiundzwanzig Jahre. Polizeiaspirantin aus Gotha. Gestorben in einem Kofferraum.

IX

Kindersärge, was tun die damit? Dreiunddreißig. Und dann auch noch dieser andere Scheiß.

Aber jetzt, dachte Martin Velsmann, haben wir endlich eine Spur.

Er hatte einen Moment an den Flügelfenstern seiner Einsatzzentrale im Stahlauer Schloss Halt gemacht. Unten im Hof verschwand gerade jemand in der Werkstatt des Hausmeisters, dem so genannten Kanzleigebäude. Velsmann hatte beobachtet, dass dort sogar in der Nacht Licht brannte und offenbar gearbeitet wurde.

Er nahm seine unruhige Wanderung wieder auf.

Aus dem Inneren der Wohnung sahen ihm dabei fünf Augenpaare zu. Fünf Abteilungsleiter aus Fulda, die »Soko Stahlau«. Velsmann blieb stehen. »Ich weiß nicht weiter«, sagte er. »Macht Vorschläge.«

»Es gibt nichts vorzuschlagen«, sagte Kröninger und stieß eine Rauchwolke aus, »wir müssen abwarten, was die Fahndung ergibt. Das Ganze ist ein verdammter Mist.«

Martin Velsmann merkte, wie müde er war. Auch die Kollegen blinzelten mit überanstrengten Augen. Sie warteten jetzt seit vierzehn Stunden auf irgendein Ergebnis der Suche. »Kollegen«, sagte er, »es gibt immer was zu beschließen. Wenn wir uns nichts mehr einfallen lassen, dann gewinnt die andere Seite.«

»Wir wissen aber nicht, welche Seite das eigentlich ist«, erklärte Ingelsen, ein dicker Mittdreißiger mit Schnauzer. »Was haben wir denn schon? Die Auswertung der beschlagnahmten Unterlagen von diesem Welsch dauert mindestens noch drei Tage.«

»Ich schlage vor, wir lassen alles andere liegen und konzentrieren uns jetzt darauf, Tosca Poppe zu finden«, schlug Frings von der Laborleitung vor. »Es ist jetzt kurz vor Mitternacht. Wer nicht unbedingt nach Hause muss, sollte hier in der Zentrale bleiben und sein

Gehirn zermartern. Vielleicht fällt uns ja doch was Entscheidendes ein. Wenn man sich auf einen einzigen Punkt konzentriert, entstehen manchmal magische Momente.«

»Wie kann ein roter Mazda verschwinden?«, fragte Velsmann. »Gut, ein Mazda ist das perfekte Fluchtauto, niemand kann so einen Wagen identifizieren. Aber einen roten? Verdammt nochmal, jemand muss doch gesehen haben, wo das Fluchtauto abblieb!«

Tschorn stand auf. Die weißen Haare des neunundzwanzigjährigen Spurenspezialisten waren nicht gefärbt. Er trat an die Karte. »Das Auto nahm die Richtung Büdingen. Es ist noch in Gettenbach gesehen worden, danach nicht mehr. Es kann also nach Büdingen weitergefahren sein oder in Richtung Wächtersbach. Weder da noch dort ist es aufgetaucht. Wo blieb es also? Vermutlich irgendwo im Wald.«

»Nein«, sagte Ulmen und zerwühlte mit den Fingerkuppen sein dunkles, welliges Haar. »Bei diesem Schnee wäre ein rotes Auto den Hubschraubern nicht entgangen.«

»Wo ist es also geblieben? Ist es mit Satan im Bunde, hat es sich in Rauch aufgelöst?«

»Du machst vielleicht Witze, Tschorn«, sagte Martin Velsmann. »Aber richtig ist, dass es wie vom Erdboden verschluckt ist. Es gibt keinerlei Hinweise aus der Bevölkerung, das lässt mich vermuten, dass unser Fluchtauto die Gegend um Gelnhausen nicht verlassen hat.«

»Aber die Garagen, Stellplätze, Baracken im Gürtel um Gelnhausen sind ergebnislos abgesucht worden«, wandte Ulmen ein. »Wir haben jeden Zentimeter durchkämmt, der ein Auto verdecken könnte.«

Jetzt traten alle vor die große Wandkarte. Velsmann deutete mit einem Bleistift auf ihren Standort. »Bis hierher ist es jedenfalls nicht gekommen. Die Stahlauer sind Autofreaks. Sie kennen Autos, ihren Charakter, ihre Daten besser als Menschen. Sie hätten einen roten Mazda, nach dem ganz Hessen sucht, sofort gemeldet.«

»Was ist mit dem Stausee?«, fragte Frings und leckte sich die wulstigen Lippen, die ihm den Spitznamen »Koch« eingetragen hatten. »Und wenn wir annehmen, der Flüchtige hat den Mazda einfach darin versenkt?«

Martin Velsmann durchfuhr ein eiskalter Schrecken. »Du meinst, gerade gegenüber der Wetterstation, am anderen Ufer. In Sichtweite?«

»Ja, warum nicht?«

»Meine Güte, er könnte Recht haben«, sagte Velsmann entgeistert. »Wenn Welsch ein solcher Satansarsch ist, wie wir nach dem sichergestellten Beweismaterial aus Hanau annehmen dürfen, dann liebt er wahrscheinlich Rituale. Und ein besonders perfides Ritual wäre es, jemanden geradewegs gegenüber der Stelle im See zu ertränken, an der der erste Mord geschah!«

»Vergiss nicht, der See ist zugefroren!«, warf Ulmen ein.

»Stimmt! Aber dennoch. Man kann ja ein Loch hacken. Damit würde vielleicht nicht ein Auto, aber doch eine Leiche perfekt verschwinden. Wer fährt freiwillig zum See?«

»Ich mache das, Chef!« Freygang ging schon hinaus, sie hörten sein Poltern auf den Steinstufen des Turms.

Ulmen begann auf einer aufgebackenen Pizza herumzukauen. Er gab das aber nach einigen Bissen auf und bot den Rest den Kollegen an. Keiner hatte Appetit.

»Haltet ihr noch durch?«, wollte Velsmann wissen.

»Was sonst«, antwortete Ulmen. »Stell dir vor, du sitzt jetzt zu Hause und musst immer an die Sache denken. Verdammter Mist!«

»Ja, das ist es«, sagte Kröninger.

Velsmann ließ eine Weile vergehen und rief Freygang an. »Bist du schon draußen?«

»Ja. Ich bin einmal ganz rumgefahren. Auch auf der anderen Seite, über den Radweg. Nichts.«

»Bist du ausgestiegen?«

»Nein. Das mache ich jetzt. Ich melde mich wieder.«

Die Männer warteten auf den nächsten Anruf. Eine Stunde verging. Um zwei Uhr wählte Velsmann erneut Freygangs Nummer. Aber sein Assistent meldete sich nicht.

Freygang lauschte. Die Nacht lag so kalt und schwer über der Landschaft wie eine feuchte Decke. Er rieb sich die eiskalten Ohren. Am jenseitigen Ufer des Sees blinkten ein paar Lichter. Das musste die Wetterstation sein, in der bald die Frühschicht begann. Er ließ den Wagen auf einem Parkstreifen am Straßenrand stehen und ging durch das Gebüsch zum Wasser hinunter.

Ein paar Nachtvögel stoben lautlos auf. Zur Linken sah er den Steg des Tretbootverleihs. Dort war alles verlassen. Still! War da nicht etwas? Freygang raufte sich die Haare und streckte den Kopf vor, um genauer zu hören.

Ein schürfendes Geräusch.

Dann entspannte er sich wieder. Eins der Boote rieb sein Befestigungstau an der Bordwand.

Freygang ging weiter. Die Weite des Sees überraschte ihn. Die matte weiße Fläche erstreckte sich bis in die Dunkelheit hinein. Wären nicht die Lichter der Station gewesen, hätte er das andere Ufer nicht ausmachen können. Er betrat das Eis. Es knirschte. Er machte einige wippende, prüfende Bewegungen, wusste aber zugleich, dass die Eisschicht hielt. Es mussten um die zehn Grad minus sein. Als er das dachte, fror er plötzlich noch heftiger.

Er blieb stehen. Lauschte. Dachte nach. Plötzlich kam ihm ein Gedanke.

Wie, wenn Welsch mit diesem Petry unter einer Decke steckte? Warum war darauf eigentlich noch niemand gekommen? Natürlich! Das war doch nahe liegend. Es ging nicht um die Alternative Welsch oder Petry! Die beiden hatten die Morde zusammen geplant und ausgeführt! Und jetzt hatte Welsch den Mazda im Wald bei Petrys Haus versteckt. Hatte Petry nicht sogar eine Garage?

Freygang war von seinem Einfall wie alarmiert. Er lief jetzt zu seinem Auto zurück. Er war versucht, Velsmann anzurufen. Dann ließ er das lieber. Der Chef hätte seinen Gedankengang bestimmt nicht zu würdigen gewusst. Er war vernarrt in diesen Petry. Bestimmt hätte er ihm befohlen, sofort ins Schloss zurückzukehren.

Jetzt.

Dies war sein großer Moment.

Der Augenblick des Karrieresprungs.

Was würden sie für Augen machen, wenn er mit einem Schlag alle losen Fäden des Falles in einem einzigen Knoten präsentierte! Er freute sich schon jetzt darauf.

Aber bis dahin musste er sichere Beweise finden, dass seine Vermutungen stimmten. Er erreichte sein Auto und fuhr los. Die Reifen knirschten im Schnee, er gab zu viel Gas, der Wagen rutschte zur Seite und sackte ab. Freygang fluchte. Er würgte den Motor ab. Bleib ruhig, sagte er sich. Er startete erneut und fuhr das Auto ganz langsam, mit wenig Gas, aus der Schneeverwehung. Fünf Minuten später hatte er die andere Seite erreicht. Er fuhr so weit, wie er konnte, parkte an der Bahnunterführung, über die in diesem Moment ein Zug donnerte, ließ das Standlicht brennen, nahm den Revolver aus dem Handschuhfach und lief los.

Er schlug einen leichten Trab an. Zwei Kilometer, dachte er. Beweg dich.

Im Haus Petrys brannte noch Licht. Freygang blieb stehen und blickte auf seine Armbanduhr. Eins in der Nacht.

Auch nebenan waren die Fenster noch erleuchtet. Dort musste die Wohngemeinschaft aus Frankfurt Quartier genommen haben, Velsmann hatte nach der Vernehmung berichtet, es seien harmlose Leute, Naturliebhaber aus der stinkenden Großstadt. Freygang umrundete Petrys Haus und hielt Ausschau nach dem Mazda. Er sah, dass es tatsächlich eine Garage gab. Und er sah auch, dass frische Reifenspuren hineinführten. Die Garagentür war geschlossen.

Hatte Petry ein Auto? Freygang wusste es nicht. Aber nach allem, was ihm der Kommissar erzählt hatte, bezweifelte er das.

Er trat hinter das Haus an eines der Fenster. Sogleich zuckte er wieder zurück. Er hatte Karl Petry gesehen, er saß in einem Sessel. Der Grundschullehrer blickte in das Zimmer hinein auf einen anderen Anwesenden.

Freygang bemühte sich, keinen Lärm zu machen. Er hob sich auf Zehenspitzen und reckte den Hals, um nach rechts in das Zimmer hineinzusehen. Was er sah, beschleunigte seinen Herzschlag. Dort saß in der Nähe der Flurtür Frank Welsch auf einem Stuhl. Auf seinem Schoß hatte er etwas, das blinkte. Freygang konnte nicht erkennen, was es war.

Wo war Tosca? Mein Gott, wo hatten die Schweine das Mädchen? Freygang spürte ein brüderliches Gefühl in sich aufsteigen, er hätte heulen können.

Er merkte, dass ihm der Schweiß herunterlief. Was sollte er jetzt tun? Velsmann anrufen? Und sich um den ganzen Ruhm bringen? Oder Welsch verhaften?

Er sah, wie Welsch gestikulierte. Petry saß regungslos im Sessel.

Jetzt wusste Freygang, was er tun wollte. Er ging um das Haus herum und klingelte. Dann rannte er zurück an die Rückseite. Durch das Fenster sah er, dass Welsch auf Petry einredete. Er forderte ihn offenbar auf, zu öffnen. Gleichzeitig sah Freygang jetzt, was der Ex-GI in der Hand hielt.

Eine Machete.

Er deutete auf die Eingangstür.

Die Machete hatte eine ungewöhnlich breite Schneide.

Freygang schlug die Fensterscheibe mit drei schnellen, gezielten Schlägen des Revolvergriffs ein. Er richtete die Waffe auf Welsch und brüllte: »Nehmen Sie die Hände hoch, Welsch. Und keine Bewegung. Ich schieße sofort!«

Welsch erstarrte. Er ließ die Machete fallen. Petry war bereits aufgestanden und ließ sich wieder in seinen Sessel fallen, dort blieb er apathisch sitzen.

Freygang schob von außen den Fensterriegel auf und turnte über die Fensterbrüstung in das Wohnzimmer. »Wo ist Poppe?«, fragte er.

Welsch sah ihn höhnisch an. »Wer?«

Freygang ging auf ihn zu und schlug ihm den Revolver ins Gesicht. Welsch torkelte rückwärts. Er stöhnte auf. Über seiner Nase bildete sich ein feiner Blutfilm. Freygang trat die Machete mit dem Fuß beiseite. »Wo ist Poppe?«

Welsch fletschte nur die Zähne. Wieder schlug Freygang zu. Diesmal gab Welsch einen schmerzerfüllten Laut von sich. »Poppe! Wo ist sie! Ich schlag dich tot, Welsch!«

Freygang hob die Hand zu einem neuen Schlag. Im gleichen Moment nahm er seitlich eine Bewegung wahr. Ich Narr habe Petry aus den Augen gelassen, dachte er. Etwas explodierte in seinem Kopf, dann wurde es dunkel um ihn.

»Hergott nochmal, es ist wie bei den zehn kleinen Negerlein! Einer nach dem anderen verschwindet! Kröninger und Ulmen, ihr bleibt hier. Behaltet die Geräte im Auge. Die anderen fahren mit mir.«

Martin Velsmann war unentschlossen gewesen, wankelmütig, jetzt spürte er die Sorge um seine Mitarbeiter wie einen Krampf, der sich um sein Herz zog. Was war da draußen los? Verschluckte die Nacht Polizisten? Oder dieser verdammte See, der zu leben schien wie ein Tier?

Er sprang mit Frings, Ingelsen und Tschorn in das Polizeiauto, das im Schlosshof parkte. Die Fahrt zum See dauerte fünf Minuten, am Friedhof vorbei, in Richtung Seidenroth, dann rechts über die B 66. Am Ufer war nichts zu sehen. Kein Polizeiauto, kein Freygang. Der Bootsverleih lag verlassen da.

»Wo ist Freygang? Das geht doch nicht mit rechten Dingen zu! Wir sind doch nicht im Märchenland.«

»Ist Stahlau nicht die Märchenstadt der Brüder Grimm?«

»Was hat das mit dem zu tun, was hier los ist, kannst du mir das sagen, Tschorn?« Velsmanns Stimme war gereizt. Er verstand nichts mehr. Und das mochte er ganz und gar nicht.

Plötzlich sagte Ingelsen: »He, kommt mal her. Hier ist was.«

Es waren Spuren im Schnee. Sie gingen im Kreis. »Kennst du Freygangs Schuhprofil?«, fragte Tschorn. Velsmann verneinte.

»Ich meine …«, sagte Ingelsen. »Es ist Winter. Hier kommt um diese Jahreszeit bestimmt keiner her. Und diese Fußspuren hier sind die einzigen weit und breit. Sonst nur unberührter Schnee. Ich denke, das war Freygang.«

»Gut«, sagte Velsmann. »Nehmen wir an, die Fußspuren stammen von ihm. Das ist ja auch das Einzige, woran wir uns im Moment halten können. Verfolgen wir sie also.«

Die Spuren führten im Kreis herum, erst nach links, dann weit nach rechts. Dann wieder zurück. Dann führten sie wieder zur Straße. Dort musste Freygang das Auto geparkt haben.

»Und nun?« Tschorn sah so ratlos aus wie die anderen.

»Moment mal!« Martin Velsmann beugte sich hinab. »Hier hat vor kurzem ein Auto geparkt, seht ihr hier den Ölfleck? Außerdem ist der Schnee frisch aufgewühlt, so viel Pfadfinderkenntnisse habe ich noch. Wenn das Freygang war, dann ist er aus dem Graben herausgefahren und weiter in Richtung Ahl. Also an das Ende des Sees. Und wohin wohl dann? Ist es hirnrissig, zu denken, er nimmt den Weg nach Bad Salmünster?«

»Kann schon sein!«

»Warum ruft er nicht an, verdammt nochmal!«

»Weil er nicht kann?«, schlug Tschorn vor.

»Und warum kann er nicht?«, fragte Ingelsen.

»Er ist in Schwierigkeiten!«, sagte Martin Velsmann. »Er würde anrufen, das weiß ich. Er ist in Schwierigkeiten. Fahren wir weiter. Vielleicht können wir die Reifenspur verfolgen.«

»Hoffnungslos. Es gibt hier viele Reifenspuren im Schnee.«

»Versuchen wir es.«

Sie fuhren langsam weiter. Jetzt lenkte Tschorn. Martin Velsmann hatte die Seitenscheibe heruntergekurbelt und blickte hinaus wie ein alter indianischer Fährtensucher. »Langsam, Tschorn! Ich verliere sonst die Spur. Bisher kann ich ihr noch folgen.«

»Wenn wir überhaupt die richtige haben.«

An der Kreuzung nach Bad Salmünster hielten sie an. Velsmann stieg aus. Er beugte sich tief über die Spuren. Dann war er sich sicher. »Die einzige halbwegs frische Reifenspur, die hier nach rechts abgeht, ist die dort. Es scheint auch das gleiche Profil zu sein wie das am See. Seht ihr das? Das Vorderrad ist ziemlich platt. Wir folgen der Spur.«

Schon nach wenigen hundert Metern war es Martin Velsmann klar, dass der Wagen, dessen Spur sie folgten, zur Wetterstation gefahren sein musste. Oder zumindest in die Nähe. Die Spur führte über den Weg der Staumauer zur anderen Seeseite. Dann nach links. Jetzt war es leicht, ihr zu folgen, es war die einzige im Schnee.

An der Bahnunterführung entdeckten sie Freygangs Auto. Erleichtert leuchtete Velsmann in das Innere. Dass Freygang nicht zu sehen war, schien ihm jetzt beinahe selbstverständlich. Er ahnte, wo er seinen Assistenten finden würde.

Bei Karl Petry.

Seine Fußspuren führten vom Polizeifahrzeug unter der Bahnunterführung hindurch direkt zu der kleinen Siedlung im Wald.

Es war Femi Elesi. Freygang hätte sich die Zunge abbeißen können. Die Fotografin legte ihm den Arm um den Hals, er roch ihren Duft nach Moos und kaltem Schweiß. Femi Elesi. Das Simsalabim, wie der Kommissar sie genannt hatte.

Warum war ihm nicht klar gewesen, dass er es auch mit ihr zu tun bekommen würde! Er war in seinem Triumphgefühl zu sorglos gewesen.

Ihre Stimme sagte an seinem Ohr: »Ein Kleiner. Ganz groß will er sein. Gendarm spielen. Aber er hat Mutti vergessen. Ich bringe dich nicht um, Kleiner, aber ich werde dir Respekt beibringen.«

Frank Welsch schlug Freygang ins Gesicht. »Für den Auftritt in meinem Haus! Den Schmerz, den du mir mit dem Revolver bereitet hast, vergebe ich dir. Aber das Beste wird noch kommen. Das heben wir uns auf. Du wirst noch freiwillig sterben wollen.«

»Arschloch«, keuchte Freygang. Der Arm drückte ihm die Luft weg. Welsch stieß ihm das Knie in den Unterleib.

»Sieh nach, was draußen los ist, Frank«, sagte Elesi. »Ob er allein gekommen ist. Dann nehmen wir seinen Wagen. Sei vorsichtig.«

»Was ist mit Petry?«, wollte Welsch wissen.

»Der nützt uns nichts.«

Sie gibt den Ton an, dachte Freygang. Das kann nicht wahr sein. Ist Welsch nur ihre Marionette, oder was?

Welsch verschwand. Während er draußen war, spürte Freygang den Körper der Frau hinter sich ganz nahe. Er war weich und warm und üppig. Ihr Arm lag um seinen Hals wie eine Eisenklammer, ihre Hand lag auf seinem Bauch. »Kleiner«, sagte sie, »du hast schöne Haare.«

»Leck mich!«, ächzte Freygang.

Der Körper hinter ihm bebte leicht. Sie schien zu lachen. Freygang überlegte krampfhaft, was er tun konnte, da kam Welsch wieder ins Zimmer. »Kein Auto«, sagte er. »Er ist zu Fuß gekommen, der Wichser.«

»Wo steht dein Auto?«, fragte Elesi.

Freygang überlegte einen Moment. Er sah keinen Sinn darin, zu lügen. »Vorn am Bahnübergang, zwei Kilometer«, sagte er.

»Dann müssen wir dahin laufen«, sagte Welsch gereizt.

»Wenn du rechtzeitig getankt hättest, nicht«, sagte Elesi ruhig. »Nehmen wir ihn mit?«

Sie überlegten einen Moment. Freygang hörte, wie Karl Petry aus dem Hintergrund sagte: »Lassen Sie ihn hier. Er nützt Ihnen nichts.«

»Wir nehmen ihn mit«, entschied Elesi. Freygang bekam einen Stoß, der ihn vorwärts stolpern ließ.

Wieder sagte Petry: »Aber er behindert Sie doch nur! Lassen Sie ihn hier. Er schadet Ihnen nichts, ich garantiere dafür. Ich werfe ein Auge auf ihn.«

»Schnauze«, sagte Welsch grob. »Aber ich glaube auch, wir sollten ihn hier lassen.«

»Und wenn sein Auto nicht am Bahnübergang steht? – Wir nehmen ihn mit.«

»Was ist mit der Wohngemeinschaft nebenan, Petry? Haben die ein Auto?«

»Nein. Das sind Naturkinder.«

»Also vorwärts! Aber wir laufen quer durch den Wald. Ich mag die Wege nicht.«

Schritt für Schritt kamen sie dem Haus von Karl Petry näher. Es war Velsman klar, dass die Spuren Freygangs dorthin führten.

Schneestaub fiel plötzlich zur Linken von den Tannen. Ein Tier? Die Männer blieben stehen, hörten aber nichts. Nach einer Weile standen sie schwer atmend vor der Siedlung. Sie sahen das Licht in Petrys Haus. Dann hörten sie, wie sich jemand hinter dem Haus zu schaffen machte. Eine Garagentür quietschte, dann gab es das typische Geräusch einer aufgeschobenen Schwingtür, die gegen die Decke schlägt. Sie verteilten sich und schlichen näher.

Dann sahen sie den roten Mazda. Und eine Gestalt, die sich daran zu schaffen machte. Jetzt hielt es Martin Velsmann nicht mehr. Er zog die Pistole, entsicherte sie und rannte los, sah einen Schatten, eine Kofferraumtür, die aufschnappte, hörte eine Stimme. Er stürmte in die Garage und riss den Mann am Kragen hoch, der sich in den Kofferraum beugte.

»Hände hoch! Keine Bewegung!«

Karl Petry fuhr erschreckt hoch. Er erkannte den Kommissar. Velsmann erkannte ihn. Petry sah fassungslos aus. Er deutete in den Kofferraum. »Sie – ist da drin«, stammelte er.

Martin Velsmann sah das Bündel im Kofferraum. Jetzt waren auch die Kollegen neben ihm und kümmerten sich um die Gefesselte. Tosca Poppe rührte sich nicht.

Mein Gott, dachte Velsmann, wenn sie ihr was angetan haben. Weiß Gott, dann …

Ulmen sagte: »Sie lebt. Bringen wir sie ins Haus.«

»Was ist hier los, Petry?«, stieß Martin Velsmann hervor.

»Welsch war hier. Mit seiner Freundin. Sie haben Ihren Assistenten mitgenommen.«

»Freygang? Wohin mitgenommen?«

»Zu seinem Auto an der Bahnunterführung. Das rote Auto hier hat kein Benzin mehr. Sie sind eben los, drei Minuten früher, und Sie hätten sie geschnappt.«

»Himmelherrgott!«

Martin Velsmann riss sein Handy aus Tasche und gab Anweisungen nach Stahlau. Er überlegte, ob er selbst die Verfolgung des flüchtigen Paares zu Fuß aufnehmen sollte. Nein, das war zu riskant und kaum Erfolg versprechend. Man musste die ganze Gegend abriegeln. Das auffällige Polizeifahrzeug Freygangs konnte nicht weit kommen. Aber man musste natürlich besonnen vorgehen, um seinen Mitarbeiter nicht zu gefährden.

Velsmann ließ Petry keine Sekunde aus den Augen, er war sich über seine Rolle in dem Drama nicht im Klaren.

Sie legten Tosca Poppe auf eine Couch. Man zog vorsichtig die Klebebänder von ihren Händen und bewegte die junge Frau. Sie stöhnte.

Ihr Gesicht war blutig. Sie schien jedoch nur erschöpft, nicht stark verletzt zu sein. An Stirn und Nase befanden sich Platzwunden. Velsmann beugte sich über sie. »Tosca? Hören Sie mich, Tosca?«

Die Polizeiaspirantin kam zu sich. Petry reichte Velsmann ein Glas Wasser, er setzte es an ihre Lippen. Poppe trank durstig. Als sie die Augen öffnete, lächelte sie schwach. »Mensch, Chef«, krächzte sie leise.

»Alles in Ordnung, Tosca?«

Sie nickte.

»Können Sie aufstehen?«

Sie versuchte es, knickte aber sofort in den Knien zusammen. »Uff!«, machte sie.

»Wenn man stundenlang in einem Kofferraum liegt, geht der Kreislauf natürlich weg«, sagte jemand.

Martin Velsmann stützte seine Assistentin. »Setzen Sie sich in den Sessel, bleiben Sie da sitzen. Wir holen den Arzt.«

Als der Krankenwagen nach einer halben Stunde endlich kam, stand Martin Velsmann vor der Tür und rief gerade aufgeregt in sein Handy: »Habt ihr sie? Wo sind sie?«

Er lauschte. Die Kollegen umringen ihn mit bleichen, müden Gesichtern.

»Lasst sie nicht entkommen! Aber nur gut vorbereitete Aktionen! Freygang ist in ihren Händen!«

»Was ist, Martin?«

»Sie haben das Auto bei Birstein gestellt. Wir müssen hin. Sie verhandeln gerade.«

»Was machen wir mit Petry?«

»Tschorn, du bleibst hier, bis sie das Mädchen ordentlich versorgt haben. Dann fährst du mit Petry nach Stahlau und wartest dort auf uns. Stell ihm schon mal ein paar Fragen.«

»Warum wohnt dieser Lehrer so abgelegen?«, fluchte Frings.

Sie machten sich auf den Rückweg. Am Bahndamm eingetroffen, mussten die Polizisten feststellen, dass die Reifen ihres Fahrzeugs zerschnitten waren. Sie verwünschten Welsch, seine Freundin und den Rest der Welt. Velsmann rief über Handy ein Fahrzeug aus Stahlau zu Hilfe. Während sie warteten, fiel die klirrende, trockene Kälte über sie her. Die Polizisten warteten schweigend, von einem Fuß auf den anderen tretend, manchmal wild um sich schlagend in der Dunkelheit. Velsmann sah andauernd auf die Armbanduhr. Zehn Minuten später war das Dienstauto mit Ulmen am Steuer zur Stelle. Sie sprangen hinein, Ulmen gab Gas.

Sie brauchten weitere vierzehn Minuten.

Vor der Ortsausfahrt Birstein stand Freygangs Auto wie ein fauchendes, in die Enge getriebenes Tier in der Nacht. Der Motor lief, Abgasrauch umhüllte das Fahrzeug, sein Fernlicht war eingeschaltet. Das eingeschaltete Blaulicht auf dem Dach hatte den Flüchtenden nichts genützt. Zu beiden Seiten der Straße, die weiter nach Gedern führte, standen Polizeifahrzeuge, darüber schwebte ein Hubschrauber, dessen starke Scheinwerfer das Fluchtauto erfassten. Eine Lautsprecherstimme versuchte, das Dröhnen der Rotoren zu übertreffen.

Velsmann sprang aus dem Polizeiwagen, noch bevor er hielt. Er eilte nach vorn und begrüßte den Einsatzleiter. Es war Edwin Kugel aus dem Vogelsbergkreis. »Wie sieht's aus?«, fragte er.

»Dieser Welsch sitzt am Steuer. Die Frau befindet sich auf der Rückbank und hält dem Polizisten einen Revolver unter die Nase«, berichtete Kugel lakonisch. »Sie verlangen freies Geleit nach Tschechien, sonst stirbt der Polizist.«

»Der Polizist ist mein persönlicher Assistent, Alfons Freygang.«

»Das ändert nichts an der Ausgangslage«, sagte Kugel stoisch. »Wie lange sollen wir verhandeln?«

»Natürlich so lange, bis Freygang frei ist«, sagte Martin Velsmann. Er reckte den Hals und blickte hinüber. Durch die blendenden Scheinwerfer von überall konnte er im Wageninneren nichts erkennen.

»Gib mir deinen Lautsprecher, Kollege!«, verlangte Velsmann. Er nahm den Verstärker, schaltete ihn ein und trat aus der Deckung des Polizeigürtels vor.

»Vorsicht, Velsmann«, warnte Kugel.

»Welsch!«, rief Martin Velsmann. »Welsch, hören Sie mich? – Können Sie mich hören, Welsch? Lassen Sie uns reden!«

Nichts rührte sich. Dann sah Velsmann, wie die Scheibe auf der Fahrerseite hinunterglitt.

Welschs Bariton sagte: »Was ist? Unsere Forderung ist klar! Was wollen Sie noch?«

»Ich will meinen Kollegen! Lassen Sie ihn frei! Dann können Sie unbehelligt losfahren!«

Welsch lachte humorlos. »Machen Sie Scherze? Sehen Sie den Hubschrauber über uns? Der verfolgt uns die ganze Strecke über und macht uns im passenden Moment fertig.«

»Ich verspreche Ihnen, Welsch, dass Sie unbehelligt nach Tschechien fahren dürfen! Aber ich will meinen Assistenten, verstanden! Sonst fahren Sie hier keinen Zentimeter weg.«

Pause. Im Autoinneren rührte sich nichts. Offenbar berieten Welsch und seine Freundin.

»Velsmann? Ihr Kleiner will Ihnen was sagen!« Das war Femi Elesi.

Die Polizisten lauschten angestrengt. Dann hörten sie Freygangs helle Stimme: »Kommissar, lassen Sie uns fahren. Die Frau hat mir versprochen, mir nichts zu tun! Sie lassen mich an der Grenze laufen!«

Martin Velsmann sah sich um. Hinter sich sah er alle die angespannten Gesichter der bewaffneten Polizisten. Der Hubschrauber machte jetzt eine Seitwärtsbewegung und beschrieb einen Kreis, seine Scheinwerfer blieben auf dem Fluchtauto.

Was sollen wir tun?, fragte Velsmann sich. Was können wir tun?

Kugel stand plötzlich neben ihm. »Stürmen wir!«, sagte er leise. »Wir haben die Männer dafür!«

»Sind Sie wahnsinnig? Sie haben keine Ahnung, mit was für Tätern wir es hier zu tun haben. Die sprengen alles in die Luft, wenn sie können. Die haben überhaupt keine Skrupel, ihr eigenes Leben bedeutet denen nicht viel.«

»Die Frau zumindest wird wohl ihr Leben nicht wegwerfen.«

»Über die bin ich mir nicht im Klaren. Aber Welsch ist ein gemeingefährliches Tier.«

»Dann halten wir sie hin und fordern Scharfschützen an. Zwei, drei gezielte Fangschüsse, und die Birne ist geschält.«

»Nein!«

»Was dann?«

»Wir lassen sie fahren. Vielleicht ergibt sich eine Gelegenheit, einzugreifen. Irgendwann werden sie müde, müssen eine Pause machen. Vielleicht können wir dann zugreifen. Aber oberste Priorität bleibt Freygang, verstanden? Keine Heldentaten!«

Kugel verschwand nach hinten. Er sprach in sein Funkgerät. Daraufhin ging der Hubschrauber in die Höhe und wartete in einhundert Meter Entfernung.

Martin Velsmann rief in seinen Handlautsprecher: »Welsch, hören Sie mich? Fahren Sie los. Aber wir bleiben Ihre Eskorte – zu Ihrer eigenen Sicherheit. Fahren Sie so langsam, dass niemand gefährdet wird. Die Straßen werden frei sein.«

Welsch antwortete nicht. Nach einer Weile setzte sich der Polizeiopel in Bewegung. Er wendete und fuhr nach Nordosten.

Eine gespenstische Karawane nahm ihren Anfang. Hinter dem Polizeifahrzeug fuhren sechs weitere Dienstfahrzeuge der hessischen Polizei. Überall in den Dörfern und Kleinstädten, die sie in den nächsten zwei Stunden passierten, standen Polizeifahrzeuge. Dahinter neugierige Einheimische in Winterkleidung und Decken gehüllt. Die Nacht war erleuchtet von starken Scheinwerfern.

Velsmann hatte seine Anweisungen nach Stahlau durchgegeben und mit Hubert Gell in Fulda telefoniert. Er hatte seinen Vorgesetzten erst nach einer Diskussion mit dessen Ehefrau an den Hörer bekommen. Es wurde eine Funkverbindung in das Fuldaer Präsidium aufgebaut, die nicht gestört werden durfte.

Velsmann sah auf die Uhr. Vier Uhr in der Frühe. Als er das nächste Mal auf die Armbanduhr blickte, waren gerade sechs Minuten vergangen.

»Wann wird es hell?«, fragte Ingelsen, der zusammen mit zwei Uniformierten im Auto saß.

Einer der Polizisten antwortete: »Gegen halb acht.«

»Bis mindestens sechs haben wir Ruhe«, sagte Velsmann. »Dann kommt uns auf den Straßen der Verkehr in die Quere. Ich kann nur hoffen, dass die Kollegen das alles regeln können. Das wird eine lange, höllische Fahrt.«

Sie passierten Gedern, Schotten, Lauterbach und Schlitz. Die Beamten litten unter ihrer Müdigkeit, andererseits hielt die Aufregung ihre Augen offen. Vor Bad Hersfeld hielt das Fluchtauto plötzlich an einem Waldstück.

»Achtung!«, entfuhr es Martin Velsmann.

Ingelsen zog den Revolver. »Was ist jetzt los?«

Velsmann stieg langsam aus und blickte angestrengt zur Polizeilimousine hinüber, deren Blaulicht jetzt ausgeschaltet war. Der Wagen stand mit laufendem Motor mitten auf der Landstraße. Die Scheinwerfer des Hubschraubers erfassten in diesem Augenblick zwei Gestalten, die sich vom Auto fortbewegten. Velsmann blieb das Herz stehen. Der eine war Freygang. Hinter ihm, das musste Elesi sein. Sie hielt etwas in der ausgestreckten Hand. Sicher eine Pistole.

»Pinkelpause«, flüsterte Ingelsen. »Diese Frau ist vielleicht ein Herzchen. Sie geht mit ihm mit.«

Freygang taumelte plötzlich.

Martin Velsmann schrie auf und begann, ohne zu überlegen, vom Polizeifahrzeug wegzuspurten. Er sah, dass Freygang stürzte, wegrollte und in der Dunkelheit des Unterholzes verschwand. Zwei Schüsse fielen. Velsmann sah das Mündungsfeuer. Dann drehte sich Elesi um und rannte zum Auto zurück. Sie sprang hinein, die Tür schlug zu. Mit kreischenden Reifen und aufheulendem Motor raste das Polizeifahrzeug davon.

Velsmann rannte zum Auto zurück. »Kümmert euch um Freygang. Wir verfolgen sie!«, brüllte er über die Schulter zu den folgenden Einsatzwagen zurück.

Der beiden weißen Zeigefinger des Polizeihubschraubers schwebten voraus. Die Straßen waren geräumt, aber hin und wieder durch Raureif glatt.

»Wie heißen die nächsten Ortschaften?«, wollte Velsmann von dem Uniformierten im Fond wissen.

»Queck, Rimbach, Wegfuhrt«, sagte der Polizist aufgeregt. »Sie versuchen, die A 40 zu erreichen, um in Richtung Eisenach und Thüringen unterzutauchen!«

»Warnen Sie die Kollegen an der Autobahnauffahrt! Sie sollen den

Verkehr stoppen und eine Straßensperre errichten. Dort versuchen wir sie zu stellen.«

Der Polizist sprach eine Weile in sein Mikrophon, offenbar hatte er es auf der Gegenseite mit einem Begriffsstutzigen zu tun.

Der Polizeiwagen raste mit heulender Sirene vorwärts. Durch die Windschutzscheibe sah Martin Velsmann im gleichen Abstand die roten Schlusslichter des Fluchtautos. Gebannt starrten er und seine Kollegen geradeaus.

»Hinter Wegfuhrt, kurz vor Niederaula, gibt es eine Baustelle«, sagte plötzlich der Fahrer. »Fällt mir gerade ein. Es gibt eine Umleitung mit einer scharfen Kurve. Wenn die mit der Geschwindigkeit da ankommen – ich weiß nicht!«

»Verdammt, warum sagen Sie das nicht gleich!« Martin Velsmann drehte sich um und sah, wie hinter ihnen die anderen Polizeifahrzeuge mit Blaulicht und Sirenen folgten. Er ließ sich mit dem Einsatzleiter im Hubschrauber verbinden.

Eine schnarrende Stimme sagte: »Jetzt brauche ich nur noch den Walkürenritt, haben Sie zufällig eine MC dabei? Dann schicken Sie sie rauf!«

»Was? – Hören Sie zu! Ich erfahre eben, dass es auf der Straße, die das Fluchtauto nimmt, eine Baustelle gibt. Vor Niederaula. Kennen Sie sich überhaupt hier aus? Fliegen Sie dorthin und leuchten Sie die Stelle aus.«

»Warum denn? Lassen wir es doch auf den Crash ankommen, das spart uns viel Mühe.«

»Verdammt nochmal, ich will die Flüchtigen lebend haben, verstehen Sie? Ich will sie verhören können!«

»Okay, Kollege! Mit dem Walkürenritt, das war nur ein Scherz! Aber mit Wagner macht alles mehr Spaß!«

Velsmann schaltete das Mikrophon ab. Er blickte zum Himmel und sah, wie der Hubschrauber schnell abdrehte. Dann ließ er sich mit Kugel verbinden. »Was ist mit Freygang?«

»Ein Streifschuss an der Hand, nichts Schlimmes. Sonst unverletzt. Er steht neben mir, wollen Sie ihn haben?«

»Geben Sie ihn mir.«

»Chef? Verfluchte Sache. Ich hab's verbockt!«

»Quatsch! Sie haben uns doch überhaupt erst auf die Spur gebracht, Freygang! Glückwunsch! – Lassen Sie sich nach Fulda fahren, wir sehen uns später!«

Erleichtert gab Velsmann das Mikrophon zurück. Dann nahm ihn die Szene vorn wieder gefangen. Noch immer leuchteten die Rücklichter des Fluchtautos am Horizont. In der Ferne sah man den Schimmer des Hubschrauberscheinwerfers. Dann war plötzlich alles dunkel. Als sie weiterfuhren, beschlich die Polizisten ein mulmiges Gefühl. Was war geschehen? Waren die Flüchtigen entkommen?

Hinter der nächsten Kurve erhielten sie die Antwort.

Der Hubschrauber beleuchtete ein Auto, das neben der Straße auf dem Dach lag. Sie sahen die gelben Lampen der Baustelle und die rotweiße Barriere. Aus dem umgestürzten Auto stieg Rauch auf, und zwei Gestalten krabbelten heraus. Plötzlich gab es eine Stichflamme. Mit einem Knall explodierte der Benzintank. Die beiden Gestalten fielen zu Boden. Und rappelten sich wieder auf.

Velsmann ließ das Auto bremsen. Er sprang noch während der Fahrt hinaus, stürzte und rannte fluchend los. Hinter sich wusste er Ingelsen. Sie kamen bei Welsch und Elesi an, als die im Schnee nach dem verlorenen Revolver suchten. Als sie ihnen Handschellen anlegten, schoss noch einmal eine Feuerfontäne aus dem Unfallauto, und sie mussten sich die Hände schützend vor die Augen halten.

Die beiden Flüchtigen bluteten aus mehreren Wunden. Welsch sah Velsmann aus leeren Augen an. Elesi leckte sich die Lippen. Dann sagte sie:

»Ich habe Sie überschätzt. Sie kommen zu spät.«

Zum Schlafen kam niemand. In den nächsten Stunden gingen so viele Meldungen ein, dass die Apparate heißzulaufen schienen. Martin Velsmann und seine Kollegen von der Soko Stahlau hielten sich mit starkem Kaffee wach und ließen ihre Handys nicht mehr aus der Hand. Die klingelnden Telefone und aufgeregten Stimmen taten das Ihre, um die Einsatzzentrale im Stahlauer Schloss in ein fieberndes Tollhaus zu verwandeln.

Welsch hatte, im Gegensatz zu Femi Elesi, unmittelbar nach der Festnahme alles gestanden. Velsmann grübelte darüber nach, was die Frau bei ihrer Festnahme gemeint haben könnte. Er kam nicht drauf. Fragen konnte er sie im Moment nicht, sie hatte neben anderen Verletzungen eine schwere Gehirnerschütterung, und der Arzt im Fuldaer Präsidium verbot eine Vernehmung. Welsch hatte auf Befragen den Mord in Bad Salmünster an Bruno Roa zugegeben. Ein Abtrünniger aus Rudolstadt, der die Satanisten verlassen wollte. Im Beisein seines Anwalts gestand Frank Welsch später auch die beiden anderen Morde. Auch die Schuld am Verschwinden der beiden Mitglieder des Gelnhäuser Ritterclubs, Emil Wichnarek aus Altenhasslau und Linus Schröder aus Gettenbach, nahm er auf seine Kappe.

Dem Mann schien alles gleich zu sein. Martin Velsmann hätte ihm jede Untat zur Last legen und jedes Geständnis aus ihm herausholen können. Selbst sein Hinweis darauf, dass er zu einer selbstbelastenden Aussage nicht verpflichtet sei, stoppte seinen Bekenntniseifer nicht. Jetzt kamen Martin Velsmann aber Zweifel, ob Welsch nicht die Unwahrheit sprach.

Andererseits: Warum sollte er? War es für seine wölfische Gesinnung nur ein Spaß, der verachteten Staatsgewalt Knochen hinzuwerfen, die sie abnagen konnten?

»Ich weiß nicht«, sagte Velsmann zu Freygang, der mit verbundener Hand und einer Kaffeetasse in der anderen neben ihm stand. »Eine solche Inflation an unerbetenen Geständnissen habe ich noch nicht gehört. Der gibt alles zu.«

»Und Petry?«

»Wenn Welsch alles auf sich nimmt, bleibt für Petry sozusagen keine Spur eines Verdachtes mehr übrig. Welsch ist wie ein Staubsauger, der Schuld aufsaugt. Beinahe schon unangenehm.«

»Vielleicht flößt ihm das sein persönlicher Dämon ein, der ihn nach seinem Ableben bekommt«, sagte Freygang.

Martin Velsmann sah seinen Assistenten überrascht an. »Jedenfalls ist sein Verhalten kein normales Verhalten.«

»Ist Ihnen ganz klar, welche Rolle Petry bei den Ereignissen heute Nacht gespielt hat?«

Martin Velsmann zuckte die Schultern. »Er hat uns seine Version erzählt. Wie Welsch und Elesi mit Poppe ankamen, ihn bedrohten und sich bei ihm verstecken wollten. Petry behauptet, sie hätten sich bei ihm sicher gefühlt. Sie betrachteten sein Haus als eine Art Eigentum, das sie gegen Petry benutzen konnten, auch den Anschlag mit der Benzinbombe und all die anderen Belästigungen hat Welsch ja zugegeben. Hätten Sie nicht diesen genialen Einfall gehabt, Freygang, dann säße dieses Pärchen vielleicht noch jetzt gemütlich in seiner Stube.«

Freygang fuhr sich mit einer müden Handbewegung durchs blasse Gesicht. »Petry ist also nicht als Komplize von Welsch und Elesi zu betrachten.«

»Wohl nicht. Ich begreife es aber noch nicht. Welsch scheint eine seltsame Beziehung zu ihm entwickelt zu haben, irgendetwas sehr Vorsichtiges. Darüber ist wenig von ihm zu erfahren. Irgendwas ist in der Vergangenheit passiert, was die beiden verbindet. Warum Karl Petry uns nichts von der Hanauer Zentrale dieses Satanistenzirkels verriet, verstehe ich auch noch nicht.«

»Er behauptet doch, nichts davon gewusst zu haben.«

»Andrerseits wusste er aber, dass Welsch dazugehörte. Sonst hätte er nicht versucht, ihn bei der Stadtführung in Gelnhausen zu provozieren.«

»Dieser Petry bleibt mir ein Rätsel, Chef.«

»Ich glaube, er wollte seine Rechnungen mit diesen Leuten, deren Tun er verabscheut, ganz allein begleichen. Er wollte uns raushalten und akzeptierte keine Hilfe.«

»Und was machen wir mit ihm?«

Velsmann zuckte die Schulter. »Seine Aussage ist im Moment nicht zu widerlegen. Wir lassen ihn wieder laufen. Ich kann mir nicht vorstellen, dass er mit diesen obskuren Satanistenzirkeln irgendetwas zu tun hat.«

»Ich ehrlich gesagt auch nicht. Er hat ja Poppe aus dem Kofferraum befreit – oder es sah zumindest danach aus. Was sagt Hauptkommissar Gell?«

»Hubert hält sich noch bedeckt, das kennen wir ja. Die Verhöre der nächsten Tage werden uns hoffentlich mehr Klarheit bringen.«

»Haben wir damit alles im Sack? Sind die Morde aufgeklärt?«

»Was meinen Sie denn, Alfons?«

»Ich weiß nicht recht. Frank Welschs Motive sind nicht schlüssig. Mit der Ausnahme des Mordes an Bruno Roa vielleicht, der abtrünnig wurde und den Zirkel verlassen wollte, so was dulden Satanisten nicht. Aber bei den anderen? Roman Gut? Dreßen, der ermordete Sportlehrer an der Bellheimer Warte? Das waren keine Abtrünnigen, nach unseren bisherigen Erkenntnissen waren die nicht mal Mitglieder von irgendeinem dieser Zirkel. Die einzige Gemeinsamkeit, die sie verbindet, ist die räumliche Nähe ihres Wohnortes.«

»Lassen Sie uns ins Krankenhaus fahren und Tosca besuchen.«

»Gute Idee!«

Sie legten zusammen und erstanden einen riesigen Blumenstrauß. Velsmann wollte etwas Neutrales, aber Freygang bestand auf roten Rosen.

Tosca Poppe blickte ihnen schon wieder munter entgegen. Obwohl ihr Gesicht verpflastert und ihr Kopf verbunden waren, blitzten ihre Augen wie früher.

»Mensch, Chef! Und Alfons! Ihr habt mir das Leben gerettet!«

»Dank dem Taxifahrer in Hanau. Er hat die Bullen alarmiert«, erwiderte Freygang. »He, ich freue mich, dass du lebst.«

»Wie geht es, Tosca?«, fragte Martin Velsmann. »Ich meine äußerlich und innerlich.«

»Ich habe beschlossen, nie mehr im Kofferraum zu reisen«, gab sie zur Antwort. »Aber sonst kann ich nicht meckern. Morgen früh komme ich hier raus.«

»Dann machen Sie erst mal Urlaub. Mindestens bis nach Weihnachten!«

»Sind die Fälle denn abgeschlossen?«

Velsmann seufzte. »Noch nicht restlos. Es bleiben leider ziemlich viele Fragen offen. Aber ich habe den leisen Verdacht, wir kriegen irgendwie die Kurve.«

Die Rosen auf ihrem Bauch dufteten stark. Poppe seufzte. »Solche Kerls! Habe ich mich in Männern doch getäuscht?«

Frank Welsch und Femi Elesi wurden pausenlos verhört. Die Polizei beschlagnahmte in den nächsten Tagen stündlich neues Beweismaterial. Zentnerweise kamen Flugblätter, Zeitschriften, Steckbriefe, gedruckte Anweisungen, verbotene Schriften ans Licht. Und Waffen in jeder Form.

Der Verdacht, in Gelnhausen gebe es eine F.O.G.C.-Loge, schien sich zu bestätigen. Der Freimaurerische Orden der Goldenen Centurie, eine lupenreine 99er-Loge, besaß unter einem Tarnnamen eine Turnhalle am Ortsrand. Die Mitglieder waren ausgeflogen, der Versammlungsort wurde jetzt ständig observiert. Martin Velsmann schien es, als habe er die Pforte zu einer anderen Welt aufgestoßen. Ganz Mittelhessen schien von Zirkeln der Extremen wie von Krebsmetastasen übersät zu sein. Oder handelte es sich nur um besonders rührige Einzeltäter?

Es war jedenfalls ein Sumpf, der trockengelegt werden konnte.

Die geknackten Computer in Welschs Kelleratelier, mit denen sich nun der Verfassungsschutz beschäftigte, gaben Adressen frei, die noch überprüft werden mussten. Aber in erster Linie enthielten sie Dateien mit rechtsradikaler Propaganda aus der ganzen Welt.

Und Bilder. Von Köpfen ohne Sinnesorgane. Eine gruselige Galerie gesichtsloser Gesichter. Wie sich nach und nach herausstellte, lagen den Gesichtern Fotos zugrunde. Besonders wichtig waren die am Computer nachgestellten Köpfe von den beiden Männern, die in den letzten Jahren verschwunden waren. Die Fahnder entdeckten in den folgenden Tagen in einem Karteischrank ihre Passfotos auf Mitgliederkärtchen des Ritterclubs mit Namen und Anschrift. Insgesamt fand man sämtliche Fotos von Mitgliedern der unterschiedlichen Zirkel, die sich landesweit regelmäßig getroffen haben mussten. Eine Gruppe nach der anderen kam wie in einem Spinnennetz ans Tageslicht. 99er-Logen, esoterische Zirkel, »arische« Organisationen, Wehrsportgruppen, gewaltorientierte Fanatiker. Mit diesem weit reichenden Material waren BKA und Verfassungsschutz auf Monate hinaus beschäftigt.

Martin Velsmann war klar, dass gegen diese Zirkel sich der Ritterclub in Gelnhausen harmlos ausnahm. Unter seinem Dach spielten nur Naive unbekümmert Mittelalter.

Welsch entpuppte sich auch als Anführer von Computerkünstlern, die jedoch mit den radikalen Zirkeln nichts zu tun hatten. Handwerker und Internetfreaks, die spielen wollten. Welsch wollte dagegen Herrscher spielen, die Welt mit einer bizarren »arischen« Eroberungsideologie in Feuer und Dunkelheit neu ausmalen. Ein Avantgardist des Untergangs, wie Gell es ausdrückte.

Aber über die wirklichen Antriebe dieser Menschen herrschte bei allen Fahndern noch größte Verwirrung.

Karl Petry gestand, einige der Satanisten aus dem Kinzigtal gekannt zu haben. »Ich kam durch puren Zufall auf diese Leute. Mein Sohn Max streunte überall herum. Eines Tages kam er mit einer alten Hiebwaffe nach Hause. Er war in die Wetterstation eingedrungen und hatte sie aus einer Wohnung gestohlen. Sie gehörte dem Metereologen, der später ermordet wurde. Max hatte überhaupt keine Furcht. Aber ich bekam sie umso mehr. Denn ab diesem Zeitpunkt belästigten sie mich. Sie wollten herausfinden, was ich über sie wusste. Anfangs wusste ich gar nichts, aber dann fing ich an, Informationen zu sammeln. Ich kam ihnen nach und nach auf die Schliche.«

Martin Velsmann musste diese Neuigkeiten erst einmal sortieren. »Gaben Sie die gestohlene Waffe wieder zurück?«

»Natürlich. Sofort. Was sollte ich damit anfangen? Ich hasse Waffen! Von dem Tag an fing ich an, Listen anzulegen, die ich eines Tages der Polizei präsentieren könnte.«

»Es ist Ihnen doch klar, dass Sie sich völlig falsch verhalten haben?«

»Es tut mir Leid«, sagte Petry. »Wenn ich die Namen rechtzeitig herausgegeben hätte, wären vielleicht Gewalttaten verhindert worden. Ich wollte alle treffen, die solche abscheuliche Gewalt ausüben. Alle diese Unmenschen, die unser Leben vergiften, ich wollte sie Auge um Auge zur Rechenschaft ziehen. Aber das kann ich ja nun nicht mehr.«

»Verdammt, Herr Petry! Sie hätten wirklich mit mir reden müssen! Vielleicht hätten wir die Täter früher gestellt. Von dieser Schuld kann ich Sie nicht freisprechen.«

Er sah verwirrt aus. »Ich fühle mich selbst schuldig«, sagte er.

»Das sollten Sie auch. Ich dachte, ich könnte Ihnen vertrauen. Sie haben wichtige Informationen zurückgehalten.«

Martin Velsmann fuhr in seine Fuldaer Wohnung. Er legte sich im Bewusstsein, ein winziges Flämmchen Licht in das große Dunkel gebracht zu haben, ins Bett und schlief dreizehn Stunden, ohne zu träumen.

Als er danach wieder aufwachte, wusste er, dass er sich mit Andrea treffen musste. Er musste sie in Barth besuchen. Noch waren es fünfzehn Tage bis Weihnachten.

Aber bis dahin hielt er es nicht mehr aus.

X

Die Monster rührten sich nicht mehr. Er hatte selbst gesehen, wie sie starben. Man hatte sie ausgelöscht. Die anderen draußen waren gefährlicher. Die Grimassen und die Posen nützten jetzt gar nichts mehr. Und auch nicht der Hass. Auch die Angst war verschwunden. Er brauchte nun andere Begründungen.

Vielleicht die letzte Ausrede.

Jetzt half nur noch ein Fanal mit Waffengewalt.

An ein Leben nach dem Tod glaubte er jedenfalls nicht. Aber weil er wusste, dass man ihn sehr bald aus dem Verkehr ziehen würde, wollte er den anderen mitnehmen. So oder so, sie würden nicht in zwei getrennten Welten leben. Es sollte nichts mehr zurückbleiben, was diese Welt freundlicher machte.

Nur noch Kälte.

Und Dunkelheit.

Und dieser Eindruck der Lebendigkeit, der täuschte. Vielleicht gemahnte er die Zurückbleibenden daran, dass es hätte anders laufen können und dass sie nichts dafür getan hatten.

Den Anschlag auf den Polizisten wollte er deshalb besonders gründlich planen. Und besonders grausam ausführen. Und geschickt. Er wollte dabei seine ganzen Möglichkeiten ausschöpfen. Denn er hatte einen ganz persönlichen Grund. Seine Logik schien ihm selbst so vernünftig wie alle anderen seiner Taten auch.

Er wollte den letzten lebenden Menschen, der ihn verstand, auslöschen.

Wenn er ging, sollte nichts zurückbleiben.

Aber diese letzte Tat sollte seine verbliebene Liebe in sich aufnehmen.

Er überlegte, ob das Schloss der geeignete Ort war, um den Angriff auszuführen. Konnte er unbemerkt hineinkommen? War es nicht besser, ihn draußen abzupassen? Vielleicht genügte ein Anruf, und der Polizist lief ihm ebenso ins Messer, wie es schon der andere an der Bellheimer Warte getan hatte. Er würde das Stilett nehmen und zuerst seine Augen auslöschen. Dann kam, ganz achtsam, der Rest. In dieser Welt der Gewalt und der monströsen Obdachlosigkeit sollte nichts Gutes mehr bleiben.

Er überlegte lange und gründlich. Einen Fehler konnte er sich nicht leisten.

Das Opfer hatte einen würdigen Tod verdient.

Er machte seinen Plan. Zuerst ordnete er seine Sachen. Denn es war durchaus möglich, dass er nicht mehr zurückkehren konnte. Dann sollten sie es so vorfinden, dass sie es nie mehr vergessen konnten. Das Haus übergab er dem Feuer. Und alles, was darin war. Die Kunstwerke, die Tiere, die Technik.

Auch all die Trauer der letzten Zeit.

Er besah sich die Waffen, die er aus den Einbrüchen in den unterschiedlichen Häusern besaß. Sie hatten ihm gedient. Er wählte das lange, besonders feine Stilett, das leicht in der Hand lag. Machete und Schwert waren nicht seine Sache, sie töteten plump, laut, unkontrolliert. Das Stilett schuf ein Kunstwerk.

Er wählte das Stilett mit dem Perlmuttgriff.

Als die Stimmen in seinem Kopf ihn fragten, ob er keine Skrupel gehabt habe, wusste er zunächst gar nicht, was sie meinten. Skrupel? Wovor? Vor dem Leben? Vor der Trauer? Wegen der Hinterbliebenen?

Etwas lachte in ihm. Lachen ist eine Krankheit, dachte er. Es lacht in mir wie ein Fieber.

Die Angst kommt immer von innen.

Gleichzeitig wusste er genau, er durfte keinen Fehler machen. Er musste also warten, bis er wieder bei klarem Verstand war. Klarer Verstand? War er nicht immer seiner Sinne mächtig? Hatte das nicht auch sein Arzt bestätigt, als er das letzte Mal bei ihm war? Sah er diese Zeichen, diese Symbole des Unseligen nicht ganz nüchtern als Ausgeburten des Teufels? Gab es sonst noch jemanden, der seine klare

Einschätzung der Dinge besaß? Gewiss hatten sie inzwischen mit ihren überlegenen Mitteln darauf reagiert und einige der Unholde beseitigt. Aber alle anderen schauten doch weg. Nur er blickte dem Abgrund, auf den die Reise zusteuerte, ruhig ins Auge und zog seine Schlüsse daraus.

Er war ihnen entgegengetreten. Er hatte sie beeindruckt mit seinen Taten. Sie hatten es ihm in allen seinen Träumen gesagt. Und sie hatten ihn ganz real heimgesucht. Sie waren ihm respektvoll begegnet. Dazu waren sie immerhin in der Lage.

Genug Zweifel, dachte er. Genug Kontrolle über Gefühle, die vielleicht falsch, vielleicht übermächtig sein könnten. Währenddessen verfolgten nämlich die anderen ihre Pläne. Und schufen noch mehr Unheil. Er war dagegen die einzige Schwelle gegen die Flut, die alles bedrohte.

Er stand endlich auf. Es war alles gerichtet. Alles durchdacht und getan. Er blickte auf die Uhr. Der andere würde schlafen. Eine perfekte Ausgangssituation für ein Kunstwerk.

Er nahm die Flasche. Goss das Benzin überall aus. Im Zimmer, im Büro, im Hauseingang, auf all seine Möbel, die ein Gesicht und eine Erinnerung besaßen und ihn ansahen. Dann zündete er das Streichholz an. Es verlöschte wieder. Früher brannten die Streichhölzer länger, dachte er. Früher konnte man sich auf alles, auch auf die Streichhölzer, verlassen.

Er zündete ein neues an. Und warf es in den Flur.

Das Feuer leckte den Gang hinunter. Die Wände hinauf. Es leckte und leckte mit bläulich gelben Zungen.

Befriedigt und aufgewühlt zugleich sah er zu, wie plötzlich eine Stichflamme emporfauchte. Wütend, dachte er, wie ich.

Mein Feuer.

Er zog die Haustür hinter sich zu und machte sich auf den Weg.

Als Martin Velsmann den Treppenaufgang des vierten Torturms betrat, nahm er einen fremden Geruch wahr.

Aus dem hinteren Teil des Stockwerks kam jemand auf ihn zu. Er stutzte. Dann erkannte er den Hausmeister. Brechenmacher, der schon am Morgen mit Bier gurgelte. »Ich habe Ihr Fahrrad aus dem Kanzleigebäude rausnehmen müssen, Herr Velsmann«, brummelte der stämmige Mann. »Wir müssen da stapeln. Es ist kein Platz mehr. Es steht jetzt im Garten, im Holzschuppen.«

»Ist schon in Ordnung. Was stapeln Sie denn?«

»Kindersärge. Ein Auftrag aus Gelnhausen. Obwohl ich jetzt gar nicht mehr weiß, ob der noch gebraucht wird. Weil die Treffen von dem verbotenen Ritterclub jetzt doch nicht mehr stattfinden dürfen.«

»Kindersärge? – Zeigen Sie mir die mal.«

Sie gingen hinunter. Der Hausmeister brummelte wieder etwas, das Velsmann nicht verstand.

Unten angekommen, fragte Martin Velsmann: »Was wollten Sie übrigens oben in der Wohnung?«

»Ich wollte nicht in die Wohnung. Ich weiß ja, die ist im Moment leer. Ich war im gelben Saal. Dort ist eine Schleiereule eingezogen und verkackt die ganzen Dachbalken, alles. Woher die kommt, ist mir ein Rätsel. Ich hab sie aber nicht gekriegt.«

In der Werkstatt des Kanzleigebäudes sah Velsmann die Kindersärge. Aufgestapelt wie in dem Hanauer Lager. Klein, aus hellem Kirschholz, mit Deckel und Scharnier. Ein Dutzend.

»Der Ritterclub hat sie bestellt?«

»Ja, die machen damit Umzüge. In den Särgen liegt dann irgendwas. Katzendreck, tote Mäuse, Hühnerkrallen, ich weiß nicht. Wie es früher eben war.«

Das hörte sich bizarr an. Velsmann fragte nach. »Die verkleiden sich, ziehen aus irgendeinem Grund wie weiland Django Särge hinter sich her – und bleiben dabei unbehelligt?«

»Unbehelligt? Wie meinen Sie das denn?«

»Ja, Herrgott nochmal! Das ist doch – wie soll man das nennen! Das ist pietätlos.«

»Man sagt mir, das sei früher so üblich gewesen, um die Geister zu beruhigen. Zur Abwehr. Jeder hat das so gehalten. Wie auch immer, ich weiß jetzt jedenfalls nicht mehr, ob die überhaupt noch abgeholt werden.«

»Wer hat denn die Särge in Auftrag gegeben?«

»Dieser Welsch. Jedenfalls sein Büro.«

»Wann kam der Auftrag?«

»Muss ich nachsehen. Vor ein paar Tagen.«

»Mein Lieber, kam er vor der Verhaftung von Welsch oder nach der Verhaftung? Denken Sie nach.«

»Äh, nun«, er kratzte sich den verschwitzten Kopf. »Ich glaube, danach. Ich muss das in meinem Büro nachsehen. Kann ich Ihnen morgen früh sagen.«

»Machen Sie das. Und mein Fahrrad steht jetzt wo?«

»Hinter dem Hirschgraben, im Schuppen für das Holz.«

»Das macht nichts. Ich brauche es die nächsten Wochen sowieso nicht. Erstens ist es zu kalt. Zweitens hat es für diesen Schnee viel zu schmale Reifen. Und drittens bin ich sowieso vorläufig die letzte Nacht hier. Ich komme morgen früh in Ihr Büro rüber, und Sie zeigen mir mal den Auftrag. Vielleicht muss ich noch telefonieren. Dann fahre ich an die Ostsee.«

In der Nacht hörte Martin Velsmann Geräusche. Im ersten Aufschrecken war er sich sicher, dass sie aus dem Treppenturm kamen. War Brechenmacher noch immer im gelben Saal unterwegs? Er lauschte zu den anderen Räumen hinüber, wo die Apparate standen. Sie arbeiteten nicht.

Es blieb still.

Velsmann blieb liegen und entspannte sich. Er rekapitulierte die letzten Tage. Es war alles drunter und drüber gegangen. Aber jetzt war es ausgestanden, und dies war vermutlich seine letzte Nacht im Schloss.

Dennoch blieb ein seltsames Gefühl übrig. Er hatte Karl Petry seit vier Tagen nicht gesehen. Was machte der Mann? Seine Frau Rosa wusste es nicht. Sollte er ihn vor seiner Abfahrt zum Darß noch einmal anrufen? Er spürte gegenüber dem Grundschullehrer ein gewisses Gefühl der Verantwortung. Bei der letzten Vernehmung hatte er ziemlich durcheinander gewirkt. Aber war das verwunderlich?

Velsmann dämmerte weg.

Das Geräusch war so leise, dass er es kaum hörte.

Ein Schlüssel, der sich ganz langsam im Schloss drehte. Sonst gab es nichts Störendes in der Nacht.

Jetzt hörte Velsmann es. Und er wusste im nächsten Moment, dass es von draußen, durch das geöffnete Fenster kam. Er schwang die Beine aus dem Eisenbett, das ihm in der ehemaligen Einsatzzentrale als Unterlage für schlaflose Nächte gedient hatte, und trat an das doppelflügelige Fenster. Unten sah er zwei Männer. Sie machten eben die Tür des Kanzleigebäudes auf und verschwanden lautlos darin.

Seltsam, dachte Velsmann. Er sah auf die Armbanduhr. Halb drei in der Nacht. Was machen die da? Der Hausmeister war das bestimmt nicht, der war vorhin schon betrunken gewesen. Wer hatte noch Zutritt zu diesem Gebäude?

Und mitten in der Nacht.

Ihm fielen die Kindersärge ein.

Velsmann kleidete sich an und ging hinunter. Im Kanzleigebäude brannte eine trübe Funzel. »Hallo?« Martin Velsmann machte sich bemerkbar. »Hallo! Wer ist denn hier?«

Hinten rumorte etwas. Jemand kam näher. »Was ist los? Wer sind Sie?«

»Polizei. Was machen Sie hier mitten in der Nacht?«

Der andere blickte erschreckt. »Polizei? Aber warum denn! Wir sollen die Särge holen. Am Tag erregt das zu viel Aufsehen, sagte man uns. Also machen wir es in der Nacht. Haben wir jemanden aufgeweckt?«

»Sagen Sie mir, wer Sie sind und wer Sie schickt«, schlug Velsmann vor.

Sein Gegenüber war jung und harmlos. Jetzt kam auch noch die zweite Person aus der angrenzenden Werkstatt. Ein noch jüngerer Mann mit unreiner Haut und einem Zopf. »Was ist denn, Piet?«

»Das ist der Kind! Mein Kollege. Ich heiße Graf. Wir sollen für den Ritterclub in Gelnhausen die Särge abholen. Unser Lieferwagen steht oben auf dem Schulparkplatz. Wir sollten nicht in den Schlosshof reinfahren, wegen dem Lärm.«

Velsmann atmete aus. »Das war vernünftig. Aber jetzt machen wir hier mal dicht. Sie lassen mir Ihren Ausweis hier. Und morgen früh, wenn Sie die Kindersärge abholen kommen – sagen wir um acht –, dann kriegen Sie ihn wieder. Und nun machen Sie Feierabend.«

Die beiden jungen Männer sahen ihn unentschlossen an. Dann stieß der, den der andere Kind genannt hatte, seinen Kollegen in die Seite. »Dann gehen wir jetzt. Ärger wollen wie jedenfalls keinen.«

»Moment noch«, sagte Velsmann. »Wohin hättet ihr denn die Kindersärge bringen sollen?«

»In die Wohnung von Frank Welsch. Gelnhausen. Burggasse siebzehn.«

»Aha. Dann fällt eure Heimfahrt aus, Leute. Es tut mir Leid. Aber Ihr begleitet mich ins Präsidium nach Fulda.«

»Was? Mitten in der Nacht? Aber warum denn!«

»Weil dieser Frank Welsch einen ganz unseligen, langen Schatten wirft«, sagte Martin Velsmann unwillig. Er war jetzt sicher, dass er in dieser Nacht wieder nicht zum Schlafen kommen würde.

Er begleitete die beiden hinaus. Während sie über die ehemalige Zugbrücke gingen, rief er über sein Handy die Fuldaer Zentrale an.

Im Schatten der mächtigen Tür, die zur Schlossverwaltung und zum Museum empor führte, stand regungslos ein Mann.

Velsmann nahm ihn nicht wahr.

Aber der andere sah ihn genau.

XI

Stranddisteln und Meerkohl, Strandnelken und verblichene Stroh-
blumen. Auf dem Darß schien pausenlos die Sonne. Andrea hatte
ausgesehen wie eine Einheimische. Während Martin Velsmann auf
sie wartete, bemühte er sich, an nichts, was ihn die letzten Wochen
beschäftigt hatte, zu denken.

Es war herrlich.

Die See rollte ruhig, bis zum schneeweißen Sand der Ufer standen
bizarre, vierzigarmige Föhren, manche noch im Wasser, der salzige
Wind riss dichte Büsche von Strandhafer empor. Als er in Richtung
Prerow abbog, kam er durch einen ausgedehnten Buchenwald, in
dem kein einziger Baum gerade wuchs. Der Waldboden federte beim
Gehen, Velsmann wippte munter nach, als würde er fliegen üben.
Vor dem schwarzen Wald und dem Grün der Wiesen bewegten sich
bleichweiße Farne vor der schon tief stehenden Abendsonne. Wie
Negative der Natur, musste Martin Velsmann denken.

Kein Schnee. Keine Dunkelheit. Die Sonne rollte den ganzen Tag
an einem unendlich weiten Himmel herum.

Als er in der kleinen Pension »Vieweger« in Barth ankam, holten
ihn die Gedanken doch wieder ein.

Er trat ans Fenster.

Am Morgen seiner Abreise, nach einer durchwachten Nacht im
Fuldaer Präsidium, hatte ihn die Nachricht vom Brand in Karl Petrys
Haus erreicht, aber sie hatte ihn nicht aufgehalten. Er wollte, bevor es
an die polizeilichen Aufräumarbeiten in Fulda ging, wenigstens für
zwei Tage alles hinter sich lassen. Die Morde. Die Anschläge. Die Verfolgungen. All die freundschaftlichen und die feindseligen Gefühle,
die ihn in den letzten Wochen mit fremden Menschen verbunden
hatten.

Dass Karl Petry seit dem Morgen verschwunden war, beunruhigte ihn allerdings mehr, als er sich eingestehen wollte.

Aber er brauchte jetzt dringend ein ganz privates Gefühl. Etwas, das nur mit ihm selbst zu tun hatte.

Sonst schaffte er es nicht.

Martin Velsmann sah in diesem Moment, wie sich Andrea von weitem, noch auf der anderen Boddenseite, näherte. Sie winkte ihm von einem Naturdeich, der von gelben Schilfgräsern bestanden war, zu. Andrea hatte sich einen Hund zugelegt, der aufgeregt neben ihrem Fahrrad hersprang.

Martin Velsmann blieb am Fenster stehen und ruhte seine Augen auf den schönen Bildern aus. Nur was sich bewegt, sieht man hier, dachte er. Er hatte die Begegnung mit seiner Frau so herbeigesehnt! Und sich gleichzeitig davor gefürchtet. Dann war alles ganz einfach gewesen.

Andrea war anders geworden. Selbstbewusster, friedlicher. Nur dass sie für die Dauer seines Besuches seine Tochter Laila zu ihrem Bruder Tibor nach Hamburg geschickt hatte, störte ihn.

Andreas Veränderung hielt sich also in Grenzen, noch immer wollte sie keine Normalität.

Als sie in das Zimmer trat, befiel Martin Velsmann unvermittelt ein Gefühl des Stolzes. Andrea sah so schön aus! Sie war seine Frau!

Oder hatte sie sich innerlich längst verabschiedet?

Ihre grünen Augen sahen ihn ruhig an. Sie hatte eine gesunde, gebräunte Gesichtsfarbe, ihr Haar war durch Wind und Wetter gebleicht. Nie hatte Velsmann früher wahrgenommen, wie geschmeidig sich ihr noch immer junger Körper trotz der festen, fraulichen Formen bewegte. Er hatte zu lange auf sie verzichten müssen.

Sie gab ihm die Hand wie jemand, der mit dieser Geste die Distanz nicht überbrücken will. Darauf hatte sie schon am Bahnhof bestanden.

Sie war misstrauisch.

Sie sagte: »Grüße von Laila und Tibor. Ich habe eben mit ihnen telefoniert. Sie haben den Wunsch geäußert, Weihnachten zusammen zu feiern.«

»Großartig! Ich würde mich so sehr freuen!«

Sie strich sich mit der flachen Hand ein paar widerspenstige Haarsträhnen aus der Stirn. »Kannst du denn deine Arbeit in Fulda verlassen?«

»Andrea? Warum sind wir eigentlich getrennt?«

Sie lachte leicht, aber nicht heiter. »Komm«, sagte sie, »hör auf damit. Oder warte wenigstens bis nach dem Abendessen. Ich habe Hunger. Ich kenne ein Fischlokal in Prerow. Was meinst du?«

»Ich sterbe für Fisch.«

Als sie gemeinsam hinausgingen, verspürte er das Bedürfnis, seinen Arm um sie zu legen. Er ließ es aber. So viel Vertraulichkeit war unangemessen.

Das Restaurant war neu, hell, freundlich. Zu dieser Jahreszeit saßen auf den zwei offenen Etagen nur wenige Gäste. Nach dem Studium der Speisekarte bestellten sie Suppe und Salat, Saiblingfilet und Wittling, frische Boddenfische. Velsmann ließ sich zu einem Bier als Aperitif hinreißen, Andrea trank Wasser, später zum Essen einen Unstrutriesling. Sie besprachen dieses und jenes. Velsmann genoss das Gespräch so sehr, dass es ihm egal war, worüber sie redeten. Andrea erzählte von ihrer Arbeit. Und die Kinder? Andrea erzählte von Laila und Tibor. Hast du jemanden? Nein. Und du? Wie könnte ich, ich gehe in der Arbeit auf.

Es wurde ein langer Abend.

Aber Martin Velsmann hatte plötzlich das Gefühl, mit einer Frau zu sprechen, die eingemauert war.

Das Treffen ein Akt der Beschwichtigung.

»Und du hast wirklich niemanden kennen gelernt, Andrea? Ich meine, es geht mich nichts an. Aber …«

»Stimmt. Es geht dich überhaupt nichts an. Aber ich sage es dir trotzdem nochmal. Nein. Niemanden.«

»Kommst du zu mir zurück?«

In ihren Augen lag ein Glitzern, das jedoch auch von den Kerzen herrühren konnte. Ihre Stimme besaß plötzlich etwas Abweisendes, Kantiges. »Was hat sich denn geändert? Es sind zwei Jahre vergangen, das ist alles. Wenn wir uns wieder aufeinander einlassen würden, hätten wir nach kurzer Zeit die gleichen Probleme miteinander. Wozu also, nach dem Durcheinander dieser ganzen Trennungszeit?«

»Ich habe mich geändert. Ich weiß jetzt, dass man sich dem Leben öffnen muss.«

»Ach? Jetzt auf einmal?«

»Andrea, es hat keinen Sinn, die Feindselige zu spielen. Wir sind beide betroffen. Und beide schuldig. Wir haben beide versagt.«

Sie trank schnell. »Das sagt ein Mann sehr leicht, der sich schon vor der Zeit aus seiner Ehe verabschiedet hat. Warum hast du nicht eher gekämpft?«

Martin Velsmann schluckte. »Ich will dir was erzählen. Ich habe zu Hause einen Mann kennen gelernt, der in seinem Leben Pech gehabt hat. Ein Grundschullehrer. Nach dem Tod seines Kindes hat er sich völlig in sich selbst verkrochen. Er hatte immerhin einen Grund, sich zurückzuziehen, seine Depressionen sind nachvollziehbar. Ich habe aber begriffen, dass ich zur Apathie überhaupt kein Recht habe, denn ich habe dich. Du bist noch jung, vierzig ist kein Alter. Und auch ich bin noch nicht tot, vor drei Wochen, wie du weißt, gerade neunundfünfzig geworden. Wir können es noch einmal packen – wenn du willst.«

»Torschlusspanik? Das ist der schlechteste Eheberater!«

»Nein, so meinte ich es nicht. Ich habe nur eingesehen …«

»Auch dieser Lehrer hat kein Recht, in Depressionen zu versinken. Hat er keine Frau? Man ist nicht nur für sich selbst verantwortlich, sondern auch für die Menschen, die bereit waren, eine Beziehung einzugehen.«

»Ja, ich weiß. Aber trotzdem …«

Sie trank und winkte der Bedienung. »So ein Jahr an einem anderen Ort ist wie ein Riss. Etwas tut sich im Boden auf und trennt uns. Wie willst du das kitten? In dieser Zeit merkt man immer deutlicher, was einen trennt. Die Zeit heilt ja keine Wunden, wie man immer behauptet, sie lässt sie aufklaffen.«

»Ich habe genug Heftpflaster, Andrea. Ich meine, wir können uns gegenseitig helfen.«

Sie bestellte einen Viertel, Velsmann blieb beim Bier. Er spürte bereits die Wirkung.

Andrea schloss den obersten Knopf ihrer grünen Leinenbluse. »Ich weiß nicht, Martin. Das käme mir alles willkürlich vor. Kommen wir nicht zurecht? Du hast deinen Kampf gegen das ewig Böse, und ich habe meine Ausgrabungen, die mir jeden Tag zeigen, dass es zu allen Zeiten, auch vor eintausend Jahren, vergleichbare Probleme zwischen Menschen gab. Unsere Sorgen sind klein und unbedeutend. Wir müssen sie nicht miteinander teilen. Wir kommen doch zurecht.«

Martin Velsmann hörte durchaus den mutlosen Unterton in ihrer flacher werdenden Stimme heraus.

Er griff nach ihrem nackten Unterarm. »Nein, das akzeptiere ich nicht. Wir brauchen uns. Ich brauche dich. Das ist doch Irrsinn! Jeder quält sich separat durch sein Leben!«

»Es gibt kein gemeinsames Leben! Jeder führt sowieso sein eigenes.«

»Aber du hast doch eben selbst gesagt, man ist auch verantwortlich für den anderen!«

»Ach, ich weiß nicht mehr …«

»Andrea! Lass uns vernünftig sein! Ich spüre eine solche Nähe zu dir! Das geht nicht weg!«

»Sicher, die Kinder würden sich am meisten freuen …«

»Wir finden eine Lösung, glaub mir!«

»Lass uns morgen darüber weiterreden. Ich muss um sechs Uhr raus. Du kannst mich vom Dienst abholen, wenn du willst.«

»Dann gibst du mir dein Jawort?«

Sie lachte und knickte ihren Kopf in einer mädchenhaften Geste ein, beugte ihn schnell vor, legte ihn auf seinen Arm. »Ich habe zu viel Wein getrunken. Das ist nicht gut für Versprechungen.«

»Darf ich dich einladen?«

»Ja.«

Sie trennten sich in Barth, vor Andreas Wohnung in der Langestraße, dort wo das Vinetamuseum lag, mit freundschaftlichen Küssen auf beide Wangen. Martin Velsmann war betört von ihrem Duft nach frischen Karotten. Später in seinem harten Pensionsbett überlegte er, was er tun konnte. Er freute sich schon jetzt so sehr auf den kommenden Tag, dass er nicht einschlafen konnte.

Draußen lag still die Nacht. Auf dem quadratischen Marktplatz vor der Pension wiegten sich kahle Bäume im Wind. Niemand war zu sehen. Vor fünfhundert Jahren hatte in der kleinen Stadt am Meer die Pest gewütet. Hatte sie alle Bewohner geholt? Auch auf dem Bahnhof, an dem Andrea ihn mittags abgeholt hatte, war niemand ausgestiegen.

Barth schlief einen jahrhundertelangen Schlaf. Andrea behauptete, der noch ältere Marktplatz von Vineta, einst weltberühmt, lag seit eintausend Jahren verlassen in Schlick und Sand des Boddens auf dem Meeresgrund.

Andrea und ihr Team wollten das Vergangene wieder aufwecken.

Martin Velsmann stellte sich die Frage, ob sie währenddessen auch für die Wiedererweckung ihrer Ehe zu interessieren war.

Vielleicht musste er warten, bis Vineta vor dem Hafenbecken aufgetaucht war?

Jedenfalls beruhigte es Martin Velsmann, dass nicht alles nur dem Untergang geweiht war. Ein paar Dinge, dachte er, erwachen wieder zum Leben. Darunter soll auch die Ehe mit Andrea sein. Es muss einfach so kommen, sonst weiß ich nicht, was ich tun soll.

Vielleicht werde ich dann wie Karl Petry.

Unglücklich. Unfähig. Gefährlich.

Gefährlich?, dachte er. Warum gefährlich?

Seine Antwort, die er nach einigem Grübeln fand, lautete: weil ihn nichts mehr hält. Weil seine Liebe keinen Halt mehr findet und sich ins Gegenteil verkehrt. Solche Menschen sind zum Tod verurteilt. So wie ich mich selbst vor ganz kurzer Zeit noch fühlte. Man gleitet ab.

Doch das hat sich geändert. Durch Andrea.

Und durch Karl Petry.

Eigentlich müsste ich ihm dankbar sein.

Ich werde es ihm nach der Rückkehr zu erkennen geben. Vielleicht sollte ich ihm ein sonniges Wochenende auf dem Darß schenken.

Martin Velsmann schlief ein. Und erwachte schon früh. Er aß und trank mit großem Appetit in der kleinen Büffetbar im Erdgeschoss. Danach sah er auf die Uhr und stellte fest, dass er noch sieben Stunden Zeit hatte. Was sollte er anstellen? Barth erobern? Vineta heben?

Ihm fiel ein, dass die Exfrau von Petry in der Nähe ihren Beruf ausübte. Die Kranichstation in Groß Mohrdorf konnte höchstens zwanzig Kilometer entfernt sein.

Kurz entschlossen rief er Rosa Petry an.

Sie verabredeten sich für elf Uhr, sie würde dann zwei Stunden Zeit haben. Velsmann nahm den Bus.

Während der Fahrt mit lauten Schulkindern durch die kahle, aber nicht verschneite Ackerlandschaft Mecklenburgs legte er sich das am Abend fällige Gespräch mit Andrea zurecht. Er hatte das Gefühl, von diesem Gespräch hänge alles ab.

Kein sehr angenehmes Gefühl.

Und Rosa Petry? Was wollte er von ihr erfahren? Die Stimme der Vernunft sagte ihm, der Fall Petry sei abgeschlossen.

Die Hilfe, die der Grundschullehrer brauchte, konnte Martin Velsmann jedenfalls nicht geben, sie war von medizinischer Art. Aber er wollte sich offenbar nicht helfen lassen. Und jetzt war er verschwunden.

Das Kranichzentrum lag in einer schmalen, grob gepflasterten Seitenstraße. Groß Mohrdorf war nicht mehr als ein Straßendorf, das Museum ein einstöckiger, klassizistischer Bau, dessen weiße Fassade in der Sonne strahlte. Velsmann fiel auf, dass ringsum kahl geschorene Jugendliche herumlungerten, es sah aus, als belagerten sie das Museum. Wahrscheinlich litten sie jedoch nur unter der Langeweile, dieser Geißel des flachen Landes.

Das Museum war überraschend modern ausgestattet. Gläserne Stellwände, Spotlights. Die Lebenswelt der Kraniche in nachgebauten Attrappen, auf Fotos, auf einem Videofilm, der ständig lief. Velsmann fühlte sich sofort an die Sammlung von Karl Petry erinnert. Es sah hier alles aus wie eine modernere Nachbildung aus dem Haus des Grundschullehrers.

Rosa Petry, die Leiterin des Zentrums, entpuppte sich als eine ruhige, patente Frau von höchstens zweiunddreißig Jahren. Sie war nicht besonders hübsch, aber anziehend, blickte ihrem Besucher aufmerksam entgegen und lud ihn zu sich ins Büro ein. Außer ihr arbeiteten im Museum noch zwei junge Mädchen und ein Naturschützer mit langem Haar.

»Sie haben eine lange Reise gemacht, Herr Velsmann. Nur wegen der Kraniche?«

Velsmann erklärte der Frau die Umstände seines Aufenthaltes. Sie verstand. Er sagte: »Frau Petry, Sie wissen ja, was alles passiert ist. Ihr Mann ist seit dem Brand in seinem Haus verschwunden. Vielleicht war es ein Anschlag, vielleicht legte er selbst Feuer. Der Fall ist also in dieser Hinsicht noch nicht abgeschlossen. Es könnte sein, dass wir Sie demnächst in Fulda brauchen.«

Sie nickte. »Ich weiß. Ich halte mich bereit. Hoffentlich geschieht nicht das Schlimmste.«

»Sie haben angedeutet, dass Sie Ihrem Mann die Schuld am Tod Ihres gemeinsamen Kindes geben. Hat sich Ihre Haltung diesbezüglich geändert?«

»Nein.«

»Können Sie ihm nicht verzeihen?«

»Es gelingt mir nicht. Er hat unser Leben zerstört.«

»Er braucht Sie.«

»Er braucht nur sich. Er ist nur für sich da, nicht für andere, eingepuppt wie eine Larve.«

»Karl Petry hat viel erlebt. Viel Unheil. Man hat ihm zugesetzt.«

»Diese schrecklichen Radikalen, von denen er immer sprach, ich weiß. Aber gibt es sie wirklich? Ich halte das für ein Hirngespinst. Er bastelt sich einen äußeren Feind, um von seinem eigenen Versagen abzulenken. Jedenfalls muss er sich in den Kopf gesetzt haben, diese Leute zu bestrafen.«

»Würden Sie mir Ihren Mädchennamen verraten?«

Sie blickte verdutzt. »Eichröder.«

»Haben Sie aus Liebe geheiratet?«

Wie aus der Pistole geschossen sagte sie: »Und wie!«

»Und glauben Sie, das ist völlig versiegt, dieses Gefühl gibt es nicht mehr – ohne jeden Rest?«

»Das weiß ich nicht. Diese Frage stelle ich mir nicht. Karl hat Max in den Tod getrieben mit seinen Neurosen, seinen ewigen Launen, ich kann ihm das einfach nicht vergeben.«

»Wollen Sie es nicht versuchen?«

Sie stand auf. »Sie wollten die Sammlung sehen.«

Mecklenburg. Die Beobachtungsstation. Eine Art Festung. Velsmann ließ sich zeigen, wie sich die Besucher dort hinter Sichtblenden tarnen mussten, weil die Vögel so scheu waren. Man wartete, bis sie von Norden kamen. Ein Videofilm zeigte ihm, wie sie eines Morgens nach Sonnenaufgang eintrafen. Der Himmel verfinsterte sich durch die gewaltigen Heere der Sonnenvögel. Sie zogen heran und landeten. Man sah sie dann vor dem gleißenden Licht der See auf den Wiesen stehen.

»Nähert man sich ihnen«, sagte Rosa Petry, »verschwinden sie auf Nimmerwiedersehen. Sie fliehen die Menschen. Man muss sie sich als glückliche Tiere vorstellen.«

Martin Velsmann musste denken: Hatte Karl Petry das nicht haargenau so ausgedrückt? Jedenfalls fast genau so. Auch dieses Paar, dachte er, scheint sich getrennt zu haben, weil es sich so ähnlich ist. Man fühlt und denkt gleich, und eines Tages erschrickt man über diesen ständig gegenwärtigen Spiegel und flieht irgendwohin. Man hält das Eingeschlossensein mit einem verdoppelten Selbst nicht mehr aus.

War es so?

Oder ganz anders?

Herrgott nochmal! Er war nur Polizist! Woher sollte ein Polizist die Antwort auf solche komplizierten Fragen kennen?

Punkt vier Uhr stand Martin Velsmann vor der nüchternen Fassade des Museums in Barth.

Andrea sprang die Treppenstufen hinab wie ein übermütiges Mädchen. Sie zog ihn an der Hand mit sich. Unterwegs erzählte sie ihm, was sie tagsüber erlebt hatte. Martin Velsmann hörte glücklich zu. Er wollte nichts anderes hören. Nur das. Ohne Ende.

Andrea nahm ihn mit zum Hafen. Dort lag der Ort der Ausgrabungen. Sie zeigte ihm die nach unten offene, aufgehängte Taucherkugel aus Stahl, in der sie jeden Tag auf den Grund des Meeres hinabsank, um nach der vor tausend Jahren untergegangenen Stadt zu suchen.

Jetzt hatte sie ihren Landeplatz gefunden.

»Bist du mutig?«, fragte sie.

»Wieso? Na klar!«

»Tauchst du mit mir auf den Meeresgrund?«

»Was?! Ist das nicht übertrieben? Wenn du mich loswerden willst, kannst du das anders haben!«

»Wer will dich los werden?«

»Ich kann nicht tauchen.«

»Es ist ganz einfach.«

»Also abwärts mit uns!«

»Ich habe drei Kollegen gebeten, dazubleiben und uns runterzulassen. Sie machen Überstunden, ich hoffe, du weißt das zu würdigen.«

Velsmann begrüßte die drei Wissenschaftler, darunter einen jüngeren Mann mit blondem Bart, der Andrea umarmte. Sie stellte ihn als den zuständigen Meeresbiologen Hohmann vor. Aha, dachte Velsmann, ihr ganz persönlicher Neptun. Du brauchst nicht gleich eifersüchtig zu werden, rief er sich sofort darauf zur Ordnung. Hättest du sie nicht gehen lassen, brauchte sie keinen Neptun.

Andrea winkte ihn näher. Sie mussten in unförmige Taucheranzüge mit Schuhen steigen, die Velsmann seit den fünfziger Jahren für ausrangiert hielt. Als der Helm mit Schulterstück zugedreht wurde und der Sauerstoff mit einem zischenden Geräusch eindrang, musste er für einen Moment tief atmen, um die aufkommende Panik zu bekämpfen. Dann war alles ganz einfach. Andrea winkte ihm zu und klopfte mit den Fingerknöcheln an seine Sichtscheibe.

Sie traten ans Wasser und sprangen rückwärts hinein.

Es ging abwärts. Die Bleigewichte an Brust und Rücken zogen sie schneller hinunter, als Martin Velsmann angenommen hatte. Eine solch bodenlose Reise hatte er noch niemals angetreten. Andreas Gesicht hinter dem Fenster sah heiter aus, für sie war es nichts weiter als die alltägliche Einnahme ihres Arbeitsplatzes. Velsmann dagegen wurde von dem Gefühl gepackt, jemand habe es darauf angelegt, ihn für immer verschwinden zu lassen.

Du bist und bleibst ein Bulle, dachte er. Immer misstrauisch.

Andrea kam näher. Während das Wasser um sie herum immer dunkler wurde, der Rest des Lichtes oben auf dem Wasserdeckel als kleines Flämmchen schimmerte, versuchte sie, seine unförmige Hand zu fassen. Das misslang. Die klobigen Handschuhe bewegten sich kaum. Martin Velsmann machte ihr ein Zeichen. Er hatte ihre Fürsorge verstanden, es ging auch so. Er kam zurecht.

Andrea deutete auf seine Stirn. Jetzt begriff er. Er musste seinen Scheinwerfer einschalten. Sie machte es ihm vor, und er hatte keine Mühe, es nachzumachen. Im nächsten Moment erstrahlte die dunkle Umgebung. Kleine Tiere, Schmutzpartikel, Pflanzenreste und Fische torkelten vorbei. Andrea zeigte voraus. Sie glitten noch immer abwärts.

Dann plötzlich nicht mehr.

Und da sah er es.

Im eingeschränkten Umfeld seiner Blicke lag tatsächlich eine Stadt. Nein, es war mehr als eine Stadt. Der Traum von einer Stadt. So wie sich Baumeister und Künstler jahrtausendelang ihr Metropolis vorgestellt haben mussten. Gold auf hochragenden Spitzen. Rostrote Aufrisse von Türmen, Dächern, Fassaden. Elegante Mauern. Geschwungene Zinnen. Und er selbst stand auf einer Art Brüstung, bis zu den Knöcheln im zeitlosen Schlick versunken.

Andrea deutete auf seine Beine, er bemerkte, dass sie lachte. Er sah hinunter. Um seine klobigen Füße, die auf Steinen standen, hinter denen es noch einmal in die Tiefe ging, spielten Untiere. Hummerartige Wesen, mit Flossen, Schwänzen, Scheren und aufgerissenen Mäulern. Wer sagt denn, dachte Martin Velsmann, dass es im Bodden keine schmackhaften Speisefische gibt, man muss nur nach ihnen suchen. Sie haben sich nach Vineta zurückgezogen.

Ja, nach Vineta. Das war also die märchenhafte Stadt, wegen der Andrea fortgezogen war. Die alte Hanse. Die reichste Stadt am Sund, es gab sie also tatsächlich.

Andrea kam auf ihn zugeschwommen. Jetzt war sie ihm ganz

nahe, er sah ihr Gesicht. Ihre Lippen formten dieses Wort. Vi-ne-ta! Er nickte. Ja, dachte er, es ist unser Vineta, hier versuchen wir einen gemeinsamen Neuanfang. Hier, wo es keine Mörder und keine hingeschlachteten Opfer gibt, hier bleiben wir, was hältst du davon? Und hier starten wir wieder zu einem zweiten Versuch.

Hier bleiben wir, auf dem Meeresgrund.

Für immer und ewig.

Er sah Andreas ernstes Gesicht.

Sie war dicht vor ihm, zupfte ihn am Ärmel und machte eine Geste nach oben.

Was hatte sie nur? Warum blickte sie so streng?

Andrea packte ihn plötzlich und stemmte ihn nach oben. Sie stieß ihn grob ab, sodass er herumgewirbelt wurde. Was hatte sie nur? Jetzt, wo es klar wurde, dass sie zusammen blieben. Hier unten in Vineta.

Für immer und ewig.

In der versunkenen Stadt der Fische und jahrhundertelang begrabenen Gefühle.

Sein Kopf war schwer, seine Gedanken taumelten. In einem Strudel von Gefühlen dachte er an seine Sehnsucht abzutauchen, unterzugehen. Nicht mehr am Leben teilzunehmen. Das schien ihm ein sehr vertrautes Gefühl zu sein. Alles wurde leicht.

Andrea trat nach ihm. Stieß ihn empor.

Langsam begriff er, was los war.

Trotz seiner Lethargie verstand er nach und nach, dass etwas geschehen sein musste. Er sah unter sich. Schwärze. Mit goldenen Spitzen auf rostroten Türmen. Dann blickte er nach oben. Helle Flämmchen, die aufgeregt tanzten.

Die Luft in seinem Taucherkopf schmeckte plötzlich sehr bitter. Irgendwie stumpf. Er begann, saugend zu atmen, dann zu keuchen. Schweiß brach ihm aus. Er fühlte, wie sich sein Körper mit Nässe überzog, kam das Wasser von draußen herein? Der Taucheranzug musste undicht sein.

Und warum konnte er nicht mehr atmen? Warum erstickte er allmählich?

Martin Velsmann schrie.

Die Todesangst packte ihn. Er, der schon vor langer Zeit verdämmern wollte, weil das Leben so ungerecht war, weil die Dunkelheit so zugenommen hatte, er schrie jetzt voller Verzweiflung, weil er keine Luft mehr bekam. Und weil das Meer um ihn herum wahrhaft dunkel wurde.

Ja, dachte er, so ist wirkliche Ausweglosigkeit.

Ist es das Gleiche, was Karl Petry mit Obdachlosigkeit gemeint hatte?

Ich muss ihn bei Gelegenheit danach fragen.

Als man ihn an den Füßen aus dem Wasser zog, ihm hastig den Taucherhelm aufschraubte, erwachte er langsam wieder aus der Bewusstlosigkeit. Er sah sofort dieses strahlend schöne Gesicht über sich, das sich in sein Blickfeld schob. Dieses Gesicht! Er würde es nie vergessen!

Es war eine Schöne aus Vineta. Eine Wassergeborene. Sie schien nur wegen ihm auf der Welt. Sie schien ein sonnenfarbenes Tanggewirr im Haar zu haben.

Eine Wassergeborene aus Vineta.

Nur für ihn auf der Welt.

Während Martin Velsmann wieder zu sich kam, war sein erster Gedanke: Sie zieht mich hinab. Sie würgt mir die Luft ab. Zusammenkommen werden wir niemals mehr.

Aber das war nur der typische Effekt der Bewusstseinsstörung beim Nachwirken des Tiefenrauschs, wie ihm der Arzt später erklärte. Als er sich beruhigt hatte, musste er sich übergeben.

Andrea sagte: »Mein Gott, Martin, das ging schief, was?«

Velsmann spürte die Luftblase eines Scherzes in sich aufsteigen. »Wenn man sich mit dir einlässt, dann geht's aufs Ganze. Das war schon immer so.«

»Die Sauerstoffzufuhr versagte. So was ist noch nie vorher passiert. Da unten in hundertzehn Metern Tiefe herrschen elf *bar* Druck. Du hättest sterben können. Du weißt ja, wenn das Gehirn auch nur für fünfzehn Sekunden keinen Sauerstoff mehr bekommt …«

Velsmann fühlte sich euphorisch. »Jetzt verstehe ich, warum du diese Mega-Stadt mir vorgezogen hast. Da unten ist es wirklich schöner und spannender als bei mir.«

»Ach, Martin, ich habe mich so erschrocken. Ich bin schuld, ich hätte dich nicht überreden sollen. Dein Gesicht war plötzlich ganz blau.«

Velsmann rappelte sich auf und schüttelte die Hände ab, die ihm aufhelfen wollten. »Ich weiß nicht, ich fühle mich großartig. Wenn du mich davon überzeugen wolltest, dass dieses Vineta und deine Arbeit hier eine tolle Sache ist, dann ist dir das gelungen.«

»Deshalb habe ich dich nicht mit runtergenommen. Ich wollte es dir einfach zeigen.«

»Weiß Gott, es ist schön!«

»Du solltest dich jetzt ausruhen, Martin!«

»Am besten wir gehen noch mal runter!«

»Stopp!« Hohmann trat dazwischen. »Herr Velsmann. Ich bin kein Arzt. Aber Sie sollten sich jetzt wirklich ausruhen. Es kann Komplikationen geben.«

Velsmann sah den blonden Recken an. »Ich weiß. Ich bin kein seniler Greis. Das stecke ich schon weg.«

Andrea sagte schnell: »Ich bringe dich in die Pension!«

Sie legte ihren Arm um seine Taille. Er den seinen um ihre Schultern. Während sie den Hafenbereich verließen, sagte Velsmann: »Ist er dein Favorit?«

»Wer?«

»Hohmann.«

»Ach was!«

»Erzähl mir was von – unserem Vineta!«

Verblüfft sah sie ihn an. »Was willst du wissen?

»Alles. Es ist gut ein Kilometer bis zur Pension.«

Sie warf den Kopf in den Nacken. Die Sonne beschien ihr schönes Gesicht. »Vineta muss größer als irgendeine andere Stadt in Europa gewesen sein. Multikulturell. Bevölkert von Barbaren, Wikingern, Slawen und Sachsen – man behauptet sogar von Türken und Griechen. Und es war sagenhaft reich. Vineta war angefüllt mit Waren aller Völker des Nordens, nichts Begehrenswertes fehlte. Mädchen spannen auf edelsteingeschmückten Spindeln, die Kirchenglocken waren aus purem Silber und die Kuppeln aus Gold. Man sagt sogar, die Mütter reinigten ihren Kindern mit duftenden Brotfladen den Hintern.«

»Was?« Velsmann lachte ungläubig.

»Noch heute, heißt es, kann man abends bei Windstille silberhelles Läuten hören. Und tief unten im Wasser sieht man dann die Gassen und Giebel der Wunderstadt.«

»Die Wunderstadt habe ich ja nun mit eigenen Augen gesehen. Mir kommt der Gedanke, man braucht heute solche Phantasien, solche Ausflüge in das Wunderbare, um die Gegenwart zu ertragen. Dass auch du so was brauchst, habe ich aber nicht begriffen. – Und warum ging das zu Ende?«

»Adam von Bremen, der erste deutsche Geograph von Weltrang, schrieb, die Stadt sei an Wohlleben, Gottlosigkeit und Hochmut zugrunde gegangen. Andere Zeitgenossen berichteten, ein Dänenkönig habe sie mit einer überlegenen Flotte angegriffen und völlig zerstört. Oder man habe die schützenden Dämme und Schleusen geöffnet, und die Sturmfluten der Ostsee hätten das Übrige getan. Warum Vineta danach in keinen Reichsannalen mehr Erwähnung findet, ist allerdings rätselhaft.«

»Weiter! Weiter!«

»Im sechzehnten Jahrhundert brach ein regelrechter Boom um Vineta los. Herzöge, Bürgermeister, Pastoren pilgerten zum Vineta-Riff vor Usedom. Damals dachte man noch, die Stadt hätte dort gelegen. Abenteurer und Schatzsucher durchwühlten den Meeresgrund nach sagenhaften Schätzen, Kupferstecher kreierten phantasievoll Marktszenen auf ihren Platten, das Atlantis der Ostsee lieferte Stoff für Geschichten und sogar für Opern. Später verlegte man die untergegangene Stadt am Odermündungsarm nach Wollin, nach Rügen, dem damaligen Schwedisch-Pommern, nach Demmin an die Peene – sonstwohin.«

»Und du hast sie gefunden. Ich bin richtig stolz auf dich!«

»Nicht ich allein habe sie natürlich gefunden. Goldmann und Wermusch haben einen weit größeren Anteil. Aber du erinnerst dich. Als im Sommer 1997 durch das Jahrtausendhochwasser der Oder Satellitenbilder und Reliefkarten entstanden, wurden die geographischen Verhältnisse der Vergangenheit klar. Und dann kamen Unterwasserarchäologen wie ich. Wir beobachteten während des Hochwassers vor Hiddensee, wie das schlammgesättigte Oderwasser am Gellen vorbei in die Ostsee drückte, ein Beweis dafür, dass der natürliche Abfluss der Oder einst anders erfolgt sein musste. Es hat eine heute nicht mehr existente Odermündung gegeben. Meine Barth-Theorie war geboren.«

»Sommer 1997«, sinnierte Martin Velsmann. »Mit deiner Barth-Theorie wurde unsere Trennung geboren. Ich erinnere mich genau. Du bist aus unserer Ehe aus- und nach Vineta abgewandert.«

»Du hättest mitkommen können, Martin! Du wolltest nicht! Du lehntest zu der Zeit Visionen rigoros ab und warst sehr ungerecht und sehr egoistisch!«

»Ich weiß! Heute sehe ich das anders!«

»Um das zu erkennen und zuzugeben, musstest du auf dem Meeresgrund beinahe sterben! Typisch Bulle!«

Martin Velsmann blieb stehen. Er sah das Glitzern in ihren Augen. Er umarmte seine Frau. Und küsste sie.

Als er sich von ihr löste, war es Andrea, die ihn noch einmal zu sich heranzog.

XII

Als Martin Velsmann nach drei Tagen wieder in Fulda eintraf, war er so unendlich erleichtert, dass er den weiten Weg vom Bahnhof zum Präsidium gemächlich zu Fuß zurücklegte. Er schlenderte durch die verschneite Stadt mit ihrem Weihnachtsmarkt rund um St. Blasius. Es war der elfte Dezember. Er hatte mit Andrea verabredet, zu Heiligabend wieder in Barth zu sein. Dann würden auch die Kinder dazustoßen, mit denen er während der Heimfahrt telefoniert hatte. Er war so zuversichtlich! Nur noch dreizehn Tage!

Aber etwas anderes holte ihn wieder ein.

Eigentlich wollte er nur die Akten abschließen. In Gedanken war er bei Andrea. Auch dass Karl Petry noch immer verschwunden war und die Spurensicherung eindeutige Indizien dafür besaß, dass er den Brand in seinem Haus selbst gelegt hatte, beunruhigte ihn nicht über Gebühr.

Im Präsidium unterrichtete ihn Hubert Gell über den letzten Stand der Dinge. Die Polizeifahndung hatte keine Aufschlüsse über den jetzigen Aufenthaltsort des Grundschullehrers ergeben. Anrufe bei seiner Exfrau blieben ohne Ergebnis – aber das hätte Martin Velsmann auch vorher sagen können.

Weitere Einzelheiten über die Verflechtungen der rechten und okkulten Szene waren ans Tageslicht gekommen. Die Ermittlungsarbeit des BKA lief weiter auf Hochtouren. Die Medien überschlugen sich. Frank Welsch hüllte sich auf Anraten seines Anwalts in Schweigen.

Femi Elesi konnte die Polizei nichts weiter nachweisen als Mithilfe beim Kidnapping von Freygang und Widerstand gegen die Staatsgewalt. Aber auch das reichte zur Beendigung ihrer beruflichen Karriere.

Vielleicht lag ihre wirkliche Mittäterschaft auf der Ebene physischer Abhängigkeiten willensschwacher, unreifer Männer. Mit den Waffen einer Frau, dachte Martin Velsmann.

Tosca Poppe und Alfons Freygang waren mit dem Schrecken davongekommen.

Poppe hatte während der Abwesenheit des Kommissars alles zusammengetragen, was er für die Erarbeitung eines Fazits wissen musste; Freygang, dessen Streifschuss an der Hand bereits heilte, hatte ihn mit den Worten am Bahnhof empfangen: »Hessen begrüßt seinen allzeit erfolgreichsten Kommissar!«

Martin Velsmann hatte sich vorgenommen, sich bis Weihnachten nicht mehr von den Routinearbeiten auffressen zu lassen. Er wollte seine hoffnungsvolle Stimmung konservieren. Da das Kapitel »Soko Stahlau« beendet war, wurde die Einsatzzentrale im Schloss aufgelöst, Ulmen, Kröninger, Tschorn, Frings und Ingelsen kehrten in ihre Abteilungen ins Fuldaer Präsidium zurück. Am Abend des gleichen Tages fuhr Velsmann nach Stahlau, um noch einmal mit dem Hausmeister zu sprechen und seine letzten Sachen abzuholen. Poppe und Freygang folgten ihm nach einem Umweg über die Bellheimer Warte, wo neue Fußspuren im Schnee entdeckt worden waren, die angeblich mit einem Schuhprofil des Grundschullehrers übereinstimmen sollten.

»Ist da was dran?«, hatte Velsmann nachgefragt.

Gell antwortete: »In unserer Situation müssen wir jeder kleinen Spur nachgehen. Der Fall ist nicht eigentlich abgeschlossen, bevor wir nicht wissen, was mit Petry los ist. «

Der Kommissar musste ihm Recht geben. Aber das behielt er für sich.

Velsmann bekam nach dem Gespräch mit dem Hausmeister Brechenmacher den Eindruck, er sei unbeteiligt. Er hatte nur den Auftrag erfüllt, Kindersärge herzustellen.

Martin Velsmann ging in den Turm Nummer vier. Mit lautem Knall fiel die Tür ins Schloss, es hallte bis zum Dachboden empor. Jetzt habe ich die Schleiereule erschreckt, die wieder da ist, dachte er. Dann fiel ihm ein, dass seine beiden Assistenten ihm gleich nachkommen würden, und er ließ die Tür offen stehen, damit sie nicht klingeln mussten.

Er ahnte den Schatten.

Aber es gelang ihm nicht, darauf zu reagieren.

Als er die Wendeltreppe zur Wohnung hinaufging und den dunklen Eingangsbereich des gelben Saales zur Rechten passierte, wartete jemand auf ihn.

Schon früher hatte er jedes Mal, wenn er diesen Teil passierte, einen kühlen Sog verspürt, einen Hauch von Fremdheit, der mit der desolaten Lage des riesigen, verlassenen Saales zu tun haben musste. Er hatte sich dann jedes Mal unwillkürlich gefragt, ob in den abbröckelnden Mauern nicht doch jemand wohnte.

Jetzt bekam er eine Antwort.

Er sah einen Schatten. Jemand, der einen dunklen Anzug mit einer Kapuze trug. Und er nahm die Ninja-Maske mit dem aufgerissenen, zum Schrei verzerrten Mund wahr. Was über dem Kopf auf ihn niedersausen sollte, das sah er nicht. Als er überrascht einen Schritt zur Seite tat, krachte etwas auf seine rechte Schulter. Ein stechender Schmerz ließ in seinem Kopf weiß glühende Flammen aufzucken. Er torkelte. Etwas schlug gegen sein rechtes Knie. Er knickte zusammen und fiel hin. Instinktiv hielt er schützend beide Arme über seinen Kopf.

Jemand stach zu. Er spürte Einstiche im Unterarm und gleich darauf Schmerzen.

Er ist es, dachte er. Der Mörder.

Welcher Mörder?

Der im gelben Saal wohnt.

Martin Velsmann rutschte über die Kante der Steinstufen ab. Der Schmerz im Knöchel, der dabei entstand, war noch unerträglicher. Aber auch der Angreifer taumelte plötzlich. Velsmann sah, wie er seitlich an ihm vorbeifiel. Flüchtig dachte er: die Stufen, es sind diese verdammten Steinstufen, die aus drei Richtungen zusammentreffen. Als er ein Möbelstück hochgetragen hatte, war er an dieser unsymmetrischen Einmündung von drei Treppen auf dem Absatz, deren Verlauf man beim Gehen genau beobachten musste, gestürzt.

Velsmann hörte auf zu denken. Er rappelte sich auf und rannte los. Die Planken des gelben Saales dröhnten unter seinen Schritten. Velsmann spürte starke Schmerzen in Armen und Beinen. Aber die Angst trieb ihn vorwärts. Es war nicht die Angst vor einem mystischen Wesen, das in jahrhundertealten Mauern lebte, es war Todesangst angesichts scharf geschliffener Stich- und Hiebwaffen, über die der Angreifer verfügte.

Sie bereiteten Schmerzen.

Er rannte. Wir hätten die Waffensammlungen von Gut, Welsch und Roa konfiszieren müssen, dachte er panisch. Warum haben wir das nicht getan! Jetzt hat sich irgendeine Kreatur dieser Waffen bemächtigt, um ein Werk zu Ende zu führen. Vielleicht ein Gehilfe von Frank Welsch aus der einschlägigen Szene. Was wissen wir schon über diese Leute! Vielleicht sind sie mächtiger, als wir es uns in unseren schlimmsten Albträumen vorstellen können! Vielleicht sitzen sie inzwischen überall!

Martin Velsmann wusste, unbewaffnet, wie er war, konnte er dem Angreifer nichts entgegensetzen.

Also blieb nur die Flucht.

Hinter sich, in zehn Metern Entfernung sah er den Schatten. Er holt mich ein, dachte er, ich schaffe es nicht.

Er erreichte schwer keuchend die Tür, hinter der es zwanzig Stufen zum Kassenraum des Museums hinunter ging. Ich brauche wieder Training, dachte er.

Er schlug die Tür hinter sich zu.

Aber sie hatte weder Schlüssel noch Riegel.

Velsmann spurtete weiter. Hinter ihm ging die Tür wieder auf.

Der Kassenraum war um diese Abendstunde leer. In einem jähen Einfall griff Martin Velsmann im Vorüberrennen einen Packen der Holzschwerter, die im Schloss als Souvenirs verkauft wurden – und warf sie durch das Fenster auf den Schlosshof. Das Klirren des Glases und das Poltern der Schwerter auf dem Hofpflaster musste weit zu hören sein. Vielleicht alarmierte es Brechenmacher oder einen anderen zufälligen Passanten.

Velsmann dankte dem Himmel, dass er durch die jetzt aufgelöste

Fahndungszentrale das Schloss ausreichend kennen gelernt hatte. Er kannte sich vermutlich besser aus als sein Verfolger.

Oder?

Wer war sein Verfolger?

Martin Velsmann wusste, er musste den Schlosshof erreichen, dort konnte er um Hilfe rufen. Solange er sich mit dem bewaffneten Mörder in den dunklen Gängen des Schlosses befand, war er in Lebensgefahr.

Dann nützte ihm die Ortskenntnis gar nichts.

Er erreichte den Raum, der genau unterhalb des gelben Saales lag. Ebenso lang, ebenso alt. Aber bewohnt von mannshohen Marionetten, die das benachbarte Marionettentheater hier ausstellte.

Velsmann blieb stehen. Er sah sich um und lauschte. Stille. Wo war sein Verfolger?

Entsetzt dachte er: Hat er einen anderen Weg genommen? Kennt er sich doch besser aus als ich und erwartet mich bereits hier in diesem Saal? Zwischen den Attrappen?

Verflucht!

Schwer atmend rührte sich Velsmann nicht vom Fleck. In seiner Brust brannte es. Arm und Knie waren wie taub. Sein Kopf schmerzte. Er versuchte in die Dunkelheit zu lauschen. Weit entfernt summte etwas, dann ein Knacken. Schlossgeräusche.

Langsam tastete sich Martin Velsmann voran. Er versuchte sich zu erinnern. Der Saal war siebzig Meter lang. Rechts und links von den Marionetten führten schmale, von Seilen gesicherte Durchgänge an den Fenstern entlang. Welchen sollte er wählen?

Er entschloss sich, den linken Durchgang zu nehmen, von dem aus er in den Schlosshof blicken konnte.

Etwa in der Mitte des Ganges sah er auf der anderen Seite eine Marionette, die sich bewegte.

Sie trug eine Kapuze und bewegte sich sehr vorsichtig in Richtung Ausgang.

Martin Velsmann zwang sich, stillzustehen, sich nicht auf den anderen zu stürzen. Er musste wissen, was er vorhatte.

Die Situation hatte sich gedreht, jetzt war er der Verfolger.

Der Mann mit der Ninja-Maske tauchte im Portal unter, das zur Hausmeisterbrücke und dahinter auf den Kumpen führte. Wenn die Tür nicht offen war, saß er in der Falle.

Im Bemühen, kein Geräusch zu verursachen, schlich Martin Velsmann hinter dem anderen her. Nach einer Biegung des Flurs sah er, dass der andere, der offenbar stehen geblieben war, nur noch drei Meter entfernt war. Jetzt drehte sich der Mann um. Offenbar hatte er begriffen, dass er den gleichen Weg zurückgehen musste.

Im Licht der Laternen, das vom Marktplatz aus einfiel, sah Velsmann die Ninja-Maske vor sich. Er versuchte, an der Statur des anderen zu erkennen, wer er war. Ein Verdacht ergriff Besitz von ihm, er konnte ihn nicht beiseite schieben. Da sprang der Ninja-Mann auf ihn zu.

Velsmann ging in Kampfpositur. Er streckte die Arme vor sich und spreizte die Finger an beiden Händen, wie er es in der Kampfschule der Polizei gelernt hatte. Der andere trug die Maske und glaubte vielleicht, dadurch übermächtig zu sein. Er jedoch konnte Karate. In der Hand des Angreifers blitzte eine Waffe. Velsmann wich dem ersten Angriff erfolgreich aus. Als er zutrat und sein linker, unverletzter Arm eine Schlagattacke gegen das Genick des Angreifers führte, spürte er eine grenzenlose Genugtuung.

Du bist nicht jahrhundertealt, mein Freund, dachte er. Du bist ganz real. Und deshalb verwundbar.

Vielleicht hast du genauso viel Angst wie ich.

Da zog der andere unter seinem Umhang eine andere Waffe hervor. Ein Schwert, das Knochen brechen sollte.

Er schwang es über dem Kopf. Als er es niedersausen ließ, hörte Velsmann unten vom Schlosshof her eine Stimme. Es war Poppes Stimme. Für einen Moment der Erleichterung ließ seine Aufmerksamkeit nach. Das reichte dem Angreifer, um sein Schwert auf seine schon lädierte rechte Schulter niedersausen zu lassen.

Martin Velsmann durchzuckte ein weiß glühender Schmerz, seine Pein entlud sich in einem Schrei. Er taumelte, stürzte. Der andere sprang wie ein unförmiges Tier in seiner Verkleidung heran. War sein Gesicht unter der Ninja-Maske genauso aufgerissen, so voller

Hass? Oder eher voller Verzweiflung? Lachte er in seiner Lust zu töten? Waren Tränen in seinen Augen, aus Scham über seine eigenen Beschädigungen?

Velsmann würde es nie erfahren. Er konnte sich im letzten Moment zur Seite rollen, der zweite Hieb ging fehl.

Jetzt war unten auch Freygangs Stimme zu vernehmen. Sie kamen näher. Sie riefen seinen Namen!

Martin Velsmann sah, wie der Angreifer sich abwendete. Gab er auf? Dachte er darüber nach, wie er töten konnte, ohne gestellt zu werden?

Der Mann sah zum Fenster hinaus. Dann blickte er auf Velsmann, der noch am Boden lag und sich jetzt aufrappelte.

Er blieb stehen. Dann hob er das Schwert erneut. Er kam näher. Und jetzt formte sich ein Schrei auf seinen Lippen. Ein dumpfer Schrei. Voller irrsinniger Todeslust.

Velsmann schaffte es nicht, auf die Beine zu kommen. Sein Körper schien eine einzige schmerzende Wunde. Bleib liegen, dachte er. Bleib doch hier liegen und erwarte ihn. Dann ist endlich alles überstanden. Dann fiel ihm das schöne Gesicht ein. Das sonnenüberflutete Gesicht der Wassergeborenen aus Vineta, die mit dem Tanggewirr im Haar.

Er rollte sich zur Seite und rutschte in ein Loch, das zwei aufgerissene Bohlenplanken gebildet hatten. Brechenmacher, dachte er noch, immer für eine Ausbesserungsarbeit gut.

Jetzt saß er fest. Er konnte sich nicht mehr rühren.

Gut, Andrea, dachte er, es war noch einmal einen Versuch wert. Fandest du nicht? Deine Lippen waren so salzig.

Er sah im Zwielicht der Beleuchtung von draußen den anderen über sich. Das Blitzen des Schwertes. Das ist kein Holzschwert, dachte er und schloss die Augen.

Als er sie wieder öffnete, erblickte er Tosca Poppe und Alfons Freygang. Sie standen dort, wo eben noch der Angreifer gestanden hatte. »Mensch, Chef«, sagte Freygang. »Auf Sie muss man aufpassen!«

Tosca bot ihm die Hand. »Können Sie aufstehen?«

Er ließ sich stützen.

Er ging hinüber zu dem Mann, der am Boden lag und zitterte.

Freygang sagte: »Ich habe versucht, ihn nur kampfunfähig zu machen und nicht zu töten. Ich bin kein Freund des präventiven Tötens.«

»Ist dir auch gelungen«, sagte Poppe. »Gute Schusstechnik, sag ich mal.«

Velsmann hatte keinen Schuss gehört. Er riss dem Angreifer die Kapuze vom Kopf, die Maske flog gleich mit.

Karl Petry hob die Hände schützend vor das Gesicht. »Töten Sie mich«, sagte er fast unverständlich leise.

»Ihre Frau lässt Sie nicht grüßen«, sagte Velsmann. »Wissen Sie, Ihre Kranichsammlung und die im Museum, die sind doch sehr unterschiedlich. Soll ich Ihnen den Unterschied verraten?«

Petry reagierte nicht.

»Sie zeigen in Ihrem Haus nur die der Sonne abgewendete Seite der Vögel, die Nachtseite, man kann die Sonnenseite höchstens ahnen, über die Sie ständig geredet haben. Bei Rosa habe ich die Seite dieser mächtigen Vögel wirklich gesehen, die der aufgehenden Sonne zugewendet ist. Die glückliche Seite. Davon haben Sie keine Ahnung.«

»Wann wussten Sie, dass es Petry ist?«, fragte Hubert Gell.

Martin Velsmann überlegte, dass er für die Antwort eine clevere und eine ehrliche Variante hatte.

Er blieb ehrlich. »Ich wusste es nicht. Im Grunde kapiere ich es ja noch immer nicht. Eine Ahnung bekam ich allerdings im Schloss. Mir fiel eine Bemerkung ein, die Frau Petry über ihren Mann am Telefon gemacht hatte. Sie hatte damals gesagt, er könne nicht lügen.«

»Ja und?«

»Und sie fügte dann hinzu, in ihm sei etwas zerrissen und er sei jemand, der Gewalt zutiefst verabscheut. Sie meinte es anders, aber plötzlich schien es mir eine Erklärung zu sein. Ein solcher Mann muss den Weg, den er für seinen hält, zu Ende gehen. Petry ist nun einmal davon gezeichnet, dass ihm das Liebste genommen wurde. Er kann niemals ertragen, dass Gewalt über ihn Macht hat – ach,

Herrgott nochmal, was weiß ich. Fragen Sie Dr. Stemmer, seinen Psychiater.«

Martin Velsmann musste sich stündlich verarzten lassen. Er hatte großes Glück gehabt, dass die Stichwunden im Arm nicht die Ellen- oder Speichenschlagader verletzt hatten. Sein rechtes Schlüsselbein war doppelt gebrochen, sein rechtes Knieaußenband angerissen, sein Knöchel dick wie ein Tennisball.

Er schlurfte dennoch aus eigener Kraft zum Polizeiarzt und zurück. Das war das Wichtigste. Er konnte sich ohne fremde Hilfe bewegen. Dabei dachte er über die Verhöre mit Karl Petry nach.

Wieder einmal hatte sich bestätigt, dass jeder Mensch ein Abgrund war, in den zu schauen ein Schwindelgefühl verursachte.

Aber was war der tiefere Grund für Petrys Täterschaft? Etwas in Martin Velsmann weigerte sich, dafür Worte zu finden. Er rief Dr. Stemmer an und sprach lange mit ihm. Danach war ihm wohler. Ein ganz kleines bisschen mehr verstand er jetzt.

Das war der Teil, der mit ihm selbst zu tun hatte.

Karl Petry hatte ihm seit der Festnahme nicht mehr in die Augen gesehen. Dr. Stemmer erklärte, dass er dies auch nie mehr tun werde. Unter keinen Umständen. Velsmann hatte ihn mit seinen Blicken niedergerungen, er hatte mit dem mächtigen Sehstrahl seines Blickes, so wie Petry es empfand, dessen Welt aufgelöst, jedenfalls seine eingebildete Welt. Velsmann hatte die flüchtige Verwandlung des einst Ohnmächtigen in einen Starken mit Waffe und Maske rückgängig gemacht.

Martin Velsmann würde nun bis in alle Ewigkeit sein Feind sein.

Velsmann zweifelte an der Theatralik dieser Erklärung. Aber sie hatte etwas für sich.

In den ersten Stunden der Vernehmung sprach Karl Petry gar nicht. Freygangs Kugel hatte seinen Halswirbel zertrümmert, er würde teilweise gelähmt bleiben. Petry akzeptierte schließlich Schmerzmittel, unter deren Eindruck er dann mit monotoner Stimme zu reden begann. Velsmann hatte das Verhör die ganze Nacht geleitet und war am Morgen aus dem Präsidium herausgetorkelt wie jemand, der gerade erfuhr, dass man ihn zum Tod verurteilt hat. Er war nach

Hause gefahren und hatte sich ins Bett gelegt. Aber er konnte sich dem Schlaf nicht hingeben. So blieb er liegen und starrte an die Decke, bis am Vormittag das Telefon läutete.

Andrea fragte: »Geht es dir gut? Ich habe eben im Radio von der schrecklichen Sache gehört. Du wirst als Held geschildert.«

»Ich bin kein Held. Im Moment sowieso nicht. Ich fühle mich, als hätte ich selbst die Morde begangen.«

»Wie kommt ein solcher Mensch dazu, zweimal zu töten und einen dritten Mord zu versuchen? Das ist doch Wahnsinn!«

»Er ist ein ganz normaler Mensch, so wie ich auch einer bin. Das ist das Schlimme. Plötzlich überfordert ihn alles, er weiß nicht weiter. Und er findet unter dem zunehmenden Druck der Verhältnisse seinen Ausweg in Gewalt.«

»Schrecklich, sich das vorzustellen.«

»Das Bizarre an der Geschichte ist, dass dieser Karl Petry den Metereologen nur deshalb ermordete, weil der Mitglied in einem satanistischen Zirkel war; von dessen Mitschuld am Tod seines Sohnes, durch die falsche Unwetterprognose, ahnte er gar nichts! Ursprünglich plante Petry nur diesen Mord, geriet dann aber in Panik, als er begriff, dass er ungewollt die Polizei auf seine Fährte setzte. Er muss dann beschlossen haben, weitere Morde an Satanisten zu begehen, um den Verdacht zu zerstreuen. Im Fall des Sportlehrers Dreßen führte er diesen Plan auch aus.«

»Aber warum wollte er dich töten? Ausgerechnet dich!«

Martin Velsmann schluckte schwer. »Der Anschlag auf mich war besonders grausam geplant. Es sollte das letzte Manöver in seiner Kette sein. Dafür hatte er aber noch einen anderen Grund. Verstehst du – weil er vor Jahresfrist den Menschen, der ihm am nächsten stand, verlor, will er in seiner wahnsinnigen Logik den Polizisten, der ihn nun als Einziger versteht, auslöschen. Nichts, woran er hängt, soll in dieser dunklen Zeit bleiben.«

»Das verstehe, wer will. Verstehst du es etwa, Martin?«

»Man muss es so hinnehmen, wie es ist, auch wenn es wahnsinnig klingt.«

»Wir leben in einer komischen Welt.«

»Das ist untertrieben, Andrea. Karl Petry mordet beispielsweise im November, weil dann die Welt noch düsterer wird. Ein letzter Tropfen Verzweiflung, und er dreht durch, weil er die alltägliche Gewalt nicht mehr erträgt. Spätestens beim Tod seines Sohnes muss dieser Mann beschlossen haben, Verherrlicher von Gewalt, so wie er das ganze Pack von Satanisten und Radikalen sah, die in seiner Vorstellung ein Leben unerträglich machen, zu bestrafen. Verstehst du, er ermordet Gewalttäter auf besonders grausame Weise, weil er unter deren Gewalt seelisch leidet! – Das ist so unglaublich, dass ich versucht bin anzunehmen, es war Zufall, dass ausgerechnet sie seine Opfer wurden. Ich weiß es nicht.«

»Martin? Ich freue mich auf Weihnachten!«

»Und ich erst, Andrea!«

Als sie das Gespräch beendet hatten, duschte Velsmann lange. Er drehte den Wasserstrahl voll auf und ließ ihn abwechselnd heiß und kalt auf sich niederprasseln. Sein rechter Arm lag in einer Metallschiene eng am Körper.

Gibt es etwas, das uns wirklich reinigen kann?, dachte er. Äußerlich und innerlich. Was hilft uns noch?

Während des Ankleidens rief Freygang an und berichtete, dass Petry Velsmann sehen wollte.

Martin Velsmann fuhr ohne Frühstück ins Präsidium.

Karl Petry saß im abgedunkelten Verhörzimmer. Seine Körperhaltung ließ erkennen, dass er Schmerzen hatte. Aber er hob den Kopf, als Martin Velsmann eintrat.

»Haben Sie alles, was Sie brauchen, Herr Petry?«, fragte Velsmann mühsam.

Der andere nickte mit gesenktem Blick. »Ich – schäme mich so«, sagte er dann. »Ich muss Sie enttäuscht haben.«

»Darüber sollten Sie sich keine Gedanken machen. Bereiten Sie lieber Ihre Verteidigung vor.«

»Ich wollte nicht, dass mich eines Tages alle kennen«, sagte Petry. »Das wollte ich nicht.«

»Gründlich danebengegangen«, warf Freygang hin, der in der hinteren Region des Zimmers stand.

Velsmann brachte ihn mit einer Handbewegung zum Schweigen. Erst jetzt sah Velsmann, dass neben Hubert Gell auch Dr. Stemmer im Hintergrund stand. Er begrüßte beide mit einem Kopfnicken. »Herr Petry, es hätte nicht so weit kommen müssen. Sie hätten es beim ersten Mord an Roman Gut, der den Tod Ihres Sohnes mit verschuldete, bewenden lassen können – um dann Ihren Frieden mit sich selbst zu machen. Warum all diese Inszenierungen, mit denen Sie uns Ihr Drama mitteilten – in einer solchen Darstellung?«

»Ich wollte, dass Sie mich kriegen und erlösen.«

Stemmer mischte sich ein. »Seien Sie vorsichtig, Kommissar. Mein Patient hat in der letzten Zeit so mächtige Energieverschiebungen und affektive Fehlschlüsse erlitten, dass wir in ihm nicht noch mehr zerstören wollen, nicht wahr. Sie führten auch so schon zu vollkommen unverhältnismäßigen Erregungen am falschen Ort und gegen falsche Objekte – wie Sie ja leidvoll erleben mussten.«

»Sie hätten vorher mit uns über solche Zusammenhänge reden können, Stemmer!« Martin Velsmann bemühte sich vergeblich um einen sachlichen Tonfall.

»Darüber diskutiere ich nicht nochmal mit Ihnen.«

»Können Sie ihm helfen?«

»Das kann ich nur im Konjunktiv formulieren. Was auf der Ebene theoretischer Annahmen immer einen gewissen Grad von Wahrheit zu besitzen scheint, muss ja, um wirklich wahr zu werden, im Einzelfall auch stimmen. Ob ich meine Einsichten auf Herrn Petry anwenden kann, wird sich erst noch zeigen.«

Hubert Gell warf dazwischen: »Er ist ein monströser Gewalttäter, vergessen wir das nicht!«

Stemmer sagte: »Ich werde im Gerichtsgutachten dafür plädieren, dass Herr Petry nicht zurechnungsfähig ist. Er muss dringend in eine Klinik, nicht ins Zuchthaus.«

»Herr Petry«, sagte Martin Velsmann. »Erklären Sie es mir, bitte.«

Petry schüttelte den Kopf. »Ich kann es nicht. Wie soll ich das wissen? Traumatisierung, Verletzungen im Lebenslauf, destruktive Entwicklung, Abscheu vor Gewalt – dies sind alles so erhellende Begriffe, aber ich verstehe es nicht.«

»Welsch und seine Kumpane hätten Sie töten können!«

»Nein. Das hätten sie niemals getan. Sie wollten mir das Leben zur Hölle machen, sie brauchen solche Opfer lebend.«

»Aber Welsch wusste doch, dass Sie Roman Gut, einen der Seinen, ermordet hatten!«

»Das machte nichts. Sie ermorden dauernd jemanden. Das gehört zu ihrem Ritual.«

Martin Velsmann atmete tief durch. Er wollte etwas sagen, schwieg aber.

Petry sah wieder apathisch aus. »Was ist mit mir passiert?«

»Das wüsste ich eben gern von Ihnen. Sie sind doch ein kluger Mann.«

Petry dachte lange nach. Als die Anwesenden schon glaubten, er reagiere nicht mehr, sagte er stockend: »Kennen Sie dieses bloße Nebeneinander von Einsamkeiten? Diese Angst, den anderen zu verlieren? Wie haben Sie Ihre Ehe geführt, Herr Kommissar?«

»Aber darum geht es hier gar nicht, Herr Petry.«

»Doch. Mir schon. Ich habe jeden Tag gespürt, dass unser Kind mir entgleitet. Dass Rosa mir entgleitet. Ich konnte nichts dagegen tun. Verstehen Sie? Nichts! Ich konnte sie einfach nicht festhalten! Ich fühlte mich wie ein Statist, der einer Werbesendung im Fernsehen zusieht.«

Gell warf ein: »Herr Petry, Sie haben zwei Morde und einen Mordversuch gestanden. Versuchen Sie es jetzt mal nicht mit pädagogischen Sentimentalitäten. Ich möchte …«

Halt die Fresse, dachte Martin Velsmann. Und er sagte: »Hubert! Ich habe Interesse an Herrn Petrys Äußerungen. Ich möchte ihn gern verstehen! Ich sehe in seiner Persönlichkeit gewisse Züge, die ich selbst auch besitze. Vielleicht jeder von uns, der hellsichtig ist und eines Tages einen geliebten Menschen verliert. Wir können daraus lernen.«

»Das ist doch Mumpitz, Martin! Dort sitzt ein Gewalttäter, hier in deiner Gestalt eines der Opfer! Das sind verschiedene Welten!«

Velsmann sagte: »Wenn wir das hier nicht hinkriegen, dann wird alles nur noch schlimmer, als es schon ist. Ich habe das Gefühl, wir leben in einem menschlichen Nirwana, und Gewalt kann ein verzweifelter Versuch sein, daraus auszubrechen und zu sagen: Ich bin da! Seht ihr mich? Das geht uns alle an!«

»Machen Sie meinen Patienten bitte nicht zu einem Prototyp für archaische Impulse, Herr Kommissar! Und Sie sollten nicht Ihre amateurhaften Psychologiekenntnisse an ihm abarbeiten!«

Martin Velsmann sah den Psychiater ruhig an. »Ich spreche auch über mich, wenn ich über Karl Petry spreche. Das ist etwas, das ich Ihnen möglicherweise voraushabe, der Sie glauben, auf dem sicheren theoretischen Podest zu sitzen.«

»Jetzt reicht es!« Hubert Gell stand auf und kam näher. »Herr Petry, haben Sie dem Kommissar noch etwas zu sagen? Brennt Ihnen was auf der Seele? Sonst beenden wir das hier nämlich.«

Martin Velsmann reichte Petry die Hand. »Auf Wiedersehen!«

Petry tastete nach der angebotenen Hand. Die seine war schlaff und kalt.

Velsmann ging in sein Büro, wo Tosca Poppe am Kopierer stand. »Alles klar, Herr Kommissar? Sie sehen irgendwie gruselig aus, mit Ihren Verbänden und der Schiene. Gehen Sie nicht in Urlaub?«

»Doch, Tosca.«

Hubert Gell machte die Tür auf. »Tut mir Leid, Martin. Ich hab es nicht so gemeint. Die Sache geht mir allmählich auf die Nerven.«

»Ach ja?«, sagte Velsmann. Seine Stimme klang nicht ironisch. »Können wir den Fall jetzt endlich abschließen? Ich möchte mich auf Weihnachten vorbereiten.«

»Dem steht nichts im Wege. Ich habe eben mit dem Staatsanwalt gesprochen und ihm genau das gesagt, dass nämlich der Fall zu den Akten gelegt wird.«

»Ab morgen bin ich nicht mehr hier.«

»Schade«, sagte Poppe.

Jetzt kam auch Freygang. Seine Strohfrisur lag heute wie schlafend flach auf seinem Kopf.

Martin Velsmann bedankte sich bei seinen beiden Assistenten. »Wenn ihr darauf besteht«, fügte er hinzu, »bleibe ich, bis auch das letzte Protokoll verlesen ist.«

Tosca Poppe sah ihn frech an. »Lassen Sie mal. Fahren Sie zu Ihrer Frau«, sagte sie. »Ich kann nicht für Freygang sprechen, aber ich mach das schon, ich bin schließlich ein Mädchen.«

Im Zug nach Stralsund klingelten dauernd Handys, so als hätten die Menschen begriffen, dass sie dringend miteinander reden mussten, um die Katastrophe abzuwenden. Martin Velsmann hatte das seine abgeschaltet.

Er sah hinaus auf die Landschaft, die immer weniger verschneit war, je weiter nördlich sie kamen. Schließlich kam auch die Sonne heraus. Sie breitete ihr Licht über ein Land, das friedlich da lag.

Martin Velsmann schloss die Augen. Die menschlichen Ungeheuer entspringen unserer Normalität, musste er plötzlich denken. Es gibt keine harmlose Normalität mehr. Velsmann riss die Augen wieder auf und starrte hinaus. Wälder, Wiesen, kleine Städte, darüber ein offener, einladender Himmel. Ich schalte jetzt ab, dachte er. Ich will jetzt nicht mehr. Ich bin nur noch ein Bulle auf Urlaub.

Kurz hinter Demmin an der Peene kam ihm ein anderer Gedanke. Dr. Stemmer hatte ihm in einem Telefonat nach dem Verhör am Vormittag erklärt, Petry habe unter einem narzisstischen Super-GAU gelitten, der seine völlig entgrenzten Reaktionen verständlich mache. Velsmann dachte: Wer ist unter solchen Umständen noch gefeit gegen Amokläufe? Wandeln wir nicht alle auf hauchdünnem Boden? Ein kleiner Riss, und alles bricht auf!

Aber im Falle Petrys gab es etwas besonders Beunruhigendes. Es war das Missverhältnis zwischen dem Ereignis, das den Racheaffekt ausgelöst hatte, und der Ausuferung danach. Irgendwann hatte sich eine ungeheure narzisstische Wut losgerissen. Und sie richtete sich auch gegen andere Objekte. Die erste Untat hatte seine aufgestaute narzisstische Wut nicht entspannen können, sondern eher jegliche Sublimierungsfähigkeit ausgelöscht.

Jedenfalls hatte Dr. Stemmer das so dargestellt.

Narzisstische Verletzung und Hass, dachte Velsmann, gehen eine Verbindung ein und werden bösartig. Und Petry besaß kein Familienleben mehr, das ihn dagegen geschützt hätte.

Wäre ich selbst dazu imstande?

Vielleicht nur deshalb nicht, weil ich Polizist geworden bin?

Jeder will geliebt werden. Geachtet. Etwas leisten. Genau wie Karl Petry. Er hatte erklärt, die Gewalt um ihn herum nicht mehr ertragen zu haben.

Mit der Lösung dieses Falles, dachte Martin Velsmann, ist nichts bereinigt. Andere Karl Petrys, die nicht mehr weiterwissen, sind schon unterwegs und suchen die Verbindung mit Sekten, Satanisten, Radikalen. Was für ein Drama.

Andrea kam ihm entgegen. Die Kinder blieben stehen, wo sie waren. Sie hatten offensichtlich nicht vor, ihn zu begrüßen. Sie beobachteten ihn verlegen und trotzig. Er hatte nicht zu hoffen gewagt, dass Laila und Tibor tatsächlich kommen würden.

Aber da standen sie.

Andrea umarmte ihn. Halt mich fest, dachte Martin Velsmann. Ich will dich auch festhalten.

»Geschafft?«, fragte Andrea.

Er wusste nicht genau, wie sie es meinte. Aber er nickte. »Ziemlich«, sagte er.

»Jetzt wird alles gut«, sagte sie töricht. »Gehen wir zu den Kindern.«

»Ja«, sagte er, »gehen wir auf die Kinder zu.«

Martin Velsmann wusste in diesem Moment, er hatte noch sechs Berufsjahre vor sich. Sechs Berufsjahre, vielleicht auf drei verkürzbar, die mit Karl Petrys, Frank Welschs und Femi Elesis voll gepackt sein würden.

Wie sollte er das bewältigen, wo er schon jetzt mutlos war?

Fing nicht irgendwann alles wieder von vorn an? War es nicht vergeblich zu hoffen, dass man etwas wahrhaftig beendete und sich danach mit dem Rücken zur Wand hinsetzte, die Tür schloss und für die anderen unsichtbar wurde?

Martin Velsmann spürte die Antwort mehr, als er sie dachte. Ja, es war vergeblich. Er würde nie mehr irgendetwas wirklich zu Ende bringen können.

Aber Andrea war wieder an seiner Seite.

Er zog sie an sich, um ihre Sonnenwärme zu spüren.

Und in diesem Augenblick war die Stimmung über dem Meer und über Vineta sehr schön.

Holger Biedermann
»Von Ratten und Menschen«
Band 16049

»Unterhaltsam und präzise«
Die Tageszeitung

Am Morgen des 11. September 2001 steht der Hamburger
Kommissar Pieter Lund vor einer grausam zugerichteten
Leiche. Seine Recherchen führen ihn in die al-Kaida-Szene,
denn der Tote steht offenbar in direktem Zusammenhang mit
dem Attentat auf die Türme des World Trade Centers. Pieter
Lund merkt schnell, dass er in ein Wespennest gestochen hat,
das auch für ihn lebensgefährlich werden kann …

Fischer Taschenbuch Verlag

fi 16049 / 1

-ky
Der Spreekiller
Roman

Band 15315

Berlin wird von brutalen Anschlägen erschüttert. Wer
steckt dahinter?

Das neue Buch von
»Deutschlands Nummer eins unter den Krimischreibern«
Norddeutscher Rundfunk

Fischer Taschenbuch Verlag

Maria Benedickt
Die Fährte der Füchsin
Roman
Band 15990

Die verwitwete Anwältin Silvie wird mit raffinierten Manipulationen beinahe in den Wahnsinn getrieben: Irgendjemand will ich weismachen, dass ihr verstorbener Mann noch lebt. Auf der Suche nach dem Urheber stößt sie auf einen verrückten alten Mann, der offenbar mit gezinkten Karten spielt.

Ein rasanter Thriller um eine nicht enden wollende Liebe.

Fischer Taschenbuch Verlag

fi 15990 / 1